YULIN KUANG
How To End A Love Story

HOW TO END A LOVE STORY

ROMAN

YULIN KUANG

Übersetzung aus dem Amerikanischen von
Sonja Rebernik-Heidegger

Lübbe

Titel der amerikanischem Originalausgabe:
»How To End A Love Story«

Für die Originalausgabe:
Copyright © 2024 by Yulin Kuang

Published in agreement with the author,
c/o BAROR INTERNATIONAL, INC., Armonk, New York, U.S.A.

Für die deutschsprachige Ausgabe:
Copyright © 2025 by
Bastei Lübbe AG, Schanzenstraße 6 – 20, 51063 Köln

Bei Fragen zur Produktsicherheit wenden Sie sich bitte an:
produktsicherheit@bastei-luebbe.de

Vervielfältigungen dieses Werkes für das Text- und Data-Mining bleiben vorbehalten.

Textredaktion: Anne Schünemann, Schönberg
Umschlagmotiv: © Alan Dingman
Satz: hanseatenSatz-bremen, Bremen
Gesetzt aus der Janson Text LT Std
Druck und Verarbeitung: GGP Media GmbH, Pößneck

Printed in Germany
ISBN 978-3-7577-0115-4

5   4   3   2   1

Sie finden uns im Internet unter luebbe.de
Bitte beachten Sie auch: lesejury.de

Für Zack – dieses Buch ist ein Liebesbrief
Und für die ältesten Töchter von Zuwanderereltern –
es ist auch ein Liebesbrief an euch

ANMERKUNGEN DER AUTORIN

In dieser Geschichte geht es unter anderem um komplizierte Trauerarbeit, Selbstmord und den Tod eines Geschwisterteils.

Kapitel 1

Alles in allem ist die Beerdigung ihrer kleinen Schwester eine ziemlich langweilige Angelegenheit.

Helen Zhang (die Gute, die Schlaue, die *Langweilige* – zumindest laut Michelle, die nun in Frieden ruhen möge) sitzt in der ersten Reihe zwischen ihren trauernden Eltern. Wäre Michelle jetzt hier, würde sie leise über irgendetwas Belangloses vor sich hin kichern – vermutlich über das unbeabsichtigt phallusartige Blumengesteck auf ihrem geschlossenen Sargdeckel. Wäre Michelle jetzt hier, würde sie ungeduldig mit dem Fuß wippen, weil sie es nicht erwarten könnte, zum Rauchen auf die Toilette zu verschwinden, und weil sie bereits überlegen würde, wie sie sich noch vor dem anschließenden Totenmahl davonstehlen könnte. Wäre Michelle jetzt hier, wäre es nicht so verdammt still.

Der Körper von Helens Mutter erzittert unter einem lautlosen Schluchzen, und sie umklammert die Hand ihrer überlebenden Tochter so fest, dass Helen schon während der Begrüßungsworte des Pastors jegliches Gefühl in den Fingern verloren hat. Ihr Vater starrt auf die Holzstaffelei mit dem Foto aus Michelles zweitem Highschooljahr, dann wandert sein Blick zuerst zu dem schmucklosen Kirchenfenster (nicht zum ersten Mal wünscht sich Helen, sie wären Katholiken – allein schon wegen der Stimmung) und schließlich zu den Schuhen des Pastors. Überall dorthin, wo er nicht Gefahr läuft, dass ihm jemand entgegenblickt.

Helen hat ihre Tränen bereits während der ersten achtundvierzig Stunden aufgebraucht, in denen sie wie ein verwundetes Tier zitternd, weinend und allein in ihrem Zimmer gelegen und über existenzielle Fragen nachgegrübelt hat, die zu schwerwiegend waren, um sie in pathetische Worte zu fassen. Mittlerweile ist der Brunnen versiegt, und übrig geblieben ist eine immer größer werdende Verbitterung, die droht, sie zu verschlingen. Sie hasst die abgedroschenen Worte des Pastors, der versucht, Michelles kurzem Leben eine Bedeutung zu verleihen. Sie hasst Moms Tränen, und sie hasst, dass Dad keine Regung zeigt. Vielleicht hasst sie sogar sich selbst. Aber warum? Wenn sie auf jemanden wütend sein sollte, dann auf Michelle …

Eine Tür im hinteren Bereich der Kirche öffnet sich knarrend – ein später Trauergast vermutlich –, und das plötzliche Prickeln in Helens Nacken kann nur eines bedeuten: Er ist es.

Leises Gemurmel breitet sich den Mittelgang entlang aus, und obwohl Helen sich ermahnt, sich nicht umzudrehen, nicht in seine Richtung zu schauen, ist ihre Mom doch nicht so verloren in ihrer Trauer und bemerkt, wie sich die Stimmung im Raum mit einem Mal ändert. Sie dreht sich nach hinten und stößt ein dramatisches Heulen aus, das Helen unwillkürlich peinlich ist.

Helen wendet sich nun ebenfalls um, und sie hatte recht: *Es ist Grant Shepard. Der verdammte Grant Shepard. Jahrgangssprecher, Homecoming-King, Partytiger, von Freunden und Lehrern geliebter Footballstar. Und der Mörder meiner Schwester.*

Wobei der letzte Punkt vor Gericht wohl nicht standhalten würde – es gab genug Augenzeugen, die berichteten, dass die sechzehnjährige Michelle Zhang letzten Freitag um zwei Uhr morgens absichtlich vor den Geländewagen des achtzehnjährigen Grant Shepard gelaufen ist (und damit einen grauenvollen Stau auf der Route 22 verursacht hat). Außerdem gab es genug Suchanfragen in Michelles Browser-Verlauf, die ein solches Vorhaben bestätigten. Und das Schmachvollste für

ihre Eltern: Es gab genug positive Ergebnisse im toxikologi-
schen Gutachten, die den Lokalreportern die Grundlage lie-
ferten, von einer »schwierigen Jugend« zu sprechen.
In Hinblick auf Michelle, nicht auf Grant.

Jeder hatte Mitleid mit Grant: Wie traurig, wie tragisch,
wie selbstsüchtig von diesem Mädchen – einer mehr oder weniger Fremden, irgendeiner Zehntklässlerin mit selbstmörde-
rischen Tendenzen –, das einen klugen jungen Mann wie ihn
dazu gezwungen hat, für den Rest seines vielversprechenden,
glanzvollen Lebens mit der Schuld leben zu müssen, jemanden unabsichtlich getötet zu haben.

»Du«, sagt Mom, die nach Luft schnappend im Mittelgang
steht, als wäre sie Teil einer griechischen Tragödie.

Grant Shepard steht regungslos da, als würde er bloß existieren, um von trauernden Müttern atemlos angestarrt und
von chinesischen Tanten und Onkeln mittleren Alters argwöhnisch beäugt zu werden.

Er sieht genauso aus, wie die Grant Shepards dieser Welt
nun mal aussehen, und trägt einen marineblauen Pullover
über einem blütenweißen Button-down-Hemd, als wäre er auf
dem Weg zu einer Versammlung des Schülerrats, um über das
Motto für den Abschlussball zu diskutieren. Seine Krawatte
ist perfekt geknotet, seine dunkelbraunen Haare sorgsam ge-
kämmt, und er sieht zu gut aus – zu jung, zu attraktiv, zu *lebendig* –, um hier in diesem Raum zu sein.

Grant lässt den Blick durch die Kirche wandern, ein un-
ruhiger Ausdruck liegt in seinen sanften braunen Augen. Er
weiß, dass es ein Fehler war, hierherzukommen, das ist nicht
zu übersehen. Er dachte vermutlich, dass es okay wäre. Dass
sie verstehen würden, dass er Michelle die letzte Ehre erweisen möchte. Und vielleicht … vielleicht dachte er sogar, dass
sie ihm vergeben würden.

*Was für ein gigantisches Ego ist nötig, um sich selbst einzureden,
dass seine Anwesenheit hier erwünscht wäre?*

11

»*Nein*«, erklärt Helens Mom energisch und presst ihre Lippen so fest aufeinander, dass sie weiß werden.

Grant hebt beinahe beschwichtigend die Hände. »Ich wollte nicht –«

»Sie will, dass du gehst«, sagt Helen schließlich mit fester Stimme. »*Sofort.*«

Grants Blick fällt auf sie. Er zieht den Kopf ein, als er versteht. Während er sich abwendet, murmelt er ein leises »Entschuldigung«.

Es ist so dramatisch, dass Helen ihm am liebsten nachgebrüllt hätte: *Und wage es nicht, dein dämliches Gesicht jemals wieder hier blicken zu lassen!*

Als wären sie in einem Film und nicht in einer presbyterianischen Kirche, in die sie seit über sieben Jahren keinen Fuß gesetzt haben.

Aber das ist es nicht wert, denn es ist doch ziemlich unwahrscheinlich, dass die Grant Shepards dieser Welt jemals wieder den trauernden Familien Zhang dieser Welt – den atemlosen Müttern, den regungslosen Vätern, den lästernden Tanten und Onkeln und allen anderen – über den Weg laufen werden.

Also führt Helen ihre Mutter zurück zu ihrem Sitzplatz. Während sie den Mittelgang hinuntergeht, fällt ihr Blick auf das Foto der lächelnden Michelle.

Na, das hat dir gefallen, was?, denkt Helen herausfordernd. *Ich wette, das hat dir an deiner Beerdigung am allerbesten gefallen.*

Kapitel 2

Dreizehn Jahre später

A ls Dienstagvormittag das Telefon klingelt, weiß Helen sofort, dass es sich um gute Nachrichten handelt. Ihre Literaturagentin Chelsea Pierce verpackt schlechte Nachrichten gern in teilnahmsvollen, aber prägnanten E-Mails – *Sie wollten es nicht – scheiß auf sie –*, aber wenn es gute Nachrichten sind, greift sie lieber zum Telefon.

»Ich hoffe, du hasst deine Wohnung, du ziehst nämlich schon bald nach Hollywood!«

Helen lacht, und im nächsten Moment meldet sich ihre Skepsis. *Freu dich nicht zu früh. Es ist noch nichts unterschrieben. Es kann immer noch alles den Bach runtergehen.*

In solchen Situationen reagiert sie sofort abergläubisch. Als ihr erstes Buch der *Ivy-Papers*-Reihe veröffentlicht wurde, ermahnte sie sich: *Sei nicht zu vorschnell. Vielleicht hassen es die Leute, oder noch schlimmer: Vielleicht liest es gar keiner.* Nachdem das Buch zum Bestseller geworden war und die *New York Times* sie auf die Liste der aufstrebenden Autorinnen im Bereich Young Adult gesetzt hatte, dachte sie: *Das hat nichts zu sagen. Die Arbeit ist immer noch dieselbe wie vor der Erwähnung auf dieser Liste, und was, wenn ihnen das zweite Buch nicht gefällt?*

Zu jedem Meilenstein ihrer bisherigen Karriere hatte sie stets eine gedankliche Gegenerklärung parat – da war auch die Ankündigung keine Ausnahme, dass ein paar hochgestochene Leute aus Hollywood ihr Buch über launische Privatschüler

13

und ihre dunklen, akademischen Geheimnisse in eine sexy Serie verwandeln wollen.

»Wie gehen Sie mit dem Hochstaplersyndrom um?«, hat sie einmal einen sehr viel erfolgreicheren, erfahreneren Autor während eines Gala-Brunchs gefragt.

»Nun, ab einem gewissen Punkt ist es einfach deplatziert, finden Sie nicht?«, lautete seine Antwort.

Als sie sechs Wochen später die Tür ihrer neuen, direkt am Meer gelegenen Wohnung gegenüber des Santa Monica Piers öffnet (sämtliche Lebenshaltungskosten während der Vorbereitungsphase und der Produktion werden – zusätzlich zum Tagessatz – vom Filmstudio übernommen), denkt Helen, dass sie diesen »gewissen Punkt« vielleicht gerade erreicht hat.

Die Wohnung ist mit teuren beigefarbenen Möbeln ausgestattet, und es riecht wie in einem trendigen Hotel. Es ist Ende September, die Herbstsonne fällt durch die deckenhohe Glasfront, die auf den privaten Balkon hinausführt, und Helen fragt sich, ob sie hier zu einer völlig neuen Person werden wird. Zu jemandem, der auf seine Morgenroutine schwört und seinen inneren Frieden gefunden hat. Im Dachgeschoss gibt es einen Gemeinschaftsbereich, den sie für Partys reservieren kann (sie kennt nicht genug Leute in der Stadt, um eine Party zu schmeißen, aber sie nickt der Hausverwalterin dennoch höflich zu), und von ihrem Küchenfenster aus sieht man auf die Veranda ihrer neuen Nachbarin, der Oscar-Gewinnerin Frances McDormand.

»Das ist so was von L.A.«, meinen ihre Freunde von der Ostküste, als sie es ihnen erzählt.

»Wer?«, fragt ihre Mom während ihres ersten FaceTime-Anrufs von Küste zu Küste.

»Frances McDormand, Mom.« Helen packt seufzend ihren Einkauf aus. »Sie ist Schauspielerin, du kennst sie bestimmt. Sie war in …« Sie hält inne, und es scheint, als wäre Frances McDormands glorreiche, von zahllosen Preisen gekrönte

Karriere wie ausgelöscht. Sie war in *Miss Pettigrews großer Tag*, aber den hat Mom sicher nicht gesehen. »Ich glaube, sie hat mal die Queen gespielt. Oh, und sie war die Mom in *Moonrise Kingdom*!«

»Nein, die kenne ich nicht«, sagt ihre Mom. »Aber egal. Was kochst du zum Abendessen?«

Helen gibt pflichtbewusst Auskunft – *nur etwas Einfaches, ich muss erst noch mehr Töpfe und Pfannen besorgen, und nein, ich vergesse das Gemüse schon nicht, danke, Mom* – und ringt die Hände, während sie einem weiteren vierzigminütigen Vortrag über die zahllosen Erdbeben im L.A. County lauscht.

»Wenn sich die Erde auftut, springe ich direkt in den Spalt, dann ist es kurz und schmerzlos«, sagt sie, als sie mit ihrer Rice-Bowl mit Tomaten und Ei fertig ist. »Mach dir nicht so viele Sorgen. Ich hab dich lieb. Bis bald!«

Sie gibt *Einzug in neue Wohnung in L.A.* in die Spotify-Suchleiste ein und lässt die wohldurchdachte Playlist eines Fremden über die hochmodernen Bluetooth-Boxen abspielen.

Sie ist nie cool genug gewesen, um selbst Songlisten zu erstellen. Solche Dinge überlässt sie lieber anderen Leuten, die die gleichen, soundtrackwürdigen Momente erlebt haben – *gemütlicher Oktobermorgen in der Küche* zum Beispiel, oder: *Aufbruch in eine ungewisse Zukunft* –, und hofft, dass sie ihr ganz genau sagen, welche Songs die Gefühle in solchen Situationen am besten zur Geltung bringen, so wie ein violetter Schal grüne Augen besonders betont.

Während Stevie Nicks schmachtend davon singt, wie die Zeit sie mutiger und Kinder älter werden lässt, verstaut Helen ihre Kleidung nach aufsteigender Länge in dem begehbaren Schrank und denkt über die Momente nach, in denen sich das Leben fein säuberlich in Kapitel einteilen lässt.

Reisen ist eine Möglichkeit, eine neue Seite aufzuschlagen, hat ihre Therapeutin ihr einmal erklärt. *Vielleicht werden Sie endlich fähig sein, etwas Neues zu schreiben.*

Helen streicht das »Vielleicht« in Gedanken mit wilder Entschlossenheit durch.

Sie hofft, dass dieses Kapitel kurz und produktiv ausfallen wird.

Als am Mittwoch das Telefon klingelt, weiß Grant bereits, dass es ein beschissenes Gespräch wird.

»Geh einfach zu dem Meeting«, beschwatzt ihn seine TV-Agentin Fern. »Was ist so schlimm daran?«

»Ich konnte das Buch nicht leiden«, erklärt er, und das stimmt tatsächlich.

Privatschüler im Teenageralter und ihr Sexleben sind nicht gerade seine Welt, und er hat gehofft, dass er seiner Arbeitslosigkeit mit etwas Interessanterem ein Ende setzen würde – etwa mit einem Feature (das er fertigstellen wird, sobald er die Zeit dafür gefunden hat) oder wenigstens mit einem Entwicklungsvertrag (es ist nicht seine Schuld, dass er die wichtigste Phase im Jahr versäumt hat, in der die Studios sich Pitches für neue Projekte ansehen und für die kommende Saison planen, immerhin musste er seiner Mom helfen, die irgendwelche zwielichtigen Handwerker engagiert hatte, deren Arbeit so mies war, dass er den ganzen Sommer über in New Jersey festsaß, um die Böden in ihrem Haus zu entfernen und neu zu verlegen).

»Dann gefällt dir die Vorlage eben nicht, mit solchen Dingen sind wir doch bisher immer klargekommen«, erinnert ihn Fern. »Es macht dich sogar zu einem besseren Kandidaten als irgend so einen Typen, der von den Büchern begeistert war. Du siehst die Schwachstellen und weißt, wie man sie ausbügelt, bla-bla-bla.«

»Ich war an derselben Highschool wie die Autorin«, gesteht er schließlich.

»Aber das ist doch wunderbar …«

16

»Nein«, erwidert Grant missmutig. »Ist es nicht. Sie konnte mich nicht ausstehen.«

»Also das ist ja wirklich lächerlich, jeder mag dich.« Fern klingt, als würde sie sich von der Vorstellung, jemand könne ihn nicht mögen, auf mütterliche Weise angegriffen fühlen. »Außerdem kommt sie gar nicht zu dem Meeting. Du triffst dich lediglich mit dem Show-Runner und den Executive Producern.«

»Ich ...« Er nimmt einen beruhigenden Atemzug – *länger ausatmen, als man einatmet* – und schüttelt den Kopf. »Ich will jetzt nicht darüber diskutieren. Es muss doch noch etwas anderes geben. Was ist mit Jasons Spin-Off? Das war doch ein gutes Meeting, oder?«

»Ihr Budget reicht nicht für einen Drehbuchautor deines Kalibers«, erklärt Fern ausdruckslos. »Und du wirst dich nicht mit dem Gehalt eines Co-Producers zufriedengeben, nachdem wir dich endlich zum Co-EP hochgepusht haben.«

Grants IMDb-Profil fasst seine bisher erreichten Karrierestufen im Bereich Drehbuch folgendermaßen zusammen: *Staff Writer, Story Editor, Executive Story Editor, Co-Producer, Producer* und *Co-Executive Producer.* Viele Drehbuchautoren, die er kennt, haben es nicht über die erste Stufe hinausgeschafft, und so viel unterscheidet ihn nicht von denen. Ihm ist klar, dass er den Erfolg, den er hatte, nicht verdient hat, und er war sich seiner Karriere nie sicher.

Er schluckt eine Ibuprofen und massiert sich die Schläfen.

»Wie wäre es mit einem Feature?«

»Sobald dein Entwurf fertig ist, lese ich ihn sehr gern. Bis dahin bist du Drehbuchautor fürs Fernsehen. Damit verdienst du genug Geld für uns beide. Und in diesem Fall wird keine Pilotfolge gedreht, sondern gleich als Serie produziert. Eine prestigeträchtige« – er verzieht höhnisch das Gesicht, doch Fern geht nicht weiter darauf ein – »und mit Spannung erwartete Serie. Die Leute vom Studio haben dein Material geliebt, der Show-Runner hat bereits deinen Entwurf gelesen. Soll ich ihnen jetzt ernsthaft mitteilen, dass sie bloß ihre Zeit verschwendet haben?«

Grant seufzt. Er weiß irgendwie schon jetzt, dass es ein Fehler ist, als er klein beigibt. »Na gut, dann gehe ich eben zu dem Meeting.«

Am Abend googelt er *Helen Zhang, Young-Adult-Autorin*. Ihr Autorinnenfoto ploppt auf, und sie sieht mehr oder weniger so aus, wie er sie in Erinnerung hat, bloß älter und wohlsituierter. Intelligente, abwägende Augen, dieselbe gerade Körperhaltung wie damals in der Kirche bei der Beerdigung ihrer Schwester. Sie lächelt nicht – die Helen aus seiner Erinnerung hat auch nie gelächelt, also passt das durchaus –, und er sieht nach all den Jahren immer noch die steife, humorbefreite Chefredakteurin der Schülerzeitung in ihr.

Ihre Wege haben sich vor der Nacht, die sein Leben verändert hat, kaum gekreuzt. Helen hing mit den Nerds ab, die allesamt besessen von einer Laufbahn an einer der Elite-Unis waren. Sie gab sich keine Mühe, ihre abwertenden Blicke vor ihm und seinen Freunden vom Football-Team und der Cheerleader-Truppe zu verbergen, und verdrehte bei den Football-Fan-Events der Schule und allem anderen, das seinem Leben als Siebzehnjähriger einen Sinn gab, regelmäßig die Augen.

Und danach … danach hat sie durch ihn hindurchgesehen, sobald sie sich im selben Raum befanden.

Was würde Fern wohl sagen, wenn er ihr erklären würde, dass er den Job aus Rücksicht auf seine psychische Gesundheit nicht annehmen kann? Er lacht über sich selbst. Sie würde ihn vermutlich an seine Hypothek erinnern (er hätte den Bungalow in Silver Lake nicht kaufen sollen, aber er hatte angenommen, dass *The Guys* vor der endgültigen Absetzung zumindest noch eine letzte Staffel bekommen würde), ihm das attraktive Gehalt (minus zehn Prozent) schmackhaft machen und ihm erklären, dass Therapien Geld kosten.

18

Als er ein paar Tage später einen Anruf erhält und ihm der Job offiziell angeboten wird, hat er beschlossen, sich nicht mehr zu wehren. Eine Therapie kostet tatsächlich Geld, und falls Helen Zhang ein Problem damit hat, dass er zur Drehbuch-Crew für ihre Serie zählt, dann kann sie das gern mit seinem Anwalt für Medienrecht besprechen.

Kapitel 3

Helen steht auf dem Parkplatz am Fuß des Fryman Canyons und dehnt ihre müden Muskeln. Die frühmorgendliche Kälte hat sich wie eine schattenhafte Decke über die parkenden Autos gelegt.

Mein Kalender ist geradezu abartig voll, aber ich würde mich freuen, wenn Sie mich auf meinem täglichen Morgenspaziergang begleiten, stand in der E-Mail von Suraya, die als Show-Runner für die Serie verantwortlich sein wird. *Fryman ist eine hübsche Strecke, wenn man sie noch nie gelaufen ist, und es wäre von meinem Haus bloß die Straße hoch.*

Helen ruft Surayas Adresse in Studio City auf der Homepage der Immobilienplattform *Zillow* auf (gekauft vor neun Jahren für moderate 1,3 Millionen Dollar) und klickt sich aus reiner Neugierde durch die Innenansichten. Eine weiterführende Recherche ergibt, dass Suraya mit einer Mixed-Media-Künstlerin liiert ist, mit der sie zwei reizende Kinder im Grundschulalter hat.

Sie überlegt, ob sie ihre Rechercheergebnisse an ihre beiden engsten Autoren-Freundinnen Pallavi und Elyse schicken soll. Es gab eine Zeit, da hätte sie den *Zillow*-Link in ihren Gruppenchat gestellt, ohne einen weiteren Gedanken daran zu verschwenden, und die beiden hätten sich darauf gestürzt wie Ameisen auf einen Picknickkorb.

Pallavi, Elyse und Helen haben sich vor fast zehn Jahren kennengelernt, als sie alle drei als junge, aufstrebende Autorinnen eine Lesung in einer Buchhandlung besuchten, die so vollgestopft war, dass man die Antworten des gefeierten Schriftstellers in der letzten Reihe unmöglich verstehen konnte. Pallavi hatte damals gerade mal zwanzigtausend Abonnenten auf YouTube, und Elyse hatte bereits eine Kurzgeschichtensammlung veröffentlicht, während Helen als Assistentin in einem Verlag arbeitete, der sich auf wissenschaftliche Anthologien spezialisiert hatte, und davon träumte, dass ihre Vorgesetzten eines Tages erkennen würden, dass ein literarisches Genie ihre E-Mails verfasste und Termine vereinbarte. Sie waren nicht die Art von Freundinnen, die sich jedes Wochenende zum Brunch trafen. Elyse bezeichnete Pallavi gern als verzweifelt, Pallavi fand Elyse zu wertend, und Helen war sich sicher, dass sie den beiden viel zu ernst vorkam und sie nicht glaubten, dass man mit ihr auch Spaß haben konnte. Aber sie bekamen alle innerhalb eines Monats ihre ersten Buchverträge – ein Zufall, der sich in ihren frühen Zwanzigern wie ein Wink des Schicksals anfühlte –, und so gingen sie eine Art strategische Schwesternschaft ein. Sie trafen sich mehrmals im Monat, um »Pläne zu schmieden«, tauschten sich über ihre aufkeimenden Karrieren aus und beantworteten die Fragen der anderen (Auf welchem Foto wirke ich am interessantesten? Würdest du mein Buch wirklich kaufen, wenn es dieses grauenhafte Cover hätte?) mit der Ehrlichkeit junger, strebsamer Menschen, die die großen Ambitionen der anderen respektierten.

Ihre Treffen waren in den letzten Jahren seltener geworden, aber sie feierten immer noch die Veröffentlichung ihrer Bücher gemeinsam und auf Social Media, sie amüsierten sich in Nachrichten über alberne Dinge, die jemand aus ihrem gemeinsamen Bekanntenkreis bei einem Interview von sich gegeben hatte, sie diskutierten über Screenshots von diversen E-Mails *(Bin ich verrückt, oder hasst mich mein neuer Lektor?)*, und sie trafen sich mindestens einmal im Quartal auf ein paar Drinks.

»So werden Freundschaften unter Erwachsenen definiert«,

meinte Pallavi bei ihrem letzten Treffen im April. »Nehme ich mir zumindest zweimal im Jahr Zeit für ein persönliches Treffen? Dann sind wir gut befreundet. Schaffen wir es öfter als zweimal? Dann sind wir praktisch eine Familie.« Sie lachten gemeinsam, und Helen verspürte eine gewisse Erleichterung – *so fühlt sich das Erwachsenenleben an.*

Aber seit die Neuigkeit raus ist, dass ihr Buch verfilmt werden soll, ist sie sich da nicht mehr so sicher. Sie hat den beiden im Juli geschrieben, nachdem sie den Vertrag unterzeichnet hatte, und als Antwort bloß ein knappes *Gratuliere* von Pallavi und ein Konfetti-Emoji von Elyse erhalten. Danach gab es mehrere Instagram-Posts, die nahelegten, dass sich die beiden ohne sie auf einen Drink getroffen hatten, und sie fragte sich, ob ihr etwas Offensichtliches entgangen war und ob sie die beiden um eine Erklärung bitten konnte, ohne auf erbärmliche Weise bedürftig zu wirken (die Antwort war Nein). Sie hat ein Treffen zu dritt vorgeschlagen, aber sie haben in den Monaten vor ihrer Abreise nach L.A. keinen passenden Termin mehr gefunden.

Nun beschleicht sie das bange Gefühl, dass sie nie wieder etwas von Pallavi und Elyse hören wird, wenn sie aufhört, den beiden zu schreiben.

Das sind vermutlich die Dinge, über die man normalerweise mit seiner Schwester reden würde – mit einer richtigen Schwester, nicht mit einer, die gezwungenermaßen dazu geworden ist. Mit einer Schwester, mit der man aufgewachsen ist und die ohne große Erklärung versteht, warum dein fehlerhaftes Gehirn derart subtile Veränderungen der Dynamik in einer sozialen Gruppe nicht verarbeiten kann, ohne in dramatisch tiefer Verzweiflung zu versinken. Andererseits würde sie der Verlust von Freundschaften wohl nicht so sehr treffen, wenn sie noch eine Schwester hätte, mit der sie reden könnte, und sie zwingt ihre Gedanken in eine andere Richtung, bevor sie sich in altbekannte gefährliche Gefilde begeben.

Neues Kapitel, neue Probleme.
Als sie Suraya näher kommen sieht (»Endlich! Zoom schafft es einfach nicht, die Essenz einer Person einzufangen, nicht wahr?«), fällt es ihr schwer, sich nicht beeindruckt, fasziniert und geschmeichelt zu fühlen, dass diese viel beschäftigte und angesehene Frau die Verantwortung für ihre Serie übernehmen möchte. Suraya ist kleiner als sie, was die Tatsache, dass es echt schwer ist, mit ihr Schritt zu halten, noch beeindruckender macht.

»Sie sind natürlich unser kreatives Genie – vierzig Wochen auf der Bestseller-Liste sprechen für sich«, meint Suraya, als der Wanderweg sie an einer schnatternden Gruppe junger, bestens ausgestatteter Influencer vorbeiführt. »Wir sind sehr froh, dass Sie sich zu den anderen in den Writers' Room gesellen werden.«

Helen hat sich während der Eingangsbesprechungen mit dem Produzenten einen Platz im Team der Drehbuchautoren erbeten und mit einem klaren Nein gerechnet – ihre Agentin hat ihr unzählige Schauergeschichten über andere Autoren erzählt, die sich Schreiduelle mit den Drehbuchautoren geliefert haben, und über Projekte, die geplatzt sind, weil der Autor sich zu sehr eingemischt und die Experten nicht in Ruhe ihre Arbeit machen lassen hat. »Wir können nachfragen, aber ich würde nicht darauf beharren«, meinte Chelsea zurückhaltend. »Es kann ziemlich hart sein, einem Haufen Drehbuchautoren dabei zuzusehen, wie sie dein Buch neu schreiben.«

Umso überraschter war Helen, als Suraya sofort zugestimmt und ihr versichert hat, dass sie im Writers' Room herzlich willkommen sei.

»Ich habe sämtliche Bücher gelesen, die Sie mir empfohlen haben«, erklärt Helen nun, erpicht darauf zu zeigen, dass sie ihre Hausaufgaben gemacht hat. »Und ich weiß, dass sich einiges aus den Büchern ändern wird. Ich werde nicht übermäßig exzentrisch und nervtötend sein, versprochen.«

Suraya winkt ab. »Seien Sie ruhig exzentrisch und nervtötend, wenn es Ihnen wichtig erscheint. Das ist Ihre Rolle im Writers' Room. Beschützen Sie das Buch, wenn wir uns zu weit davon entfernen. Es bringt nichts, wenn wir so viel Arbeit hineinstecken, und am Ende hassen Ihre Leser alles, was wir getan haben.«

Helen nickt. »Natürlich. Aber das werden sie nicht. Ich vertraue Ihnen.«

Suraya wirft ihr lachend einen Seitenblick zu. »Das ist wirklich nett«, sagt sie. »Aber ich würde mich in dieser Stadt an Ihrer Stelle mit solchen Äußerungen zurückhalten.«

»Ist L.A. wirklich so schlimm?« Helen ist klar, dass sie wie eine arglose Hinterwäldlerin wirkt. Aber da die Leute sie ohnehin dafür halten werden, kann sie es genauso zu ihrem Vorteil nutzen.

»L.A. ist im Prinzip eine Industriestadt, was gut ist, wenn man derart von seiner Arbeit besessen ist wie ich«, erklärt Suraya. »Es ist bloß so, dass die Leute hier dazu neigen, von Anfang an überfreundlich zu sein, und manchmal vergessen, dass ihre eigenen Interessen nicht unbedingt immer mit denen des Gegenübers übereinstimmen, und im nächsten Augenblick findet man sich in der *Deadline* wieder – das ist ein Branchenblatt, das Sie unbedingt lesen sollten, falls Sie es nicht schon tun –, weil das Projekt wegen ›kreativer Differenzen‹ gescheitert ist.«

»Oh.« Helen ist unsicher, was sie darauf erwidern soll.

Suraya wirft ihr einen scharfsinnigen Blick zu. »Wir wollen beide, dass diese Serie gut wird. Vergessen Sie das nie, wenn die Dinge, die wir im Writers' Room von uns geben, Sie zwischendurch um den Verstand bringen.«

»Das mache ich. Aber dazu wird es nicht kommen. Ich freue mich, dass ich dabei sein darf«, sagt Helen bekräftigend, und ihr wird klar, dass sie es auch so meint.

»Oh doch, das wird es.« Suraya lacht, und sie erreichen

den höchsten Punkt ihrer Wanderung. »Ich bin eine sehr nervenaufreibende Person, wenn man zu viel Zeit mit mir verbringt, und das werden Sie. Und ich bin nicht die Einzige. Wir haben noch sechs weitere Drehbuchautoren, das sind zu viele, um die nächsten zwanzig Wochen gänzlich ohne zwischenmenschliche Streitigkeiten hinter sich bringen zu können.«

»Ich freue mich schon darauf, die anderen kennenzulernen«, sagt Helen.

»Sie sind toll«, versichert ihr Suraya. »Meine Assistentin plant ein Abendessen und Drinks, bevor wir anfangen, damit Sie nicht ins kalte Wasser springen müssen. Sind Sie aufgeregt? Nervös?«

Helen nickt. »Die ganze Gefühlspalette. Wie am ersten Schultag.«

Sie ist sich ziemlich sicher, dass sie ehrlich geantwortet hat, aber sie ist sich nicht sicher, ob »Gefühle« der richtige Ausdruck für die verworrenen Gedankenstränge in ihrem Kopf ist. Das hier muss unbedingt klappen. Sie muss unbedingt beweisen, dass es eine gute Entscheidung war, ihr Leben in New York für ein Sabbatical in Hollywood aufzugeben. Sie muss unbedingt diese unerwünschte Blockade loswerden, die dazu führt, dass sie Ideen für eine neue prägnante Young-Adult-Reihe mit einer Geschwindigkeit plant und verwirft, die derart alarmierend ist, dass sie es sogar bei ihrer Therapeutin zur Sprache gebracht hat. *»Was, wenn ich keine andere Geschichte in mir habe?«*, wollte sie wissen, während sie sich (peinlicherweise) fragte: *Wer bin ich, wenn ich keine erfolgreiche Autorin bin?*

Suraya lächelt. »Meine Jüngste hat letztes Jahr mit der Vorschule begonnen. Sie war unglaublich aufgeregt, aber dann hat sie den ganzen ersten Tag nur geweint und wollte, dass wir sie abholen, weil sie die anderen Kinder nicht mochte.«

»Das wird mir nicht passieren«, verspricht Helen.

»Natürlich nicht. Das war keine Metapher, ich wollte Ihnen bloß etwas über meine Kinder erzählen.«

»Oh«, haucht Helen ein wenig verlegen.

»Das ist ein Berufsrisiko«, meint Suraya. »Es ist Teil unserer Arbeit, viel zu viele persönliche Details preiszugeben, und zwangsläufig landet irgendwann eine völlig belanglose Information auf dem Tisch, sodass man plötzlich irrelevante Dinge über die Kinder anderer Leute weiß.«

»Haha«, erwidert Helen und fühlt sich wie eine Idiotin.

»Man gewöhnt sich dran.« Suraya klopft ihr sanft auf die Schulter. »Ach, und wenn Sie dort hinaufblicken, dann sehen Sie George Clooneys Haus.«

Grant wechselt bereits zum dritten Mal vor dem Dinner das T-Shirt und kommt sich zum dritten Mal dämlich dabei vor.

Schließlich entscheidet er sich für ein einfaches schwarzes T-Shirt und eine Varsity-Crew-Jacke, die er vor ein paar Jahren auf dem Flohmarkt an der Melrose Avenue gekauft hat. Er war zwar weder auf der Highschool noch am College in der Rudermannschaft, aber seine Ex-Freundin Karina hat ihm versichert, dass das keine Rolle spielt. *»Es wird cool aussehen, wenn du sie am Set trägst.«* Und das stimmte. Zumindest in Kleidungsfragen hat sie ihn nie falsch beraten.

Die letzten eineinhalb Wochen hat er darüber nachgegrübelt, ob er mit Helen in Kontakt treten soll, bevor der Writers' Room beginnt, die Entscheidung aber so lange hinausgeschoben, bis es zu spät war, und nun sitzt er in einem Uber, das ihn zu einem Fisch-Restaurant an der West Side bringt, und überlegt, ob die Varsity-Jacke vielleicht ein Fehler war.

Vielleicht war die ganze Sache ein Fehler, aber jetzt ist es zu spät für einen Rückzieher.

Als er an den für sie reservierten Tisch tritt und Helen nirgendwo entdeckt, ist er nicht erleichtert, sondern spürt, wie

26

sich langsam Angst in ihm breitmacht. Irgendetwas wird passieren – er spürt, dass sich das kosmische Gleichgewicht gegen ihn wendet –, und er möchte es eher früher als später hinter sich bringen.

»Schön, dass du auch endlich vorbeischaust«, meint Suraya, die bereits ein Mini-Crab-Cake in der Hand hält. »Alle zusammen, das ist Grant, meine Nummer zwei.«

Es sind die üblichen Verdächtigen, die sich zu dieser Schwülstiges-Teen-Drama-Ausgabe des Writers' Room zusammengefunden haben. Das Autorenteam bestehend aus Ehemann und Ehefrau, die klug-witzig-gemeinen Mittzwanziger, und die Mini-Suraya, die in diesem Fall Saskia heißt und Suraya offensichtlich an ihr zwanzig Jahre jüngeres Ich erinnert.

Suraya hebt den Blick und strahlt. »Und hier ist unser Ehrengast, Helen Zhang.«

Alle am Tisch jubeln, und auch Grant sieht auf.

Sie ist es.

Die Helen Zhang der Gegenwart. Sie sieht … gut aus. Die Haare hat sie zu einem Messy Bun zusammengebunden, und aus dem Plisseerock ihres dunkelblauen Strickkleids blitzt immer wieder ein hellblauer Schimmer auf, während sie näher kommt. Sie wirkt furchteinflößend, wie aus dem Ei gepellt und erwachsen, und er fühlt sich mit einem Mal schrecklich unvorbereitet auf diesen Moment.

Helen lächelt zaghaft, während sie von einem zum anderen blickt und ihm dabei glücklicherweise keine besondere Beachtung schenkt – er kann nicht beurteilen, ob es Absicht ist oder sie ihn schlichtweg nicht erkannt hat.

»Helen, das sind Tom, Eve, Owen, Saskia, Nicole und Grant.«

Helen fährt zu ihm herum, und er fühlt sich wie ein aufgespießtes Insekt.

»Wir kennen uns«, erklärt sie knapp. Ihr schneidender

Tonfall erinnert ihn an eine Schere, die sofort jeden Faden des Schicksals durchtrennt, der die Frechheit besitzt, sich zu entspinnen. »Grant und ich waren an derselben Highschool.«

Sie hat ihn sofort wiedererkannt, wie er da so neben Suraya steht, als wäre das alles ein kosmischer Witz. Er überragt immer noch alle, sieht allerdings schlanker aus als zu seiner Highschool-Football-Zeit. *Trägt er tatsächlich eine Collegejacke?* Kurz fragt sie sich, ob das hier ein schlechter Scherz für die *Versteckte Kamera* ist.

Suraya zieht die Augenbrauen hoch und wirft Grant *(Grant!)* einen verwirrten Blick zu. »Das hast du in deinem Vorstellungsgespräch aber nicht erwähnt.«

Grant schlüpft aus seiner Jacke und nippt an seinem Wasser. Er will offensichtlich Zeit gewinnen. Dabei mustert er sie über den Rand seines Glases hinweg. Obwohl sie weiß, dass sie es nicht sein sollte, ist sie gespannt, was er als Nächstes sagen wird, und starrt auf die Muskeln an seinem Hals (wann hat sie sich zuletzt Gedanken über Grant Shepards Hals gemacht?). Schließlich schluckt er und stellt beiläufig das Glas ab.

»Ich fand es nicht fair. Die Schule in den Büchern ist nicht vergleichbar mit der Schule, an der wir waren«, erklärt er lässig und wendet den Blick von ihr ab, als wäre das alles nicht weiter wichtig. »Außerdem wollte ich den Job, weil du immer schon an mich als Drehbuchautor geglaubt hast, Suraya.«

»Speichellecker.« Suraya verdreht die Augen. »Er ist meine Nummer zwei«, erklärt sie Helen. »Wenn ich nicht da bin, hat Grant das Kommando im Writers' Room.«

»Ah.« Ihr Mund ist trocken und ihr wilder Herzschlag dröhnt in ihren Ohren, während sie mit aller Kraft versucht, sich normal zu verhalten, was auch immer das in diesem Umfeld bedeutet.

Grant hebt den Blick und sieht sie an. *Komm schon*, scheint sein Gesichtsausdruck ihr sagen zu wollen. *Es muss nicht unangenehm sein, wenn wir es nicht zulassen.*

Es ist, als würde er eine Verbindung nutzen, die nur entsteht, wenn zwei Leute dreizehn Jahre lang versuchen, dieselbe Sache zu vergessen, und sie befürchtet, sich gleich übergeben zu müssen.

»Du musst uns nachher sämtliche Peinlichkeiten aus Grants Highschool-Zeit erzählen«, meint Suraya, mit der sie mittlerweile per Du ist – so, wie mit allen anderen im Team.

»Was gibt es Leckeres zu essen?«, fragt Helen stattdessen.

Und auch wenn sie mit jeder Faser ihres Körpers spürt, dass es falsch ist, dass so etwas unmöglich passieren kann, dass es doch Gesetze geben muss, die so etwas verhindern – isst sie sich durch eine endlose Abfolge an Appetithäppchen und lacht höflich über die Witze der anderen, die das Eis brechen sollen, während Grant Shepard am anderen Ende des Tisches sitzt.

Es wird zu einem heimlichen Spiel, wer normaler damit umgehen kann, und vielleicht schaffen sie es sogar die nächsten zwanzig Wochen, Höflichkeiten auszutauschen und sich respektvolle Blicke zuzuwerfen, ohne dass jemand Helens tote Schwester oder die Art, wie sie zu Tode kam, zur Sprache bringt.

Manchmal wünschte ich, du wärst nicht meine Schwester.

Als Suraya nach dem Essen vorschlägt, auf die Dachterrasse umzuziehen, geht Helen voran, um einen Tisch zu besetzen, während die anderen sich frisch machen und mit Freunden und Babysittern telefonieren. Grant kommt als Erster mit zwei Drinks hinterher – Margaritas, was sich unangemessen feierlich anfühlt. Er zögert kurz, was ihm so gar nicht ähnlich sieht und sie sofort wütend werden lässt.

»Ist einer davon für mich?«, fragt sie.

»Wenn du möchtest.« Er stellt das Glas ab.

Ihre Leben hätten weit, weit entfernt voneinander verlaufen sollen, ohne dass sie sich nach dem Abschluss jemals wiedersehen. Helen nimmt einen Schluck und weiß, dass sie das Spiel, das sie spielen – und von dem sie nicht einmal weiß, worum genau es sich handelt –, verlieren wird.

»Ich finde, du solltest aussteigen«, erklärt sie plötzlich. Grant hebt die Augenbrauen, dann nippt er gelassen an seinem Drink. »Ach, findest du das?«, fragt er gelangweilt.

Sie hasst die Tatsache, dass ihm nichts, was sie sagt oder tut, nahegeht, während sie weder ein noch aus weiß. Das Gefühl, das sie am ganzen Körper beben lässt, ist gleichzeitig vertraut und völlig fremd. Die unerwartete Nähe zu ihm. Ihr Herz springt ihr beinahe aus der Brust, und sie steht kurz davor, auf dem Holzboden der Dachterrasse zusammenzubrechen oder den Mörder ihrer Schwester genau dorthin zu befördern. *Was rein rechtlich gesehen nicht stimmt*, erinnert sie sich. *Es war nicht seine Schuld.* Trotzdem würde ihr gebrochenes Herz ihm am liebsten ins Gesicht schlagen.

»Ja. Es ist mehr als unangebracht – und grausam –, dass du hier bist.«

Ihr ist bewusst, dass sie mal wieder schrecklich formell klingt, als wäre sie von viktorianischen Geistern großgezogen worden, und sie bereut sofort, dass sie überhaupt etwas gesagt hat.

»Das wäre etwas übertrieben, nicht wahr?«, fragt er, wie der größte Arsch.

»Nein, eigentlich nicht. Wie … wie ist es überhaupt dazu gekommen?«

»Sie haben mir dein Buch geschickt, ich war bei dem Meeting, Suraya ist toll, sie findet mich toll, und hier sind wir nun.«

»Du hättest niemals zu diesem Meeting gehen sollen«, erklärt Helen. Der Alkohol und die Wut lassen ihre Wangen glühen. »Du hättest ablehnen sollen. Dir etwas anderes suchen. Irgendetwas.«

»Tja …« Er lacht. »Na ja.«

»Hast du kein schlechtes Gewissen, dass du den Job angenommen hast?«, fragt sie.

»Nein, eigentlich nicht«, antwortet er und kippt den Rest seines Drinks herunter. »Ich habe eine Hypothek und Rechnungen zu bezahlen, und auch wenn jemand, der zwei Sekunden nach seiner Landung in L.A. bereits einen angenehmen Job als Drehbuchautorin in der Tasche hat, glaubt, dass die Jobs hier bei uns vom Himmel fallen, bloß weil er Glück gehabt hat, ist es bei Weitem nicht so.«

Wie kann er es wagen!, protestieren die viktorianischen Geister in ihrem Kopf.

»Ich hatte kein *Glück* – es ist *mein* Buch«, erklärt sie bissig. »Und wenn es dir finanziell nicht so gut geht, ist das zwar schade, aber nicht mein Problem, oder?«

Grant stößt die Luft aus, kneift die Augen zusammen und presst einen Finger an die Schläfe. Er sieht aus, als hätte er Schmerzen. *Gut.*

Als er schließlich erneut das Wort erhebt, klingt seine Stimme kontrolliert und ruhig, und sein Blick ist direkt auf ihre Augen gerichtet. »Helen, ich wollte deine Schwester nicht töten, und ich musste seit damals jeden einzelnen Tag damit leben. Ich bitte dich nicht, mir zu verzeihen, aber du weißt so gut wie ich, dass sie einfach vor ein x-beliebiges Auto gesprungen ist. Es hätte jeden treffen können, aber es war nun mal zufällig meines.«

Sie kann nicht glauben, was er da gerade gesagt hat, vielleicht hat sie ihn falsch verstanden. Sie meint, einen Funken Verzweiflung in seinem Blick zu erkennen, und seltsamerweise fragt sie sich, was in Grant Shepards Leben passiert ist, seit sie ihn zum letzten Mal gesehen hat.

»Das ist mir egal«, zischt sie. »Es war *dein* Auto. *Du* bist gefahren.«

Grant zuckt zusammen, und ein rachsüchtiges Gefühl der Befriedigung macht sich in ihr breit. Dieser Abend hätte der

Beginn eines neuen Kapitels werden sollen. Ein Karriere-Highlight. Die Tatsache, dass sie sich Gedanken über diesen verdammten Grant Shepard macht, scheint ein grausamer Scherz des Universums zu sein und ein Zeichen dafür, dass sich kleine Schwestern selbst aus dem Grab heraus an Orte schleichen, an denen sie nicht erwünscht sind.

»Ich will nicht, dass du an der Serie mitarbeitest«, erklärt Helen.

Sie spürt das Verlangen, ihre Worte zu unterstreichen, indem sie ihm den Finger in die Brust sticht, aber es gibt wohl nichts Unangebrachteres, als Grant Shepard auch noch zu berühren.

»Okay, aber ich werde nicht kündigen«, erwidert er, und sein Blick ist kalt, hart und *leer*. »Wenn du mich loswerden willst, geh zu Suraya.«

Man hört bereits, wie die anderen Drehbuchautoren die Treppe zur Dachterrasse heraufkommen, und ihr Gespräch endet abrupt. Grant setzt ein höfliches, aber gleichmütiges Gesicht auf. *Was für ein Monster*, denkt Helen automatisch.

»Ich muss leider schon gehen«, erklärt er Tom, dem Mann des Autorenehepaars. »Es war nett, euch alle wiederzusehen, und ich freue mich auf die gemeinsame Arbeit.« Er prostet Helen mit dem verbitterten Abklatsch eines Lächelns und einem Glas Wasser zu und macht sich auf den Weg nach unten.

Saskia, die kleingewachsene asiatische Autorin, die aussieht, als hätte sie gerade ihren Schulabschluss gemacht, setzt sich auf Grants Platz und schenkt Helen ein zögerliches und gleichzeitig hoffnungsvolles Lächeln.

»Es ist so schön, dich kennenzulernen«, erklärt sie aufgeregt, und das ist mehr, als sie den ganzen Abend über von sich gegeben hat. »Ich hoffe, es ist okay, wenn ich das jetzt sage, aber ich bin ein Riesenfan. Es ist mein erster Job als Mitarbeiterin im Writers' Room, und allein die Einladung zum Bewerbungsgespräch war ein unfassbares Glück.«

Neue Szene. Helen schlägt in Gedanken eine leere Seite auf und zwingt sich, Saskias Lächeln zu erwidern. »Es ist auch mein erstes Mal beim Fernsehen«, gesteht sie. »Als hätte man mich kopfüber ins Haifischbecken gestoßen.«

»Dann können wir einander beistehen«, beschließt Saskia eifrig. »Es ist kaum zu glauben, wie jung du bist. Und du hast schon so viel erreicht.«

Helen kommt dieser Satz bekannt vor. Seit ein paar Jahren kommen immer wieder andere junge asiatische Autorinnen auf sie zu – bei Veranstaltungen, über die persönlichen Nachrichten auf diversen Social-Media-Plattformen, und manchmal sogar per E-Mail, wenn sie besonders unerschrocken sind und es schaffen, die Adresse herauszufinden. Sie sagen, dass sie zu ihr aufsehen. Sie wollen wissen, wie sie es geschafft hat. Sie sind stolz auf sie, und vielleicht auch ein wenig neidisch. Früher hat sie sämtliche Bitten um Ratschläge beantwortet – sie fühlte sich geschmeichelt, wollte helfen, und vielleicht war es auch ein sicherer Rahmen, um etwas von ihren verdrängten Schuldgefühlen zu kanalisieren. *Ich bin ein gutes Vorbild*, sagte sie sich bei jeder wohldurchdachten Antwort. *Ich bin ein gutes Mitglied der Gemeinschaft. Ich hinterlasse metaphorische Landkarten und Hinweisschilder für alle, die nach mir kommen.* Doch irgendwann wurde es zu viel – der Erfolg wurde größer, und sie wurde von Anfragen überschwemmt –, und mit jeder unbeantworteten Nachricht wuchs auch das schlechte Gewissen, das sie verdrängen musste.

Sie sieht Saskia an und versucht, so etwas wie eine kleine Schwester in ihr zu sehen.

Michelle hätte dich gehasst. Der bissige Gedanke kommt völlig unerwartet. *Du wirkst zu erbittert.*

Suraya wirft Helen einen Blick zu, als wollte sie fragen, ob alles in Ordnung sei.

Helen schluckt. *Nein, es ist nicht alles in Ordnung.*

Sie spürt einen Stich im Herzen und gleich darauf im ganzen Körper, als sie sich vorstellt, den Satz laut auszusprechen. Sie stellt sich vor, wie Suraya sie ansehen würde, wenn sie ihr sorgfältig zusammengestelltes und offensichtlich auch freundschaftlich verbundenes Autorenteam noch vor dem ersten Tag im Writers' Room sprengt. Sie stellt sich vor, wie sie alles hinwirft und mit eingezogenem Schwanz nach Manhattan zurückkehrt – *es hat sich herausgestellt, dass man es doch nicht »überall« schafft, bloß, weil man es hier geschafft hat.*

Sie drückt die Schultern durch. Sie kann das.

Sie wird Grant Shepard nicht die Genugtuung geben.

Helen nickt Suraya zu und lächelt. Ihr geht es großartig.

Grant schafft es, die Panikattacke die ganze vierzigminütige Uber-Fahrt lang von der West Side nach Silber Lake im Zaum zu halten. Doch sobald er seine Alarmanlage deaktiviert hat und sie leise piept, ist alles vorbei.

Er sieht dunkle Punkte und hat ein Klingeln in den Ohren, und es ist einfach zu wenig Luft im Flur, als er in die Küche stolpert. Mit zitternden Händen zieht er sein Handy heraus und scrollt durch die Kontakte. Er könnte seine Therapeutin anrufen, aber es ist spät, und sie hat Kinder. Fern, seine Agentin, fällt sofort flach. Sie reagiert allergisch auf Gefühle.

Er scrollt weiter – andere Drehbuchautoren, Leute, mit denen er in geschlossenen, professionellen Settings Wunden aufgerissen hat, um neue Geschichten zu finden und erzählen zu können. Keiner von ihnen steht ihm auf persönlicher Ebene nahe genug, um ihn an einem Freitagabend um elf durch eine Panikattacke zu begleiten.

Sein Daumen wischt über Tropfen, die plötzlich auf dem Display landen – verdammt, er weint – und stoppt bei *Karina, Kostüm.*

Sie geht nach dem dritten Klingeln ran.

»Ich habe fünf Minuten, dann muss ich zurück aufs Set. Was ist los?«, fragt sie.

»Ich, ähm, ich … ich habe eine Panikattacke«, erklärt Grant.

»Scheiße«, erwidert sie. »Ist jemand bei dir?«

»Nein.« Er fühlt sich wie der größte Versager.

»Atme«, befiehlt sie. »Länger ausatmen als einatmen. Eins … zwei … drei.« Sie zählt weiter, bis sie bei zehn angelangt sind und seine Atmung wieder regelmäßig ist.

»Danke«, sagt er. »Tut mir leid, dass ich dich von der Arbeit fortgeholt habe. Es ist nur … ich hatte sonst niemanden.«

»Willst du mir erzählen, was passiert ist?«, fragt sie.

»Ähm.« Er denkt daran, wie unfair das hier ihr gegenüber ist. Daran, dass sie vor fünf Monaten Schluss gemacht haben und er ihr immer noch ein paar Schallplatten zurückgeben muss. »Nein. Es ist nicht wichtig. Du solltest zurück zum Set.«

Es folgt eine Pause am anderen Ende der Leitung.

Schließlich seufzt sie. »Du solltest dir jemanden zum Reden suchen, Grant. Nicht mich, aber … irgendjemanden …«

»Ja. Danke.«

»Schönen Abend noch«, sagt sie und legt auf.

Grant weiß, dass er vermutlich ganz leicht »irgendjemanden zum Reden« finden würde. Da ist zuallererst seine Therapeutin, zu der er ohnehin wieder einmal gehen sollte. Aber es gab auch Zeiten, da war ihm elf Uhr abends noch nicht zu spät, um sich in einer Bar eine hübsche, verständnisvolle Frau mit einem offenen Ohr zu suchen. *Jeder mag dich*, hat seine Agentin ihm versichert, und das stimmt zum Großteil auch. Er ist nicht unattraktiv und strahlt gerade genug Traurigkeit aus, um interessant zu wirken.

Der Anfang ist noch nie Grants Problem gewesen. Es ist vielmehr so, dass keine seiner Beziehungen den zweiten Akt überlebt. Mit ihm auszugehen, mit ihm zu leben, ihn zu lieben macht am Ende alle zu traurig, weil er sie zu viel braucht. Und er fühlt sich immer zu schönen, komplizierten Frauen hingezogen, die klug genug sind, um irgendwann zu verstehen, dass es *nicht in ihrer Verantwortung liegt, ihn zu therapieren, auch wenn sie inständig hoffen, dass es ihm eines Tages wieder gut gehen wird.*

Während er sich den Geschmack des missglückten Abends von den Zähnen putzt, überlegt er, ob Helen es Suraya schon gesagt hat. Er fragt sich, wie sich das Gespräch wohl angehört hat.

»Ist dir klar, dass du einen Mörder engagiert hast?«

Suraya würde nach Luft schnappen und Helen versichern, dass sie keine Ahnung hatte, und dann würde sie Grants Agentur anrufen und ihnen die Hölle heiß machen, weil sie sie in eine so grauenhafte Situation gebracht haben, ohne sie vorher darüber aufzuklären. Man würde ihn fallen lassen, er würde nie wieder einen Job bekommen, und alle, mit denen er jemals zusammengearbeitet hat, würden flüstern: *Wir wussten es. Wir wussten, dass etwas mit ihm nicht stimmt. Wir haben es alle gespürt.*

Ihm ist klar, dass er übertreibt und dass das theoretisch ungesund ist, aber irgendwie fühlt er sich damit besser. Mit der Vorstellung, dass ihn seine Vergangenheit einholt. Dass der Tag, vor dem er sich so lange gefürchtet hat, endlich da ist. Er spielt alle Worst-Case-Szenarien durch, bis er zu dem ältesten seiner verdrängten Gedanken vorstößt, den er tief unter jahrelangen Therapiesitzungen und den gut gemeinten Behauptungen seiner Freunde begraben hat, denen er nicht annähernd so viel Glauben schenkt wie der Wahrheit. Er hätte es verhindern können. Hätte er bloß schneller gebremst. Wäre er bloß aufmerksamer gewesen.

Grant weiß, dass er zu Recht Schuldgefühle hat und dass er diese vermutlich für den Rest seines Lebens haben sollte. Im Vergleich zu dem großen Ganzen ist es ein geringer Preis, den er zu zahlen hat.

Er hätte sich bei Helen entschuldigen sollen, als er die Chance dazu hatte. Und das hätte er auch getan, wenn er bei klarem Verstand gewesen wäre. Vielleicht kann eine Entschuldigung die Sache noch retten. Er beschließt, ihr morgen eine E-Mail zu schreiben.

Dieser Gedanke ist beruhigend genug, dass er schließlich einschläft, wobei er als letztes Bild Helen Zhang vor Augen hat, die ihn zuerst als Teenager und dann als Erwachsene mit einem kühlen, fordernden Blick ansieht und ihm mit fester Stimme erklärt, was er im Geheimen schon immer gewusst hat – dass seine Anwesenheit nicht erwünscht ist und er sich verziehen soll, bevor er irgendjemanden noch mehr verletzt. *»Ich weiß«*, erklärt er Helen in seinem Traum, der eigentlich eine Erinnerung ist. *»Wann hörst du endlich auf, mich daran zu erinnern?«*

Helen kann nicht schlafen, also steht sie auf und tut, was sie immer tut, wenn sie nicht schlafen kann und sich selbst nicht genug liebt, um sich davon abzuhalten. Sie holt ihren Koffer unter dem Bett hervor, öffnet das innere Seitenfach und zieht eine alte Festplatte heraus. Sie verbindet die Festplatte – *die von Geistern heimgesucht wird*, wie ihr Teenager-Ich jedes Mal ergänzt – mit ihrem Laptop und beginnt, an einer alten emotionalen Wunde zu kratzen, die nie wirklich verheilt ist.

Dateien ▾ 🗁 Michelle bei der Arbeit
    ▶ ☐ Bio
    ▶ ☐ Englisch
    ▶ ☐ Latein 2
    ▶ ☐ Mathematik
    ▶ ☐ Sport
    ▶ ☐ Fotografie
    ▶ ☐ Weltkulturen

Helen klickt sich durch die Dateien, die eine digitale Zusammenfassung des letzten Semesters im Leben ihrer Schwester darstellen. Michelle hat in der siebten Klasse aufgehört, Tagebuch zu schreiben, nachdem Helen sie ermahnt hatte: »Warum um alles in der Welt willst du ein schriftliches Geständnis ablegen, das Mom und Dad jederzeit finden könnten?«

Diesen Satz wird Helen ihrem vierzehnjährigen Ich niemals verzeihen.

Anstelle eines Tagebuches hat sie nun lediglich eine Festplatte mit alten Aufsätzen und Mathe-Aufgaben. Früher war sie der romantischen Vorstellung erlegen, dass es ihr vielleicht gelingen würde, ihre kleine Schwester nach ihrem Tod besser zu verstehen. Dass sie etwas Neues aus den bruchstückhaften Aufsätzen über Dust-Bowl-Fotografie und das Leben der Brontë-Schwestern erfahren würde.

Sie standen sich nach Helens Wechsel an die Highschool nicht nahe genug, um sich einander anzuvertrauen. Helen war ihre kleine Schwester vor ihren neuen Freunden ein wenig peinlich, und Michelle beschloss, dass es ihr als Achtklässlerin genauso ging, was Helen betraf.

In Helens Erinnerung ist Michelle fortwährend ein missmutiges Teenagermädchen, das durch die Tür in ihr höhlenartiges Zimmer verschwindet – in dem es immer irgendwie nach überreifem Obst roch –, nachdem sie von ihrer Familie, den Lehrern oder der Welt im Allgemeinen bitter enttäuscht worden war.

Im Stillen hat Helen immer gehofft, dass sie während ihrer Ausgrabungsversuche auf der alten Festplatte ihrer Schwester eine Jahrhundertentdeckung macht – etwas findet, das Licht auf das Geheimnis der letzten Lebensjahre ihrer Schwester wirft, und zwar in Michelles eigenen Worten. Den Entwurf für einen eigenen Roman vielleicht, unvollendete Gedichte oder sogar einen halb fertig geschriebenen Abschiedsbrief.

Aber da war nichts, und irgendwann beendete Helen diese mehr als bescheuerte Art, sich selbst zu verletzen, für die sie eigentlich viel zu schlau war. So schlau, dass sie in ihren eigenen Büchern über die Suche nach verloren gegangenen Briefen schrieb – in ihren Büchern über brillante, gebildete

Teenager, auf der Suche nach lang vergessenen akademischen Geheimnissen, überschattet vom tragischen Unfalltod der kleinen Schwester der Hauptfigur. *Büchern, die bald als Fernsehserie veröffentlich werden*, ruft Helen sich in Erinnerung. Sie hat diese persönliche Wunde schon oft genug in Gold verwandelt, und es wird Zeit, die Geschichte endlich ruhen zu lassen, denn sie hat ihren Zweck im kreativen Schreibprozess bereits mehr als erfüllt.

Such dir eine neue Wunde, die du aufreißen kannst, das hier wird langsam langweilig, tadelt sie sich selbst. *Erzähle eine neue Geschichte.*

Trotzdem sitzt sie hier vor ihrem Laptop und klickt sich durch die Dateien.

Vielleicht gibt es ja im nächsten Ordner etwas, das sie bisher übersehen hat.

Kapitel 4

Ihr Name gefällt mir«, schwärmt die Empfangsdame und schenkt Grant Shepard über ihr Pult hinweg ein strahlendes Lächeln.

Helen verspürt den Drang, sich abzuwenden und zurück zum Auto zu gehen. Sie stehen auf dem Bürgersteig vor dem Outdoor-Restaurant in Mid-City, in dem sie sich verabredet haben, und Grant flirtet mit der Empfangsdame.

»Der ist leider nicht mein Verdienst«, erklärt er mit einem lässigen Lächeln. »Aber danke, Ihrer ist auch sehr hübsch.«

»Wir brauchen eine zweite Speisekarte«, unterbricht Helen die beiden genervt.

Grant und die Empfangsdame mit dem hübschen Namen (*Rose*, wie auf ihrem Namensschild zu lesen ist) sehen sie an, als hätten sie sie ganz vergessen.

»Selbstverständlich«, sagt Rose, wirft Grant einen mitfühlenden Blick zu und greift nach einer zweiten Speisekarte. »Bitte folgen Sie mir.«

Sie sitzen auf der Veranda unter dem Schatten einer Bougainvillea an einem Tisch mit Blick auf die Straße. Helen wird mit einem Mal klar, wie öffentlich dieser Ort ist, und bereut, dass sie dem Treffen zugestimmt hat. Seine E-Mail (ohne Betreff) war kurz und unerwartet gewesen. *Würde gern mit dir reden, bevor die Arbeit anfängt. Falls du Zeit hast. Mittagessen?*

Sie hat die E-Mail an die Assistentin ihrer Agentin weitergeleitet, die sofort verstand und ohne Umschweife und ohne direkten Kontakt zwischen Helen und Grant ein Datum und einen Ort festgelegt hat.

»Also«, sagt sie, nachdem der Kellner ihnen stilles oder Sprudelwasser angeboten, die Spezialitäten des Tages verkündet (Tagliata vom Rind, italienische Hochzeitssuppe) und ihre Bestellungen aufgenommen hat, um anschließend zu verschwinden.

Endlich.

»Also«, wiederholt Grant mit einem zögernden Lächeln, das vermutlich seine beste Waffe in jeder Diskussion ist.

»Worüber wolltest du sprechen?«, fragt Helen.

Er schweigt, als müsste er seine Möglichkeiten abwägen.

»Ich habe nach dem Kennenlerndinner nichts von Suraya gehört«, meint er schließlich und legt die Sonnenbrille auf dem Tisch ab. »Nur von ihrer Assistentin, die mir die Zufahrtsgenehmigung für Montag übermittelt hat.«

Helen sieht auf die Straße hinaus. Hoffentlich glaubt er nicht, dass sie ihm verziehen hat.

»Wenn du nicht den Anstand hast, von selbst zu gehen, lastet das auf deinem Gewissen«, sagt sie. »Ich werde die Arbeit an der Serie nicht mit Last-Minute-Problemen sabotieren, obwohl man mich vorab hätte informieren sollen.« Sie wirft ihm einen mehr als empörten Blick zu.

Grants Mundwinkel zucken, als würde er das auch noch komisch finden. Sie hasst es, dass sie sich immer irgendwie lächerlich fühlt, wenn sie ihren Ärger zur Schau stellt – als wäre er ein Mantel, der ihr nicht mehr wirklich passt, nachdem er viele Jahre im hintersten Teil des Kleiderschranks gehangen hat.

»Das ist das Problem in Hollywood«, sagt er und gießt Wasser in ihre beiden Gläser. »Es sind nur noch sehr wenige wirklich anständige Leute in unserem Business übrig.«

Sie hat das Gefühl, als würde er innerlich über sie lachen – die arme Helen und ihre albernen Moralvorstellungen –, und

41

hat plötzlich das Bedürfnis, ihn zu Boden zu schleudern, um triumphierend auf ihn hinabzublicken.

»Ich wette, du hältst dich selbst für anständig«, meint sie unbeeindruckt, während er sein Glas hebt. »›Tut mir leid, dass ich deine Schwester umgebracht habe, darf ich dich zum Essen einladen?‹«

Grants Hand hält auf halbem Weg zum Mund inne. Er stellt das Glas ab, und die Adern an seinem Hals treten auf ziemlich spektakuläre Art hervor.

»Helen«, erwidert er leise. »Ich finde, wir sollten ein paar Grundregeln aufstellen.«

»Grundregeln«, wiederholt sie. Seine Worte fühlen sich seltsam auf ihrer Zunge an.

»Wir werden zusammenarbeiten, und es ist im Interesse der Serie, wenn wir … freundlich miteinander umgehen«, fährt Grant fort. »Von Autorin zu Autor.«

Du siehst zu gut aus, um Autor zu sein, will Helen ihm an den Kopf werfen. *Du warst nie ein unbeholfener, verlegener Teenager und musstest einen starken Charakter ausbilden, um dein Äußeres zu kompensieren.*

Seine dunkelbraunen, leicht zerzausten Haare schimmern leicht rötlich im Sonnenlicht, und die Pflanzen sorgen gerade für genug Schatten, dass die attraktiven Kanten seines Gesichts noch besser zur Geltung kommen. Es ist unfair, dass sie denselben Beruf ausüben, obwohl er ein solches Gesicht besitzt. Sie weiß noch, dass der junge Grant Shepard auf beinahe unerreichbare Art gut aussehend war.

Der erwachsene Grant Shepard ist auf schmerzhafte Weise unwiderstehlich.

»Freundlich«, wiederholt Helen. »Klar. Auf jeden Fall professionell, würde ich sagen.«

Wenn ihm der Nachsatz aufgefallen ist, kümmert es ihn nicht. Er trommelt nachdenklich mit den Fingern auf das Leinentischtuch.

»Im Writers' Room wird viel über das Privatleben gesprochen«, fährt Grant fort. »Deine Bücher spielen an einer Highschool – vermutlich werden die anderen nach unseren gemeinsamen Erinnerungen fragen.« *Welche gemeinsamen Erinnerungen?* Sie haben vor dem Unfall kaum jemals miteinander gesprochen, und danach natürlich überhaupt nicht mehr. Sie vermutet, dass die Lehrer und ihre Mitschüler sie in diesen drei letzten Schulwochen absichtlich voneinander ferngehalten haben, als hätten sie befürchtet, dass Helen eines Tages ihre sorgfältig verpackte Trauer nehmen und Grant sie an ihm auslassen würde.

»Es sollte ein sicherer Ort für einen Erfahrungsaustausch sein«, erklärt er und lässt sie nicht aus den Augen. »Und ich würde gern wissen, ob es Themen gibt, die wir vermeiden sollten. Zum Beispiel habe ich mich gefragt, wie viel du von deinem eigenen Leben preisgeben willst. Deine Schwester –«

»Michelle ist tabu«, unterbricht Helen ihn abrupt. »Ich will nicht über sie reden. Auf keinen Fall.« Sie schluckt. Es kommt nicht mehr sehr häufig vor, dass sie Michelles Namen laut ausspricht.

Er nickt knapp. *Verstanden.*

Eine altbekannte Frage steigt in ihr hoch. *Wie war es danach für dich?* Es ist ein Gedanke, den sie jedes Mal so schnell wie möglich verdrängt, denn er führt unweigerlich dazu, dass sie es sich vorstellt, und das wiederum führt zu einem Augenblick ungewollten Mitgefühls. *Es muss schrecklich gewesen sein.* Mitgefühl, das sich schließlich in Schuldgefühle verwandelt, Schuldgefühle, dass er sich überhaupt über diese Dinge Gedanken machen muss, während Helen sich weigert, ihnen noch mehr Raum in ihrem Leben zu geben, als sie ohnehin schon an sich gerissen haben. Und dann hasst sie diese Schuldgefühle, weil *sie* nicht dafür verantwortlich ist, dass er mit dieser Erinnerung leben muss. Im nächsten Moment ist die Wut wieder da, und mit ihr die zugeschlagene Tür, hinter der sich der Selbstmord ihrer Schwester verbirgt. Die Frage, auf wen sie wirklich wütend ist. Und dann dreht sich diese ungesunde Spirale weiter und weiter, bis Vergangenheit und Gegenwart sich vermischen und sie alles noch einmal erlebt, anstatt es zu reflektieren, wie ihre Therapeutin ihr einmal erklärt hat. Am besten ist es, wenn sie sich an die bewährte Regel hält, sich keinerlei Gedanken über Grant Shepard zu machen.

Grant Shepard, der ihr gerade gegenübersitzt und offensichtlich darauf wartet, dass sie fortfährt. Helen versucht, die Geister der Vergangenheit lange genug zu vertreiben, um wieder zurück in das Gespräch zu finden.

»Alles andere ist … schätze ich … in Ordnung, wenn es der Serie dient.«

Grant hebt eine Augenbraue. »Alles?«

Helen zuckt mit den Schultern. »Klar.«

»In wen warst du an der Highschool verliebt?«, fragt er und lehnt sich stirnrunzelnd zurück.

Helen schüttelt lachend den Kopf. »In niemanden aus deinem Universum.«

»Im Writers' Room muss da aber weitaus mehr kommen«, sagt er, und sie hat das Gefühl, als hätte sie gerade eine Bewertung in einem Wettbewerb bekommen, ohne zu wissen, dass sie überhaupt daran teilnimmt. »Details sind hilfreich.«

»Ich weiß«, erwidert sie genervt. »Ich bin selbst Autorin.«

Das Essen kommt (hausgemachte Pasta für ihn und ein verlegener Salat für sie), und sie spürt, wie Grant sie beobachtet, während der Kellner den Brotkorb zwischen ihnen auf dem Leinentischtuch abstellt.

»Du glaubst also nicht, dass wir ein Signalwort brauchen, wenn wir über unsere Highschoolzeit reden?«, fragt er, und sie lässt sich von seinem lockeren Tonfall nicht täuschen. Sie spürt seine Anspannung, und er wirkt allgemein sehr vorsichtig. »Was, wenn *meine* Gefühle verletzt werden?«

Es sind nicht deine eigenen Gefühle, um die du dich sorgst, denkt sie und spießt ein Crouton auf.

»Ich wette, du bist stärker, als du glaubst«, sagt sie. »Sonst hättest du diesen Job nicht bekommen.«

Er stößt ein kurzes bellendes Lachen aus und greift nach seiner Gabel.

»Weißt du, ich bin gut in meinem Job«, sagt er, bevor er einen Bissen Pasta probiert. »Manche würden sogar meinen, dass du mich weit unter dem Marktwert bekommen hast.«

»Wenn es nach mir gegangen wäre, hätte ich dich überhaupt nicht bekommen«, erinnert sie ihn und fragt sich, wie lange sie die Gesellschaft des anderen noch ertragen müssen, bevor es in Ordnung ist, den Kellner um die Rechnung zu bitten.

»Wenn es nach mir gegangen wäre, hätte ich dich überhaupt nicht bekommen.«

Grant widersteht dem Drang, sich mit der Hand übers Gesicht zu fahren, denn womöglich hätte er sich dabei die Maske der kaum noch aufrechtzuerhaltenden Höflichkeit heruntergerissen und offenbart, wie sich er wirklich fühlt – nämlich wie ein fratzenhaftes Monster, dessen Therapeutin sich einmal dazu veranlasst sah, ihn daran zu erinnern, dass es »Dinge gibt, die man tun kann, es aber immer eine gute Idee ist, sich zu fragen, ob man sie auch tun sollte«.

Er weiß, dass er den Job hinwerfen sollte. Helen hat ihn an dem Kennenlernabend so huldvoll darum gebeten, dass er kurz vor sich gesehen hat, wie er auf ein Knie sinkt, ihren Ring küsst und sie um Vergebung bittet.

Aber er ist sich auch ziemlich sicher, dass er gute Arbeit leisten kann – sehr gute sogar –, und er hängt dem philosophischen Gedanken nach, dass er zwar sehr viele Dinge hätte tun sollen, dass er aber nun mal hier sitzt und sie beide versuchen, das Unvermeidliche zu umgehen, obwohl es doch eigentlich besser für alle wäre, wenn er seine Energie darauf verwenden würde, *produktiv* und *nützlich* zu sein.

»Wer ist deine Lieblingsfigur?«, fragt er und hofft, dass sie damit auf sicheres Terrain zurückfinden.

Helen zuckt mit den Schultern. »Ich mag sie alle.«

»Ich stelle mir gern vor, ich wäre Bellamy. Oder Phoebe«, scherzt Grant.

Sie runzelt die Stirn. »Bist du aber nicht«, erklärt sie rundheraus.

Ihre Antwort lässt ihn beinahe verzweifeln. *Wir reden hier nicht darüber, was du von mir hältst – es geht um die Kunst der Adaption!*, hätte er gern gerufen. Wie der hochtrabende Künstler, für den er sich heimlich hält, der aber unter dem Deckmantel eines Drehbuchautors in Hollywood arbeitet, wie Clark Kent. Er muss einen Teil von sich selbst in dem Werk eines anderen finden – das ist der Kernpunkt seiner Aufgabe. Dazu hat er Talent. Er liest ein Buch und findet sofort diesen Teil, der wie eine Glasscherbe sein eigenes Bild auf ihn zurückwirft. Das Seltsame daran, Helens Buch zu lesen, war, dass er schon von Anfang an wusste, wonach er suchte. *Aber darüber will sie offensichtlich nicht reden.*

»Sagt eine, die es wissen muss.« Grant hebt ehrerbietig sein Glas. »Wer bin ich dann?«

»Niemand«, antwortet Helen und mustert ihn mit undurchdringlicher Miene. »Du kommst in dem Buch nicht vor.«

»Wofür ich wohl dankbar sein sollte«, erwidert er trocken.

Sie blickt schweigend zur Straße hinüber.

Während der Anfangszeit auf dem College hat er oft an Helen gedacht. Es war seltsam, dass jemand, der in dieselbe Tragödie verwickelt war wie er, gerade dieselben Rituale hinter sich brachte – die Orientierungswoche, den Einzug ins Wohnheim, das Kennenlernen der Mitbewohner und der fremden

Stadt, in der man nun lebte. Er fragte sich, wie sie diese Dinge erlebte und ob sie genauso oft an jene Nacht dachte wie er oder ob sie ihre Erinnerungen besser unterdrücken konnte.

Grant hatte keine Geschwister, denen er sich anvertrauen konnte, und wenn er das Gefühl hatte, jemanden zum Reden zu brauchen, wanderten seine Gedanken seltsamerweise immer zu Helen Zhang. Er erinnert sich an eine besonders dämliche Aufgabenstellung aus dem Kurs *Kreatives Schreiben*, für die er sämtliche Gespräche, die er gern mit ihr geführt hätte, in Gedichtform niedergeschrieben hat.

Irgendwo auf einer alten Festplatte befanden sich ein paar echt beschissene Gedichte über diese Frau.

Grant mustert sie über den Tisch hinweg und überlegt, wie viele ähnliche Erfahrungen sie in den letzten dreizehn Jahren gemacht haben, um am Ende hier zu landen. Er vermutet, dass sie ihre wahren Gedanken und Gefühle hinter einer glänzenden, undurchdringlichen Mauer verbirgt, und es sämtliche Spitzhacken dieser Welt braucht, um zu ihnen durchzudringen.

Er schwingt eine gedankliche Spitzhacke und versucht sein Glück. »Wie geht es dir, wenn du an Montag denkst? Wie vor dem ersten Schultag?«

Er glaubt, etwas wie Belustigung in ihren Augen zu sehen.

»Gut«, erwidert sie knapp.

Er fragt sich, was nötig wäre, um sie zum Lachen zu bringen.

»Mir ist klar, dass du mich hasst«, sagt er und lädt mehr Pasta auf seine Gabel. »Aber es könnte eine schöne Zeit werden, wenn wir es zulassen.«

»Hör auf«, zischt Helen, und er sieht auf. Sie ist wütend, und er ist überrascht von der Heftigkeit ihrer Gefühle, die wie aus dem Nichts emporgeschossen sind. »Ich weiß, was du tust. Du bist … der charmante Homecoming-King, der Klassensprecher Grant Shepard, und ich bin die einzige – die wirklich einzige – Person, bei der das niemals funktionieren wird.«

Bist du dir sicher?, hätte er am liebsten gefragt, um einen erneuten Ausbruch zu provozieren. *Was, wenn ich mich dieses Mal ganz besonders bemühe?*

»Okay«, meint er stattdessen. »Keine Charmeoffensive für Helen, ist notiert.«

Er nippt an seinem Wasser und geht in Gedanken durch, wie viele Wochen es noch dauert (*zwanzig, abzüglich ein paar Feiertagen*), bis sich ihre Wege wieder trennen.

Helens Mom ruft an, als sie gerade mit dem Mietauto zurück an die West Side fährt.

»Du kannst gern auflegen und mich später zurückrufen, wenn du nicht mehr fährst«, sagt sie, um nur noch kurz nachzufragen, wie es in L.A. läuft, ob sie ihre Freundin aus Yorba Linda anrufen soll, damit diese einmal nach Helen sieht, und in welchem Laden Helen ihre Einkäufe erledigt.

Als Helen die Wohnungstür aufschließt, erzählt sie ihrer Mutter lustlos von ihrem letzten Ausflug zum 99 Ranch Market, einer asiatischen Supermarktkette, und listet alle dort vorhandenen chinesischen Gemüsesorten auf, während ihre Mutter zustimmend oder abwertend brummt.

»Du solltest bald mal Wasserspinat kochen«, sagt Mom. »Ich schicke dir das Rezept.«

»Okay«, meint Helen. »Danke. Ist das alles?«

Einen Moment lang herrscht Schweigen am anderen Ende der Leitung, und Helen spürt, wie die Schuldgefühle sich von New Jersey aus über das ganze Land bis an die Küste des Pazifischen Ozeans strecken.

»Ruf einfach an, wenn es dir passt. Wir wissen ja, dass du viel zu tun hast.«

»Okay, mach ich«, verspricht Helen.

Sie beendet das Gespräch und lehnt ihre Stirn an die Tür des Küchenschranks.

Sie hat ihren Eltern nicht gesagt, dass Grant an der Serie mitarbeitet. Mom und Dad mussten schon mehr als genug unverdienten Schmerz in ihrem Leben ertragen. Manchmal hat sie das Gefühl, als hätte sie ihr ganzes bisheriges Erwachsenenleben damit verbracht, sie von scharfen Gegenständen und von der Verzweiflung fernzuhalten.

Sie weiß noch, wie frei sie sich gefühlt hat, als sie endlich zu Hause auszog, um aufs College zu gehen – sie hatte den Sommer damit verbracht, ihre Eltern mit Essen und Wasser zu versorgen, während ihr Vater die ganze Nacht hindurch mit ausdruckslosen Augen chinesische Seifenopern im Wohnzimmer ansah und ihre Mutter entweder tagelang leise im Schlafzimmer vor sich hin schluchzte oder wie besessen das ganze Haus putzte, um die ständig mit Essen und Beileidsbekundungen vor der Tür stehenden Besucher nicht zu enttäuschen. Helen selbst stand dafür jeden Morgen und jeden Abend vor Michelles verschlossener Zimmertür, als könnte sie sie zwingen, sich zu öffnen, und Michelle würde herauskommen und gestehen, dass alles nur ein kranker Scherz gewesen war. *Komm raus, traust dich ja doch nicht.*

Das College war Helens erste Chance gewesen, ihre eigene Geschichte von Grund auf neu zu schreiben. Sie stürzte sich kopfüber ins Abenteuer, lernte neue Leute kennen, entwickelte neue Routinen, entdeckte neue Laster und ignorierte entschlossen den seltsamen Schmerz in ihrer Brust, wenn ihre Mitbewohnerin mit ihrem Bruder skypte. Sie erinnert sich einigermaßen verlegen an das erste Mal, dass sie einem Jungen ihre Liebe gestand. Sie lernten sich während der Orientierungswoche kennen und wanderten mit zahlreichen anderen Studenten über den Campus – ein Haufen Teenager, die alle zum ersten Mal versuchten, erwachsen zu sein –, als sie in der Ferne lautes Jubeln hörten. Helen fragte eher an sich selbst gewandt: »Was dort wohl los ist?«, und der Junge neben ihr meinte: »Keine Ahnung? Finden wir's raus?« Dann hob er sie auf seine Schultern, und sie fühlte sich an eine dieser magischen ersten Begegnungen in diversen RomComs erinnert.

In diesem Moment war ihr erschöpftes Herz zum ersten Mal seit einer gefühlten Ewigkeit wieder stotternd zum Leben erwacht.

Sie weiß noch, wie überrascht sie von der Tiefe ihrer Freundschaft gewesen war und dass sie beide das Gefühl hatten, dass die Zeit am College anders vergeht als zu Hause. Innerhalb dieser ersten Woche lernte sie mehr über ihn, als sie jemals an der Highschool über jemanden erfahren hatte. Sein Name war Ethan, er stammte aus Pittsburgh, seine Eltern waren Professoren, die nie genug Zeit hatten, um ihrem eigenen Sohn etwas beizubringen, er hatte eine Highschool-Freundin, die ein drei Stunden entferntes College besuchte, und er war der hübscheste Junge, der sie je angelächelt hatte.

»Ich liebe dich«, platzte es eines Abends aus ihr heraus. Sie kannten sich seit etwa einer Woche, und sie saßen gemeinsam draußen auf dem Rasen, nachdem sie den Campus im Dunkeln erkundet hatten, so wie sie es seit dem ersten Abend jeden Abend getan hatten. Sie hatte ihm von ihren Eltern, ihrer Schwester, ihren belanglosesten Gedanken und beschämendsten Geheimnissen erzählt, und er hatte zugehört, ihre Haare gestreichelt und ihre Hand gehalten, während sie bei sich gedacht hatte, dass sie sich noch nie so verstanden gefühlt hatte.

»Du liebst mich?«, wiederholte er und lachte leise, halb neckend, halb verlegen. »Wir kennen einander doch erst seit einer Woche.«

Es war keine Liebe, ermahnt sich Helen selbst heute noch. *Du bist nicht mehr so dumm wie damals. Du verliebst dich nicht, bloß weil dich jemand anlächelt.*

Sie fragt sich manchmal, ob sie womöglich unfähig ist, so zu lieben wie andere Menschen, und ob es diejenigen, die ihr nahestehen, spüren.

Nachdem der Vertrag für die Fernsehserie offiziell gemacht wurde, hat Helens Agentin sie zur Feier des Tages zum Lunch ausgeführt. Chelsea hat neugierig gekichert, als sie Helens Ex auf der anderen Seite des Restaurants entdeckten. Sein Name war Oliver, und er arbeitete als außenpolitischer Korrespondent. Sie hatten zwei Jahre lang ein schönes Leben miteinander geführt – er war praktisch bei Helen eingezogen, der Portier wusste seinen Namen, und er kannte alle ihre Lieblingsrestaurants zum Frühstücken und Abendessen im Umkreis von vier Häuserblöcken. Er hatte ihr gerade oft genug gesagt, dass er sie liebte, dass sie sich seiner sicher sein konnte, ohne sich eingeengt zu fühlen, und er hatte akzeptiert, dass sie es in den zwei Jahren nie geschafft hatte, es zu erwidern. »Sag es, wenn du dir sicher bist«, hatte er immer gemeint.

Aber vor sieben Monaten steckte er am Valentinstag die Hand in seine Jacke, um seine Brieftasche hervorzuholen, und Helen interpretierte die Situation vollkommen falsch und erklärte ihm eilig, dass sie nicht die Absicht habe, zu heiraten. Er sah sie blinzelnd an, bevor er langsam seine Kreditkarte aus der Geldbörse zog, während sie knallrot anlief.

»Vielleicht sollten wir eine Pause einlegen«, meinte Oliver sanft, als sie wieder zu Hause waren. »Uns überlegen, ob wir das hier wirklich beide wollen.«

Sie hatte genickt und gehofft, dass sie diese Phase überstehen würden, doch eine Woche später hatte er zu ihr gesagt: »Ich verdiene jemanden, der mich ebenfalls liebt, und ich glaube nicht, dass du dazu fähig bist.«

»Er bereut es sicher, dass er Schluss gemacht hat«, meinte Chelsea und bestellte eine weitere Runde, und kurz darauf stiegen Helen über ihrem zweiten Martini plötzlich und unerwartet die Tränen in die Augen.

»Es ist so albern«, sagte sie und wischte sich forsch über die Wangen, während Chelsea sich mit einem Mal unheimlich für das Tischtuch interessierte. »Ich habe nur gerade an das

Leben gedacht, das ich beinahe mit ihm gehabt hätte. Es wäre vermutlich sehr schön geworden, wenn ich nur fähig gewesen wäre, ihm zu sagen, dass ich ihn liebe, wie jede andere normale Frau. Aber ich bin eine verdammte Idiotin.«

»Du bist keine Idiotin«, meinte Chelsea sanft. »Du bist eine New-York-Times-Bestsellerautorin.«

Helen hasst die Tatsache, dass sie sich danach tatsächlich sofort besser gefühlt hat.

Sie bemüht sich sehr, ihr Bestes für die wenigen Menschen zu geben, die sie tatsächlich liebt. Sie denkt reumütig an alte Freunde, die ihre fehlerhafte Art der Liebe vermutlich nicht vermissen – *vielleicht hätte auch ihre Schwester sie nicht vermisst –*, und sie denkt an ihre Eltern, die sie auf dieser Welt zuallererst geliebt haben. Es ist ihr nie gelungen, die Schatten der Verzweiflung aus ihren Augen zu vertreiben, aber sie tut alles, was in ihrer Macht steht, um es doch noch irgendwann zu schaffen.

Aber gerade jetzt tut sie nicht alles, was in ihrer Macht steht.

Sie fragt sich, ob sie die ganze Sache nicht doch noch abblasen kann. Sie hat diesen vertrauten Ausdruck in Grants Augen gesehen, der auf komplizierte Schuldgefühle hinweist, und sie glaubt, dass er abheben würde, wenn sie ihn jetzt anruft. *Ich habe meine Meinung geändert*, würde sie ihm sagen. *Ich will nicht, dass du an der Serie mitarbeitest. Und du schuldest mir sicher noch den einen oder anderen Gefallen.*

Doch sie beschließt, dass es dafür zu spät ist. Er wird bleiben.

Helen tritt an die Spüle, um das Geschirr von gestern Abend zu spülen, und beschließt, dass es eigentlich gar nicht um Grant geht. Es ist eine Art persönliche Rebellion, und ihr gefällt der Gedanke, Grant im Autorenteam zu behalten, obwohl ihre letzten beiden Gespräche von offener Feindseligkeit geprägt waren.

Sie fragt sich immer wieder, was wohl als Nächstes passieren wird, wenn sie mit ihm zusammen ist.

Es ist lange her, seit sie etwas derart interessiert hat, auch wenn dieses Interesse immer wieder von dem Gefühl überschattet wird, dass es falsch ist – und von dem Wunsch, dass er am besten verschwinden sollte.

Es gibt ihr das Gefühl, eine andere zu sein – kein langweiliger Gutmensch, der immer noch Geschichten für junge Erwachsene schreibt, und zwar vor allem, weil sie glaubt, ihre Eltern würden mit »härterem Stoff« – wie es ihre Agentin bezeichnet – nicht zurechtkommen. In Helens Büchern gibt es keinerlei Hinweise darauf, dass sie schon einmal Sex gehabt haben könnte oder einmal selbst etwas Riskantes getan hat. Ihre Figuren verzehren sich nacheinander wie die Helden eines Liebesromans aus dem neunzehnten Jahrhundert, während sie über lang vergessenen akademischen Texten aus dem achtzehnten Jahrhundert brüten. Die tote Schwester aus dem Buch starb als Heilige und hatte keine Spur von Heroin im Blut. »Sie bräuchten alle mal einen guten Fick und ein paar Laster«, hat Suraya in ihrem ersten Meeting gemeint, als Einleitung für ihre wesentlich kitschigere Serienadaption.

Vielleicht würden ihre Eltern irgendwann herausfinden, dass Grant Shepard an der Verfilmung der *Ivy-Papers*-Reihe mitwirkt (*Vielleicht bringt er sich selbst ins berufliche Abseits, vielleicht stirbt er bei einem Autounfall oder vielleicht wird seine Folge aus irgendeinem unerfindlichen Grund von der Fernsehgesellschaft gestrichen*, denkt sie), aber irgendwann ist nicht heute, und es gibt ihr ein neues, aufregendes Gefühl der Macht, diese Information in den Händen zu halten.

Sie betrachtet ihr Spiegelbild in der Glasoberfläche des Küchenschranks und fragt sich, was der kommende Montag – der erste Schultag, wie Grant ihn nannte – bringen wird.

Kapitel 5

Helen, möchtest du etwas sagen, bevor wir loslegen?«
Sie hebt überrascht den Kopf, Surayas Frage trifft sie aus
heiterem Himmel. *Hätte ich etwas vorbereiten sollen?* Sie stellt
sich vor, wie sie eine mitreißende, motivierende Ansprache vor
all diesen Fremden (und Grant) hält, und lacht beinahe auf.
Für wen hältst du dich?
»Ähm, nein, ich glaube nicht«, erwidert sie.

Suraya schenkt ihr ein beruhigendes Lächeln, und wendet sich an die Anwesenden. »Also gut, ihr seid alle aus gutem
Grund hier, also scheut euch nicht, euch lautstark und oft zu
Wort zu melden. Wir verfügen über wirklich gutes Ausgangs-
material, dem wir gerecht werden sollten …« – sie nickt in
Richtung Helen – »und es ist genial, dass wir diejenigen sind,
die diese fantastischen Bücher einem ganz neuen Publikum
näherbringen werden. Unser Ziel sollte sein, dass wir den Büchern – und der Autorin, die alles ganz genau im Auge behalten wird – die größtmögliche Ehre erweisen.«

Ein paar Leute kichern, und Helen hofft mal wieder, dass
sie sich nicht lächerlich machen wird. Vielleicht wäre es besser, sie würde jetzt mit Pallavi und Elyse in Manhattan sitzen,
einen Martini schlürfen und lässige Dinge sagen wie: »Ich
glaube, heute beginnen die Drehbuchautoren mit der Adaption für meine Serie, ist das nicht cool?«

Dann wendet sich Suraya nach rechts, und Helen hat die
sichere Vorahnung, dass gleich alles noch viel schlimmer werden wird.

»Grant, möchtest du noch etwas hinzufügen?«

Grant sitzt Helen gegenüber und spielt mit seinem Kugelschreiber, was ihr seltsam vertraut erscheint. Sie werden von einem langen ovalen Tisch aus Teakholz getrennt. »Jap.« Grant räuspert sich. »Seid offen und verletzlich. Wenn nicht jeder Einzelne von euch nach zwanzig Wochen geweint hat, seid ihr gefeuert.«

Die anderen lachen, was sie ziemlich überrascht. Hat er überhaupt so viel Einfluss? Suraya hält als Show-Runner viel auf ihn, was wohl etwas zu bedeuten hat, andererseits trifft das Gleiche auf Helen zu. Sie hätte vorhin auch etwas sagen sollen, als Suraya ihr die Gelegenheit dazu geben wollte.

Grant wirft ihr einen kurzen Blick zu, und Helen spürt, wie die Hitze ihren Hals nach oben kriecht und auch nicht verschwindet, als er sich wieder an die anderen wendet.

»Nein, jetzt mal im Ernst.« Er grinst auf seine typische freundliche, gewinnende Art. »Ich fühle mich geehrt, mit euch zusammen ein Kunstwerk zu erschaffen. Das klingt vielleicht abgehoben, aber genau das machen wir hier, also werde ich euch nun mein dunkelstes Geheimnis erzählen.«

Helens Kehle ist wie zugeschnürt, und sie kann den Blick nicht von seinem Profil abwenden.

»Ich war etwa neunzehn … und ich hatte einen Sex-Traum über meine Mutter, was laut meiner Therapeutin allerdings völlig normal ist.«

Helen blinzelt. *Wie bitte?*

Nicole kichert, Saskia bricht in peinlich berührtes Gelächter aus, und Helen sieht, wie Suraya Grant kaum merklich zunickt und dabei anerkennend lächelt.

»Na, da fühle ich mich gleich viel besser«, erklärt Owen, der jüngste männliche Autor im Team. »Bin ich jetzt an der Reihe? Mein dunkelstes Geheimnis … hm, wie tief graben wir hier? So tief, dass ich verkünden darf, dass ich die Frau meines Bruders abgrundtief hasse?«

Während Owen von der Hochzeit seines älteren Bruders berichtet, zählt Helen gedanklich ab, wie viele Leute an die Reihe kommen, bevor sie etwas sagen muss. Diese spontane Teambuilding-Runde scheint nur auf Grant Shepards Wunsch hin zu passieren. Wenn Suraya es für nötig hielte, hätte sie doch auch etwas gesagt?

Helen ist sich nicht einmal sicher, welche Kriterien ein dunkles Geheimnis erfüllen muss. Die Situation erinnert sie zu sehr an all die unerträglichen Gruppendiskussionen, an denen sie bisher teilnehmen musste, und die kein einziges Mal gut für sie geendet haben. Sie wartet bei solchen Dingen immer zu lange auf eine gute Gelegenheit, um sich ins Gespräch einzubringen, und wenn sie schließlich etwas sagt, spürt sie normalerweise sofort, dass es falsch war – weil sie entweder zu viel oder zu wenig preisgegeben hat oder weil sie eine Folgefrage provoziert hat, die viel zu tief geht, obwohl sie nur höflich sein wollte.

Das verheiratete Autorenpaar namens Tom und Eve erzählt gemeinsam von Toms One-Night-Stand mit einer ehemaligen Kinderdarstellerin, von der Eve in ihrer Kindheit regelrecht besessen war und der die beiden zufällig Jahre später während ihres ersten Dates begegnet sind.

Helen riskiert einen Blick in Richtung Suraya, die lachend nickt, und sie versucht, ihrem Gesicht einen amüsierten Ausdruck zu verleihen, der zeigt, dass sie aktiv zuhört.

»Wobei wir nicht außer Acht lassen dürfen, dass du unbedingt mit mir ins Bett wolltest, nachdem du es herausgefunden hattest«, erklärt Tom mit hochgezogener Augenbraue.

»Manchmal stelle ich mir euch beide gemeinsam vor, und das finde ich nun mal heiß, sorry«, meint Eve.

Suraya unterbricht mit einer Anekdote, da die Geschichte des Ehepaares sie an einen Streit mit ihrer Partnerin erinnert, der sie dermaßen aus der Bahn geworfen hat, dass sie beinahe ihre dreijährige Tochter verlassen hätte.

Helen spürt ein Prickeln in ihrem Gesicht und weiß, dass

Grant sie beobachtet. Sie gibt sich bemüht unbeeindruckt, stützt ihr Kinn auf dem Ellbogen ab und weigert sich vehement, ihn anzusehen. Sie glaubt, ein kurzes Zischen aus seiner Richtung zu hören.

Als sie schließlich an der Reihe ist, brodelt der Raum vor Begeisterung über die neu entdeckten Insider-Witze, und sie versucht, sich nicht benachteiligt zu fühlen, weil sie als Letzte an die Reihe kommt.

»Ich weiß gar nicht, ob ich ein dunkles Geheimnis habe ...«, beginnt sie.

»Schon okay, wir haben uns schon lange genug Zeit gelassen«, sagt Suraya und wendet sich zu dem riesigen, sicher zwei Meter breiten Whiteboard an der Wand um. »Widmen wir uns unserer Serie.«

Helen ist erleichtert, fühlt sich aber gleichzeitig herabgewürdigt.

Suraya steht auf und schreibt: *Innenhof, geheime Kiste ausgraben* in die linke obere Ecke des Whiteboards. Und: *Innenhof, Geheimnisse + eine Leiche vergraben* in die rechte untere Ecke.

Als sie fertig ist, wendet sie sich an die Anwesenden. »Also gut, was passiert dazwischen?«

Sie beginnen eine Diskussion darüber, um wessen Leiche es sich handelt (in den Büchern ist es ein Lehrer) und wie die Person gestorben ist, und die junge Autorin mit dem coolen Eyeliner – Nicole – hebt die Hand und erzählt, wie ihre nicht gerade heiß geliebte Großmutter starb, und mit einem Mal sind sie zurück bei den dunklen Geheimnissen, und Helen denkt sehnsüchtig an die Bar in Midtown, in der sie jetzt sitzen und an ihrem Martini nippen könnte.

Grant ruft sich in Erinnerung, dass er während ihres gemeinsamen Mittagessens und bei seiner Ansprache vor allen Anwesenden versucht hat, Helen davor zu warnen, dass höfliche, ernsthafte Gespräche im Writers' Room wenig nutzen. Er sieht zu, wie Helen auf die typische Ostküsten-Art rot wird, während Nicole die Geschichte über ihre Großmutter erzählt, wie sie es sicher schon mindestens ein Dutzend Mal vor anderen Wildfremden getan hat.

Das ist der große Unterschied zwischen dem Alltag in L.A. und dem Alltag seiner alten Freunde aus Dunollie, New Jersey. Er hat den Großteil seines Erwachsenenlebens in einer Stadt verbracht, in der es beruflichen Erfolg bringt, wenn man seine angebliche Verletzlichkeit in aller Deutlichkeit nach außen kehrt. Jeder Drehbuchautor in seinem Bekanntenkreis verfügt über ein aus drei oder vier Geschichten bestehendes Repertoire, mit dem er den Anschein erwecken kann, ein schrecklicher Mensch zu sein oder jede Menge dunkler Geheimnisse mit sich herumzuschleppen, obwohl diese »Geheimnisse« in Wahrheit kaum von Bedeutung sind.

Grant mag jene Momente am liebsten, wenn die Autoren im Writers' Room nach einiger Zeit alle vorgefertigten Geschichten durch haben. Meist passiert das nach ein paar Tagen, manchmal auch erst nach ein paar Wochen, und es entsteht immer eine seltsame Stille, nachdem das Gelächter über die letzte, bereits mehr als ausgelutschte Geschichte verklungen ist.

Endlich beginnt der wirklich gute Teil, denkt er sich dann immer.

Denn es ist der Moment, in dem eine Gruppe aus mehr oder weniger Fremden zu einer Gruppe wird, die im Schnelldurchlauf die Stationen einer Freundschaft durchlebt hat – sie wissen Dinge übereinander, die nicht einmal ihre Partner, Eltern oder Freunde wissen, zumindest nicht in dieser Form.

Und sie reden sich ein, dass es keine wirkliche Rolle spielt, weil das die Geschichten sind, die sich Drehbuchautoren erzählen, um ihren Job machen zu können. Aber irgendwann gehen diese Geschichten, die keine wirkliche Rolle spielen, aus, und plötzlich sitzen sie in einem Raum voller Leute, die tatsächlich ziemlich viel über sie wissen.

Und genau in diesem Moment drehen sich meistens alle zum Whiteboard, auf dem gerade ein komplexes Problem dargelegt wird. Ein Detail der Geschichte, das nicht funktioniert, und irgendjemand meint: »Ich glaube nicht, dass jemand sich in einer solchen Situation tatsächlich so verhalten würde.« Woraufhin eine Diskussion entbrennt, in der man die Vorschläge der anderen abwertet – *wir wissen alle, dass dir dieser Scheiß gefällt, Shepard* –, bis jemand etwas erzählt, was am Vorabend beim Essen geschehen ist. Dabei spricht derjenige stockend, ohne auflockernde Witze und runzelt die Stirn, während er zeitgleich versucht, seine Gefühle in dieser Situation zu ergründen, und sich seine Zuhörer fragen, was sie getan und wie sie sich dabei gefühlt hätten.

Es ist keine echte Freundschaft – Grant ist klar, dass er nicht mit jedem befreundet ist, mit dem er in seinem bisherigen Leben zusammengearbeitet hat –, aber er weiß gern Dinge über andere Leute. Er fühlt sich besser, wenn er hört, was andere beschäftigt, was sie nachts wach hält, wovon sie besessen sind und was sie mögen, obwohl sie es nicht wollen. Wenn er weiß, was sie verletzlich und menschlich macht.

Er riskiert einen weiteren Blick auf Helen, die ihm gegenüber sitzt. Sie hat ein nervöses Lächeln aufgesetzt, das ihre Augen nicht erreicht, während sie zuhört, wie Nicole von dem Gerichtsmediziner erzählt, der ihre Großmutter untersucht hat.

Und er fragt sich, wie es wäre, etwas über Helen Zhang zu wissen.

Helen befürchtet, dass sie früher oder später eine allergische Reaktion auf den Writers' Room entwickeln wird.

Am Mittag juckt ihr ganzer Körper vom stundenlangen

Zuhören, Zuhören, Zuhören. Sie erinnert sich sehnsuchtsvoll an ihren ersten Job nach dem College, als sie als Volontärin in einem kleinen Verlag in der Innenstadt gearbeitet hat. Damals verließ sie das Gebäude jeden Tag, um im Park auf der gegenüberliegenden Straße ihren Mittagssnack zu essen. Manchmal hörte sie Musik, manchmal genoss sie die Stille, aber sie war immer auf herrlich entspannende Weise allein.

Hier nimmt die Assistentin ihre Lunch-Bestellungen auf, und etwa vierzig Minuten später sitzen sie essend am Tisch und reden immer noch.

»Ich würde gern unseren Poolpfleger feuern«, sagt Eve und gießt Dressing über ihren Salat. »Aber er ist ein Freund von Toms Mutter.«

»Das ist ja schrecklich«, stimmt Suraya zu. »Schon mal an Scheidung gedacht?«

»Also bei diesem Gespräch komm ich mir unheimlich arm vor«, meint Owen mit Blick auf die andere Seite des Tisches, und Saskia und Nicole lachen.

Helen weiß nicht, wie die anderen das anstellen. Jeder scheint genau zu wissen, was er als Nächstes sagen muss, und das Gespräch ist genau die richtige Mischung aus bissig und interessant. Es ist ein erschöpfendes, ständiges Hin und Her an Kommentaren. Und das liegt ihr absolut nicht.

Die anderen sind jedes Mal unglaublich nett, geduldig und rücksichtsvoll, wenn sie verlegen die Hand hebt: »Ähm, kann ich nur … da war diese Sache, über die wir geredet haben. Ich weiß, wir sind schon weiter im Gespräch, aber ich …«

Im nächsten Moment sind trotzdem alle Augen wie Scheinwerfer auf sie gerichtet, und alle erwarten, dass sie etwas Brillantes – oder zumindest etwas Relevantes – von sich gibt, während die Angst, dass sie etwas offensichtlich Dummes vor diesen überaus klugen und sehr viel erfahreneren Leuten sagt, wie ein Damoklesschwert über ihrem Kopf schwebt. Ihre Gedanken stottern, purzeln übereinander und versuchen verzweifelt, den Weg aus ihrem Mund zu finden, und sie ist wütend auf ihre Worte, die sie in Zeiten der Not schmählich im Stich lassen.

Wobei besonders demütigend ist, dass Grant es auch noch von seinem Platz in der ersten Reihe aus beobachten kann. Er ist in diesen Dingen immer schon so viel besser als sie gewesen und konnte einen Raum voller Leute überzeugen, dass seine Ideen der ideale Weg sind. Allerdings waren sie an der Highschool nie Projektpartner oder Ähnliches, sodass ihre Ideen nie in direkter Konkurrenz standen. Es gab nie etwas derart Großes, Dramatisches.

Ihre Erinnerungen an Grant Shepard im Klassenzimmer ähneln einander größtenteils und zeigen Helen, die mit einer Gruppe kritischer Klassenkameraden zusammensitzt, bis plötzlich Gelächter und Geklatsche von der anderen Seite des Raumes zu ihnen dringt. Wenn sie in diesen Momenten aufsah, war da immer *er*, der sich stets in der Mitte des Trubels befand.

Ihr kommt der kurze – und alberne – Gedanke, dass sie ihm gern einen Screenshot ihres Kontoauszugs zeigen würde. *Sieh mal, die Leute zahlen mittlerweile tatsächlich jede Menge Geld für meine Ideen!*

Gegen Ende der Mittagspause fällt ihr ein kurzer und womöglich bedeutungsvoller Austausch auf: Grant tippt etwas in sein Handy und wirft einen Blick in Surayas Richtung.

Die sieht auf ihr Telefon und nickt knapp.

Worüber reden die beiden, ohne ihr etwas davon zu sagen? Geht es um sie?

Helen versucht, sich in Erinnerung zu rufen, dass die Sache, die sie an sich selbst am wenigsten mag, die Tendenz ist, sich zu viele Gedanken über das zu machen, was andere von ihr denken. Und dass sie vermutlich überhaupt nicht an sie denken.

Sie würde sich gern selbst glauben, aber der verdrehte,

verkümmerte Teil ihres Egos zeigt sich beharrlich. *Ja, aber du bist normalerweise ganz gut darin, einzuschätzen, was andere Leute von dir halten. Du hast fast immer recht, und vermutlich ist das der Grund, warum du eine erfolgreiche Autorin geworden bist.*

Als sich der Tag um etwa fünf Uhr nachmittags langsam dem Ende zuneigt, hört sie, wie Eve Tom zuflüstert: »Schön, dass wir endlich mal einen Job haben, bei dem früher Schluss ist«, und Helen denkt: *Früher!?*, während sie ihre Sachen zusammenpackt.

Sie bleibt zurück, als die anderen sich auf den Weg machen, und wartet verlegen an der Tür, während Suraya und die Assistentin die Notizen am Whiteboard durchgehen.

»Braucht ihr noch etwas von mir?«, fragt Helen bemüht entspannt.

Suraya wirft ihr ein ziemlich nachsichtiges Lächeln zu.

»Was hältst du von unseren Fortschritten?«

»Oh. Ähm.« Helen bricht ab. Sie fragt sich immer, welche Antworten sich die Leute auf diese Frage erwarten. »Es ist … gut. Glaube ich. Es war ja erst der erste Tag, nicht wahr? Das kannst du sicher besser beurteilen als ich.«

Suraya nickt und steckt ihre Unterlagen in ihre Tasche.

»Es wird einfacher«, verspricht sie. »Sobald du in den Rhythmus findest.«

»Ah, ja. Das klingt logisch«, lügt Helen.

Suraya sieht auf und mustert sie einen Moment lang.

»Wenn du auch nur annähernd so bist wie ich – und davon gehe ich ehrlich gesagt aus«, meint sie mit erhobenem Zeigefinger, »läuft das, was heute passiert ist, bereits in einem Film in deinem Kopf ab, der sich bis zum Wochenende endlos wiederholen wird.«

»Ha.« Sie seufzt schwach.

»Versuch, nicht zu viel Zeit damit zu vergeuden, zurückzuschauen«, rät ihr Suraya. »Ich verspreche dir, dass sich niemand hier mehr Gedanken über dich macht als über sich selbst und die Möglichkeiten, wie er oder sie uns morgen beeindrucken kann.«

»Alles klar«, erwidert Helen.

Suraya zögert nur einen Sekundenbruchteil lang, dann meint sie: »Du hast dich heute gut geschlagen. Wir sehen uns morgen.«

Helen bemüht sich nach Kräften, nicht über diesen Sekundenbruchteil des Zögerns nachzudenken, während sie mit dem Aufzug nach unten fährt.

Sie tritt aus dem Gebäude und prallt im nächsten Moment gegen Grant Shepard, der vor dem Eingang steht und telefoniert.

»… meine Zeit besser verbringen«, sagt er gerade, bevor er sich umdreht und sein Blick auf sie fällt. »Ich rufe dich gleich zurück.«

Helen strafft die Schultern – *er ist mir egal* – und tritt an ihm vorbei.

»Hey«, sagt er, und sie gehen einige Schritte nebeneinander her. »Helen. Warte.«

»Zu Hause wartet jede Menge Arbeit auf mich«, entgegnet sie.

»Auf mich auch«, erwidert er, und sie denkt: *Verdammt, sollte ich tatsächlich Hausaufgaben erledigen?*

»Ich habe vorhin nicht über unser Projekt gesprochen. Am Telefon, meine ich. Meine Agentin versucht, mich zu einem Meeting für eine andere Serie zu überreden, die noch nicht einmal fixiert wurde, und …«

»Du solltest hingehen«, sagt sie, als wüsste sie genau, wie es in Hollywood läuft. »Du weißt, dass ich dich nicht vermissen würde.«

Grant hält einen Schritt lang inne, dann stößt er die Luft aus und geht doppelt so schnell, um zu ihr aufzuschließen.

»Danke, das hat gesessen«, meint er trocken, und es ist offensichtlich, dass er ihr gern ein »Leck mich« an den Kopf geworfen hätte.

Sie weiß, dass sie sich wie ein Arschloch verhält, aber sie ist auch mehr als erleichtert, dass sie immer noch eine Stimme in sich hat, die nicht nur Belanglosigkeiten von sich geben kann.

»Weißt du, wenn du mir eine Chance geben würdest, könnte ich dir helfen«, meint Grant.

»Ich brauche deine Hilfe nicht«, faucht sie.

»Nein, natürlich nicht«, entgegnet er, während sie zum Parkplatz abbiegen.

»Ich habe … mir heute erst mal alles angesehen«, sagt sie. »Ich habe nicht das Bedürfnis, mich sofort überall in den Vordergrund zu spielen … aber weißt du was? Ich bin dir keine Rechenschaft schuldig. Also leck mich.«

»Ja, du mich auch!«, blafft er, und sie ist begeistert, dass sich ihr Verdacht bestätigt hat. *Ich wusste, dass du so denkst.*

Grant erstarrt, als wäre ihm gerade erst klar geworden, was er gesagt hat. »Scheiße, das war nicht so gemeint. Verdammt, Helen, ich hatte gehofft, wir könnten Freunde sein.«

Wirklich? Das bezweifelt sie stark.

»Wir können einander freundlich gegenübertreten«, sagt sie. »Während der Arbeit. Komm mir einfach nicht zu nahe, sobald der Arbeitstag vorbei ist, dann können wir es dabei belassen.«

»Helen …«, beginnt er mit quälend sanfter Stimme.

»Bitte, hör auf«, keucht sie eilig und hofft, dass ihre Augen nicht so feucht glänzen, wie sie sich anfühlen. »Versuch nicht, nett zu mir zu sein. Versuch nicht, mir Dinge zu erklären. Hör auf, uns als Freunde zu sehen, und versuch nicht, mir zu helfen. Ich will deine Hilfe nicht. Ich wollte deine Hilfe noch nie, und es würde alles sehr viel besser laufen, wenn wir außerhalb der Arbeit so wenig Berührungspunkte wie möglich hätten.« Sie wirft ihm einen kläglichen Blick zu. In seinen Augen blitzt etwas auf, das sie nicht deuten kann.

Grant schluckt und schüttelt den Kopf. »Dann sehen wir uns also morgen«, meint er mit einem leisen Hauchen, das beinahe nach einem Lachen klingt, und geht.

Helen sieht ihm nach und verspürt eine frustrierende Mischung aus Stolz und Kummer und das überwältigende Gefühl, es wieder geradebiegen zu müssen. Sie denkt daran, wie unwohl sie sich vorhin im Writers' Room gefühlt hat, und versichert sich, dass sie sich damit abfinden muss.

Sie denkt an das Buch mit den englischen Lebensweisheiten, das ihre Eltern zu Hause hatten, um die Sprache ihrer amerikanischen Freunde besser zu lernen. Der Leitsatz ihrer Eltern war: *Der Wille ist stärker als der Körper*, und sie wiederholten ihn wie Katholiken das Vaterunser. »Der Wille ist stärker als der Körper«, als sie mit sieben Jahren gegen die Tränen ankämpfte, während ihr Dad ihre Knie verarztete. »Der Wille ist stärker«, als die Familie in ihre erste, viel zu kleine Wohnung zog, in der es keine Klimaanlage gab, weil sie es sich nicht leisten konnten. »Der Wille ist stärker«, während der Beerdigung ihrer Schwester, als die elterliche Trauer sie beinahe erstickte und sie keinen Platz für ihren eigenen Kummer fand.

Der Wille ist stärker. Sie wird ihre Aufgabe in L.A. erledigen, sich einige tolle Geschichten aneignen, die sie später auf Dinnerpartys zum Besten geben kann, und am Ende ist das Problem aus der Welt geschafft. Sie wird nach New York zurückkehren und schreiben, schreiben, schreiben, um das, was sie geschrieben hat, irgendwann zu verkaufen und es zu überarbeiten, zu überarbeiten, zu überarbeiten, bis es schließlich veröffentlicht wird und sie wieder dort ist, wo sie hingehört. Helen ist gut im Gewinnen. Oder zumindest darin, diesen Anschein zu erwecken.

Ich muss mich einfach damit abfinden, ruft sie sich selbst in Erinnerung und weiß, dass sie es schaffen wird.

Eine Woche ist vorbei, neunzehn liegen noch vor ihm.

Grant starrt auf die Uhr über der Tür und zählt die Sekunden, bis Suraya sie endlich ins Wochenende entlässt. Er widersteht dem Drang, zu Helen zu schauen, die mit den Fingern auf den Tisch trommelt.

»Es ist nur, dass ich allem widersprechen muss, was du gerade gesagt hast«, sagt sie mit dieser schrecklich freundlichen Stimme, die sie immer benutzt, wenn sie mit ihm redet, ohne ihn anzusehen. »Es entwickelt sich langsam. Wir würden der Situation zu früh die Spannung rauben, wenn wir es vom Finale nach vorn verschieben.«

»Ich habe dich schon verstanden«, entgegnet er. »Aber wir müssen trotzdem zumindest *irgendetwas* zwischen Celia und James laufen lassen, sonst schlagen wir bis zur letzten Episode bloß Zeit tot.«

»Ich spiele diese Karte nur ungern aus, aber es sind meine Figuren«, erwidert Helen stur. »Ich trage auch die Konsequenzen.«

»Du kannst nicht immer und für alles die Konsequenzen tragen«, murrt Grant.

»Okay, ich finde, wir haben diese Woche schon sehr gute Arbeit geleistet«, murmelt Suraya und schließt ihren Laptop. »Wir reden am Montag weiter. Allerdings muss ich Helen zustimmen. Die langsame Entwicklung funktioniert, weil es so überraschend ist und spannend bleibt.«

»Dann brauchen wir aber etwas anderes, das die Zuschauer an die vier Episoden in der Mitte fesselt«, beharrt er.

»Grant«, meint Suraya und hebt kaum merklich die Augenbrauen. »Ich wünsche dir ein schönes Wochenende.«

Er nickt verkniffen. Das ist beschämend. Normalerweise kann er die Stimmung im Team besser einschätzen.

Helen wirft ihm einen triumphierenden Blick zu, bevor sie aus der Tür schlüpft. *Ich will mich nicht mit dir bekriegen!*, würde er ihr am liebsten nachrufen.

Die anderen verlassen das Zimmer ebenfalls, und das dumpfe Klingeln in seinem Kopf verstummt gerade genug, um auch noch etwas anderes als dieses beschissene Gefühl zu empfinden.

»Können wir kurz reden?«, fragt er, während Suraya auf ihre Assistentin wartet, die Fotos von dem vollgeschriebenen Whiteboard macht.

»Aber mach schnell, ich überlege schon, was ich zum Abendessen koche«, erwidert sie.

»Helen hat ein Problem mit mir«, erklärt er mit ruhiger, bedächtiger Stimme.

Suraya zuckt mit den Schultern. »Es ist normal, dass ihr aneinandergeratet. Ihre Loyalität gilt ihren Büchern und ihren Lesern, deine gilt der Serie und dem Drehbuch. Diese Spannung bringt uns auf die Spur. Ihr agiert professionell, es bereitet mir also keine wirklichen Sorgen.«

Grant stößt kurz die Luft aus. »Okay, dann nimm mich mal aus der Gleichung raus. Sie hat sich immer noch nicht richtig ins Team eingefunden, und daran sind nicht nur die Nerven schuld. Am ersten Tag war sie nervös, das war nicht zu übersehen, aber mittlerweile hat sie keinerlei Probleme mehr, ihre Meinung zu sagen, und wenn sie es tut, besteht die achtzigprozentige Wahrscheinlichkeit, dass sie den Flow im Team vollständig zum Erliegen bringt. Im Moment ist das noch kein Problem, aber wenn sie so weitermacht und sich bei allem gegen uns auflehnt ...« Er schüttelt den Kopf. »Du hast einmal gesagt, dass glückliche Autoren bessere Serien schreiben. Ich bin verdammt unglücklich mit dieser Situation, und vielleicht liegt es an mir. Vielleicht ist es das Gepäck, das ich mit mir herumschleppe. Aber ich kann dir versichern, dass ich nicht der Einzige bin, der hier dringend einen Motivationsschub benötigt – und das nach nur einer Woche.«

Suraya spitzt die Lippen. »Was schlägst du vor?«

»Keine Ahnung.« Er seufzt. »Sie scheint nicht zu begreifen,

dass es auch Spaß machen kann, produktiv zu sein. Sie ist einfach so – das war sie schon immer, selbst damals an der Highschool. Jemand muss mit ihr reden, und dieser Jemand sollte nicht ich sein.«

»Es geht hier tatsächlich um dich und dein Gepäck«, erklärt Suraya knapp. »Ich finde nicht, dass es so schlimm ist, wie du es darstellst.«

»Ich denke bloß an die Zukunft«, erklärt er ausdruckslos und sieht zu, wie Suraya das Whiteboard sauber wischt. Er spürt einen Kloß im Hals, und ein Gefühl der Hoffnungslosigkeit steigt in ihm hoch, das er allerdings nicht genau benennen kann. »Ich hätte nicht davon anfangen sollen. Keine Ahnung. Es tut mir leid.«

Sie schüttelt den Kopf. »Ich bin froh, dass du es angesprochen hast. Es ist gut, dass du auf solche Dinge achtest. Ich werde die Situation im Auge behalten, Grant. Wenn es zum Problem wird, kümmere ich mich darum, versprochen. Und jetzt geh nach Hause und mach dir ein schönes Wochenende.«

Selbstgerechte Wut begleitet ihn auf seinem Weg zum Parkplatz.

Dort platzt die Blase. *Was mache ich hier?*

Grant ist klar, dass er einfach seinen Job machen könnte, und zwar in dem Ausmaß, zu dem er sich vertraglich verpflichtet hat. Er kommt pünktlich, führt höfliche Gespräche während der Mittagspause, wirft hier und dort ein paar Ideen ein und hebt ergeben die Hände, wenn sie nicht angenommen werden, denn am Ende des Tages ist es eben bloß ein Job.

Er könnte es sich die nächsten neunzehn Wochen über leicht machen, und vermutlich wäre es sogar besser für die Teamdynamik.

Aber nicht für die Serie, an der sie schreiben.

Er schließt die Augen und sieht sofort Helen Zhangs ernstes Gesicht vor sich. Kühl und gleichgültig wie immer, bloß ein wenig zerbrechlich.

Grant stößt die Luft aus und öffnet die Augen. Das ist doch albern. Er wird nicht seinen guten Ruf und seine Karriere für einen Job aufs Spiel setzen, den er eigentlich gar nicht haben wollte.

Er beschließt, dass er ab Montag eine andere Richtung einschlagen wird.

Er wird angenehm und freundlich sein.

Er wird perfekt sein.

Er wird Helen Zhang keine verdammte Gelegenheit bieten, etwas Schlechtes über ihn zu sagen.

Kapitel 6

Verdammt, ein gutes Sandwich ist besser als Sex«, meint Grant und beißt gierig in seinen Lunchsnack, der von der Assistentin geliefert wurde.

Es ist die dritte Woche im Writers' Room, und heute war er an der Reihe und durfte sich den Laden fürs Mittagessen aussuchen. Helen entgeht nicht, dass die anderen begeistert von seiner Auswahl sind.

Das nervt.

»Die Art, wie du solche Dinge genießt, hat etwas Pornografisches«, erklärt Suraya übertrieben angewidert und wirft die Dose mit den Pfefferminzbonbons nach ihm.

»Ich finde dich auch sexy, Suraya«, gurrt Grant, fängt die Dose aus der Luft und wirft sich zwinkernd ein Bonbon in den Mund.

Helen hat festgestellt, dass es zu den Lieblingsbeschäftigungen ihrer Teamkollegen zählt, mit Suraya zu flirten, die eigentlich mit einer Frau liiert ist und die Sprüche der anderen mit einem Lachen quittiert. Wobei sich das allgemeine Gelächter oft zu halb scherzhaft gemeinten Vorschlägen entwickelt, die am Ende als Ideen auf dem Whiteboard landen. Wenig überraschend ist Grant ein wahrer Profi in diesen Dingen.

Und er hat nicht den Anstand, es dabei zu belassen.

Grant erkundigt sich bei Tom und Eve nach ihren Wochenendausflügen, die er auf Instagram mitverfolgt hat, er bringt DVDs und Bücher für Surayas Kinder mit, »damit sie

70

sich der Popkultur annähern können«, er lacht mit Owen und Nicole über diverse von Klatschmagazinen breitgetretene Internetfehden, und sie ist sich ziemlich sicher, dass Saskia in ihn verschossen ist (*Verräterin*), da die sonst so gesprächige junge Frau jedes Mal knallrot wird und verstummt, wenn er den Raum betritt.

Helen ist die Einzige, die von seinen Bemühungen verschont bleibt. Ihr gegenüber ist er ausnahmslos korrekt und höflich, aber niemals interessiert, charmant, nervtötend oder irgendetwas anderes.

»Das könnte ein guter Ansatz sein«, erklärt er, wenn sie eine Idee ins Spiel bringt und darauf wartet, ob jemand darauf einsteigt oder sie sofort vom Tisch gefegt wird.

»Ich verstehe, was du meinst«, sagt er, wenn sie Bedenken über einen albernen Nebenhandlungsstrang zum Ausdruck bringt, der sich wie Unkraut ausbreitet.

»Ich habe dich schon verstanden«, beruhigt er sie, wenn sie mal wieder frustriert ist. »Aber …«

Aber, aber, aber. Er verbirgt seine Fallstricke und spitzen Pfeile hinter seiner Höflichkeit, um ihre Ideen schließlich eine nach der anderen zu Fall zu bringen. Saskia hat ihr nach einem besonders frustrierenden Tag eine Karikatur seines Gesichts geschenkt, das von lauter »Aber« umgeben ist.

Sie hat keine Ahnung, wie das passieren konnte. Wie konnte sie von der gefeierten Autorin, die diese Buchreihe erschaffen hat, auf der die Serie basiert, zu der am wenigsten beachteten Stimme im ganzen Raum werden, und das innerhalb weniger Wochen?

Vielleicht, weil sie nicht bei Owens Zechgelage war, das er als Geburtstags- / verfrühte Halloweenparty getarnt hatte, obwohl er sie eingeladen hatte?

Helen hatte sich nicht viel dabei gedacht, als sie abgesagt hatte – sie ist alt genug, um zu wissen, dass sie Partys mit Fremden nicht ausstehen kann, und außerdem hatte sie Besseres zu tun und wollte die Zeit nutzen, um sich ernsthafte Gedanken über ihr nächstes Buch zu machen (am Ende sah sie sich unzählige Folgen einer Reality-Show über Luxusimmobilienmakler in Hollywood an und schlief auf der Couch ein). Auf jeden Fall hat sie damit alle vor einem unnötigen, aus reinem Pflichtbewusstsein miteinander verbrachten, unangenehmen Abend gerettet. Aber als Owen und Nicole am darauffolgenden Montag von der chaotischen Party erzählten (sogar Tom und Eve hatten trotz ihrer Kinder auf einen Sprung vorbeigeschaut!), hatte Helen das Gefühl, es irgendwie vermasselt zu haben und erneut in der altbekannten Warteschleife festzusitzen, von der sie dachte, sie hätte sie schon lange hinter sich gelassen.

Sie hat das Gefühl, dass ihre Anwesenheit im Writers' Room nicht notwendig ist. Sie merkt es an der Art, wie die anderen jeglichen Blickkontakt vermeiden, wenn sie etwas sagt, und daran, wie Owen und Nicole zu Grant schauen, als wollten sie ihn fragen, ob Helen an der Highschool auch schon derart nervtötend war.

Sie hasst es, dass sie sich langsam, aber sicher wieder in ein bedürftiges Teenagermädchen verwandelt, das um Bestätigung heischend zu Suraya blickt und nach dem Unterricht mit Saskia die Köpfe zusammensteckt, um sich darüber zu ereifern, dass die anderen sie beide bei Unterhaltungen außen vor lassen. Sie fragt sich, was Michelle wohl zu alldem sagen würde, doch dann knipst sie den Gedanken aus wie das abends vergessene Licht auf der Veranda.

»Ich weiß, worauf du hinaus willst«, meint Grant gerade, um ihren Vorschlag höflich zu umschiffen, »aber in Hinblick auf unsere Serie finde ich, dass Saskia recht hat. Die Szene bietet weitere Entwicklungsmöglichkeiten für die Geschichte, die wir am Ende noch brauchen werden.«

Saskia wird knallrot und wirft Helen einen entschuldigenden Blick zu.

»Gut, ich denke, wir haben für heute genug«, erklärt Suraya energisch. »Helen, kannst du noch ein paar Minuten bleiben? Es geht um das Casting der Schauspieler.«

Helen nickt, während die anderen sich auf dem Heimweg machen.

»Du hast ein Problem mit Grant«, sagt Suraya, als sie allein sind.

»Nein. Ich meine, ich hasse ihn nicht, oder so«, erwidert sie verwirrt. »Aber er zerreißt meine Ideen in der Luft, und zwar wirklich *jedes Mal*, wenn ich den Mund aufmache.«

»Hm«, murmelt Suraya stirnrunzelnd.

»Mache ich irgendetwas falsch?«, fragt Helen. »Gehe ich den anderen auf die Nerven? Rede ich zu viel? Oder zu wenig? Oder −«

»Nein, du bist bloß … nervös«, erklärt Suraya. »Das spüren auch die anderen. Saskia ist selbst eine nervöse Newcomerin, aber sogar sie hat es bemerkt. Und wenn du nervös bist, sind alle anderen es auch. Sie fragen sich, ob sie etwas falsch machen. Ob du womöglich schlauer bist als sie, und sie alles vermasseln werden. Sie haben Angst, dass die Serie Schiffbruch erleidet und sie mit ihr untergehen und nie wieder einen Job bekommen werden.«

»Das denken sie nicht wirklich. Oder doch?«

Suraya zuckt mit den Schultern. »Was können wir tun, um dir deine Nervosität zu nehmen?«

Helen überlegt. *Nervös.* Sie sieht ihre Performance im Team plötzlich sehr viel klarer, und es ist ein beschämendes Gefühl.

»Vermutlich gar nichts«, sagt sie schließlich und lacht. »Das Buch ist mein Baby, und das hier ist das Größte, was wir beide bisher miteinander erlebt haben. Es ist, als wäre ich ihm aufs College gefolgt, obwohl es besser gewesen wäre, ich wäre zu Hause geblieben und hätte zugelassen, dass es alleine seinen Weg findet. Vielleicht solltet ihr mich einfach feuern.«

»Das kommt nicht infrage.« Suraya verdreht die Augen. »Wir werden nicht schon so früh einen Keil ins Team treiben. Das Studio würde sämtliches Vertrauen in uns verlieren.«

»Ich bin einfach nicht cool«, gesteht Helen. »Ich werde nie so sein wie Grant.«

Suraya lacht. »Ich will nicht, dass du so bist wie Grant. Du sollst so sein, wie du bist. Dieses nervöse, verängstigte junge Ding – das bist nicht du. Es ist nur …« Sie schnippt mit den Fingern. »Es ist nur so, weil du noch kein Vertrauen in uns hast. Und das ist meine Schuld.«

»Nein, Suraya, du warst eine großartige –«

Suraya hebt die Hand. »Ich bin hier der Boss, ich sage, wessen Schuld das alles ist – und es ist immer meine. Mir hätte klar sein sollen, dass ein gemeinsames Abendessen und ein paar Drinks nicht ausreichen, um dich für uns zu gewinnen.«

»Aber das habt ihr doch«, erwidert Helen leise. »Ich habe dir ja gesagt, dass ich euch vertraue.«

»Schätzchen, du musst lernen, deine Gefühle besser zu verbergen.« Suraya lacht. »Es ist alles gut. Wir kriegen das hin. Geh nach Hause.«

Am nächsten Morgen verkündet Suraya, dass sie alle zusammen am ersten Wochenende im November zu einem obligatorischen Teambuilding-Camp aufbrechen werden, und Helen windet sich peinlich berührt, weil sie weiß, dass es ihre Schuld ist.

»Yay«, sagt Eve und wirft Tom einen heimlichen Blick zu, der wohl so viel heißt wie: *Scheiße, wir brauchen einen Babysitter.*

»Ein Camp? Du meinst im Wald?«, stammelt Owen und greift instinktiv nach seinem Handy, als bräuchte er moralische Unterstützung. »Mit Käfern und Bären und … Blättern und dem ganzen Scheiß?«

»Falls es Stockbetten gibt, schlafe ich oben«, erklärt Grant und dreht sich in seinem Stuhl herum.

Hat er gewusst, dass das kommen würde?, fragt sich Helen, und das Gefühl, versagt zu haben, versetzt ihr einen brennenden Stich, als Grant ihr einen nüchternen, freundlichen Blick zuwirft.

Kapitel 7

Helen beschließt, allein zu der Hütte zu fahren – es hat sich herausgestellt, dass die anderen alle im Osten oder im Valley wohnen, und sie hat keine Lust, fünfundvierzig Minuten durch die Stadt zu kurven, um anschließend mit den anderen eine Fahrgemeinschaft zu bilden und in einem stickigen Auto zu hocken. Außerdem fährt sie gern allein. Sie hört Musik, ohne sich Sorgen darüber zu machen, was andere Leute von ihren Second-Hand-Playlisten halten, und switcht zu dem einen oder anderen Podcast, wenn sie ihre eigenen Gedanken langweilen. Zum ersten Mal, seit sie nach L.A. gekommen ist, fühlt sie sich wieder wie sie selbst. Die zweistündige Fahrt von Santa Monica nach Forest Falls vergeht schnell, und die San Bernardino Mountains in der Ferne werden größer und größer, bis sie schließlich verschwinden, weil sie sich mittendrin befindet.

Der Erste, den sie sieht, ist Grant. Er sitzt bereits in einem Liegestuhl auf der Veranda, die die gesamte Finnhütte umgibt. Als sie das Auto parkt, steht er auf.

»Hi«, meint sie unsicher. Sie haben sich seit dem Gespräch auf dem Parkplatz nach der ersten Woche nie mehr allein und außerhalb des Writers' Rooms unterhalten. *Hatten Sie jemals außerhalb der offiziellen Schulzeiten freiwilligen Kontakt zu Grant Shepard? – Nein, Euer Ehren, natürlich nicht.* »Wo sind die anderen?«

»Die sind fünfzehn Minuten zu spät los und stecken jetzt im Stau«, erwidert Grant.

Sie geht um das Auto herum zum Kofferraum.

»Soll ich dir …?«

»Nein, danke.« Sie winkt ab und hievt ihre Reisetasche aus dem Wagen.

»Sei nicht albern«, meint Grant und nimmt sie ihr aus der Hand.

Das Innere der Hütte sieht nicht aus wie erwartet. Im Prinzip gibt es nur einen offenen Raum mit zwei großen Ausziehsofas und vier Stockbetten im ebenfalls offenen Obergeschoss, das über eine Treppe erreichbar ist. Ein riesiger, aus Geweihstangen gefertigter Kronleuchter wirft schaurige Schatten auf die Holzwände, die über und über von gerahmten Landschaftsmalereien bedeckt sind.

Grant folgt ihr mit ihrem Gepäck ins Haus. »Das untere Bad wird definitiv von gruseligen Kreaturen heimgesucht«, erklärt er. »In diesem Fall von Spinnen. Ich schlafe in einem der Stockbetten, wo möchtest du schlafen?«

»Ich nehme eines von den Ausziehsofas. Ich kann es mir ja mit Saskia teilen«, erwidert sie.

Grant stellt ihre Tasche ab, und im nächsten Moment scheint ihnen gleichzeitig bewusst zu werden, dass es nichts zu tun gibt, bis die anderen endlich eintreffen. Helen überlegt, ob sie in ihrem schwarzen Rollkragenpulli und den schwarzen Leggins möglicherweise overdressed ist, denn Grant trägt ein ausgebleichtes graues Sweatshirt und eine Jogginghose und sieht aus wie … *ein Typ im Pärchenurlaub.* Der Gedanke kommt mehr als ungebeten, und sie sucht eilig nach einem Grund, sich abzuwenden.

»Gibt es Tee?«, fragt sie und macht sich auf den Weg in die Küche, ohne seine Antwort abzuwarten. Sie öffnet einen Küchenschrank nach dem anderen und entdeckt Becher und Tee, aber keinen Wasserkessel. Im nächsten Moment spürt sie die beständige Wärme seines Körpers hinter sich, als er über sie hinweg greift, um einen alten, rostigen Kessel aus dem obersten Regal zu holen.

77

»Hier«, sagt er und hält ihn ihr entgegen.

Sie nimmt ihn und wendet sich zur Spüle um. Dann zögert sie … »Möchtest du auch einen Becher?«

Er sieht überrascht auf. »Klar.«

Sie füllt den Kessel, stellt ihn auf den Gasherd und schafft es nach ein paar bangen Sekunden, die Flamme zu entzünden.

»Suraya glaubt, dass du uns nicht vertraust«, erklärt Grant.

Helen dreht sich nicht um. »Dann hat sie es dir also erzählt.«

»Ja. Willst du darüber reden?«

Sie stößt die Luft aus. »Mit dir sicher nicht.«

Grant schüttelt den Kopf. »Warum bist du immer so?«

»Wie bin ich denn?«, fragt sie.

»Du machst dir selbst das Leben schwer. Du bist gereizt und ständig in der Defensive, obwohl du es nicht sein müsstest.«

»Soll ich lieber so sein wie du und nichts anderes tun, als alle anderen rund um die Uhr zu bezirzen, damit sie mich am allerliebsten mögen?«

»Musst du immer eine solche Zicke sein?«, faucht er, und in diesem Moment geht die Tür auf.

Es sind Tom und Eve, die nach Drive-in-Burgern riechen und erschöpft von der Reise wirken.

»Der Verkehr war der reinste Albtraum. Ich hätte am liebsten umgedreht und eine Lebensmittelvergiftung vorgeschoben, aber die Heimfahrt hätte noch länger gedauert«, erklärt Eve und schaut sich um. »Oh, das sieht hier ja echt schräg aus.«

»Es ist wie auf einem Ferienlager in den Siebzigern, und das ist die verwunschene Hütte der heißen Betreuerin«, erklärt Tom und joggt die Treppe nach oben. »Hier gibt es sogar echte Stockbetten!«

Eve verdreht die Augen und wendet sich an Grant und Helen. »Er will sicher in einem schlafen.«

»Ich werde auf jeden Fall in einem davon pennen!«, ruft Tom von oben herab.

Suraya kommt kurz vor Sonnenuntergang mit unzähligen Entschuldigungen, Geschichten über eine irrwitzige Autofahrt und jeder Menge Alkohol im Gepäck. Grant ist nicht gerade glücklich darüber, dass ihre furchtlose Anführerin zu spät zu ihrem obligatorischen Gruppenevent kommt, immerhin musste er als ihr Stellvertreter den halben Tag den Gastgeber spielen. Wobei er vermutet, dass sie es absichtlich so eingefädelt hat. Suraya ist genau der Typ für irgendeine machiavellistische Strategie, die besagt, dass sich Leute eher aneinander binden, wenn der Vorgesetzte nicht dabei ist. Und so hat er Tom und Eve dabei geholfen, ihre Stockbetten zusammenzurücken (»Wir könnten ein Rollenspiel starten, und du bist die heiße Betreuerin«, meinte Tom vorhin, woraufhin Eve ihm mit dem Kissen eins überzog), er hat die Sofas verschoben, damit Saskia und Nicole näher beieinander sind, um ihre Hexenköfferchen mit den Tarot-Karten, den Kristallen und dem Salbei zu vergleichen, und war auf der Suche nach seinem iPhone-Ladegerät, da Owen seines zu Hause vergessen hat.

Und dann ist da auch noch Helen, die sich mit jedem neuen Teammitglied, das die Hütte betritt, weiter in sich zurückzieht.

»Hot Toddy«, erklärt er mürrisch und reicht ihr einen frischen Becher. »Nach Surayas Geheimrezept.«

Sie sitzt zusammengekauert und in eine Decke gehüllt auf dem Veranda-Liegestuhl, auf dem er vorhin eine halbe Stunde gesessen hat, bevor die anderen eintrafen. »Danke«, murmelt sie.

Die anderen sind in der Hütte und genießen die letzten Reste des selbst gemachten Desserts, das Nicole mitgebracht hat. Helen hat sich vorhin mit der Entschuldigung verabschiedet, noch ein wenig Luft schnappen zu wollen, und er hat den enttäuschten Ausdruck gesehen, der über Surayas Gesicht gehuscht war, bevor sie nickte.

Grant wünschte, es gäbe einen Weg, um Helens Mauern zu durchbrechen. Bei jeder anderen würde er es ohne Weiteres schaffen. Er würde etwas Lustiges und auch ein wenig Albernes von sich geben, er würde einen Weg finden, um ihr zu beweisen, dass er zugehört hat, wenn sie während der Arbeit versucht hat, einen Witz anzubringen, dabei aber immer viel zu leise und verlegen war, sodass die anderen sie nicht hörten.

Sie wickelt die Decke enger um ihren Körper, und er hat noch nie einen Menschen gesehen, der so dringend eine Umarmung gebraucht hätte wie sie.

»Du hasst es hier«, stellt er schließlich fest.

»Man verbringt so viel Zeit mit anderen Menschen. Rund um die Uhr«, erwidert sie. »Keine Ahnung, wie du das aushältst.«

»Das ist nicht schwer. Ich mag Menschen«, erklärt er ohne Umschweife. »Du nicht.«

Helen wirft ihm einen finsteren Blick zu.

»Es gibt einen Grund, warum die einen gefeierte *New-York-Times*-Bestsellerautoren werden und die anderen Drehbuchautoren«, fährt er fort. »Du bist Schriftstellerin und schreibst, um deinen Lebensunterhalt zu verdienen. Ich bin ein Hollywood-Schreiberling. Ich bin bloß gut darin, in Writers' Rooms große Reden zu schwingen.«

Helen stößt die Luft aus.

»Ja, darin bist du wirklich gut«, meint sie schließlich.

Er lässt sich ihr gegenüber nieder. »Ich habe mal versucht, einen Roman zu schreiben«, gesteht er.

Sie reagiert nicht.

»Willst du gar nicht wissen worüber?«

Sie schnaubt verächtlich. »Jeder hat irgendwann schon mal versucht, einen Roman zu schreiben. Selbst der Angelfreund meines Dads hat einmal versucht, einen Roman zu schreiben. Glaub mir, es ist besser, wenn ich nicht weiß, wovon er handelt. Wenn die Idee gut ist, hast du Angst, dass ich sie dir klaue, und wenn sie schlecht ist, wirst du das sofort merken, ich habe nämlich kein Pokerface.«

»Ich weiß«, sagt Grant. »Das ist nicht zu übersehen, wenn du mich jeden Tag beim Mittagessen in Grund und Boden starrst.«

»Weil du schrecklich nervst«, erwidert sie in dem typischen gereizten Tonfall, der ihm mittlerweile so vertraut ist, dass er ihn schon fast als einnehmend empfindet. Aber nur fast. »Das Mittagessen ist die Zeit des Tages, in der du am vehementesten versuchst, dich als Lieblingsautor der anderen in Position zu bringen.«

»Na ja, die Wahlen finden bald statt, und du weißt ja …« Helen stößt spöttisch schnaubend die Luft aus, und es klingt sogar ansatzweise wie ein Lachen.

»Es wäre besser gewesen, ich wäre gar nicht erst hergekommen. Ich bin für dieses Hollywood-Ding einfach nicht geschaffen.«

»Klar bist du das«, widerspricht Grant. »Hier ist jeder auf jeden neidisch, und der Gedanke, dass andere dich hassen, lässt dich aufblühen. Ich erinnere mich noch gut an die Highschool.«

Sie wirft ihm einen ausdruckslosen Blick zu. »Ja, ich mich auch.«

Grant windet sich innerlich. Ihr Blick durchstößt sämtliche Lackschichten, die er mittels harter Arbeit erworben hat, und dringt bis in das rohe Innere.

»Wir haben einen gemeinsamen Background«, stellt er klar und versucht, wieder auf sicheres Terrain zu gelangen. »Das meinte ich damit.«

»Warum musst du ständig davon anfangen? Mir gefällt der Background, den wir gemeinsam haben, nämlich nicht.«

Er stößt die Luft aus. Ihm gefällt der Background ebenfalls nicht, aber es wäre kontraproduktiv, jetzt darüber zu diskutieren.

»Von mir aus«, meint er schließlich, und als ihm wieder einfällt, warum er eigentlich zu ihr nach draußen gegangen ist, fügt er hinzu: »Aber du solltest dich mehr bemühen, was die anderen betrifft. Zum Wohle des Teams und unserer Arbeit, und zum Wohle deiner Bücher. Auch, wenn du nichts von uns hältst.«

Er wendet sich ab und lässt sie allein zurück, damit sie sich in ihrer miesen Laune suhlen kann.

Nachdem alle in ihre Schlafanzüge geschlüpft sind, holt Owen ein Ouija-Brett hervor.

»Wer möchte sich mit ein paar Geistern unterhalten?«, fragt er. Er hatte schon mehrere Hot Toddys und eine Heiße Schokolade mit Schuss. Und er ist nicht der Einzige. »Ich habe das hier im Halloween-Abverkauf entdeckt.«

Ein paar Jahre nach dem Tod ihrer Schwester hat Helen sich intensiv mit der Frage auseinandergesetzt, ob es möglich ist, mit den Toten in Kontakt zu treten. Ihre Eltern sind Wissenschaftler, und die Wissenschaft ist für sie heiliger als alles, was Michelle und Helen in den Bibelstunden gelernt haben, die sie als Kinder besuchen mussten (eher, um Anschluss zu finden und sich an die fremden Gepflogenheiten anzupassen, als zum Wohle ihrer unsterblichen Seelen). Sie hat auf dem College sogar eine wissenschaftliche Arbeit über das Thema geschrieben, um sich selbst von der Besessenheit zu befreien. An den Absatz über Ouija-Bretter kann sie sich heute noch erinnern.

Sie hat diese Dinger immer schon albern gefunden – wie eine viel zu langsame Datenverbindung ins Jenseits.

Du solltest dich mehr bemühen.

»Wusstet ihr, dass Ouija-Bretter ursprünglich als viktorianisches Gesellschaftsspiel erfunden wurden, um den Leuten beim Flirten auf die Sprünge zu helfen?«, fragt sie zögerlich.

»Woher sollen wir das bitte schön wissen?«, erwidert Nicole, und Helen würde am liebsten im Erdboden versinken, doch in diesem Moment meint Tom, der sich neben sie gesetzt hat: »Also ich wusste das, du Kulturbanausin.«

Nicole lacht auf. »Von mir aus, in diesem Fall her mit einem viktorianischen Geist, mit dem ich flirten kann.«

Grant schürt das Feuer, während sich die anderen um den Couchtisch und das darauf liegende Ouija-Brett auf den Boden knien.

»Grant, komm her, wir suchen einen gut aussehenden Geist für Nicole!«, ruft Owen.

Und Helen fragt sich mit einem Mal, ob Grant Shepard an Geister glaubt.

»Macht ihr nur«, sagt er. »Ich lasse dieses Spiel lieber aus.« Er lässt sich auf ein Zweiersofa sinken, schwingt die Beine hoch und greift nach seinem Kindle.

»Langweiler«, spöttelt Eve.

»Okay, dann legen mal alle den Finger auf die Planchette«, befiehlt Owen, der gerade die Gebrauchsanweisung studiert. »Anschließend können wir mit einfachen Fragen beginnen, zum Beispiel mit: Bist du uns wohlgesonnen? Wie viele Geister sind heute Abend anwesend?«

»Bist du uns wohlgesonnen?«, fragt Saskia den Kronleuchter aus Geweihen über ihnen.

Helen wirft einen Blick in Grants Richtung. Er sieht nicht von seinem Kindle auf, und sie fragt sich, wann sie sich das letzte Mal in die Augen gesehen haben, ohne dass sie sich gerade gestritten haben.

Die Planchette unter ihrem Finger bewegt sich langsam, ganz langsam zu dem *Ja* in der oberen linken Ecke des Bretts.

»Oh, wie nett«, meint Saskia. »Hallo, Geist? Oder Geister? Wie viele seid ihr denn?«

Sie sehen einander an, während die Planchette wieder über das Brett wandert.

»Ich bewege sie nicht«, erklärt Tom.

»Das ist etwas Psychologisches«, meint Eve. »Jeder bewegt sie unbewusst zu der Antwort, die er sich wünscht.«

»Lass die logischen Erklärungen stecken«, sagt Suraya. »Die Geister reden mit uns.«

Die Planchette hält zwischen den Ziffern 2 und 3 inne.

»Dann sind also ... zweieinhalb Geister anwesend? Oder dreiundzwanzig?«, fragt Helen stirnrunzelnd.

»Zweieinhalb finde ich cool«, verkündet Nicole. »Aber welche Hälfte? Die untere?«

Die Planchette rührt sich nicht.

»Ich glaube, diese Frage hat den Geistern nicht gefallen«, witzelt Saskia.

»Seid ihr hier gestorben?«, fragt Tom.

Die Planchette bewegt sich wieder zu dem *Ja*.

»Gruselig«, meint Owen.

»Dann haben wir also zweieinhalb Geister, die hier gestorben sind«, fasst Nicole zusammen. »Das schreit nach einer Geister-Orgie.«

»Vielleicht fragen wir sie nach toten Menschen, die wir kannten?«, schlägt Owen vor.

Helen wirft erneut einen Blick zu Grant. Sie könnte schwören, dass sie vorhin gespürt hat, wie er sie beobachtet. Aber jetzt liest er hochkonzentriert in seinem Kindle-Buch.

»Kennt ihr meine Grandma Ruth?«, fragt Nicole. »Sie ist letztes Jahr gestorben.«

Die Planchette bewegt sich zu *Nein*.

»Na ja, das war zu erwarten. Vermutlich gibt es in der Geisterwelt mehr als genug von euch«, meint Nicole. »Will es noch jemand versuchen?«

»Helen, gibt es jemanden, mit dem du gern in Kontakt treten würdest?«, fragt Suraya.

Helen schluckt. Sie erinnert sich plötzlich an die grauenhaften Stunden, die sie während der letzten Wochen an der Highschool im Büro der Schulpsychologin verbracht hat, und an die leisen Stimmen, die sie überallhin verfolgt haben. *Ich kann nicht glauben, dass sie immer noch herkommt. Ihre kleine Schwester ... Ich glaube nicht, dass ich ganz normal zur Schule gehen würde ...* Die Erwachsenen haben versucht, ihr zu helfen, und ihr immer wieder geduldig, aber stets von oben herab dieselbe Frage gestellt: *»Und was würdest du deiner Schwester sagen, wenn du noch einmal mit ihr sprechen könntest?«*

Du solltest dich mehr bemühen, denkt Helen verzweifelt.

»Ich hätte da jemanden«, meldet sich Grant wie aus dem Nichts zu Wort. »Rück mal rüber.«

Er quetscht sich zwischen Suraya und Owen und legt den Finger auf die Planchette. Helen sieht zu ihm, was natürlich ein Fehler ist, denn im nächsten Moment treffen sich ihre Blicke. Da ist etwas Rohes, Grauenhaftes, Unausgesprochenes in seinen Augen, das versucht, sich den Weg an die Oberfläche zu bahnen, doch dann wendet er sich eilig ab. *Komm zurück!*, würde sie gern rufen. *Ich will dich genauer ansehen.*

Grant räuspert sich. »Mein Onkel ist letztes Jahr im Dezember gestorben. Fred Shepard. Er hatte einen ganzen Stapel alter Kisten im Keller, die wir noch nicht durchgesehen haben, und ich finde, wir sollten sie einfach entsorgen. Was sagt ihr dazu?«

Die Planchette bewegt sich in Richtung des aufgedruckten Alphabets. *I ... H ... R ...*

Owen zieht ruckartig die Hand zurück. »Nein. Nein, auf keinen Fall. Das wird mir zu unheimlich.«

»I-H-R ist dir zu unheimlich?«, fragt Grant lachend.

»Ich will gar nicht wissen, wie der Satz endet«, beharrt Owen. »Mir reicht's, ich bin müde. Der Herr oder wer auch immer segne euch. Ich gehe schlafen.«

Saskia besteht darauf, noch etwas Salbei zu verbrennen, bevor sie das Brett verstauen, und Helen hat das seltsame Gefühl, dass sie Grant danken sollte, aber er macht sich ohne einen weiteren Blick in ihre Richtung ebenfalls auf den Weg ins Bett.

Also hilft sie stattdessen, das Chaos aus leeren Bechern und Flaschen zu beseitigen.

»Wir haben sehr viel mehr von dem Zeug getrunken, als ich dachte«, meint sie mit einem warmen Gefühl im Bauch und betrachtet eine leere Flasche Whiskeylikör.

»Surayas Geheimrezept«, murmelt Saskia.

Ein dumpfes Krachen ertönt, gefolgt von Grants schmerzerfülltem »Au« und einem erbosten, mittlerweile vertrauten Knurren.

Saskia kichert. »Er ist zu groß für das Stockbett.«

Wenige Augenblicke später stapft Grant in eine Steppdecke gewickelt die Treppe nach unten. »Ich schlafe draußen«, brummt er und bewegt sich in Richtung Tür.

Helen blinzelt. »Das geht nicht. Da draußen sind Bären und … so Zeugs.«

Grant blickt ihr verschlafen, aber dennoch amüsiert entgegen. »Bären und so Zeugs«, murmelt er.

Helen deutet mit dem Kopf auf das Zweiersofa zwischen den beiden Ausziehsofas. »Schlaf doch dort?«

»Damit ich morgen als menschliche Ziehharmonika aufwache? Nein, danke«, sagt er und setzt sich wieder in Bewegung.

»Dann nehmen wir das Stockbett«, schlägt Saskia vor. »Du kannst unser Ausziehsofa haben, stimmt's, Helen?« Sie stößt Helen in die Seite.

»Sicher«, meint sie.

Grant gähnt. »Ich bin zu müde, um den Kavalier zu spielen. Oben sind noch zwei freie Betten«, sagt er und lässt sich auf die nächstbeste Matratze fallen.

Saskia und Helen gehen nach oben. Es gibt tatsächlich nur noch zwei freie Plätze, und Saskia entscheidet sich für das Stockbett neben dem Bad. Helen schaltet das Licht aus und klettert vorsichtig die Leiter nach oben, um Owen nicht zu wecken, der bereits schnarchend im unteren Bett liegt. Sobald sie oben angekommen ist, wird ihr klar, dass ihr ein Fehler unterlaufen ist. Es ist Grants Bett und er hat die Steppdecke mit nach unten genommen.

»Dieser verdammte Grant Shepard«, murmelt sie leise. Sie macht die Taschenlampe an ihrem Handy an, klettert wieder nach unten und tappt die Treppe hinunter. Sie schiebt sich im Dunkeln an den Möbeln vorbei, bis sie an dem Ausziehsofa angekommen ist. Grant atmet langsam und gleichmäßig, seine Augen sind geschlossen, sein Gesicht wirkt entspannt. Er schläft bereits.

Helen leuchtet mit der Taschenlampe in die Ecke und entdeckt ein paar Reservelaken neben den beiseitegelegten Sofakissen. Sie schiebt sich leise an ihm vorbei, um danach zu greifen, als plötzlich Finger ihr Handgelenk umklammern und sie nach vorn ziehen.

Hastig streckt sie die freie Hand aus, um den Sturz abzufangen, und landet auf seiner nackten Brust. Ihr Herz macht einen Satz.

Grant richtet sich auf, sodass sie seine Körperwärme spürt, und wirkt schlagartig wach.

»Was machst du da?«, raunt er.

»Die Laken«, presst sie hervor. »Du hast die Decke mitgenommen.«

Sie ist sich nur zu bewusst, dass ihre rechte Hand noch immer auf seiner Brust liegt, und würde genau in diesem Moment jemand das Licht anmachen, würden sie aussehen wie ein Liebespaar auf dem Cover eines Schnulzenromans.

Er senkt den Blick und scheint erst jetzt zu begreifen, wo sie sich befinden. Dann lacht er auf. »Okay. Tut mir leid. Gib mir nur eine Sekunde.«

Er lässt sie los, und sie spürt die kalte Luft, wo gerade noch seine warme Haut gewesen ist.

»Ich nehme einfach die Laken hier mit«, murmelt sie und will erneut danach greifen.

»Nein, schon gut. Nimm die Decke.« Er wirft sie ihr zu.

Sie fängt sie auf und lässt dafür die Laken auf die Matratze fallen.

Dann hält sie am Fuß des Betts noch einmal inne. »Ähm … gute Nacht«, sagt sie.

Ihre Augen haben sich mittlerweile an die Dunkelheit gewöhnt, und sie sieht, wie seine Augen aus den blauen Schatten herausleuchten.

»Gute Nacht«, erwidert er endlich.

Helen wendet sich ab und steigt die Treppe nach oben. Sie fühlt sich, als würde sie von einem Tatort fliehen, was total lächerlich ist. Sie breitet die erbeutete Decke auf dem oberen Bett aus, krabbelt darunter und … ist im nächsten Moment von Grant Shepards Duft umgeben.

Ihr Atem stockt – es fühlt sich zu intim an, seinen Geruch einzuatmen, und sie kommt sich schrecklich entblößt vor, obwohl es dunkel ist. Sie zieht die Decke über den Kopf und versinkt in dem Kokon, während ihre Sinne von Grant geflutet werden. Sie riecht den Rauch des Feuers, das er vorhin geschürt hat, sie riecht den salzigen Schweiß und sein Aftershave – ein würziger und gleichzeitig holziger Duft.

Ihre Gedanken wiederholen immer wieder die Millisekunde, in der er fragte: »Was machst du da?«, und sie spürt, wie er ihr Handgelenk umfasst. In ihrer Vorstellung zieht er sie jedes Mal einen Hauch näher an sich heran.

Das ist doch krank, denkt sie und atmet ein letztes Mal tief ein, bevor sie die Decke zurückschlägt, sodass sie ihr nur noch bis zu den Schultern reicht.

Wenn sie vorsichtig ist und nicht zu tief ins Kissen sinkt, wenn sie sich umdreht und darauf achtet, dass sich ihre Nase nicht zu nahe an dem Stoff befindet, kann sie seinem Duft entgehen (Aber warum sagt ihr dann ihr Instinkt, dass sie genau das nicht tun soll?).

Nach ein paar langsamen Atemzügen ist sie entweder zu müde oder sie hat sich schon zu sehr an den holzigen Geruch von Grant Shepard in ihrem Bett gewöhnt, denn sie gleitet sanft in den Schlaf.

Sie träumt von einer warmen, festen Brust und einem starken Körper, der ihren umschlingt und ihr die Sinne raubt.

»Was machst du da?«, fragt sie in ihrem Traum.

»Was glaubst du?«, fragt er, als er sich noch enger an sie schmiegt, seine Lippen auf ihr heiße Haut treffen und jede seiner Berührungen wie ein fieberhaftes Versprechen wirkt.

Sie fährt ruckartig aus dem Schlaf hoch, als sie kurz vor dem Orgasmus steht, und beißt sich auf die Lippe, um nicht frustriert aufzustöhnen. Es ist bereits früher Morgen, und das Knarren und Knarzen verrät ihr, dass die ersten schon wach sind und sich anziehen. Sie stößt zitternd die Luft aus, atmet tief ein und wartet, bis sich ihre Atmung beruhigt hat, bevor sie sich aufrichtet.

Als sie nach unten kommt, sitzt Grant verschlafen und mit verwuschelten Haaren auf dem Ausziehsofa, während Tom und Eve in der Küche beschäftigt sind.

»Guten Morgen«, sagt sie und hofft, dass ihr Gesicht nicht so rot ist, wie es sich anfühlt.

»Gut geschlafen?«, fragt er in beiläufigem Ton.

»Mhm«, erwidert sie, als hätte jedes weitere Wort sie womöglich verraten. Sie sieht zur Badezimmertür hinter ihm. »Musst du …?«

»Nein, geh du zuerst«, sagt er und senkt kurz den Blick. »Ich brauche noch einen Moment.«

»Oh. Okay.« Sie huscht ins Badezimmer, während in ihrem Gehirn nur noch ein Gedanke Platz findet.

Grant Shepard hat gerade eine Erektion.

Kapitel 8

Das wird eine ziemlich knifflige Kletterei!«, ruft Suraya ihnen über die Schulter hinweg zu.

Sie sind nach dem Frühstück zu einer Wanderung aufgebrochen, und Helen wird wieder mal klar, dass sie absolut keine Naturliebhaberin ist. Sie kann zwar durchaus den einen oder anderen gelegentlichen Spaziergang genießen, aber steile Anstiege und kaum begangene Wege sind nicht so ihr Ding.

»Ich bin ganz bei dir, Schwester«, sagt Owen, als sie beim Anblick des felsigen Terrains ein hörbares Seufzen ausstößt.

Er trägt eine Kette aus bunten Perlen mit der Aufschrift *Happy Camper* um den Hals, obwohl er alles andere ist als das. Er greift in seine Tasche und holt eine bunte Tüte mit Fruchtgummis hervor.

»Ein Edible gefällig? Die Wirkung wird einsetzen, sobald wir zurück in der Hütte sind, und dann ist diese verdammte Tortur vergessen«, meint er und streckt ihr die Packung entgegen. »Außerdem geht das Gerücht um, dass dort S'Mores auf uns warten.«

»Ooh, hast du die für uns alle eingepackt? Ich will auch eines!«, ruft Nicole, und Owen reicht ihr ein harmlos aussehendes violettes THC-Gummibärchen.

»Ähm …«, stammelt Helen.

Ihre Erfahrung mit Cannabis beschränkt sich auf einen fehlgeschlagenen Versuch auf dem College, als sie mit ihrer Mitbewohnerin einen Joint rauchten und danach eine

Stunde lang immer wieder »Ich glaube, das funktioniert bei mir nicht« vor sich hin gemurmelt hat. Danach wurde sie als Spaßbremse gebrandmarkt und nie wieder zu ähnlichen Zusammenkünften eingeladen. Sie verbindet Marihuana immer noch mit einem künstlerischen, unkonventionellen und nicht regelkonformen Underground-Lebensstil, der cooler ist, als sie jemals sein wird, obwohl es in Kalifornien schon so lange legal ist, dass Cannabis-Läden mittlerweile stilistisch mit den Apple-Stores mithalten können und sie auf ihrem täglichen Weg durch die Stadt an unzähligen davon vorbeikommt.

»Ich hab's normalerweise nicht so mit Edibles«, sagt sie und hofft, dass sie nicht zu uncool rüberkommt.

»Mein Gott, wem sagst du das! Ich bin jedes Mal so hinüber, dass ich zu nichts zu gebrauchen bin«, meint Eve, die hinter ihnen her trottet. »Wobei ich mir dadurch wenigstens das nächste Team-Building-Abenteuer ersparen würde, was durchaus positiv wäre.«

Owen streckt Eve die Packung entgegen. »Es sind zehn Milligramm pro Stück«, erklärt er.

»Uff, dafür bin ich schon zu alt, ich werde es lieber teilen«, erwidert Eve, beißt die Hälfte ab und tippt ihrem Mann auf die Schulter. »Hier«, sagt sie und schiebt ihm den Rest in den Mund.

»Hast du mich gerade unter Drogen gesetzt?«, fragt Tom.

»Das machen doch alle coolen Kids heutzutage«, erwidert Eve und joggt lachend an den anderen vorbei.

»Ist es nicht süß, wie die beiden den Funken in ihrer Ehe aufrechterhalten?«, meint Owen und schüttelt sich dann. »Das wäre nichts für mich. Helen?«

Helen blinzelt. *Sei kein Spielverderber.*

»Na ja, wenn das alle coolen Kids heutzutage tun«, sagt sie und greift mutig nach einem Edible.

Das Gummibärchen schmeckt nach Brombeeraroma und hat einen unverkennbaren Nachgeschmack nach Gras.

»Wie lange dauert es, bis die Wirkung einsetzt?«, fragt sie.

»Keine Ahnung. Vielleicht vierzig Minuten, vielleicht zwei Stunden?« Owen zuckt mit den Schultern.

Als er ihren Gesichtsausdruck sieht, lacht er. »Ach, Schätzchen, jetzt sag nicht, dass das dein erstes Edible war.«

»Ich bin von der Ostküste«, erwidert Helen matt.

Owen legt den Arm um sie. »Das wird ein Spaß«, verspricht er.

Sie lacht und fühlt sich seltsam befreit – obwohl es doch sicher noch zu früh ist, um die Wirkung zu spüren, oder?

Während Nicole und Owen ihr über den steilen Anstieg hinweg helfen, erkennt sie, dass es nicht das Edible war, sondern das Gefühl, akzeptiert zu werden. Es bedeutet ihr eine Menge, dass die anderen sie an ihren Gruppenaktivitäten teilhaben lassen.

Helen ist sich der Freundschaften, die sich in New York entwickelt haben, nie wirklich sicher gewesen. Pallavi und Elyse hatten schon damals Freunde außerhalb ihres Dreiergespanns, denen sie sich näher fühlten. Und unter den befreundeten Autoren im Young-Adult-Bereich schien die Freundlichkeit immer auch von einem gewissen Konkurrenzdenken begleitet, sodass Helen sich oft gefragt hat, ob sie einander wirklich mögen oder nur für ihre Follower auf Instagram so tun. Sie ist das Gefühl nie losgeworden, dass sie weder zu der einen noch der anderen Gruppe wirklich gehört hat. Sie war weder die Witzigste von allen noch die, die immer alles plant, und schon gar nicht das Model.

Also stürzte sie sich in die Arbeit und nahm ihre Erfolge als Verhandlungsgrundlage in sozialen Gefügen. *Siehst du, wie nützlich ich als Freundin sein kann? Glaub mir, ich bin auf jeden Fall ein längerfristiges Investment wert, auch wenn ich nicht die Witzigste von allen bin.* Nicht bloß eine Bekannte hatte sie in Gesprächen mit den Worten »Das ist Helen, meine beeindruckendste Freundin« vorgestellt.

In diesem Team hat sie bis jetzt allerdings niemanden wirklich beeindruckt.

Vielleicht ist das Geheimnis einer Freundschaft, dass man vor anderen Leuten auch mal schlecht in bestimmten Dingen sein darf. Der Gedanke leuchtet in ihrem Bauch wie ein Weihnachtsbaum, und in diesem Moment wird ihr klar, dass die Wirkung des Edibles mittlerweile wirklich eingesetzt hat.

Oh nein, denkt sie amüsiert. *Ich bin einunddreißig und beuge mich immer noch dem Gruppenzwang.*

Sie sind etwa eine Stunde unterwegs, und Grant stellt mit Schrecken fest, dass etwa die Hälfte des Teams high ist. Und zwar richtig.

»Hast du dir schon mal gedacht, dass … Bäume!«, ruft Eve aufgeregt fuchtelnd und sieht zu dem goldenen Blätterdach über ihnen empor.

Tom schnaubt. »Du klingst selten dämlich. ›Bäume!‹«

»Nein, nein, ich meine ja nur. Sie sind so groß und so alt und so wunderschön, und ich meine … die, die dort drüben stehen, die sind schon da seit … du weißt schon, seit *damals*«, erklärt Eve. »Ich meine, es kann sein, dass eine viktorianische Lady und ich beide dieselben Bäume gesehen haben.«

»Ah. Jetzt weiß ich, was du meinst«, murmelt Tom. »Wir sollten unbedingt dieses Western-Drehbuch noch mal überarbeiten.«

»Genau!« Eve schnippt mit den Fingern.

»Nicht schlappmachen«, fordert Suraya sie auf, die gemeinsam mit Saskia forschen Schrittes vorangeht. »Wir sind bald am Aussichtspunkt, dann können wir nach Hause zu unseren S'Mores.«

Ein kollektives Murmeln ertönt, als das Wort »S'Mores« zum hinteren Teil der Gruppe durchdringt.

Es überrascht ihn, dass Helen sich der zugedröhnten Hälfte

des Teams angeschlossen hat. Sie lacht über einen Witz, den Nicole ihr gerade ins Ohr geflüstert hat, und sieht zu ihm, ehe sie wie verrückt loskichert. So fröhlich hat Grant sie noch nie erlebt.

Er spürt, wie seine Mundwinkel unwillkürlich zucken, und zwingt sich rasch zu einem möglichst neutralen Gesichtsausdruck. Er bietet jedem, der an ihm vorbeigeht, eine helfende Hand, um den sanften Anstieg zu überwinden.

»Danke, Dad«, säuselt Nicole, dann brechen sie und Helen erneut in Kichern aus.

»Ich schaffe das allein«, meint Helen und winkt ab.

»Natürlich tust du das«, erwidert er und wirft einen Blick auf ihre brandneuen Wanderstiefel, die über keinerlei Bodenhaftung verfügen. Er streckt die Hand nach ihrem Ellbogen aus, doch sie reißt ihn fort.

»Ich sagte doch, dass ich es allein schaffe!«

Allerdings bringt die schnelle, ruckartige Bewegung sie gehörig aus dem Gleichgewicht, und Grant springt reflexartig auf sie zu, um ihre wild rudernden Arme zu fassen zu bekommen.

»Oh«, sagt sie und starrt zu ihm empor. »Ich schätze, ich schaffe es doch nicht.«

Dann lacht sie wieder los. Es kommt so überraschend, dass er vor Schreck ebenfalls den Halt verliert und sie beide den Hang hinunterrutschen.

»Scheiße«, stöhnt er und versucht, den Aufprall abzufedern.

»Neein!«, ruft Helen, und er spürt ihren abgehackten Atem in seinem Nacken.

Sie landen am unteren Ende des laubbedeckten Hügels, und sechs Gestalten starren von oben auf sie herunter.

»Scheiße!«, schimpft Helen und springt auf. »Uns geht es gut!«, ruft sie den anderen zu.

Grant stemmt sich ebenfalls hoch und spürt ein protestierendes Brennen an den Handflächen. Sie sind aufgeschrammt und bluten leicht.

»Du meine Güte!«, ruft Helen. »Wie siehst du denn aus?«

»Mir geht es gut«, erklärt er und winkt ab.

»Grant blutet!«, schreit sie den anderen zu.

»Mir geht es gut!«, ruft er hinterher.

»Tut es nicht! Er braucht … Er braucht einen Arzt!«, fährt Helen lauthals fort und wendet sich dabei sowohl an die anderen als auch an ihn.

»Sie übertreibt!«, ruft Grant. »Ich muss mir nur die Hände waschen.«

»Willst du gleich zurück zur Hütte?«, fragt nun Suraya. »Es ist nicht mehr weit bis zum Aussichtspunkt, ich kann die anderen hinführen.«

»Du solltest nicht allein zurückgehen«, mischt Helen sich heldenhaft ein. »Was, wenn dir etwas zustößt?«

Grant hebt eine Augenbraue. »Willst du mich etwa beschützen?«

»Ich begleite ihn!«, ruft Helen den anderen zu. »Ich hasse Wandern ohnehin!«

Den zustimmenden Rufen zufolge, die von oben herab dringen, ist sie nicht die Einzige, der es so ergeht.

»Aber esst nicht alle S'Mores ohne uns!«, schreit Owen. »Du verdammter Glückspilz.«

»Komm.« Helen tätschelt Grant die Brust. »Gehen wir.«

Er lässt sich ein Stück weit von ihr führen, ehe er beschließt, dass es sicherer ist, wenn er neben ihr geht.

»Was ist?«, fragt sie, als sie ihn an ihrer Seite spürt.

»Du bist high«, sagt er schließlich und versucht, nicht zu lachen. »Es ist nur … ich hätte nie gedacht, dass ich das einmal erleben darf.«

»Jemand hatte Gummibärchen dabei«, erwidert sie stirnrunzelnd. »Ich habe mich dem Gruppenzwang gebeugt.«

Jetzt muss Grant doch lachen. »Mrs Granuzzo wäre unglaublich enttäuscht von dir«, sagt er und erinnert sich an die verhärmte Leiterin des Drogenpräventionsprogramms an ihrer alten Schule. »Hast du vergessen, dass man auch einfach Nein sagen kann?«

»Ich wollte mich bemühen und so sein wie die anderen«, erklärt sie mürrisch. »Gewisse Leute haben mir eingeredet, dass das wichtig wäre.«

»Ich habe nicht gesagt, dass du so sein sollst wie die anderen. Ich habe gesagt, dass du dich um die anderen bemühen sollst.«

»Aber nicht um dich, denn das wäre reine Zeitverschwendung«, stimmt sie ihm zu.

»Genau.«

»Ah.« Sie wirft ihm einen seitlichen Blick zu. »Ich habe deine Gefühle verletzt.«

»Sei nicht albern.«

»Ich bin immer so gemein zu dir«, sagt sie plötzlich. »Und du bist so … verdammt freundlich. Ich bin ein schrecklicher Mensch.«

»Du bist kein schrecklicher Mensch.«

»Doch, bin ich. Ich bin die Schlimmste von allen«, widerspricht sie eilig, und es klingt, als würde sie gleich weinen. »Ich bin selbstsüchtig und besessen davon, mich vor den Leuten aus meiner ehemaligen Highschool als Gewinnerin darzustellen, obwohl ich das gar nicht bin. Ich bin so weit davon entfernt, dass es geradezu lachhaft ist, und ich weiß eigentlich gar nicht, warum es mich überhaupt kümmert, was Leute aus meiner ehemaligen Highschool von mir denken, und warum du immer dabei bist, wenn ich mich fühle, als ob … als ob …«

»Ich bin immer dabei, wenn du dich wie fühlst?«, fragt er.

»Als ob ich alles andere als eine fantastische, erfolgreiche Gewinnerin wäre«, schließt sie kläglich. »Manchmal bin ich das nämlich, weißt du?«

»Manche Leute bringen eben immer nur die falschen Seiten aneinander zum Vorschein«, erwidert er.

Helen sieht sich seufzend um. »Es ist wirklich hübsch hier«, sagt sie. »Ich hätte nicht gedacht, dass man gar nicht so weit aus L.A. rausfahren muss, um so schöne Herbstfarben zu erleben.«

Er ist froh über die 180-Grad-Wendung in emotional unverfänglichere Gewässer.

»Es gibt tatsächlich einige Orte ganz in der Nähe«, erklärt er. »Zum Beispiel die Descanso Gardens, das ist ein botanischer Garten, nur zwanzig Minuten von der Stadt entfernt. Ich fahre gern hin, wenn ich die Ostküste vermisse.«

»Fährst du an Weihnachten nach Hause?«

»Dieses Jahr habe ich es vor«, antwortet er. »Ich muss meiner Mom helfen, das Haus meines Onkels zu räumen.«

»Ach ja«, murmelt sie. »Tut mir leid.«

»Er war ein ziemlicher Arsch«, erwidert Grant. »Deshalb hat er es zwar noch lange nicht verdient, mit sechzig an einem Herzinfarkt zu sterben, aber ...«

»Hm ... reden wir lieber über etwas anderes. Sonst muss ich zu viel über mein eigenes Herz und meine anderen Organe nachdenken«, beschließt sie und klopft sich mit der Faust auf die Brust.

»Worüber willst du dann reden?«

»Über gar nichts«, erklärt sie. »Genießen wir doch einfach den Spaziergang.«

»Okay«, willigt er ein, und sie legen den Rest des Wegs schweigend zurück. Er wirft einige Male einen Blick in ihre Richtung und fragt sich, ob sie es tatsächlich genießt, mit ihm spazieren zu gehen. Sein Kopf ist wie in Nebel gehüllt, sosehr kreisen seine Gedanken um diese Frage.

Als sie die Hütte erreichen, scheint Helen geradezu vor unterdrückter Energie zu strotzen. Sie legt den Kopf in den Nacken und lässt ihn wieder nach vorn fallen, während sie die Arme um sich selbst schlingt und sich abwechselnd auf jede Schulter klopft.

»Das hat mir meine Therapeutin empfohlen«, sagt sie. »Wenn ich meine Organe zu sehr spüre.«

»Hast du etwa den ganzen Rückweg über an deine Organe nachgedacht?«, fragt er ungläubig.

Helen hält kopfschüttelnd inne. »Nein, aber jetzt tue ich es wieder. Und du wolltest dir die Hände waschen«, erinnert sie ihn.

Er tritt an die Spüle und stößt ein leises Zischen aus, als das Wasser über die wunde Haut rinnt.

»Aua«, sagt sie, während sie ihn beobachtet.

»Kannst du den Erste-Hilfe-Koffer holen?«, fragt er.

Sie bringt ihn zum Sofa, und nachdem er die Hände trockengetupft hat, folgt er ihr dorthin. Sie hat etwas Isopropanol auf ein Stück Verbandsmull geträufelt und streckt ihm erwartungsvoll die Hand entgegen.

»Wir müssen die Wunde desinfizieren«, sagt sie.

»Das kann ich auch selbst«, sagt er, um im nächsten Moment schmerzerfüllt aufzuheulen. »Aua!«

Helen grinst. Sie hat das Stück Verbandsmull auf seine Handfläche gelegt und hält sie zwischen ihren beiden Händen gefangen. »Hab dich«, murmelt sie, und sein Herz macht einen seltsamen Sprung. Er kann sich nicht erinnern, wann sich zum letzten Mal jemand um seine Verletzungen gekümmert hat, und nimmt sich vor, sich nicht zu genau an das Gefühl ihrer Fingerspitzen auf seinem Handrücken zu erinnern.

»Bäh«, meint sie, als sie das Stück Verbandsmull hebt und die offene Haut darunter zum Vorschein kommt. Das weiße Material hat einen leicht gelblichen Stich bekommen.

Er schnaubt. »Danke.«

Er will seine Hand zurückziehen, doch sie hält sie fest. »Jetzt noch eine antibakterielle Salbe«, erklärt sie bestimmt.

»Das kann ich —«

»Selbst, ich weiß«, sagt sie und verdreht die Augen, während sie die Salbe aufträgt. »Darf ich dir vielleicht wenigstens dieses eine Mal helfen? Es ist meine Schuld, dass du verletzt bist.«

»Ich bin nicht verletzt«, sagt er, während sie mit dem Zeigefinger Kreise auf seine Handfläche malt, um die Creme zu verteilen. »Und wenn jemand Schuld daran hat, dann derjenige, der dir die Edible-Gummibären zugesteckt hat. Es war Owen, nicht wahr?«

»Meine Lippen sind versiegelt«, erwidert sie und bläst sanft über seine Handfläche.

»Er hätte so etwas niemals während einer Wanderung hervorholen dürfen«, erklärt Grant genervt. »Arschloch.«

»Halt still«, befiehlt sie und holt ein Wundpflaster aus dem Koffer.

»Du hattest Glück, dass du dich nicht ernstlich verletzt hast«, fährt er fort. »Man sollte nicht zum ersten Mal mit Drogen experimentieren, während man durch einen verdammten Wald stapft, wo wer weiß was passieren kann und niemand auf einen achtet.«

»Aber sie haben doch auf mich geachtet«, sagt sie und drückt das Pflaster sanft fest. »Gib mir die andere Hand.«

Er streckt ihr die linke Hand entgegen, die nicht annähernd so schlimm zugerichtet ist wie die rechte, aber Helen scheint fest entschlossen, ihr die gleiche Behandlung zuteilwerden zu lassen, und er wird sie nicht daran hindern.

Sie berührt sanft die aufgeschürfte Haut und starrt einen Augenblick zu lange darauf hinunter. Seine Kehle ist mit einem Mal wie zugeschnürt, und er spürt überdeutlich das Gewicht seiner Hand, die auf ihrer ruht.

Helen streicht beruhigend mit dem Finger über die brennende Handfläche, dann beugt sie sich nach vorn und haucht einen Kuss auf seine Haut. Das Gefühl schießt wie ein Blitz durch ihn hindurch und direkt in sein bestes Stück, das mit einer Schnelligkeit erwacht, die beinahe komisch anmutet. *Was ist los?*, scheint es aufgeregt zu fragen. *Passiert das gerade wirklich?*

Helen sieht zu ihm auf, und ihr Blick ist einen Moment lang verhangen und sanft, bevor ihr langsam klar wird, was gerade passiert ist, und sie erschrocken die Augen aufreißt.

»Ich … das wollte ich nicht«, sagt sie. »Ich war bloß … high.« Sie rückt eilig von ihm ab und lässt seine Hand fallen, als hätte sie sich verbrannt.

Er lacht. »Ist schon gut«, versichert er ihr. »Es war … nett. Ich kann mich nicht erinnern, wann mir jemand das letzte Mal einen Kuss auf eine Verletzung gedrückt hat, damit es schneller wieder gut wird.«

Helen greift nach einer der Decken auf dem Sofa und zieht sie sich dramatisch über den Kopf.

»Helen«, sagt er sanft.

Die Gestalt, deren Umriss an Helen erinnert, schüttelt den Kopf. »Sieh mich nicht an. Ich sterbe gleich.«

»Ich bereite inzwischen schon mal die S'Mores vor«, sagt er und steht auf. »Ich mache sicherheitshalber einen mehr, falls du doch überlebst.«

Er tätschelt sanft – freundschaftlich – die Außenseite ihres Oberschenkels und macht sich auf den Weg.

Der heiße Tee breitet sich herrlich warm in Helens Bauch aus, und das Feuer auf der Veranda prasselt fröhlich. Sie fühlt sich umhüllt von Wärme, und es ist ein vollkommen neues Gefühl, als würde eine Körperzelle nach der anderen langsam auftauen.

»Tut mir leid«, sagt Owen, der neben ihr sitzt und ziemlich zerknirscht aussieht. »Ich hätte dir nur die halbe Dosis geben sollen, immerhin war es das erste Mal für dich.«

Helen winkt ab. Sie fühlt sich rundum warm und geborgen. »Das konntest du doch nicht wissen«, sagt sie. »Und ich habe ja meinen Spaß.«

Sie lehnt sich zurück und legt ihren Kopf auf Owens Schulter.

»Siehst du, sie hat ihren Spaß«, meint er und sieht zu Grant, der die S'Mores herumreicht. Grant geht nicht weiter darauf ein, sondern meint nur kühl: »Vorsicht, die sind heiß.«

Als er ihnen den Rücken zudreht, kichert Owen leise. »Ich glaube, der ist immer noch sauer.«

»Weiß Suraya Bescheid?«, fragt Helen.

»Ob ich weiß, dass ihr alle high seid?«, meint Suraya laut von der anderen Seite des Feuers.

»Ich bin nicht high«, erklärt Saskia und reißt erschrocken die Augen auf. »Wer hat gesagt, dass wir alle high sind?«

»Seht bloß zu, dass das Studio nichts davon erfährt«, warnt Suraya. »Ihr wisst schon: Haftungsausschluss und so weiter.«

»Wir könnten uns Gruselgeschichten erzählen«, schlägt Nicole vor und streckt die Hände übers Feuer.

»Buuh«, meint Helen. »Ich will mich nicht gruseln.«

»Du kennst die Regeln«, erklärt Suraya. »Eine Idee wird nicht vom Tisch gefegt, ohne Alternativen aufzuzeigen.«

Es ist die goldene Regel im Writers' Room, und Helen ist stolz darauf, dass sie sich an einem Abend wie diesem daran erinnert.

»Ähm …«, sagt sie. »Geschichten über den ersten Kuss vielleicht?«

»Wie jetzt? Erste Küsse überhaupt? Oder miteinander?«, fragt Tom, während Eve leise schnarchend an seiner Schulter lehnt.

»Ersteres natürlich – immerhin hat sich der Rest von uns nicht gegenseitig geküsst«, antwortet Nicole und zwinkert Saskia zu. »Noch nicht.«

Helen wirft einen Blick zu Grant und stellt überrascht fest, dass er ebenfalls in ihre Richtung sieht. Er runzelt die Stirn, und sie schaut eilig zu Boden.

»Ich habe mit siebzehn zum ersten Mal einen Jungen geküsst«, sagt sie.

»Auch recht spät«, murmelt Owen.

»Sein Name war Ian Rhymer«, fährt sie fort, und Grant zieht eine Augenbraue hoch.

»Tatsächlich«, sagt er.

»Tatsächlich«, erwidert sie. »Es war in der Reiseabteilung der Bibliothek, in der ich damals gejobbt habe. Er war Cross-Country-Läufer und lief manchmal an der Bibliothek vorbei, um mich zu besuchen.«

»Mein Gott, das ist ja wie aus dem Bilderbuch«, staunt Nicole. »Mein erster Kuss war auf einem Starbucks-Parkplatz mit einem Kerl, an dessen Namen ich mich nicht mehr erinnere. Aber ich weiß noch, dass ich eine Woche später mit seinem besten Freund zusammenkam – er war mein Dealer.«

»Mein erster theoretischer Kuss war in der Vorschule mit meiner besten Freundin Bethany«, erzählt Owen. »Wir wollten beide wissen, wie sich das anfühlt. Bei meinem ersten richtigen Kuss war ich sechzehn. Mit einem Kerl während eines Sommerlagers für talentierte Mathefreaks.«

»Mein erster Kuss war mit Brittany Clark in der siebten«, berichtet Grant. »Beim Flaschendrehen.«

Die anderen pfeifen und johlen.

»Warst du nicht an der Highschool mal mit ihrer besten Freundin zusammen?«, fragt Helen stirnrunzelnd.

Grant zuckt mit den Schultern. »Ja, im ersten Jahr – das war doch ein halbes Leben später.«

»Wie war Helen an der Highschool?«, fragt Saskia.

»Ja, habt ihr beide mal …« Nicole stößt Helen mit dem Ellbogen in die Seite, und als sie daraufhin empört das Gesicht verzieht, spottet sie: »Was denn? Als hätten wir uns das nicht alle schon mindestens einmal gefragt.«

Helen fährt zusammen. »Wer hat sich das gefragt??«

Owen hebt die Hand, genau wie Tom, der außerdem die Hand seiner immer noch schnarchenden Frau hebt.

Saskia schließt sich ihnen mit einem entschuldigenden

Schulterzucken an. »Aber nicht … ernsthaft. Also eher, ob es vielleicht irgendwelche Geschichten über euch beide gibt.«

»Es gibt keine Geschichten«, erklärt Helen. »Wir haben kaum ein Wort gewechselt. Ich war —«

»Gemein«, unterbricht Grant sie. »Und mehr als herablassend gegenüber den beliebten Kids.«

»Ich war nicht gemein«, widerspricht Helen. »Ich war … schüchtern.«

Er schüttelt den Kopf. »Du hast Mindy Fielding vorgeworfen, dass sie sich als Kulturredakteurin zu wenig ins Zeug legt, und wenn sie weniger Zeit auf Partys und mehr Zeit mit ihren Artikeln verbringen würde, hätte die Schülerzeitung endlich wieder die Chance auf eine gute Platzierung im Regionalwettbewerb.«

»Nerd!« Owen hüstelt.

»Na ja, immerhin haben wir im Gebiet Central Jersey den vierten Platz geholt – mit der ersten Ausgabe nach ihrem Austritt aus der Redaktion«, murrt Helen.

»Seht ihr?« Grant grinst. »Gemein.«

»Du warst der Inbegriff des Homecoming-Kings«, erwidert sie. »Niemand braucht Mitleid mit dir zu haben.«

»Auch Homecoming-Kings haben ein Herz, Helen«, erklärt er theatralisch und presst sich eine Hand auf die Brust.

»Hört auf zu flirten. Das ist schon wieder wie aus dem Bilderbuch«, beschwert sich Nicole.

Helen wird rot. »Wir flirten nicht«, sagt sie, dann wendet sie sich an Grant. »Wir flirten *nicht*.«

Das Lachen verschwindet aus seinen Augen, und er senkt den Kopf und schürt das Feuer. »Nimm nicht alles so ernst. Ich flirte mit jedem.«

Sie ist sich nicht sicher, aber sie hat das Gefühl, als hätte sie etwas im Keim erstickt, das gerade dabei war, sich langsam zu entwickeln.

»Es war ihre Schwester, stimmt's?«, fragt Tom, während sie nach dem Abendessen aufräumen.

»Hm?«, fragt Grant. Er spült das Geschirr. Es ist seine Lieblingsaufgabe – stumpfsinnig und monoton.

»Die Geschichte, die du vor ein paar Jahren bei einem unserer gemeinsamen Projekte im Writers' Room erzählt hast. Über den Unfall, den du während der Highschoolzeit hattest«, fährt Tom fort. »Das Mädchen, das gestorben ist. Es war Helens Schwester, stimmt's?«

Grant hält inne. Da ist ein lautes Klingeln in seinen Ohren.

»Woher weißt du das?«

»Ich habe Helen gegoogelt«, erklärt Tom. »Sie hat ihre Schwester in dem einen oder anderen alten Interview erwähnt.«

Grant macht sich über einen hartnäckigen Ketchup-Fleck her und schrubbt wie verrückt. Sie hätten das Geschirr einweichen sollen.

»Das ist eine verdammt eigenartige Situation, was?«, meint Tom, als er nichts erwidert.

»Jap.«

»Kommst du … kommst du damit klar?«, fragt Tom. »Ich kann mir nicht vorstellen … ich meine, wenn du jemanden zum Reden brauchst …«

»Danke, Mann«, entgegnet Grant und versucht, möglichst freundlich und normal zu klingen.

»Klar.« Tom sieht sich in der Küche um. Sie ist beinahe makellos sauber. »Sieh uns an. Wir zwei Hausmänner.«

Grant wischt sich die Hände trocken. Es ist beinahe Mitternacht, und er möchte morgen so früh wie möglich los.

»Also dann, gute Nacht«, sagt Tom. »Gute Nacht, Helen.«

Grant wendet sich um und sieht sie unter der Küchenlampe stehen. In ihrem Flanellschlafanzug.

»Ich wollte noch ein Glas Wasser trinken«, erklärt sie, nachdem Tom sich auf den Weg gemacht hat.

Grant nickt und greift nach der Filterkaraffe, wobei er beinahe erwartet, dass sie ihn mal wieder darauf hinweisen wird, dass sie das auch allein kann. Aber sie wartet bloß, während er das Wasser in ein Glas gießt, und nimmt es mit gesenktem Blick entgegen.

»Gute Nacht«, sagt er und will an ihr vorbeitreten.

»Hey«, sagt sie, und er hält inne. »Es tut mir leid, wegen ... wegen vorhin.«

»Es gibt nichts, wofür du dich entschuldigen musst«, erwidert er schroff.

»Ich will nicht, dass es ständig so grauenhaft zwischen uns ist«, sagt sie plötzlich, und er stutzt überrascht. »Es ist ... es ist nicht fair. Dir gegenüber. Der Serie gegenüber. Allen gegenüber. Ich bin bloß ... ich bin so unglaublich müde«, erklärt sie und klingt unwahrscheinlich klein. »Ich wünschte, ich wüsste, wie ich es uns einfacher machen kann.«

»Tom weiß über unsere gemeinsame Vergangenheit Bescheid«, sagt Grant. Er hat plötzlich das Gefühl, dass sie das wissen sollte. Dass er es nicht vor ihr verheimlichen darf. »Wir haben vor Jahren einmal zusammengearbeitet und ich habe ... ich habe im Writers' Room von meiner Vergangenheit erzählt. Und er hat dich gegoogelt.«

Helen lacht auf. »Okay. Das heißt, dass es Eve ebenfalls weiß. Wenn wir uns beide dazu zählen, weiß es im Grunde das halbe Team.«

Er kann nicht beurteilen, ob das gut oder schlecht ist.

»Es tut mir leid, dass es so schwer für dich ist«, sagt er. »Und ein großer Teil davon ist vermutlich meine Schuld.«

»Übertreib mal nicht. Die Stadt ist neu für mich, ich bin nicht mehr an der Ostküste, sondern an der Westküste, und ich habe einen neuen Job, den ich nur angenommen habe, weil ich ... weil ich meinen eigentlichen Job offenbar nicht mehr auf die Reihe bekomme«, erklärt sie eilig. »Ich habe sieben Jahre lang an den *Ivy Papers* gearbeitet, und ich würde gern etwas Neues machen, aber jedes Mal, wenn ich mich hinsetze, kommt nichts dabei heraus. Ich wollte nie zu den Autoren gehören, die nicht loslassen können und es nach ihrer ersten Reihe nicht schaffen, sich weiterzuentwickeln. Aber ich habe das Gefühl, dass es darauf hinausläuft. Die Ideen, die ich habe, spielen in derselben Welt, aber sie sind schlechter. Kleiner, bequemer. Und ich dachte … ich dachte, wenn ich an der Serie mitarbeite, kann ich … kann ich dieses Kapitel vielleicht endlich abschließen.« Sie schüttelt den Kopf und trinkt ihr Wasser.

»Also meiner bescheidenen Meinung nach«, beginnt er und hält inne, bis sie ihn ansieht, weil er will, dass sie merkt, wie ernst er es meint. »Meiner bescheidenen Meinung nach ist dieser Job alles andere als einfach. Du kommst besser mit dem Stress klar als ich während meines ersten Projekts. Und selbst, wenn du nie wieder ein weiteres Wort schreibst und es diese Serie niemals auf die Bildschirme schafft, bist du … bist du trotzdem die beeindruckendste Person, die ich kenne.«

»Danke«, sagt sie und senkt den Blick auf den Boden.

»Ich meine es ernst. Nicht nur aufgrund der Dinge, die du bis jetzt erreicht hast – obwohl die natürlich auch beeindruckend sind –, sondern weil ich den Hauch einer Ahnung habe, wie beschissen dein letztes Jahr an der Highschool war. Das alles durchzumachen und trotzdem so … so zäh und stark zu sein, wie du es bist … das ist wirklich beeindruckend, Helen. Ich weiß, ich bin nicht der Richtige, um dir das zu sagen, und meine Meinung interessiert dich von allen am allerwenigsten, aber ich finde, du solltest das wissen. Ich … ich habe die allergrößte Hochachtung vor dir. Als Mensch.«

Helen wischt sich über die Wange. »Ich weiß nie, wie ich reagieren soll, wenn mich jemand trösten will«, sagt sie leise. »Ich habe dann immer das Bedürfnis, zu … zu …«

Sie schnappt nach Luft, und ihm wird klar, dass sie weint.

»Scheiße«, sagt er und streckt die Arme nach ihr aus, ehe

ihm bewusst ist, was er da eigentlich tut. Er drückt sie an seine Brust, legt den Kopf auf ihren Scheitel und massiert sanft ihren Rücken. »Es tut mir leid.«

Er spürt ihre nassen Tränen am Kragen seines T-Shirts. Sie ist es nicht gewohnt, umarmt zu werden, und steht stocksteif da, während andere sich längst an ihn geschmiegt hätten. Aber nach ein paar Sekunden scheint sie nachzugeben. Er spürt, wie ihre Stirn auf seine Schulter sinkt und wie ihr Atem langsamer und ruhiger wird, als sie langsam mit seinem Körper verschmilzt.

Er weiß nicht, wie lange sie so dastehen. Aneinandergepresst wie die Seiten eines geschlossenen Buches. Doch plötzlich stemmen sich ihre Finger gegen seine Brust und sie schiebt ihn von sich. Sie atmet einmal langsam ein und aus, dann sieht sie mit geröteten Augen zu ihm hoch.

Du Idiot, denkt er. *Sie hat doch gerade gesagt, dass sie es nicht mag, wenn sie jemand tröstet.*

»Ich … ähm …« Sie wischt sich über die Nase. »Ich sollte schlafen gehen.«

Sie sehen beide zu der Treppe, die gerade unendlich weit entfernt zu sein scheint.

Helen wendet sich ab, hält aber noch einmal inne. »Danke für das Wasser.« Sie nimmt einen letzten, beruhigenden Atemzug, dann macht sie sich auf den Weg, während er versucht, das Ziehen im Bauch und das Verlangen zu ignorieren, ihr zu folgen.

Kapitel 9

Ich finde nach wie vor, dass wir die Geschichte mit Bellamy und Phoebe früher einbauen sollten«, erklärt Eve. »Wir haben bereits dieses von Angst belastete, sich langsam aufbauende Geschmachte zwischen Celia und James, wir brauchen noch etwas anderes mit mehr Würze.«

Helen betrachtet das riesige Whiteboard, das von buntem Gekritzel in Blau, Rot und Violett bedeckt ist.

Suraya lehnt sich zurück und überlegt. »Aber wo? Wenn wir sie früher unterbringen, hassen sie einander noch.«

»Aber das kann doch auch heiß sein, oder?«, wendet Nicole ein. »Ich wäre für Episode drei. Wer wollte noch nie Hate-Sex mit dem Erzfeind?«

»Aber kennen sie einander zu diesem Zeitpunkt überhaupt schon gut genug, um Erzfeinde zu sein?«, wirft Owen ein. »Phoebe hasst Bellamy wegen dem, was er ihrer ehemaligen besten Freundin angetan hat. Das ist nicht persönlich genug, für richtig heißen Hate-Sex.«

»Ich wollte bei den beiden vor allem die Vergebung in den Vordergrund stellen«, erklärt Helen. »Während Celia und James tatsächlich … scharf aufeinander sind.«

»Ja, in den Büchern«, stimmt Eve zu. »Aber wenn wir nur das betrachten, was sie tatsächlich *tun*, starren sie sich im Prinzip die ganze Zeit lang bloß sehnsüchtig an. Was zwar auch heiß sein kann, aber nicht scharf auf eine Weise, die in Teenagern den Wunsch weckt, die Serie nur anzusehen, wenn sich ihre Eltern gerade nicht im selben Raum befinden.«

»Kann es trotzdem um Vergebung gehen, obwohl sie schon früher miteinander im Bett landen?«, fragt Nicole. »Ich war zum Beispiel mal total verschossen in einen Kerl und ging weiter mit ihm in die Kiste, obwohl ich mich danach scheiße fühlte, weil ich zu der Zeit das Gefühl hatte, ich hätte nichts anderes verdient.«

»Ach, Schätzchen«, säuselt Owen und drückt ihre Schulter.

»Zieh Leine, ich mache eine Therapie«, zischt Nicole und verdreht die Augen.

»Ich bin ganz bei Nicole«, erklärt Grant, nimmt den blauen Stift und schreibt *Bellamy/Phoebe – Hass/Sex??* auf das Whiteboard. »Wenn wir die Szene als Cliffhanger am Ende der dritten Folge einbauen, gewinnen wir damit ein weiteres Geheimnis, um einen Keil zwischen Phoebe und Iris zu treiben, und es ändert auch die Dynamik während des Herbst-Balls.«

»Sie kommen sich also durch den Sex nicht näher, es passiert eher das Gegenteil«, fasst Suraya mit Blick auf das Board zusammen. »Das gefällt mir. Helen?«

Helen spürt, wie sich plötzlich alle Blicke auf sie richten. Ihr ist aufgefallen, dass sich Suraya mittlerweile immer an sie wendet, wenn sie größere Änderungen am Buch andenken, wobei sie immer nur einmal und immer mit einem kurzen »Helen?« nachhakt.

»Ja, das klingt spannend«, sagt sie. »Ich überlege nur, wie es aussehen könnte. Wer fängt an, wer will es mehr, wer gibt den Anstoß dazu, dass es auch ein zweites Mal passiert?«

»Du und deine Besessenheit von zweiten Küssen«, meint Eve lachend und bezieht sich auf ein Gespräch vor ein paar Tagen, in dem Helen darauf bestanden hat, dass der erste Kuss bloß ein Eisbrecher ist.

»Der zweite Kuss ist nun mal wesentlich wichtiger als der erste!«, erklärt Helen erneut. »Er verwandelt etwas, das vielleicht nur eine einmalige Sache war, in etwas von Bedeutung.«

»Okay, aber sie küssen sich nicht nur …«, wendet Owen ein. »Die Spannung steigert sich immer mehr.«

»Ich würde vorschlagen, dass sie beginnt«, merkt Grant mit Blick auf das Whiteboard an. »Sie fühlt sich mies, sie sucht einen Weg, um es ihrer ehemals besten Freundin heimzuzahlen, sie tritt um die Ecke und … bäm … da ist er. Die perfekte Gelegenheit.«

»Ich weiß nicht«, überlegt Helen laut. »Ich glaube, es wäre heißer, wenn er den ersten Schritt macht. Es wäre … niederträchtiger.«

Grant hebt eine Augenbraue. »Und das ist heißer?«

Sie wird rot. »Ja.«

»Ich stimme Helen zu«, meint Saskia. »Es sollte so wirken, als ob er sie damit aus der Reserve locken will.«

»Und dann überrascht sie beide, weil sie mitmacht«, fügt Eve hinzu.

Tom hebt die Hand. »Moment – begeben wir uns damit nicht in ein moralisches Minenfeld? Von wegen beidseitiges Einverständnis und so weiter?«

»Nein, warte. Okay. Ich hab's!«, ruft Nicole. »Er folgt ihr nach dem Drama in der Bibliothek auf die Toilette. Und sie sagt: ›Bla, bla, bla. Ich hasse dich. Verschwinde endlich …‹ oder so. Und dann kommt er und baut sich vor ihr auf, gibt sich absichtlich bedrohlich, und es ist wie ein Spiel, keiner will zuerst zurückweichen …«

»Ja, genau!« Suraya nickt. »Er küsst sie zuerst …«

»Weil er denkt, dass sie ihn dafür hassen wird und er danach einfach abhauen wird«, fährt Saskia fort.

»Aber sie zieht ihn an sich und es geht zur Sache«, ergänzt Helen.

»Heißer, vollbekleideter, von Selbsthass getriebener Sex auf der Toilette.« Eve nickt.

»Ich sollte mal wieder meinen Ex anrufen«, meint Nicole.

»Stehen Frauen auf so etwas?«, fragt Tom.

»Ja!«, rufen Helen, Nicole, Eve und Saskia gleichzeitig. »Aber nur im Fernsehen und in Büchern, Schatz.« Eve tätschelt seinen Arm. »Im echten Leben mag ich einen netten Kerl, der eine gemeingefährlich gute Lasagne kocht, viel lieber.«

»Sei ... gemeiner ... zu ... Frauen ...«, wiederholt Grant und tut, als würde er sich Notizen machen.

»Als bräuchte er zusätzliche Tipps«, murmelt Owen kichernd.

»Ich war seit dem Labor Day auf keinem zweiten Date mehr«, widerspricht Grant. »Und Helen stimmt mir sicher zu, dass das zweite Date den Unterschied macht.«

»Aber nur, wenn man auf der Suche nach etwas mit Tiefgang bist«, erwidert Helen.

»Ich gehe immer in die Tiefe.« Grant zwinkert ihr zu.

»Oh mein Gott, wenn du nicht vorhast, eine von uns auf diesem Tisch flachzulegen, während der Rest zusehen darf, hältst du jetzt besser die Klappe«, mischt Nicole sich ein.

Helen lacht, und ihr wird klar, dass sie sich langsam an den Umgang im Team gewöhnt, denn Nicoles Ausruf hätte sie vor einem Monat noch ziemlich schockiert.

Jetzt sagt sie stattdessen: »Nicole meldet sich freiwillig.«

»Nein, bitte nicht, er erinnert mich viel zu sehr an den Prinzen aus meinen Bilderbüchern«, winkt die ab. »Außerdem wissen wir alle, dass Helen eine Vorliebe für Homecoming-Kings hat.«

Grant hebt eine Augenbraue, wirft einen Blick über die Schulter und beißt »aufreizend« in seinen Stift. »Na, wie sieht es aus, Helen? Bekomme ich deine Stimme?«

Helen schnaubt und bricht zusammen mit den anderen in schallendes Gelächter aus.

Tom und Eve laden alle zu ihrem jährlichen Weihnachtsbuffet ein, das am letzten Tag vor der Weihnachtspause stattfinden wird. Helen hat beschlossen, ebenfalls hinzugehen, da sie ihr Thanksgiving einigermaßen jämmerlich mit einem *Gilmore-Girls*-Marathon und den Instagram-Storys ihrer Bekannten und Freunde verbracht hat, die alle auf dem Weg zu diversen Festessen waren. Insgeheim hatte sie gehofft, dass jemand sie einladen würde, aber keiner ihrer Handy-Kontakte schien selbst ein Thanksgiving-Essen veranstaltet zu haben. Suraya war bei ihren Schwiegereltern eingeladen (»Betet für mich, ich bin für die grünen Bohnen verantwortlich.«) und Grant bekam Besuch von seinem Vater, mit dem er einen Trip nach Las Vegas unternahm (wobei sie natürlich nicht erwartet hatte, dass ausgerechnet *er* sie einladen würde). Am Ende rief sie ihre Eltern via FaceTime an, erzählte ihnen, dass sie sich später noch mit Freunden treffen würde, und begleitete anschließend Lorelai und Rory auf ihrem Roadtrip nach Harvard.

Jetzt sitzt sie selbst im Auto und fährt auf der Suche nach einem Parkplatz am Silver Lake Reservoir entlang. Sie liebt es, Auto zu fahren, aber sie hasst die Parkplatzsuche. In der ersten Woche in L.A. hat sie versucht, an der Ocean Avenue parallel einzuparken und es geschafft, die ganze rechte Seite ihres Wagens zu zerkratzen. Sie hinterließ eilig einen Zettel an der Windschutzscheibe des anderen Autos, fuhr direkt nach Hause und ignorierte sämtliche Anrufe und Nachrichten des Kerls, den sie über die Dating-App *Hinge* kennengelernt hatte und eigentlich an diesem Tag treffen wollte.

Sie versucht nicht ernsthaft, jemanden in L.A. kennenzulernen. Ehrlich gesagt findet sie dieses Swipen, Nachrichtenschreiben und Flirten ermüdend und gleichzeitig auch beschämend. Es sollte keine schriftlichen Beweise für fehlgeschlagene Dating-Versuche geben.

Endlich entdeckt sie eine Parklücke, in der ihr Toyota Prius ziemlich sicher Platz finden wird, und hält neben dem Auto, das vor der Lücke parkt. Sobald sie zurücksetzt, erkennt sie, dass sie die Größe falsch eingeschätzt hat – der vordere Teil ihres Autos passt nie und nimmer in die Lücke. Sie versucht, aus dem Parkplatz herauszufahren, aber es ist zu spät, sie hat es irgendwie geschafft, sich zu verkeilen.

Sie stößt ein lautes Jammern aus und erlaubt sich einen Moment des Selbstmitleids, dann steigt sie aus und geht nach vorn, um den Schaden zu beurteilen. Aber es sind noch ein paar Zentimeter Platz zwischen ihrem Wagen und dem anderen. Vielleicht kann sie sich Zentimeter um Zentimeter aus der Lücke schieben?

»Brauchst du Hilfe?«

Helen sieht auf und entdeckt Grant auf dem Bürgersteig auf der anderen Straßenseite. Er hält etwas in der Hand, das in Alufolie gewickelt ist (verdammt, sie hat die Cookies vergessen, die sie gekauft hat und zum Buffet beisteuern wollte), und trägt einen schwarzen Mantel, der besser an die Ostküste gepasst hätte.

»Ich komme hier nicht weg«, erklärt sie.

»Du willst schon so früh nach Hause?«

»Nein, ich meine, aus dem Parkplatz. Das Auto passt doch nicht rein.«

Er neigt den Kopf und mustert die Lücke. »Klar passt das.«

Sie stößt die Luft aus. Lässt den Kopf hängen. Sie muss es ihm gestehen. »Ich kann nicht rückwärts seitlich einparken.«

Grant hebt eine Augenbraue. »Hast du nicht zusammen mit uns anderen den Führerschein gemacht?«

»Hilfst du mir jetzt oder stehst du bloß weiter blöd rum und störst?«

Grant grinst, als hätte er genau das vorgehabt. Doch dann joggt er über die Straße, hält direkt vor ihr und legt eine Hand auf das Autodach. Er wirft einen Blick auf den Fahrersitz. »Soll ich es für dich übernehmen? Oder machst du es selbst, und ich sage dir, was du tun musst?«

Er ist ihr plötzlich unangenehm nah – nah genug, um sein Aftershave zu riechen (Zeder und Bourbon) und die Ansätze erster Bartstoppeln auf seinem Kinn zu sehen.

Sie schluckt schwer. »Ähm, übernimm du das.«

Sie geht aus dem Weg, und er rutscht auf den Fahrersitz. Er richtet ihn ein, überprüft die Spiegel und manövriert das Auto zielgerichtet in die Parklücke. Dann stellt er den Motor ab, steigt aus und lässt den Schlüssel in Helens Hand fallen.

»Danke«, sagt sie.

»Jetzt erinnere ich mich wieder«, sagt er. »Du hast die Führerscheinprüfung nicht bestanden.«

»Ich habe sie nicht *nicht* bestanden. Ich musste sie nur wiederholen. Der Führerschein war mir nicht so wichtig.« Sie schnaubt verärgert. »Ich musste ja nirgendwo hin.«

Grant lacht. »Wie oft?«

Helen hält inne. »Dreimal.«

Er geht Kopf schüttelnd auf das Haus zu. »Helen.«

»Ich habe mich auf den Uni-Bewerbungstest konzentriert!«, protestiert sie.

Die Tür geht auf.

»Oh, sieh nur!«, ruft Eve, die ein leuchtend rotes Strickkleid und Kirsch-Ohrringe trägt. »Grant und Helen sind da. Tom! Grant und Helen sind gemeinsam gekommen. Und sie haben etwas mitgebracht …«

Grant hebt einen Kuchen mit Zuckerglasur in die Höhe. »Blaubeerkuchen.«

Helen spürt, wie sie rot wird. »Ich habe meine Plätzchen zu Hause vergessen.«

»Ach, das ist schon okay. Wir haben ohnehin viel zu viel«, erklärt Eve und zieht sie ins Haus. Sie stellt den Blaubeerkuchen auf einem Tisch ab, während Tom mit zwei Bechern auf sie zukommt. »Sie haben Kuchen mitgebracht.«

»Das war Grant. Ich bin ein schrecklicher Gast«, meint Helen.

»Mein Gott, Helen, jetzt hör endlich auf, meinen Kuchen als deinen auszugeben«, witzelt Grant.

Tom reicht ihnen jeweils einen Becher. »Gewürzcider. Mit nur einem Hauch Alkohol.«

Etwa eine Stunde später ist Helen angenehm warm von dem Cider, und sie ist in ein Gespräch mit Nicole und ihrem Begleiter Ben vertieft (»dieser Kerl, den ich abserviere, sobald das Wetter wieder wärmer wird«). Er ist überraschend normal für Nicole, und Helen erkennt an der Art, wie er sie ansieht, dass er völlig in sie verschossen und ganz und gar der Falsche für sie ist.

»Ihr wart wirklich in Forest Falls und seid nicht am Big Bear Lake vorbeigewandert?«, fragt Ben gerade. »Wir müssen da unbedingt mal gemeinsam hin. Im Februar vielleicht?«

»Kannst du mir noch einen von denen holen?« Nicole drückt Ben ihren leeren Becher in die Hand, und er macht sich brav auf den Weg. Sie wendet sich kopfschüttelnd an Helen. »Wir werden sicher nicht mit Ben zum Big Bear Lake wandern.«

Sie tut, als würde ihr ein kaltes Schaudern über den Rücken laufen.

Helen lächelt. »Er wirkt … nett.«

»Ja, ganz genau«, erwidert Nicole. »Er gehört zu den Männern, die sich meine Mom für mich wünschen würde. Ich könnte schwören, dass er psychisch instabiler gewirkt hat, als ich ihn kennengelernt habe. Du kannst ihn haben, wenn du willst.«

Helen lacht. »Danke, kein Bedarf.«

»Hast du jemanden mitgebracht?«, fragt Nicole und lässt den Blick über die Gäste wandern.

»Nein«, antwortet Helen. »Ich mache gerade eine Pause vom … Daten.«

»Recht hast du«, sagt Nicole. »Wenn du Empfehlungen für einen guten Vibrator brauchst, komm zu mir.«

»Danke«, erwidert Helen und sieht sich um, ob Toms und Eves Kinder in Hörweite sind.

»Willst du eigentlich in L.A. bleiben, wenn wir mit dem Drehbuch fertig sind?«

»Ich werde auch bei den Dreharbeiten dabei sein«, antwortet Helen. »Und dann ... keine Ahnung.«

»Wovon hast du keine Ahnung?«, fragt Grant und kommt mit einem Stück Kuchen und zwei Gabeln auf sie zu. Ben kehrt ebenfalls gerade zurück und reicht Nicole den aufgefüllten Becher.

»Sie überlegt, ob sie zurück an die Ostküste fliehen soll, sobald die Serie im Kasten ist, oder nicht«, erklärt Nicole. »Weil sie L.A., die Sonne und alles hasst, wofür wir hier im elitären Hollywood stehen.«

»Ich mag L.A.«, widerspricht Helen. »Sogar mehr, als ich gedacht hätte. Aber ich habe mich immer als Mädchen von der Ostküste gesehen. Ich bin in New Jersey aufgewachsen und in New Hampshire zur Schule gegangen. Danach bin ich so schnell wie möglich nach New York. Neunzig Prozent meiner Garderobe passen hier nur etwa für zehn Prozent des Jahres.«

»Dann kauf dir neue Klamotten«, meint Grant schulterzuckend.

»Außerdem würde ich das Wetter vermissen«, fährt Helen fort.

»Das Problem habe ich auch«, stimmt Nicole ihr zu. »Ich bin ein Wintermensch – ich gehöre dorthin, wo Winter ist. Ich schwöre euch, eines Tages packe ich meine Sachen und verschwinde nach Kanada.«

»Man kann dem Wetter ja entgegenfahren«, gibt Ben zu bedenken. »Und wenn du von der Ostküste bist, kannst du irgendwann auch wieder zurück.«

»Du fliegst dieses Jahr nach Hause, oder?«, fragt Grant.

»Hm.« Helen nickt. »Ich wollte eigentlich nicht, weil ich ja erst seit wenigen Monaten fort bin, aber meine Mom hat angerufen, und … die Feiertage sind immer schwer für meine Eltern …«

Grants Lächeln gerät ins Wanken, und sie widersteht dem seltsamen Drang, ihn zu trösten. Er räuspert sich. »Von welchem Flughafen aus?«

»LAX?«

»Anfängerfehler«, erklärt er. »Ich buche immer von Burbank aus, wenn ich einen Inlandsflug plane. Die halbe Wartezeit … es ist mein Lieblingsflughafen auf der ganzen Welt.«

Helen lacht.

Er hebt eine Augenbraue.

»Es ist nur, dass ich während der Highschool niemals gedacht hätte, dass ich mal Grant Shepards Lieblingsflughafen kennen würde.«

»Sie waren auf derselben Highschool«, erklärt Nicole an Ben gewandt und deutet mit ihrem Becher auf sie beide. »Angeblich waren sie nie im Bett miteinander, aber es fällt mir immer noch schwer, das zu glauben.«

Helen verschluckt sich an ihrem Stück Kuchen. Grant klopft ihr auf den Rücken.

»Hör auf, Helen in Verlegenheit zu bringen, Nicole«, sagt er. »Sonst erzählen wir dir nie, was damals im zweiten Jahr während Spring Break passiert ist.«

»Haha«, murmelt Helen schwach.

»Denk daran, was ich vorhin wegen des Vibrators gesagt habe«, sagt Nicole zu ihr. »Ich hätte auch ein paar Empfehlungen für Multiplayer-Spiele …«

Zwei Stunden später versucht Helen, sich davonzustehlen, ohne sich von jemandem verabschieden zu müssen. Ihr Flug geht übermorgen, und sie hat noch nicht einmal mit dem Packen begonnen. Als sie den Flur entlang zur Haustür tappt, öffnet sich diese und Grant kommt mit einem Beutel Eis herein.

»Eis war aus, also habe ich schnell welches besorgt«, erklärt er. Er wirft einen Blick auf ihren Mantel und die Handtasche. »Gehst du schon?«

Helen nickt. Er bleibt zögernd in der Tür stehen, als wollte er noch etwas sagen, doch dann meint er bloß: »Na dann, gute Nacht.«

Als sie durch die Tür tritt, hört sie die anderen Gäste jubelnd seinen Namen skandieren, und es erinnert sie daran, dass sich manche Dinge eben nie ändern, ganz egal, wie weit man die Vergangenheit hinter sich lässt.

Grant betritt den Terminal 7 des L.A. International Airports – kurz LAX – mit seiner Reisetasche in der Hand und einem entschlossenen Ausdruck auf dem Gesicht. Er wird einen Flug finden, der ihn noch vor Mitternacht aus dieser gottverdammten Stadt rausbringt, koste es, was es wolle. Nachdem er seinen ersten Flug von Burbank aus verpasst hat, weil er seiner älteren Nachbarin helfen musste, deren Katze unter die Veranda gekrochen war, und nachdem der zweite Flug wegen eines Gewitters im Großraum Texas gecancelt wurde, hat er einen Direktflug von LAX nach Newark gebucht und sich geschworen, nie wieder in der Woche vor Weihnachten in ein Flugzeug zu steigen.

Es ist kurz nach vier Uhr nachmittags, als er dem Taxifahrer das Trinkgeld zusteckt und sich auf den Weg zur Sicherheitskontrolle macht, bloß um festzustellen, dass die Schlange davor so lang ist, dass sie bis ins nächste Gebäude reicht. *War ja klar.*

Als er es schließlich geschafft hat und zum Gate hetzt, knurrt sein Magen. Er sollte etwas essen, aber er wird auf keinen Fall auch den dritten Flug an diesem Tag verpassen.

Mit energischen Schritten marschiert er auf Gate 27B zu, als jemand ruft: »Grant? Grant Shepard!«

Er dreht sich um und sieht … Helen. Sie sitzt an der Weinbar und trägt ein weiches, graues, gemütlich wirkendes Reiseoutfit. Ihre Wangen sind leicht gerötet vom Rufen, und er erkennt, dass er angenehm überrascht ist, sie hier zu sehen. Doch dann runzelt er die Stirn. Er muss noch immer seinen Flug erreichen.

»Ich habe meinen Flieger verpasst«, erklärt er und wirft einen Blick auf die Uhr. »Der zweite Flug wurde gecancelt, und jetzt bin ich hier. Ich muss zu Gate 27B, das Boarding startet in —«

»Zwei Stunden«, sagt sie. »Der Flug hat Verspätung.«

Er muss aussehen, als wäre er am Boden zerstört, denn sie klopft auf den Stuhl neben sich und bestellt noch eine Runde.

»Ich hasse den LAX«, murmelt er, nachdem er das Weinglas geleert hat, das sie ihm vor die Nase geschoben hat.

»So schlimm ist es auch wieder nicht«, erwidert sie und sieht sich um. »Das WiFi ist gut, und es gibt jede Menge Outlet-Läden.«

»Und überteuertes Essen, kilometerlange Wege von A nach B, und eine Million Shops, deren einziger Zweck ist, dir das Geld aus der Tasche zu ziehen, während du hier feststeckst«, murrt er.

»Du reist nicht gern, oder?«

»Ich vermeide es, wo es geht.«

»Wann warst du das letzte Mal zu Hause?«

»Mein Zuhause ist L.A.«, sagt er, wirft einen Blick in die Speisekarte und runzelt die Stirn, als er sieht, dass eine Pizza nicht unter zweiunddreißig Dollar zu haben ist. »Aber ich fliege normalerweise alle zwei Jahre an die Ostküste.«

Er bestellt einen Burger und schaut kurz auf sein Handy. Nichts, außer drei Nachrichten von der Fluglinie.

»Freust du dich darauf, alle wiederzusehen?«

Grant zuckt mit den Schultern. »Nicht wirklich.«

»Das überrascht mich aber«, meint Helen und macht sich über ihre überteuerte Crème Brûlée her. »Ich dachte —«

»Was? Dass es nichts Schöneres für mich gibt, als in irgendeinem Keller meine glorreichen Tage mit meinen Football-Kumpels wieder aufleben zu lassen?« Er hebt eine Augenbraue. »Du kannst mir ruhig ein wenig mehr zugestehen, Helen.«

Sie tupft sich den Mund mit einer Serviette sauber. »Ich dachte bloß, dass ihr alle noch befreundet seid«, sagt sie. »Laut Facebook zumindest. Da kommt doch immer wieder mal der eine oder andere Post von dir und der alten Clique.«

Grant wirft ihr ein schiefes Lächeln zu. »Stalkst du mich etwa?«

Sie verzieht spöttisch das Gesicht. »Ich meine nur, wenn ich nach Hause komme, ist es … es ist ganz anders.«

Er runzelt die Stirn. Der Gedanke, dass sie einsam und allein in ihrer kleinen Heimatstadt sitzt, gefällt ihm nicht.

»Ich habe schon noch Kontakt zu der alten Clique«, gibt er zu. »Kevin Palermo schmeißt jedes Jahr eine Silvesterparty, auf der ich normalerweise lande, wenn ich in der Stadt bin. Dort sind auch immer ein paar von den anderen. Aber in den letzten Jahren … haben sich unsere Leben in verschiedene Richtungen entwickelt. Die anderen heiraten, bekommen Kinder, kaufen Häuser.«

»Du hast auch ein Haus«, erinnert sie ihn.

Grant lacht. »Ja, einen Bungalow mit zwei Schlafzimmern in Silver Lake, kein Haus im Kolonialstil mit vier Schlafzimmern, einem achttausend Quadratmeter großen Garten und mehr als genug Platz, um eine Familie zu gründen.«

»Wünschst du dir manchmal, du hättest das auch?«

Er überlegt. »Ich würde schon gern heiraten und eine Familie gründen. Aber jetzt noch nicht.«

»Du bist noch damit beschäftigt, dir die Hörner abzustoßen«, meint Helen mit einem wissenden Nicken und nippt an dem nächsten Glas Wein.

»Lass meine Hörner aus dem Spiel«, sagt er, und sie lacht.

»Nein, es ist nur … ich muss noch weiter an mir selbst arbeiten. Ich glaube, es wäre nicht fair, jemanden mit meinem Scheiß zu belasten, solange ich mir nicht über einige Sachen klar geworden bin.«

Er spürt ihren abwägenden Blick.

»Jemanden mit deinem Scheiß zu belasten«, wiederholt sie mit gespitzten Lippen. Er hebt die Augenbrauen, und sie meint trocken über ihr Weinglas hinweg: »Ich wette, den Frauen in L.A. macht das gar nicht so viel aus.«

Er lacht leise, und ihre Mundwinkel zucken.

»Aber ich verstehe dich«, sagt sie in ihren Chardonnay. »Meine Mom schickt mir ständig Hochzeitsfotos von den Kindern ihrer Freundinnen, um mich wenig dezent darauf hinzuweisen, dass sie ebenfalls gern Enkelkinder hätte, solange sie noch da ist, um sie in den Armen zu halten.«

»Willst du Kinder?«

»Ich habe schon sehr viel darüber nachgedacht. Die meisten meiner Autorenkolleginnen sind entweder verheiratet und haben bereits Kinder, oder sie lassen ihre Eizellen einfrieren. Ich dachte früher, Kinder wären ein zwingender Bestandteil des Lebens, aber je mehr ich darüber nachdenke, desto weniger sicher bin ich.« Sie neigt den Kopf. »Ich schätze, ich habe Angst davor, für jemanden verantwortlich zu sein, der nie darum gebeten hat, in mein Leben zu treten. Und ich möchte es nicht allein durchziehen müssen.«

Sie senkt den Blick, und Grant wird klar, dass er kaum etwas über ihr Privatleben weiß. Sie hat nie erwähnt, ob zu Hause jemand auf sie wartet.

»Gibt es denn keine geeigneten Kandidaten?«

»Nein«, sagt sie, und er weiß nicht, ob ihre Antwort irgendwelche Gefühle in ihm auslöst oder nicht.

»Was ist mit Ian Rhymer?«, fragt er. »Wie ich hörte, ist er immer noch frisch und knackig.«

»Ich weiß. Ich lege normalerweise einen Zwischenstopp in

seiner Pizzeria ein, wenn ich in der Stadt bin. Aber er hat seit dem Abschlussjahr einen Irokesen, und darüber bin ich nie hinweggekommen.«

»So oberflächlich bist du?«, fragt Grant grinsend.

»Was ist mit dir?« Sie mustert ihn, während er den letzten Bissen seines Burgers verspeist. »Besuchst du deine alten Flammen, wenn du mal wieder in der Stadt bist?«

Er wendet sich ab, und sie verpasst ihm einen gespielt schockierten Schlag auf den Oberarm. »Voll ins Schwarze getroffen, oder? Du hast eine Freundschaft Plus in deiner alten Heimatstadt am Laufen!«

»Reden wir über etwas anderes«, meint er. »Was machst du an Weihnachten?«

Helen kichert. »Ich wette, ich weiß, wer es ist. Brittany Clark. Nein, warte. Desiree Evans.«

»Desiree hat letztes Jahr geheiratet«, erklärt er ausdruckslos. »Ich habe ihr eine nette Karte geschickt und Geld zur Hochzeitsreise beigesteuert.«

»Wer war noch gleich dieses andere Mädchen? Mit der du im letzten Jahr mal kurz etwas am Laufen hattest? Die mit den Stirnfransen …«

»Lauren«, meint er leise. »Lauren DiSantos.«

»Genau die«, erwidert Helen. »Ich vergesse sie immer, weil sie keine Cheerleaderin war. Sie ist es, stimmt's?«

Es fühlt sich seltsam an, über Lauren und ihre alte Heimatstadt zu sprechen, obwohl er sich immer noch auf kalifornischem Boden befindet. Es ist ihm irgendwie unangenehm, als wäre er ein schlechter Mensch, obwohl er nicht weiß, wen er damit enttäuscht. Lauren vielleicht, obwohl sie vermutlich nichts dagegen hat, dass er außerhalb von New Jersey über sie spricht. Vielleicht enttäuscht er bloß sich selbst.

»Ich habe sie schon eine ganze Weile nicht mehr gesehen«, erklärt er wahrheitsgemäß.

»Aber du triffst sie dieses Mal?«

Ein nichtssagendes Schulterzucken ist seine Antwort.

»Wie hat es angefangen?«, fragt Helen.

»Ich weiß auch nicht. Ich war während der College-Weihnachtsferien zu Hause, und sie hatte nichts gegen etwas Gesellschaft«, antwortet er. »Warum interessiert dich das?«

»Es ist irgendwie romantisch, wenn auch auf ziemlich verkorkste Art«, erklärt Helen. »Der Junge aus der Kleinstadt, der es weit gebracht hat, und sein Highschool-Sweetheart, das jedes Jahr zu Weihnachten darauf wartet, dass er nach Hause kommt, und hofft, dass es dieses Mal für immer sein wird.«

»Hör auf, da irgendetwas hineinzudichten«, sagt er leicht verärgert. Lauren wartet nicht auf ihn und hofft auch nicht, dass er bleibt. Sie wissen beide, was das zwischen ihnen ist und was nicht.

»Sie stellt nicht viele Fragen, und das gefällt dir. Aber das muss sie auch nicht, weil sie dich den Rest des Jahres googelt.«

»Schluss jetzt«, befiehlt er. »Lauren ist ein echter Mensch und nicht eine deiner Figuren, über die wir im Writers' Room Geschichten erfinden.«

Helen wirkt getroffen, und er könnte sich selbst in den Hintern treten, als er den verletzten Ausdruck in ihren Augen sieht.

»Tut mir leid«, sagt sie. »Du hast recht, das geht mich nichts an.«

»Schon gut«, erwidert er und wendet den Blick ab.

»Ich tue mich schwer mit den Leuten von der Highschool«, sagt sie schließlich.

»Ich weiß«, entgegnet er, und als er wieder in ihre Richtung schaut, sieht sie ihm direkt in die Augen.

»Ich konnte mich damals selbst nicht leiden«, gesteht sie. »Und wenn ich Leuten von damals begegne, habe ich Angst, dass sie mich genauso sehen. Also denke ich mir gemeine Dinge über sie aus, damit sie weniger wichtig erscheinen, obwohl es eigentlich egal ist, weil ich sie ohnehin nie wiedersehen werde.«

Sein Mundwinkel zuckt. »Über mich musstest du dir keine gemeinen Geschichten ausdenken, oder?«

Ihr bleibt die Antwort erspart, denn in diesem Moment kommt die Durchsage, dass das Boarding für ihren verspäteten Flug beginnt.

Im Flugzeug überredet Grant die ältere Frau neben ihm, ihren Platz mit Helen zu tauschen.

»Meine Freundin fliegt zum ersten Mal und ist ziemlich durch den Wind«, erklärt er.

Die Frau stimmt freudig zu und murmelt irgendetwas von »wie hinreißend«, als Helen auf den Platz neben ihm rutscht und dabei die Augen verdreht.

»Dein Ego verkraftet es wohl nicht, dass du derjenige mit Flugangst bist, was?«

Grant zuckt mit den Schultern. »Gang oder Fenster?«

Helen sitzt lieber am Fenster. Sie sieht gern hinaus, um den genauen Moment zu bestimmen, in dem das Flugzeug abhebt.

»Von mir aus, gern. Ich hasse es, über andere Leute hinwegzuklettern, wenn ich mal auf die Toilette muss«, meint er.

Sie teilen sich die Snacks, die Helen am Flughafen gekauft hat, und nach einer hitzigen Diskussion darüber, welches Programm auf dem Bildschirm laufen soll – *Stirb Langsam* für ihn (»Natürlich, was sonst?«) und *Das Backduell* für sie (»Wieso sieht man sich so etwas an, wenn man das Essen danach nicht einmal probieren kann?«) –, sind sie sich am Ende doch einig.

»Ich liebe diesen Film«, sagt sie und steckt sich den Kopfhörer ins linke Ohr, während er nach dem zweiten greift und ihn sich ins rechte Ohr steckt.

»Ein echter Klassiker«, stimmt er ihr zu. »Und außerdem ein Weihnachtsfilm, obwohl ihn nie jemand dazu zählt.«

Als die drei Mäuse auf dem Bildschirm erscheinen und das erste Kapitel des kleinen Schweinchens namens Babe erzählen, sinkt Helen tiefer unter die Decke, die die Fluglinie ihnen ausgeteilt hat, und lässt zu, dass sich ein behagliches Gefühl in ihr breitmacht. Sie sieht zu Grant, der so gebannt von den Abenteuern des animierten Ferkels ist, dass sie ihn unbemerkt mustern kann.

Aus diesem Blickwinkel wirkt er jünger, und sie sieht immer noch den Teenager in ihm. Der Grant Shepard, mit dem sie die letzten zehn Wochen verbracht hat, ist scharfsinnig und witzig und trägt sein Charisma wie eine Rüstung. Der Grant, der jetzt neben ihr sitzt, wirkt weniger kontrolliert – müde, ein wenig abgekämpft von der Reise und irgendwie auch weniger befangen und schneller zu begeistern.

Sei nicht albern, ermahnt sie sich selbst. *Es ist derselbe Grant, es gibt ihn nur ein Mal.*

»Also, ich mag die gemeine Katze am liebsten«, erklärt er. »Wieso hat sie keinen eigenen Film bekommen?«

Helen lacht und konzentriert sich wieder auf den Bildschirm. Sie spürt die angenehme Wärme seines rechten Arms an ihrer linken Schulter, und als ihr Magen sich seltsam zusammenzieht, gibt sie einer Turbulenz die Schuld.

Irgendwo über Chicago und etwa zwanzig Minuten, nachdem sie mit *Schweinchen Babe in der großen Stadt* begonnen haben, schläft Helen ein. Es ist zwar nicht das erste Mal, dass sie in seiner Nähe schläft, aber dieses Mal ist er nah genug, um zu sehen, dass sie selbst im Schlaf die Stirn runzelt, als gäbe es sogar in ihren Träumen etwas, mit dem sie nicht einverstanden ist und das vielleicht zumindest ein wenig besser sein könnte. Es ist einfach typisch Helen.

»Was zu trinken?«, fragt die Stewardess viel zu laut und schiebt ihren ratternden Wagen an ihm vorbei, und er winkt sie eilig weiter.

Helen runzelt noch deutlicher die Stirn, dreht den Kopf und gibt ein leises, wimmerndes »Hmmpf« von sich, das tief in seine Brust dringt und eine seltsame unbekannte Sehnsucht in ihm weckt.

Er zieht leise den Stecker der Kopfhörer aus der Mittelkonsole, und als Helens Kopf zur Seite driftet, rutscht er ein Stückchen in ihre Richtung, sodass er auf seiner Schulter landet. Sie schmiegt ihre Wange an ihn, und er widersteht dem Drang, an ihren Haaren zu riechen – *Du bist doch kein kranker Perversling, Shepard!* –, und zieht stattdessen seinen Kindle aus dem Netz am Vordersitz.

Er hat denselben Absatz mindestens zwanzigmal gelesen, als der Pilot schließlich verkündet, dass der Landeanflug nach Newark in Kürze beginnt.

»Hmm?«, murmelt sie mit dem Gesicht an seinem Hals.

»Wir landen«, antwortet er leise.

Er spürt den Moment, in dem sie aufwacht und ihr die Situation bewusst wird, überdeutlich. Die Wärme und Weichheit des Schlafes verlassen ihren Körper und werden von der Anspannung ersetzt, die er stets mit Helen Zhang in Verbindung bringt.

Die Lichter in der Kabine gehen an, und sie hebt ruckartig den Kopf. Dann wirft sie einen Blick auf seine Schulter. Er hält den Atem an.

»Du gibst ein beschissenes Kissen ab, Shep«, meint sie schließlich und dehnt gähnend den Nacken.

Er lacht. »Und du sabberst«, erwidert er. »Ich schicke dir die Rechnung von der Reinigung.«

Sie steigen aus dem Flugzeug, und Grant behält Helens Gepäck im Auge, während sie auf die Toilette verschwindet, um sich die Zähne zu putzen.

Sie starrt in den Spiegel und fragt sich, warum ihre Haare in New Jersey dumpfer aussehen und ihr Gesicht müder und abgezehrter wirkt. Hastig fährt sie sich mit den Fingern durch die Haare und schiebt sie in die eine und anschließend in die andere Richtung, um ihnen etwas mehr Volumen zu verleihen, aber es hat keinen Zweck.

Vergiss es, ermahnt sie sich selbst. *Es sieht dich ohnehin niemand, der dir etwas bedeutet.*

Ihre Wangen glühen vor Scham, als sie daran denkt, wie Grant sie im Flugzeug zu Gesicht bekommen hat – an den erbärmlichen Sabber-Fleck auf seiner Schulter. Sie würde dieses erste Gefühl nach dem Aufwachen gern vergessen. Diese vertraute Wärme und den Zedernduft seines Aftershaves, die ihre Sinne eingehüllt hatten, bevor ihr Gehirn langsam wieder zu sich gekommen ist. Die Art, wie ihre Synapsen ihr sofort in Erinnerung gerufen haben, dass es nicht das erste Mal war, dass sie umgeben von Grant Shepards Duft eingeschlafen ist.

»Musst du dich auch noch frisch machen?«, fragt sie ihn, als sie wieder zu ihm zurückkommt.

Er schüttelt den Kopf und sie gehen nebeneinander den langen Flur entlang zur Gepäckausgabe. »Hast du Gepäck eingecheckt?«

»Nur einen Koffer«, antwortet sie, und er nickt.

Er wartet, während sie das Gepäckförderband nicht aus den Augen lässt. Die Frau, mit der sie den Platz getauscht hat – *wie hinreißend* – läuft an ihnen vorbei, und sie sehen zu, wie sie ihren Mann und ihren Sohn in die Arme schließt.

»Da ist er«, sagt Helen schließlich und deutet auf einen großen, mintgrünen Koffer, der zu ihrem Handgepäck passt.

Grant beugt sich nach vorn und hebt ihn mit einer schnellen, entschlossenen Bewegung vom Band.

»Danke«, sagt sie.

Er sieht sich nach dem Hinweisschild zum Taxistand um.

»Wie kommst du nach Hause?«, fragt er.

»Mit dem Taxi«, antwortet sie. »Meine Eltern schlafen vermutlich schon, aber ich habe einen Schlüssel. Und du?«

»Ebenfalls.«

Keiner rührt sich. Es scheint, als würden sie sich mit jedem Schritt weiter und weiter in Richtung Vergangenheit bewegen. Fort von dem angenehmen Geplänkel, das sich in den letzten Wochen zwischen ihnen entwickelt hat, und zurück in eine Welt, in der die Grant Shepards und die Helen Zhangs keinen Grund haben, sich auch nur einen Blick zuzuwerfen – ganz zu schweigen davon, sich einen Kopfhörer oder eine Armlehne zu teilen.

Der Gedanke macht sie einen Moment lang unendlich traurig.

»Wir sollten weiter«, schlägt er vor, und sie machen sich auf den Weg zu den Taxis.

Sie warten schweigend – er schaut auf sein Handy und sie auf ihres. Unwillkürlich fragt sie sich, ob sie es mit Absicht tun. Falls jemand sie beobachtet. Falls jemand vorbeifährt, der nichts Interessantes an den beiden beinahe Fremden am Straßenrand entdecken soll.

Helen bekommt das erste Taxi, und der Fahrer verstaut ihr Gepäck im Kofferraum. Als sie sich umdreht, mustert Grant sie mit einem leichten Stirnrunzeln.

»Also gut«, sagt sie schließlich. »Frohe Weihnachten.«

Er nickt. »Dir auch.« Er zögert, dann meint er: »Ruf an, falls dir langweilig ist.«

»Ha«, erwidert sie. »Okay.«

Sie steigt in das Taxi, und es fährt los – immer weiter fort von Grant Shepard und seinen starken, warmen Schultern.

Kapitel 10

In Wahrheit hasst Helen es, Weihnachten zu Hause zu verbringen. Und sie hat große Schuldgefühle deswegen, was es nicht besser macht.

In Michelles ehemaligem Zimmer, das mittlerweile als Arbeitszimmer genutzt wird, befindet sich eine kleine Gedenkstätte für ihre Schwester, und es ist immer Helens erster Halt, wenn sie ihre Eltern besucht. Sie hat keine Ahnung, wann die Entscheidung fiel, Michelles Zimmer umzuräumen, es war auf jeden Fall bereits im ersten Jahr, und sie weiß noch, dass es sich angefühlt hat wie ein Peitschenhieb, als sie im Sommer vom College nach Hause kam und sah, dass die so lange verschlossen gebliebene Tür plötzlich offen stand und sich dahinter ein Raum auftat, den sie noch nie gesehen hatte. *Warum haben sie mich nicht vorher gefragt?* Sie war stellvertretend für Michelle wütend. *Ich hätte dich davor bewahren sollen!*

An den Wänden stehen klinisch weiße Bücherregale von IKEA. Das erste Regal wird von Fachbüchern zur organischen Chemie und chinesischen Übungsbüchern aus den Achtzigern eingenommen – beides Andenken an die Universitätskarrieren ihrer Eltern. Ein großer Teil – zwei ganze Bücherregale – ist Helens Romanen gewidmet, und in jeder Reihe befinden sich mindestens ein Dutzend Ausgaben sämtlicher Teile der *Ivy-Papers*-Reihe, zahllose Übersetzungen derselben und Sonderausgaben. Unter dem einzigen Fenster steht ein kleineres

Regal mit Kinder- und Jugendbüchern, die Michelle und ihr gemeinsam gehört haben – eine Mischung aus Science-Fiction-Klassikern, die ihr Dad ihnen vorgelesen hat, als sie noch Kinder waren, und sorgfältig von ihnen selbst ausgewählten Romanen. Auf dem obersten Regalbrett stehen mehrere Fotos in Silberrahmen in einer ordentlichen Reihe. Sie zeigen ihre verstorbenen Großeltern – und Michelle.

Helen entzündet zwei Räucherstäbchen, verbeugt sich und steckt die langsam verglühenden Stäbe in den dafür vorgesehenen Topf neben Michelles Porträt. Der satte Geruch erinnert sie immer an das erste Mal, als sie dieses Ritual vollzogen hat – gemeinsam mit Michelle während einer Reise nach China, als sie zwölf und zehn Jahre alt waren. Sie waren bei entfernten Verwandten auf dem Land zu Besuch und erwiesen lange verstorbenen Menschen, die sie nie persönlich kennengelernt hatten, ihren Respekt, indem sie Räucherstäbchen an der Gedenkstätte entzündeten, die sich mitten in der geschäftigen Küche befand. Helen weiß noch, wie sie sich um ein ernstes Gesicht bemüht und so getan hat, als wüsste sie, was sie tut, und wie Michelle ihr alles nachgemacht hat, während die älteren Verwandten im Hintergrund leise gelacht haben.

Wenn du jetzt hier wärst, würden wir in einer Bar sitzen und uns alles erzählen, was seit unserem letzten Treffen passiert ist.

Am meisten Probleme bereitet Helen die Vorstellung, wie ihre Schwester heute aussehen und sich verhalten würde, wenn alles normal verlaufen wäre. Ihr Gehirn scheint dabei immer über sich selbst zu stolpern und schafft es nicht, einen vernünftigen Gedanken zu formen. Es ist einfach unvorstellbar.

Michelle würde sich vermutlich auf ihren dreißigsten Geburtstag im kommenden Jahr freuen, aber wie würde der aussehen? Wäre sie noch Single oder vielleicht sogar verheiratet? Hätte sie ein Haustier? In welcher Stadt würde sie leben? Wie würde ihre Wohnung aussehen? Helen findet keine Bilder dazu, und jede Vermutung fühlt sich halbherzig und sogar noch irrealer an als die Figuren, die sie für ihre Bücher erfunden hat. *Die echte Michelle wollte nicht mehr hier sein.* Helen lässt sich in den Lehnstuhl am Fenster sinken und greift nach einem Buch. *Die Herrin von Wildfell Hall.* Sie liest dort weiter, wo sie bei ihrem letzten Besuch aufgehört hat. Manchmal stößt sie auf ein Eselsohr oder eine unterstrichene Stelle, und sie weiß, dass Michelle irgendwann einmal genau an dieser Stelle aufgehört hat zu lesen. Helen hat alle ihre gemeinsamen Bücher zweimal gelesen (für den Fall, dass sie beim ersten Mal etwas übersehen hat).

Die anderen Traditionen, die sie erwarten, wenn sie nach Hause kommt, sind wesentlich profaner. Mom schrubbt die Böden, bis kaum noch etwas davon übrig ist, bevor Helen anreist, und zur Begrüßung steht immer eine hausgemachte Auswahl an Helens Lieblingsgerichten bereit, ganz egal, wie spät es ist. Dad ist abweisend, und normalerweise wissen sie ab dem zweiten Tag nicht mehr, was sie miteinander reden sollen (»Wie läuft es bei der Arbeit?«»Ich habe da diesen Artikel über eine andere chinesische Autorin gelesen ...«), aber er brummt anerkennend, wenn Helen ihm von ihrem Leben und ihrer Arbeit erzählt.

Wobei sie natürlich nur von den guten Dingen berichtet – ein neues Buch, ein positives Feedback ihrer Leserschaft, Neuigkeiten über die Entwicklung der Serie, ein Schreib-Retreat mit Freunden. Helen kommt nicht mit dem sorgenvollen Ausdruck in den Augen ihrer Eltern klar. Er erinnert sie zu sehr an ihre Kindheit, als ihr die elterliche Sorge den Atem raubte, und sie hat plötzlich das Gefühl, als wäre der Raum zu eng, und sie müsste laufen und laufen und laufen, bis der Asphalt unter ihren Füßen einem kalifornischen Sandstrand weicht.

Keinen der Männer, mit denen sie sich getroffen hat, hat sie je mit nach Hause gebracht. Die Vorstellung, ihren Eltern von einer Trennung erzählen zu müssen, war so unmöglich, dass es beinahe lachhaft war.

Die weißen Freunde aus Autorenkreisen schütteln diesbezüglich nur den Kopf, während die asiatischen Freunde jedes Mal mitfühlend nicken.

»Du meinst nie … also *überhaupt* nie?«, hat Elyse einmal mit großen Augen gefragt.

»Es ist früh genug, wenn sie einen Ring am Finger hat«, meinte Pallavi daraufhin und winkte ab. »Vorher hat es doch keinen Sinn.«

Worauf Elyse meinte, dass der Sinn dahinter wäre, dass Eltern Bescheid wissen sollten, was im Leben ihrer Kinder vor sich geht. Aber Helen hat einen ganz besonderen Bereich in ihrem Leben erschaffen, der nur für ihre Eltern bestimmt ist. Sie erzählt ihnen nichts von schiefgelaufenen Dates, in die Brüche gegangenen Beinahe-Beziehungen, grauenhaften Trennungen und feuchtfröhlichen Partys. Sie sammelt die schlechten Nachrichten wie Eicheln für den Winter, um sie ihnen dann in kleinen Dosen und immer gemeinsam mit einer guten Nachricht zu überbringen, die den Schlag dämpft. »Die Überarbeitung war hart, aber jetzt habe ich es endlich eingereicht, und meine Lektorin ist begeistert!«, »Ich habe schon länger nichts mehr von Elyse gehört und dachte, sie wäre wütend auf mich, aber wie sich herausgestellt hat, bekommt sie bald ihr erstes Kind und wollte alle damit überraschen.«

»Sie haben ein hohes Verantwortungsgefühl für andere Menschen«, hat ihre Therapeutin gesagt, als sie ihr von ihren sorgfältig aufbereiteten Geschichten für ihre Eltern erzählte.

Was vermutlich auch stimmt. Ihre Mutter umklammert das Lenkrad immer noch so fest, dass ihre Knöchel weiß hervortreten, wenn sie auf dem Weg ins Einkaufszentrum über diesen einen Abschnitt der Route 22 fahren. Helen hat einmal all ihren Mut zusammengenommen und gefragt, warum sie nicht woanders hinziehen – irgendwohin, wo sie nicht ständig daran erinnert werden, dass es eigentlich zwei Zhang-Schwestern auf dieser Welt geben sollte.

»Wozu?«, meinte ihre Mom. »Wir kennen hier alles, und wir sind zu alt, um irgendwo neu anzufangen und alles von Grund auf neu zu lernen. Außerdem ist deine Schwester hier.« Helen ist klar, dass sie nicht Michelles Geist meint. Ihrer Mutter ist jegliche Form von Aberglauben fremd. Sie meint Michelles sterbliche Überreste, die hinter dem Hügel auf einem Friedhof begraben sind, der direkt an der Grenze zwischen Dunollie und den Nachbargemeinden liegt.

Helen sieht sich im Arbeitszimmer um und versucht, Michelles Geist zu spüren.

Nichts.

Am dritten Tag, dem Tag vor dem Weihnachtsabend, erklärt Helen ihrer Mom, dass sie sich mal einen Tag freinehmen und nichts kochen soll. Sie fährt zu Rhymers Pizzeria und bestellt zwei große Peperoni-Pizzen und ein paar Knoblauch-Knoten bei dem pickeligen Jungen hinter dem Tresen. Kurz darauf tritt ihr erster Kuss – Ian Rhymer – aus der Küche. Die Lachfältchen um seine Augen tanzen, als er breit lächelnd und mit ausgestreckten Armen auf sie zukommt, und sie lässt sich nur zu gern in seine Umarmung sinken.

»Meine berühmte Autorinnen-Freundin!«, ruft Ian. »Wie ich hörte, hat es dich nach L.A. verschlagen und du kommst jetzt in Hollywood ganz groß raus?!«

Helen schnaubt, und Ian grinst, dann zieht er einen Stuhl heraus, um sich mit ihr an einen Tisch zu setzen. »Ich habe das Gefühl, es wäre ewig her. Wie ist das Leben so?«

»Mein Leben ist so wie immer«, erwidert sie. »Ich schreibe. Ich hasse, was ich geschrieben habe. Ich überarbeite es, rede mir selbst ein, dass ich ein Genie bin, und fange wieder von vorne an. Erzähl mir lieber von dir.«

Ian schüttelt den Kopf. »Nope. So leicht kommst du mir nicht davon. Du bist ans andere Ende des Landes gezogen, wo es nicht mal annehmbare Pizzen gibt. Wie läuft es?«

»Ehrlich? Je weiter ich von meinen Eltern fort bin, desto glücklicher bin ich.«

Es klingt wie ein Klischee. Ein Scherz, den Teenager machen. Aber meint sie es tatsächlich so?

»Dann gefällt es dir also.«

Helen denkt an ihre Wohnung in Santa Monica, an die Podcasts, die sie sich während der langen Autofahrten zur Arbeit und nach Hause anhört, an den strahlend blauen Himmel und die Palmen und das Geräusch der Trucks, die Lieferungen auf dem Studiogelände abladen, während sie sich auf den Weg zum Writers' Room macht.

»Ja«, antwortet sie.

»Das ist toll, Helen«, erwidert Ian. »Es ist schön, dich glücklich zu sehen.«

Sie lächelt und stößt ihn sanft in die Seite. »Was ist mit dir? Du bist jetzt Familienvater.«

Er grinst und holt sein Handy heraus, um ihr Fotos zu zeigen. »Deanna möchte es nächstes Jahr ein zweites Mal versuchen«, sagt er. »Aber sieh dir diesen kleinen flaumigen Schatz an. Er hatte bei der Geburt so viele Haare, dass Dee vor Lachen beinahe die Tränen gekommen sind.«

Während Helen die Pizzen und das Knoblauchbrot zu ihrem Auto trägt, denkt sie darüber nach, wie gut Ian Rhymer die Vaterschaft steht. Er ist nicht mehr der schlaksige Junge, der das Training schwänzt, um sie in der Bibliothek zu küssen. Er wirkt gefestigter und zuverlässiger.

Als wäre er erwachsen geworden, denkt sie und spürt einen bittersüßen, schmerzhaften Stich.

»Hey!«, ruft eine bekannte Stimme, als sie auf den Parkplatz tritt.

Sie wendet sich um und sieht Grant auf der anderen Seite

neben einem unbekannten Honda CRV. Er drückt einen Knopf auf dem Schlüssel, und die Schlösser schließen sich piepend.

»Hi«, sagt sie und legt die Pizzen in den Kofferraum ihres Wagens. »Was machst du denn hier?«

Ihre Frage scheint ihn zu amüsieren.

»Was hast du gekauft?«

»Peperoni. Und Knoblauch-Knoten.«

»Die kenne ich gar nicht«, sagt er.

»Solltest du unbedingt versuchen.«

Grant wirft einen Blick in den grauen Himmel. »Ich glaube, es schneit bald.«

Helen reckt den Kopf und blickt ebenfalls nach oben. »Ich würde sagen, auf der anderen Seite der Berge hat es schon begonnen.«

»Dann sollte ich meine Pizza besser so schnell wie möglich bestellen«, meint er.

»Und ich sollte nach Hause, bevor mein Essen kalt wird«, erklärt sie.

Er nickt und macht sich auf den Weg zur Pizzeria. Kurz vor der Tür bleibt er stehen und winkt ihr zu. »War nett, dich zu sehen«, sagt er.

»Ebenfalls«, erwidert sie und steigt in ihr Auto.

Wäre nett gewesen, wenn ich früher erfahren hätte, dass du in der Stadt bist.

Grant starrt auf die Nachricht von Lauren hinunter, auf die er immer noch nicht geantwortet hat.

Er war beschäftigt, und er weiß, dass sie es verstanden hätte, wenn er es ihr erklärt hätte. Er hat seine Mutter jeden Tag zwischen ihrem Haus und dem Haus seines Onkels in der Nachbargemeinde hin und her chauffiert und Stunden in Freds Keller verbracht, um alte Kisten mit Familienfotos, Rechnungen und Briefen auszusortieren – ein ganzes Leben in Papierform.

135

Die Arbeit geht seiner Mom nahe, und Grant hätte die Kisten am liebsten nach Weihnachten mit all dem anderen Müll auf die Straße gestellt, damit alles auf einmal abgeholt wird. Aber Lisa Shepard besteht darauf, sich jedes Foto anzusehen, zu seufzen und zu jeder Person im Hintergrund eine kleine Anekdote zu erzählen.

»Es ruft dir auf grauenhafte Weise in Erinnerung, wo alles enden wird«, sagt sie und sieht sich in dem feuchten Keller um. »Wo wir alle enden werden. Irgendwann sitzt deine Familie im Keller, durchstöbert deine Kisten und entscheidet, was sie aufbewahren will und was nicht.«

Dabei war Fred nicht mal Moms Bruder, sondern der Bruder von Grants Dad – aber Lisa ist im Haus nebenan aufgewachsen, und da Fred nie geheiratet hat, haben sie ihn als Bonus-Familienmitglied mit den Urlaub genommen und zu Geburtstagen und anderen Feierlichkeiten eingeladen. »Er muss mehr unter Leute«, flüsterten sich Grant Eltern immer leise zu.

Grant war sich ziemlich sicher, dass Onkel Fred ihre Besorgnis verabscheut hat, und er hat sich mehr als einmal gefragt, ob es ein Paralleluniversum gibt, in dem Lisa Fred und nicht seinen Bruder geheiratet hat. Es wäre vielleicht für alle Beteiligten besser gewesen als die Ehe seiner Eltern, die zu Ende ging, sobald Grant aufs College gegangen war.

Wäre nett gewesen, wenn ich früher erfahren hätte, dass du in der Stadt bist.

Die Wahrheit ist, dass Grant Lauren dieses Mal nicht sehen will. Ihr letztes Treffen ist über ein Jahr her (als er im Sommer hier war, war sie im Urlaub auf Aruba), und langsam denkt er, dass sie womöglich zu alt für diese Dinge werden.

Er hat nicht vorgehabt, es so lange aufrechtzuerhalten. Es hatte als Zeitvertreib begonnen, wenn er vom College nach Hause gekommen war, und angesichts dessen, dass seit damals zehn Jahre vergangen sind, könnte man es sogar als seine längste Beziehung bezeichnen.

Er ist davon ausgegangen, dass früher oder später einer von ihnen einen Grund finden würde, um die Sache zu beenden – dass es mit einer Frau ernster werden oder dass er ihre Verlobungsfotos auf Facebook entdecken würde. Stattdessen gehört Lauren für Grant zu Dunollie wie der Washington Rock, von wo aus George Washington die englischen Truppen im Auge behalten hatte.

Sein Anstand verbietet es ihm, die Nachricht – die doch einigermaßen anklagend wirkt – unbeantwortet zu lassen, und so verlässt er ein paar Stunden später das Haus, um Lauren in der einzigen Bar in Dunollie zu treffen, die länger als bis zehn Uhr abends geöffnet hat.

»Du siehst anders aus«, sagt sie, und ihr Blick wandert von seinen Haaren zu seiner Brust, während sie sich in einer Nische gegenübersitzen.

Sie selbst hat sich nicht verändert. Ihre dunklen Haare sind zu einem ordentlichen Pferdeschwanz zusammengefasst, und sie trägt Leggins und einen warmen, übergroßen Pullover.

»Du siehst gut aus«, sagt er, um überhaupt etwas zu sagen. »Ich habe gesehen, dass du im April einen Marathon gelaufen bist.«

Sie lächelt. »Alle Kolleginnen aus dem Büro hatten sich angemeldet«, sagt sie. Lauren arbeitet in einer Zahnarztpraxis in einem der hübscheren Teile von Dunollie, und er ist sich ziemlich sicher, dass sie schon seit dem Schulabschluss dort ist.

»Aber ich hatte die beste Zeit.«

Er nickt, und der Kellner kommt, um ihre Bestellungen aufzunehmen.

Sie trinkt dasselbe wie immer – Amaretto Sour mit zwei Kirschen. Der Drink war stets so süß, dass der Geschmack auch noch da war, wenn er sie küsste. Er selbst hat eigentlich keine Lust auf Alkohol, überlegt aber, ein Bier zu bestellen, um sie nicht in Verlegenheit zu bringen. Am Ende bestellt er einen koffeinfreien Kaffee.

Lauren hebt eine Augenbraue. »Trinkst du nichts?«

»Ich muss morgen früh raus«, sagt er. »Die Leute vom Lagerhaus kommen, um Onkel Freds Sachen abzuholen.«

Lauren nickt, dann neigt sie den Kopf und mustert ihn. »Bist du mit jemandem zusammen?«

Grant schüttelt den Kopf. »Du?«

Lauren zuckt mit den Schultern. »Nichts Ernstes«, sagt sie.

Ihm wird klar, wie wohl er sich in ihrer Gegenwart fühlt. Sein Körper ist entspannt wie schon seit Wochen nicht mehr. Er fragt sich, ob dieses Gefühl ein Zeichen von Liebe ist, doch dann denkt er daran, wie Ian Rhymer ihm Fotos von seiner Familie gezeigt hat, als er vorhin in der Pizzeria war.

Er fühlt sich seltsam, als er sich an Helen erinnert, die er auf dem Parkplatz vor der Pizzeria getroffen hat – und an ihr Gespräch über Lauren in der Weinbar am Flughafen.

»Hättest du gern …«, beginnt er, überlegt es sich kurzfristig anders und beschließt am Ende, die Frage doch zu stellen. »Hättest du gern jemanden, mit dem es ernst ist?«

Lauren lacht. »Warum? Willst du mich verkuppeln?«

Grant zuckt mit den Schultern. »Was suchst du? Vielleicht kenne ich jemanden.«

Sie hebt wissend die Augenbrauen, und es wäre so einfach – so unglaublich einfach –, das Gespräch auf eine vertraute, intime Ebene zu lenken.

»Meine Mom verkauft ihr Haus«, sagt er stattdessen, um das Thema zu wechseln. »Es kommt im Januar auf den Markt.«

»Ich kann mir kein Haus leisten«, erklärt Lauren stirnrunzelnd.

»Ja, nein, schon klar. Ich wollte es dir nur erzählen«, stellt er klar. »Sie will nach Irland ziehen, sobald alles erledigt ist.«

»Irland«, wiederholt Lauren überrascht.

»Offenbar wollte sie schon immer mal dort leben, aber es hat nie gepasst.«

»Oh.« Lauren betrachtet ihn einen Moment lang. Dann fragt sie:»Warum haben wir uns eigentlich nie verliebt?«

Die Frage überrascht ihn nicht.»Ich weiß es nicht«, sagt er.»Ich will nicht ... ich will nicht, dass du denkst, du würdest mir nichts bedeuten. Das tust du.«

Sie schenkt ihm ein trauriges Lächeln.

»Das weiß ich doch«, sagt sie.»Ich meinte auch nicht ineinander. Unserer Beziehung war es nicht bestimmt, die Highschool zu überdauern. Ich meine: Warum haben wir uns nie in andere Leute verliebt?«

Grant würde gern ausführlich über diese Frage nachdenken – sie zerlegen und von allen Seiten betrachten, aber noch bevor er den Gedanken zu Ende denken kann, kommt ihm ein anderer. *Ich glaube, irgendetwas stimmt nicht mit mir.*

»Keine Ahnung«, meint er schließlich.»Vielleicht soll es einfach nicht sein.«

»Ich würde mich gern verlieben«, sagt sie.»Ich glaube, es wäre echt nett.«

Er erinnert sich mit einem Mal an den Beginn ihrer eigenen Romanze – an das Wochenende nach dem Abschlussball, das sie in dem gemieteten Strandhaus verbracht haben. Er hatte mit seiner Freundin Desiree Schluss gemacht, weil er wusste, dass er weit fort aufs College gehen würde, und es nicht in die Länge ziehen wollte, aber er war zuerst noch mit ihr auf dem Abschlussball gewesen, weil er das Gefühl gehabt hatte, er wäre es ihr schuldig.

»Du bist ein Vollidiot!«, meinte sie, nachdem er auf der Fahrt nach Seaside Heights versucht hatte, ihr es so sanft wie möglich beizubringen. Er musste anhalten, damit eine ihrer Freundinnen sie auflesen und sie mit zu demselben Ferienhaus nehmen konnte, zu dem auch er unterwegs war.

Lauren war an dem Wochenende mit einem anderen unterwegs – er weiß nicht mehr, mit wem. Sie gehörte normalerweise nicht zu ihrer Clique. Sie war eher mit den Kiffern und angehenden Kunststudenten zusammen. Aber je näher das Ende der Highschool rückte, desto mehr verschwammen die Grenzen zwischen den verschiedenen Gruppen, und er erinnert sich an Drinks im Whirlpool, an *Wahrheit oder Pflicht* und an einen ersten Kuss mit feuchten, am Kopf klebenden Haaren und suchenden Mündern.

Sie war die Erste, die er eine Woche später nach dem Unfall anrief, und sie streichelte seine Haare, während er in ihrem Schoß weinte. Es war ihm peinlich, so viel von jemandem zu verlangen, den er kaum kannte, aber Lauren war es egal. Es hatte sie auf seltsame Weise aneinander gebunden.

»Willst du irgendwann mal heiraten?«, fragt sie, um eilig hinzuzufügen: »Das soll kein Antrag sein, ich meine nur im Allgemeinen.«

Grant lacht und denkt an das Gespräch mit Helen. *Ich würde schon gern heiraten.* Er hat es ernst gemeint, und vielleicht hat er Lauren deshalb erzählt, dass seine Mom das Haus verkaufen wird. Lauren ist ein Faden, der ihn immer noch mit diesem Ort verbindet, und es scheint ihnen beiden gegenüber nicht fair.

»Ja«, sagt er. »Irgendwann. Vielleicht sollte ich mal etwas in diese Richtung unternehmen.«

Sie lächelt und neigt den Kopf. Die Bewegung ist so vertraut, dass sie seinem Herz einen Stich versetzt.

»Ich hoffe für dich, dass es einmal so weit sein wird«, sagt sie.

Nachdem sie die Bar verlassen haben, sucht Lauren übertrieben lange nach ihrem Schlüssel.

»Kannst du noch fahren?«, fragt Grant.

»Ja«, erwidert sie. »Die Drinks hier werden jedes Jahr schwächer.« Sie mustert ihn. »Fährst du nach Hause?«

Es ist eine versteckte Einladung. *Vielleicht noch ein allerletztes Mal?*

»Ja«, erklärt er. »Komm gut nach Hause.«

»Du auch«, sagt sie.

Dann streckt sie die Hand aus, legt sie sanft auf seine Wange und streicht mit dem Daumen über seine Bartstoppel.

Er greift nach ihrer Hand und drückt ihr einen Kuss auf den Handrücken.

Sie lacht überrascht auf. »Das ist tatsächlich das Romantischste, was du je getan hast«, meint sie. »Frohe Weihnachten, Grant.«

In diesem Moment beginnt es zu schneien, und er hat das Gefühl, als befänden sie sich in der RomCom eines anderen Paares. Und vielleicht gibt es bei jedem Film tatsächlich ein Paar im Hintergrund, das einfach auseinandergeht und sein Leben weiterlebt.

»Frohe Weihnachten«, wünscht er Lauren.

Sie öffnet die Autotür und hält noch einmal inne. »Du verdienst es, glücklich zu sein. Ich hoffe, das weißt du.«

Sie lächelt, und Grant spürt einen seltsamen, komplizierten Knoten im Bauch, als er versucht, ihr Lächeln zu erwidern. Nachdem sie fort ist, steht er einfach da, während dicke Schneeflocken vom Himmel fallen und seine Haare, seine Schultern und den Boden um seine Schuhe bedecken.

Er holt sein Handy heraus und wischt wie benommen über das Display, bis er den Namen findet, den er sucht. Er wählt die Nummer, ehe er sich selbst davon abbringen kann, und merkt erst, dass er den Atem angehalten hat, als die Stimme am anderen Ende der Leitung erklingt und er die Luft ausstößt.

»Hallo?«, fragt Helen leise.

»Willst du morgen mit mir zu Mittag essen?«, fragt er, als wäre es das Normalste auf der Welt. Als würde er sie ständig anrufen. »Ich muss am Vormittag noch mal ins Haus meines Onkels, aber danach hätte ich Zeit, und ich habe Angst, dass ich den Verstand verliere, wenn ich auch nur einen einzigen weiteren Tag allein zu Hause verbringen muss.«

Es folgt eine lange Pause, dann hört er das Klicken einer Tür. Helen klingt näher, als sie antwortet.

»Schick mir die Adresse«, sagt sie.

Kapitel 11

Helen erzählt ihren Eltern, dass sie sich mit einer Freundin trifft, und macht sich auf den Weg zu dem Bagel-Laden in der Nachbarstadt. Später wird sie mit einem halben Dutzend Bagels und einer Geschichte über ein gemeinsames Frühstück mit einer alten Bekannten von der Schülerzeitung, die sich unerwartet ebenfalls gerade in der Stadt befindet, nach Hause zurückkehren. Es fühlt sich beinahe an wie eine geheimdienstliche Undercover-Aktion, in der warme, nach Zimt duftende Rosinenbagel gerettet werden sollen. Sie ist seltsam nervös, als sie durch die Tür tritt und ihn in der Schlange vor dem Tresen – ihrem vereinbarten Treffpunkt – entdeckt.

»Hier war ich ja schon ewig nicht mehr«, sagt sie und versucht, nicht so zu klingen, als hätte sie zu viele Spionageromane gelesen. »Wir haben hier immer riesige Säcke voller Bagels geholt, die wir dann beim morgendlichen Benefizstand für die Schülerzeitung verkauft haben.«

»Ich erinnere mich«, sagt er.

Sie bestellen sich Sandwiches zum Mitnehmen und fahren auf den Washington Rock, um dort zu essen. Am anderen Ende des Parkplatzes gibt es einen kurzen, fast schon lächerlichen Wanderweg, der den Namen eigentlich gar nicht verdient hat, und Grant schlägt vor, ihn entlangzuspazieren. Es ist ein grauer, düsterer Vormittag und außerdem Heiligabend, weshalb die Chancen, dass sie jemanden treffen, mehr als gering sind. Hier und dort liegt noch Schnee von letzter Nacht, aber es ist nicht genug, um den matschigen, laubbedeckten Pfad zu verbergen.

»Meine Mom will ihr Haus verkaufen«, sagt er. »Ich hatte heute früh eine Besprechung mit dem Immobilienmakler.«

»Oh«, erwidert Helen. »Ihr habt lange darin gewohnt, nicht wahr?«

Sie ist früher jeden Tag mit dem Schulbus an Grants Haus vorbeigefahren – damals, als sie noch alle keine Autos hatten. Die hübsche viktorianische Villa steht ganz oben auf dem Hügel, und die perfekt angeordneten Fenster fingen während des Sonnenaufgangs und Sonnenuntergangs immer auf spektakuläre Weise das Licht ein, sodass Helen sich jeden Morgen auf den Anblick gefreut hat.

»Mich wundert, dass sie es überhaupt so lange ausgehalten hat«, gesteht Grant. »Sie möchte nach Irland und auf einer Schaffarm arbeiten. Ich könnte mir vorstellen, dass sie es wirklich durchzieht.«

Helen versucht, sich an Mrs Shepard zu erinnern, die sie nur einige Male bei diversen von Eltern und Lehrern organisierten Charity-Veranstaltungen getroffen hat. Sie sieht eine kleine blonde Frau vor sich, die eine pinkfarbene Strickjacke und Goldschmuck trägt.

»Dein Dad wohnt mittlerweile in Boston, oder?«, fragt sie.

»Ja, seit zwölf Jahren«, antwortet Grant. »Er ist mehr oder weniger sofort nach der Trennung hingezogen.«

»Besuchst du ihn manchmal?«

Er zuckt mit den Schultern. »Ihm ist es lieber, wenn er mich besucht. Er mag die Sonne und die Strände.«

Helen nickt.

»Was ist mit deinen Eltern? Wie geht es ihnen?«

Sie kickt einen Kieselstein den Pfad entlang. »Es geht ihnen gut. Dad hat mit dem Golfspielen begonnen, und Mom führt Krieg gegen eine Eichhörnchenbande, die ihren Garten unsicher macht. Ich kann mir nicht vorstellen, dass sie jemals umziehen werden.«

Grant nickt und wirft die Verpackung seines Bagels in den nächsten Mülleimer. Sie sind bereits am Ende des Weges angelangt.

»Das war aber eine kurze Wanderung«, sagt er und sieht sich um.

»Ich glaube nicht, dass ich hier schon mal war«, meint Helen.

»Ich auch nicht. Was machst du normalerweise, wenn du in der Stadt bist?«

»Gar nichts.« Sie lacht. »Ich sitze missmutig in meinem Zimmer und werde wieder zum Teenager. Es ist, als wäre in unserem Haus die Zeit stehen geblieben.«

Sie drehen um und gehen zurück zum Parkplatz. Helen wird das Gefühl nicht los, dass dieses Treffen ein Reinfall war, und beschließt, es ihm nicht übel zu nehmen, wenn sich ihre Wege jetzt trennen und sie kein Wort mehr miteinander wechseln, bis sie wieder den sicheren Boden L.A.s unter den Füßen haben.

Als sie vor ihren Autos stehen, wendet sich Grant zu ihr um und meint: »Willst du dir unsere alte Highschool ansehen?«

»Klar«, meint Helen. »Du fährst.«

Er hätte nicht gedacht, dass sie zustimmt – und vor allem nicht, dass sie sich freiwillig ein Auto mit ihm teilt.

Sie rutscht auf den Beifahrersitz, und aus dem Radio dudeln alte Weihnachtsklassiker, was ihr ein Lächeln aufs Gesicht zaubert.

»Meine Eltern hören im Auto auch immer diesen Sender«, erklärt sie.

Er fährt den Berg hinunter, vorbei an den Häusern, die ihm einmal so vertraut waren wie die Gesichter seiner Freunde und Lehrer. Einige haben sich in den Jahren, seit er fort ist, verändert – eine neue Farbe, eine größere Veranda –, und er ist jedes Mal unwillkürlich schockiert, wenn er merkt, dass sich seine alte, kleine Heimatstadt auch ohne ihn weiterentwickelt hat.

Er parkt auf dem Parkplatz an der Nordseite des Highschool-Campus. Hier stand er jeden Tag, wenn er morgens zum Footballtraining ging.

»Wow«, sagt sie. »Hier war ich auch schon lange nicht mehr.«

»Sie haben sie um einen Flügel erweitert«, berichtet er, während der Motor weiterläuft. Er will die warme Blase, in der sie sich innerhalb des Autos befinden, noch nicht zerstören.

»Glaubst du, dass wir rein können?«, fragt sie.

Grant öffnet die Autotür. »Versuchen wir's.«

Die erste Tür ist versperrt, und die zweite ebenfalls. Er will bereits vorschlagen, die Schule einfach nur zu umrunden, als er sich an den Seiteneingang erinnert, der in den Flur vor dem Lehrerzimmer führt und durch den sie sich nach dem Schwänzen immer ins Schulgebäude zurückgeschlichen haben.

»Das Schloss ist kaputt. Man muss nur kräftig … *ziehen*.«

Die Tür gibt mit einem metallischen Krachen nach, und sie sehen sich den leeren Fluren ihrer alten Highschool gegenüber.

»Es ist so …«, beginnt Helen, während sie die Schule betritt. Er folgt ihr und schließt die Tür hinter sich. »Leer.«

»Wo willst du zuerst hin?«, fragt er und steckt die Hände in die Taschen. Er ist mit einem Mal nervös, als würden sie sich gerade in Schwierigkeiten bringen. Vielleicht hält sie das hier aber auch für genauso lahm wie die Wanderung am Washington Rock. Vielleicht hält sie ihn für einen Loser, weil er so etwas überhaupt vorgeschlagen hat.

»Ich frage mich, ob die Cafeteria immer noch aussieht wie damals«, sagt sie und geht ihm voran den Flur entlang.

Sie müssen nicht lange nach der Cafeteria suchen. Die Böden scheinen neu, aber alles andere – die Tische, die Stühle, die Wände, die Fenster und der unerklärliche Geruch nach Graham Crackern, der nie verschwunden ist, ganz egal, wie viele fettige Pizzen hier verdrückt wurden – ist immer noch so wie damals.

»Die Automaten sind fort«, sagt Helen, während sie durch die Cafeteria schlendern. »Und da drüben stand eine mobile Kaffeebar.«

»Ich glaube, heutzutage ist es nicht mehr erlaubt, Kaffee an Minderjährige auszuschenken«, überlegt Grant laut.

»Ich habe immer drei Päckchen Zucker in meinen Iced Coffee geschüttet«, gesteht Helen und sieht sich ein wenig erstaunt um.

Sie gehen weiter, bis Helen an einem Tisch in der Nähe des Fensters stehen bleibt. »Hier habe ich immer gesessen und zu Mittag gegessen. Weißt du noch, wo dein Platz war?«

Grant deutet in die gegenüberliegende Ecke. »Dort drüben.«

Sie nickt und starrt hinüber zu dem Tisch, als könnte sie ihn und sich in der Vergangenheit sehen. Er lässt sich auf »ihrem« Tisch nieder, und die Füße baumeln in der Luft. »Hübsche Aussicht.«

»Ich habe gern in der Nähe des Fensters gesessen.«

»Aber im Winter ist es kälter.«

Sie zuckt mit den Schultern. »So spät im Dezember waren wir normalerweise ja nicht hier. Wo willst du jetzt hin?«

Er entscheidet sich für das Englischklassenzimmer, doch die Tür ist abgeschlossen, und sie können nur durch das Fenster in der Tür ins Innere spähen.

»Ich erkenne keinen einzigen Lehrer wieder«, gesteht Helen, als sie durch den Englisch-Trakt der Schule streifen. »Ich schätze, unsere alten Lehrer sind schon alle in Rente.«

»Hast du noch Kontakt zu dem einen oder anderen?«

»Nein. Aber es wäre schön gewesen. Ich habe gehört, dass mein Lieblingslehrer, Mr Choi, der auch für die Schülerzeitung zuständig war, vor ein paar Jahren gestorben ist. Kurz, bevor mein erstes Buch veröffentlicht wurde.«

»Das tut mir leid«, sagt er und meint es auch so.

Sie versucht aufs Geratewohl, eine Tür zu öffnen, und sie ist tatsächlich unversperrt. Dahinter befindet sich eine fensterlose Kammer voller alter, verstaubter Bücher. Schulausgaben diverser Klassiker von *Große Erwartungen* über Shakespeare bis hin zu *Nortons Anthologie amerikanischer Literatur*. Die Bücherstapel sind so hoch, dass sie Helen überragen.

»Jackpot«, murmelt sie und betritt den Raum. Sie öffnet das erstbeste Buch, lacht auf und wirft es ihm zu.

Sein Blick fällt auf die Namen der Schüler, die dieses Exemplar von *Ein Portrait des Künstlers als junger Mann* einmal besessen haben. Zwischen den Jahrgängen 2007 und 2009 steht in geschwungenen Buchstaben der Name *Lauren DiSantos*.

Er lacht ebenfalls und überlegt, ihr ein Foto davon zu schicken. Aber wäre das nicht seltsam?

»Ich weiß nicht einmal mehr, was wir in welchem Jahr gelesen haben«, sagt er stattdessen und legt das Buch beiseite.

»In der zwölften war es Shakespeare«, erwidert Helen und nimmt ein Buch nach dem anderen zur Hand. »Und in der zehnten Austen und Brontë. An den Rest kann ich mich nicht erinnern. Ich würde gern meine Ausgabe von *Sturmhöhe* finden. Falls sie noch da ist, nehme ich sie mit.«

Er öffnet ein Exemplar von *Sturmhöhe* und sucht nach vertrauten Namen. Einige hat er schon mal gehört, aber genau erinnern kann er sich nicht. Er greift nach einem weiteren Buch, und plötzlich springt ihm ein Name in gestochen scharfer Schrift entgegen.

»Hier«, sagt er mit belegter Stimme und tippt auf die Seite.

»Hast du es gefunden?«, fragt sie.

Sie kommt zu ihm und bleibt abrupt stehen, als sie den Namen sieht, auf den er deutet.

Michelle Zhang, 2010.

»Oh.«

»Willst du es?«, fragt er und versucht, möglichst leise und neutral zu klingen.

Helen berührt den Namen ihrer Schwester.

»Nein«, sagt sie schließlich. »Es bleibt besser hier, lebt sein Leben und bildet neue Highschool-Generationen.« Sie lacht verzagt. »Das klang gerade ziemlich schräg.«

»Nein«, erwidert er. »Das ergibt durchaus Sinn.«

Sie schenkt ihm ein dankbares Lächeln, und er schluckt schwer. »Was jetzt?«

»Wo hast du früher am meisten Zeit verbracht?«, fragt sie.

Er denkt nach, dann deutet er mit dem Kopf nach draußen. »Beim Football-Training. Aber es ist ziemlich kalt. Im Winter waren wir in der Turnhalle.«

»Okay«, sagt sie, und er geht voran.

Der Spaziergang durch die leeren Flure ihrer alten Highschool fühlt sich an wie eine zum Leben erwachte Erinnerung. Helen lässt die Fingerspitzen an den Wänden entlanggleiten, um sich zu versichern, dass es real ist. Es ist ein seltsamer Tag, beinahe wie ein Traum, und wenn sie könnte, würde sie die Hand ausstrecken und Grant berühren, um sicherzustellen, dass er ebenfalls real ist.

»Das war mein Lieblingsspiegel«, sagt sie und deutet auf einen Spiegel in einem der Flure, die zur Turnhalle führen. »Hier habe ich auf dem Weg in den Unterricht immer meine Haare und meine Klamotten überprüft.«

Die erste Tür in den Turnsaal ist versperrt, aber Grant versucht es bei einer anderen, während Helen etwas entdeckt, das ihr einen erfreuten Aufschrei entlockt.

»Sieh mal!«, ruft sie und zeigt auf ein staubiges gerahmtes Foto an der Wand neben dem Trophäenschrank. *Dunollie Warriors Varsity Football Team, Saison 2007–2008.*

Grant kommt auf sie zu, und ehe sie sich's versieht, steht er direkt neben ihr.

»Hah!«, meint er und mustert das Teamfoto.

Helen wendet sich zur Seite, um ihn zu beobachten, während er das Foto betrachtet. »Es muss seltsam sein, sich selbst als Schulinventar wiederzuerkennen«, sagt sie. »Ich weiß noch, dass ich ständig an diesen Fotos vorbeigelaufen bin, ihnen aber nie wirkliche Beachtung geschenkt habe. Und hier bist du nun.«

»Ja. Seltsam«, wiederholt er.

Sie macht ein Foto mit ihrem Handy. »Das schicke ich an die anderen aus dem Writers' Room«, erklärt sie. »Fröhliche Weihnachten an alle!«

»Moment, das ist unfair!« Grant will ihr das Telefon aus der Hand ziehen. »Das darfst du erst, wenn wir auch ein Foto von dir und den Deppen von der Schülerzeitung gefunden haben.«

Helen reagiert instinktiv und steckt das Handy unter ihren Pullover. »Unsere Errungenschaften wurden weitaus weniger gewürdigt. Du hast Glück, dass du an den Wänden unserer Schule bereits jetzt Unsterblichkeit erlangt hast!«

Grant lacht und umfasst von hinten ihre Schultern.

»Gib mir das Handy«, raunt er ihr leise ins Ohr.

Er hat einen Arm um ihre Brust geschlungen und drückt sie nach hinten an seinen Körper. Ein seltsames Schaudern überläuft sie, und sie spürt, wie er schwer schluckt.

»*Hey!*«

Er lässt sie ruckartig los, und ihr Handy landet klappernd auf dem Boden.

Ein Mann mittleren Alters kommt vom anderen Ende des Flurs auf sie zu. Das Walkie-Talkie an seinem Gürtel piept, und er streckt einen anklagenden Finger in ihre Richtung.

»Wie seid ihr hier reingekommen? Ich rede mit euch!«

Helen wirft Grant einen Blick zu.

»Lauf«, ruft er und packt ihre Hand, dann sprinten sie gemeinsam auf die nächste Tür zu.

Wie sich herausgestellt hat, war Davonlaufen nicht gerade die schlaueste Idee.

»Sie haben den stummen Alarm ausgelöst«, erklärt Vizerektor Peters ihnen wenige Minuten später auf dem Parkplatz, wo er mit zwei Sicherheitsbeamten auf sie gewartet hat. »Was hatten Sie da drin verloren?«

Grant wird Zeuge, wie sich Helen vor seinen Augen in ein hilfloses Mädchen verwandelt.

»Ach du meine Güte, das ist so schrecklich peinlich«, jammert sie. »Wir haben vor vielen Jahren hier an der Schule unseren Abschluss gemacht, und wir wollten sie einfach noch einmal sehen.«

»Und da sind Sie einfach mal so eingebrochen?«

»Wir sind nicht *eingebrochen*«, versichert Helen dem Mann und sieht mit großen, unschuldigen Augen zu Grant hoch. »Nicht wahr? Der Seiteneingang war offen.«

»Ja, ich konnte mich erinnern, dass wir uns in der zwölften immer durch diese Tür in die Schule geschlichen haben«, stimmt Grant ihr zu und deutet auf die besagte Tür. »Das Schloss war damals schon kaputt. Sie sollten das langsam wirklich mal reparieren.«

»Wir bekommen jetzt doch keine Schwierigkeiten, oder?« Helen wendet sich mit ängstlichem Blick an den Vizerektor. Sie sieht ihn an, als hielte er ihr Leben in den Händen, was Grants Meinung nach etwas übertrieben ist. »Wir haben nichts mitgenommen, das schwöre ich ihnen. Wir wollten einfach nur den Ort wiedersehen, an dem … an dem wir uns ineinander verliebt haben. Nicht wahr, Schatz?« Sie stößt Grant in die Seite.

Er räuspert sich. »Jap. Sie ist eben eine echte Romantikerin. Ich habe ihr noch gesagt, dass wir Schwierigkeiten bekommen werden, aber … Sie sind offensichtlich verheiratet, dann verstehen Sie das sicher.«

Grant deutet mit dem Kopf auf den Ring an der Hand des Vizerektors.

»Dann sind Sie beide verheiratet?«, fragt dieser schon wesentlich freundlicher.

Helen wirft Grant einen schnellen Blick zu. »Nein. Ich habe doch keinen Ring am Finger.«

Grant zieht sie an sich: »*Noch nicht.* Wir streiten uns ständig, wie mein Antrag aussehen soll. Ich bin immer noch für das Footballfeld beim Homecoming.«

Vizerektor Peters strahlt. »Also das wäre mal eine tolle Geschichte! Zwei ehemalige Dunollies, die sich beim Homecoming verloben. Sie würden es mit Sicherheit auf die Titelseite der Schülerzeitung schaffen.«

Helen schnaubt, und Grant grinst. »Hast du das gehört? Wir würden es auf die Titelseite schaffen.«

Nachdem ihnen der Vizerektor seine E-Mail-Adresse gegeben hat (»Falls Sie wirklich etwas beim Homecoming planen.«) und sie sich mehrmals für die Ruhestörung am Weihnachtsabend entschuldigt haben, kehren sie schweigend zu Grants Wagen zurück.

»Nicht lachen«, sagt Helen. »Er sieht immer noch in unsere Richtung.«

»Wie würde wohl die Schlagzeile lauten, falls wir uns tatsächlich verloben sollten?«, fragt er, als sie beim Auto angekommen sind.

Helen verdreht die Augen. »Ich hätte niemals zugelassen, dass es eine solche Geschichte auf die Titelseite schafft. Maximal als kurzer Zwischentext auf die Sportseite.«

»*Ehemaliger Homecoming-King findet endlich seine Queen*«, schlägt Grant vor und rutscht auf den Fahrersitz.

»Das Niveau der Schülerzeitung befindet sich im freien Fall – *eine ehemalige Chefredakteurin berichtet«,* erwidert Helen.

»Verdiente Tochter unserer Stadt heiratet den Mörder ihrer *Schwester«,* schlägt Grant vor.

Betroffenes Schweigen breitet sich aus, als Helen sich zu ihm dreht und ihn ansieht.

Grant erstarrt. »Es tut mir leid«, stammelt er eilig. »Bitte entschuldige …«

In diesem Moment bricht sie in schallendes Gelächter aus.

»Oh mein Gott«, sagt sie und wischt sich die Tränen aus den Augenwinkeln. »Dafür wirst du in die Hölle fahren.«

»Und du sitzt auf dem Beifahrersitz«, erwidert Grant und legt den Rückwärtsgang ein.

Die Sonne geht bereits unter, als er sie zu ihrem Wagen zurückbringt, der noch immer am Washington Rock parkt.

»Das hat Spaß gemacht«, erklärt sie. Es fühlt sich an, als würde sie etwas aufgeben, wenn sie es sagt, und ein nervöses Flattern macht sich in ihr breit, als wollte es sie fragen, was passiert, wenn er nicht dieser Meinung ist.

»Ja«, erwidert er und lächelt auf eine Art, die seltsame Dinge mit ihrem Magen anstellt. »Was machst du morgen?«

»An Weihnachten? Ich helfe Mom beim Putzen und anschließend beim Kochen für meine zahllosen chinesischen Tanten und Onkel, die zum Abendessen kommen.«

»Klingt nach einem schönen Weihnachtsfest«, meint er.

Wäre er nicht ausgerechnet Grant Shepard, würde sie ihn einladen.

»Willst du vielleicht am zweiten Weihnachtstag etwas unternehmen?«, fragt sie stattdessen.

Er nickt. »Klar. Sag du, wann und wo.« Er lehnt an der Autotür und hat die Arme vor der Brust verschränkt, während er sie mustert. Es hat etwas ungeheuer Liebenswertes an sich, wie er so dasteht, und sie ist mit einem Mal seltsam froh, dass er mit ihr hier ist.

Ein Gedanke steigt in ihr hoch und lässt sie nicht mehr los.

»Kommst du … kommst du mit zu meiner Schwester?«

Er steht wie erstarrt da. Hat sie etwa einen Fehler gemacht und ihn falsch eingeschätzt? Ist es eine zu große Herausforderung für ihre neue und zerbrechliche … *Freundschaft*?

In welchem Verhältnis stehen sie zueinander?

Grant räuspert sich, dann nickt er.

»Sicher«, sagt er schließlich. »Wenn du mich dabeihaben willst.«

Sie denkt an Michelles Beerdigung und daran, wie er mit Pullover, Hemd und Krawatte an dem einzigen Ort aufgetaucht ist, an dem seine Anwesenheit nicht nur unerwünscht war, sondern aufs Schärfste verurteilt wurde. Sie fragt sich, ob er auch gerade daran denkt, während seine braunen Augen in ihre blicken.

»Ja«, sagt sie.

»Okay«, erwidert er leise. »Ich komme mit.«

Kapitel 12

Der Weihnachtstag in Helens mehr oder weniger agnostischem Elternhaus ist wie jedes Jahr eine vertraute Mischung aus den verschiedensten Traditionen. Helen wird gegen acht Uhr von dem Klirren der Teller und Schüsseln im unteren Stockwerk geweckt, und während sie sich die Zähne putzt und das Gesicht wäscht, steigt ihr der eindringliche *Geruch* dieses besonderen Morgens in die Nase – eine feurige Mischung aus Knochenbrühe, Jujube-Datteln und Ingwer.

Wenn sie schließlich nach unten geht, steht bereits das Frühstück bereit, das ihre Mutter für die ganze Familie vorbereitet hat, damit sich jeder nach dem Aufstehen daran bedienen kann. Dieses Jahr ist es gedämpfter und gesalzener Taro, der bereits geschält und in Plastikfolie verpackt auf sie wartet. Helen war noch nie früh genug wach, um ihre Mutter am Weihnachtsmorgen frühstücken zu sehen, und auch heute wischt sie bereits die Böden.

Helen hilft, das Wohnzimmer aufzuräumen und entfernt den Staub von den gerahmten Fotos über dem Kamin. Ihr Magen zieht sich jedes Mal zusammen, wenn sie bei dem Foto ankommt, das sie zusammen mit Michelle zeigt. Sie waren damals noch auf der Mittelschule und befanden sich in der misslichsten Phase der Pubertät. Das Foto ist während eines zufälligen Skiausflugs mit den Arbeitskollegen ihrer Eltern entstanden, und die beiden Schwestern tragen leuchtende Skianzüge in Neonfarben. Sie sehen glücklich und ganz und gar nicht aus wie sie selbst. Helen erinnert sich nicht, dass sie danach jemals wieder beim Skifahren waren, und die Arbeitskollegen verschwanden ebenfalls aus ihrem Leben wie ein Hintergrundgeräusch, das langsam und unbemerkt verstummt.

Es gibt keine Strümpfe, Kränze oder andere Deko im Haus – sie weiß noch, wie sie einmal im Dezember eine Freundin besucht und sie das Gefühl, sich mitten in einer Weihnachtskarte zu befinden, in großes Staunen versetzt hat. Im Haus ihrer Eltern bleibt Weihnachten auf den einen Raum gleich neben der Eingangstür beschränkt. Hier steht auch der Plastikweihnachtsbaum, den sie vor zwanzig Jahren beim Discounter gekauft haben und den sie jedes Jahr mit demselben Plastikschmuck dekorieren.

Trotzdem liegt eine festliche Stimmung in der Luft, als sie das rote Tischtuch aus dem Keller holt und ihrer Mom hilft, den Tisch im Esszimmer auszuziehen, damit mehr Gäste daran Platz finden.

Ihr Beitrag in diesem Jahr ist ein Gewürzcider nach dem Rezept, das ihr Tom aus dem Writers' Room gemailt hat, und den sie in einem Multikocher zubereitet. Sie macht den Fernseher an, stellt ein Programm ein, auf dem ein brennender Julblock in Dauerschleife gezeigt wird, und spielt Weihnachtsmusik über die neuen Lautsprecher, die ihre Eltern am letzten Black Friday gekauft haben. Dad bearbeitet sämtliche Teppiche mit dem Staubsauger, während Mom die Ente in den Ofen schiebt. Als Helen den Kühlschrank öffnet, ist dieser voll mit gefrorenem Tiramisu aus dem Supermarkt.

Gegen drei Uhr nachmittags kommen die ersten Freunde ihrer Eltern mit Speisen, deren Namen Helen nie gelernt hat, die ihr aber mittlerweile so vertraut sind, dass sie ihre eigenen Namen dafür erfunden hat – *das Gericht aus chinesischen Morcheln, das alle so gern essen; das Grünzeug mit der leckeren dunklen Sauce; die dünnen, durchsichtigen Spaghetti mit dem in Streifen geschnittenen grünen Gemüse und dem Schweinehack.*

Die Gäste begrüßen sie und drücken ihr gleich an der Tür

einen *Hongbao* – einen roten Umschlag mit frischen Bankno-
ten – in die Hand, wobei ihre Mom sie jedes Mal in die Seite
stößt, damit sie nicht vergisst, sich zu bedanken, als wäre sie
immer noch zwölf Jahre alt. Helen ist es wie immer peinlich,
diese Bargeldumschläge anzunehmen – ihre Eltern waren Anfang dreißig, als sie begonnen haben, diese Geschenke an die
Kinder ihrer Freunde auszuteilen.

Manchmal bringen die befreundeten Eltern auch ihre Kinder mit – Kinder, die mittlerweile genauso erwachsen sind wie
Helen. Dieses Jahr ist Theo Jiao dabei, der gerade das dritte
Jahr als Assistenzarzt in irgendeinem Schulungskrankenhaus
absolviert – Helen hat mittlerweile aufgehört, dem Gespräch
zu folgen. Unweigerlich kommt irgendwann der Moment, in
dem das Gespräch am Esstisch in einen auf bescheidene Weise
vorgetragenen, prahlerischen Wettstreit zwischen den Eltern
mündet.

»Helen hat mit ihrer TV-Serie so viel um die Ohren, dass
sie praktisch nie anruft.«

»Theo schläft nicht annähernd genug. Er arbeitet rund um
die Uhr für seinen Abschluss in Kardiologie.«

Darauf folgen nicht gerade subtile, scherzhaft angehauchte,
aber dennoch todernste Spekulationen darüber, warum sich
Helen und Theo nicht schon längst daten, heiraten und Babys
miteinander bekommen.

Nach dem Essen schaltet Dad den Fernseher an, und die Erwachsenen (für Helen sind es immer noch »die Erwachsenen«)
unterhalten sich, während Theo und sie sich *Titanic* ansehen.

»Echt cool, dass sie eine Fernsehserie aus deinen Büchern
machen«, meint Theo. »Ich weiß noch, dass du als Kind während der Familientreffen immer gelesen hast. Mom hat deine
Bücher der örtlichen Bibliothek gespendet.«

Jetzt hat Helen ein schlechtes Gewissen, weil sie ihm vorhin nicht genau genug zugehört hat.

»Das ist wirklich nett von ihr«, erwidert sie. »Meine Eltern sind auch sehr stolz auf dich. Sie haben mir Fotos von deinem Abschluss an der medizinischen Fakultät geschickt.«

Helen fragt sich, ob Theo tatsächlich Single ist oder ob zu Hause eine Freundin darauf wartet, dass er sie anruft, wenn das alles hier vorbei ist. Ihre Freundschaft war immer Mittel zum Zweck, um während der endlosen chinesischen Familienzusammenkünfte jemanden zum Reden zu haben, der ohne große Erklärungen sofort verstand. Vielleicht wäre wirklich alles viel einfacher, wenn sie sich ineinander verlieben würden, und Helen erinnert sich dunkel daran, dass es einmal eine Zeit gab, in der sie glaubte, sie hätte sich in ihn verliebt. Sie hat sogar ihre Flirtkenntnisse an ihm erprobt, doch es ist nie irgendetwas dabei herausgekommen – vielleicht hat das Wissen, wie sehr sich ihre Eltern eine solche Verbindung wünschen, ihrer Beziehung jegliches Potenzial geraubt.

Theo schaut auf sein Handy, und Helen nimmt es als Zeichen, dass es nicht unhöflich ist, auch einen Blick auf ihr Telefon zu werfen. Es gibt viele Grußbotschaften in ihrer Young-Adult-Autoren-Gruppe und einige Nachrichten aus dem *Ivy-Papers*-Writers'-Room, wo gerade eine Diskussion über den in Owens Familie ausgetragenen Wettbewerb läuft, wer von den Anwesenden den hässlichsten Weihnachtspullover trägt. Sie schickt ein weihnachtliches Emoji und stimmt für Owens Onkel. Ihr Handy piept, und es ist eine Nachricht von Grant, die an sie persönlich gerichtet ist.

> Bleibt es bei morgen?

> Aja, und fröhliche Weihnachten.

Grant erinnert sich noch daran, dass Weihnachten in seinem Elternhaus früher das Highlight der Jahreszeit war, das niemand verpassen wollte. Seine Mom schmückte sämtliche Zim-

mer und engagierte Landschaftsarchitekten, die eine spektakuläre Lichtershow auf dem Haus und im Garten installierten,
und er war jedes Jahr unheimlich stolz darauf, das Haus auf
dem Hügel sein Zuhause zu nennen. Mom zwang ihn, seinen
besten Anzug zu tragen und am Weihnachtstag in die Kirche
zu gehen, und die ganze Familie kam zum Essen, für das eigens ein Caterer engagiert wurde.

Im ersten Jahr auf dem College wurde die Tradition noch
beibehalten, doch im Jahr darauf hatten sich seine Eltern bereits getrennt, und seine Mom meinte, es wäre zu viel Aufwand
für zwei Leute. Stattdessen besuchten sie die Weihnachtsparty
einer Freundin, die Mom aus dem Buchclub kannte. In den
letzten Jahren wollte Mom gar nicht mehr aus dem Haus
(»Die Straßen sind vereist, und es ist viel zu viel Aufwand, um
auf irgendeiner langweiligen Party zu hocken.«). Grant verbringt das Weihnachtsessen zwar immer noch mit ihr zusammen, aber mittlerweile sind nur noch sie beide übrig.

In diesem Jahr scheint seine Mom allerdings ausnahms-
weise in Weihnachtsstimmung zu sein. Sie summt vor sich hin,
während sie den Braten zubereitet, und bietet ihm ein Glas
Wein an.

»Das sind unsere letzten Weihnachten in diesem Haus!«,
ruft sie fröhlich und summt weiter.

Grant kommt der Gedanke, dass es möglicherweise auch
einer seiner letzten Aufenthalte in Dunollie sein wird, wenn
sich das Haus wirklich so schnell verkauft, wie der Immobilienmakler vermutet.

»Du musst alles, was ich nicht wegwerfen soll, kennzeich-
nen«, hat Mom ihm kurz nach seiner Ankunft aufgetragen.
»Dann schicke ich es dir, wenn es so weit ist.«

Grant hat nicht genug Platz in seinem Haus, um all die Andenken an seine Kindheit und Jugend unterzubringen, und eigentlich will er sie auch gar nicht bei sich haben.

Aber er hat seine Mom bereits erwischt, wie sie über einem

seiner Football-Pokale bittere Tränen vergoss, und er weiß, dass sie nicht zulassen wird, dass er das Zeug zusammen mit dem Weihnachtsbaum an den Straßenrand stellt, damit der Müllwagen alles mitnimmt. Vermutlich wird sie es in irgendeinem angemieteten Lagerraum unterbringen und unnötig Geld verschwenden, um unbedeutende Erinnerungen zu bewahren.

Also klebt er Post-its auf zufällig ausgewählte Dinge – seine alten Jahrbücher, ein paar Romane, einen Football. Es wird einfacher sein, alles zu entsorgen, wenn es erst mal bei ihm in L.A. gelandet ist.

Sein Telefon piept, und er ignoriert die alte Regel, dass Handys am Esstisch verboten sind, denn Lisa Shepard tanzt ohnehin gerade zur Musik von Bobby Vinton durch die Küche.

Es ist eine Nachricht von Helen.

Ist 16 Uhr zu spät? Ich muss vormittags beim Aufräumen helfen.

Er sendet ein Daumenhoch, und ihre nächste Nachricht beinhaltet den Standort des Somerset-Grove-Friedhofs, gefolgt von:

Wir treffen uns auf dem Parkplatz am Fuße des Hügels.

Nachdem ihm ein neuerliches Daumenhoch zu seltsam erscheint, überlegt er einen Moment, dann schreibt er:

Danke, dass du mich dabeihaben willst.

Kapitel 13

Grant kauft noch schnell einen Blumenstrauß im Supermarkt, weil er sich bis zuletzt nicht sicher war, wie man sich in solchen Situationen verhält, dann aber doch beschlossen hat, dass er lieber etwas mitbringt, als mit leeren Händen dazustehen. Die Mitarbeiterin an der Kasse schenkt ihm ein nachsichtiges Lächeln, als er die Blumen auf das Band legt, und der Gedanke, dass sie etwas Falsches in diesen Kauf hineininterpretiert, ist ihm unangenehm.

Er fährt durch das gusseiserne Friedhofstor und stellt fest, dass der Parkplatz beinahe voll ist. Es ist nachvollziehbar, dass viele Menschen an Weihnachten ihre verstorbenen Lieben besuchen möchten.

Helen steht in einen dicken Wollmantel gehüllt vor ihrem Auto, und er hat ein schlechtes Gewissen, weil sie in der Kälte auf ihn warten musste.

»Bitte entschuldige«, sagt er und hebt den Blumenstrauß. »Ich war mir nicht sicher, ob ich etwas mitbringen soll.«

»Nein, das ist sehr nett«, erwidert sie. »Hier entlang.«

Sie führt ihn den Kiesweg entlang den Hügel nach oben, vorbei an den ältesten, von Flechten bedeckten Grabsteinen des Friedhofs, zwischen denen knorrige Bäume aus der Erde ragen. Im Frühling oder Sommer bieten sie bestimmt einen malerischen Anblick, aber heute tauchen sie den Ort in eine schaurige Winteratmosphäre. Der Schnee, der vor ein paar Tagen gefallen ist, ist mittlerweile fort, aber die Erde unter ihren Schuhen ist immer noch feucht und dunkel.

Helen trägt Stiefel mit Absatz, und unter ihrem langen kamelbraunen Mantel blitzt immer wieder eine dunkle, glänzende Strumpfhose hervor.

Als sie am obersten Punkt des Hügels angekommen sind, wird sie langsamer, bis sie neben ihm geht, und ihre Ellbogen stoßen immer wieder aneinander, während sie sich auf dem unebenen Pfad vorantasten.

»Wie war dein Weihnachtstag?«, fragt sie.

»Gut«, sagt er, dann überlegt er zum ersten Mal, wie es wirklich war, und fügt hinzu: »Ganz in Ordnung. Nicht gerade berauschend. Bloß ein gewöhnliches Essen zu Hause. Aber das war schon okay. Ich bekomme in den Tagen vor meiner Abreise aus L.A. immer genug Weihnachtsstimmung ab.«

Sie nickt. »Weihnachten in L.A. ist etwas völlig anderes. Kein Schnee.«

»Den gibt es hier dieses Jahr auch nicht.«

»Ja, aber es besteht die Möglichkeit, und das macht einen großen Unterschied, finde ich.«

»Im Grove gibt es zumindest Kunstschnee«, wendet Grant ein und sieht kurz die exklusive Einkaufsstraße in Mid-City vor sich. »Sie lassen es jede Stunde schneien – mit Seifenflocken.«

»Das ist nicht dasselbe.«

»Nein, aber es macht trotzdem Spaß.«

Helen lächelt und wird noch langsamer. Sie deutet auf eine Reihe aus Grabsteinen direkt vor ihnen. »Sie liegt da drüben.«

Grants Herz klopft ein wenig schneller, und seine Muskeln ziehen sich zusammen. Helen sieht ihn an und scheint wie immer viel zu viel in ihm zu erkennen.

»Komm«, sagt sie leise und schiebt ihre Hand in seine, um ihn zu dem Grab zu führen.

Kurz darauf halten sie vor einem Grabstein aus dunklem Marmor inne.

MICHELLE ZHANG
24. Mai 1992 – 7. Juni 2008
Geliebte Tochter, Schwester, Freundin

Helen sieht zu, wie Grant in die Hocke geht und die Supermarktblumen vor den Grabstein legt. Der Strauß ist in festlich dekoriertes Zellophan gewickelt, und es fühlt sich beinahe so an, als wollte er ihrer toten Schwester fröhliche Weihnachten wünschen. Sie setzt sich ins Gras, und er setzt sich neben sie.

»Warum bist du an dem Tag in die Kirche gekommen?«, fragt sie.

Er zögert, und ihr wird klar, dass sie sich immer noch an den Händen halten. Er betrachtet nachdenklich ihre ineinander verschränkten, behandschuhten Finger.

»Ich hatte das Gefühl, ich müsste hin«, sagt er schließlich. »Ich wollte nicht, aber ich … ich hatte das Gefühl, dass ich es ihr schuldig bin, oder so. Im Nachhinein gesehen war es eine dumme Idee. Ich habe nur an mich gedacht und nicht daran, wie sich ihre Familie dabei fühlen wird. Fairerweise muss man sagen, dass mein Dad versucht hat, es mir auszureden.«

»Es war sicher schwer für dich«, sagt sie, und er lacht freudlos.

»Schwer für mich«, murmelt er. »Du hast deine Schwester verloren.«

Helen richtet den Blick auf den Grabstein, während er sanft ihre Hand drückt.

»Meine Eltern haben mich gebeten, ihnen bei der Inschrift zu helfen. Ich habe ihnen absichtlich diesen schrecklich nichtssagenden, völlig austauschbaren Vorschlag gemacht.« Sie betrachtet den Grabstein eine gefühlte Ewigkeit lang, bevor sie sich wieder zu ihm dreht. »Wusstest du, dass dein Selbstmordrisiko steigt, wenn jemand aus deiner Familie Selbstmord begangen hat?«

Grant sieht sie scharf an. Helen stößt die Luft aus.

»Das hat mir einer der Schulpsychologen erzählt. Ich hatte den ganzen Sommer über Panik, sobald ich ein Messer oder eine Schere in der Hand hielt. Was natürlich albern war. Denn nach all den Jahren … nach all den Jahren verstehe ich immer noch nicht, wie sie so etwas tun konnte.«

Sie starren in dieselbe Richtung, als würde sich die Antwort wie von selbst vor ihnen auftun.

»Nach ihrem Tod war ich schrecklich wütend auf die Organisationen, die Leuten mit Selbstmordabsichten Hilfe anbieten. Ich weiß, das klingt komisch, aber überall, wo ich hinsah, entdeckte ich Aufforderungen, dass man offen mit der Person reden soll, falls man sich Sorgen um jemanden macht. Dass man ihr sagen soll, dass man sie lieb hat. Dass sie keine Last ist. Dass man sie unterstützen soll, Hilfe in Anspruch zu nehmen. Es machte mich so wütend. Die Vorstellung, dass diese Leute glaubten, *ich* hätte etwas tun können, um Michelle davon abzuhalten, sich umzubringen.«

Helen zupft mit der freien Hand an dem Gras, dann presst sie sie auf die Erde.

»Es ist ein Spiel um Leben und Tod. Jeder glaubt, dass er das Leben eines anderen retten kann, wenn er nur die Anzeichen erkennt und die passenden Werkzeuge parat hat. Dass Michelle sich womöglich für das Leben entschieden hätte, wenn ich zum richtigen Zeitpunkt die richtigen Worte in der richtigen Kombination gefunden hätte. Aber so läuft das nicht.« Sie stößt ein kurzes, sprödes Lachen aus. »Stattdessen siehst du zu, wie sich deine Schwester immer mehr zurückzieht und sich von dir entfernt. Aber da es immer wieder auch gute Momente gibt, denkst du: *Sie ist eben ein Teenager.* Bis du erkennst, dass sie Dinge tut, die du dir nicht einmal ansatzweise vorstellen kannst – sie hatte einen Freund und einen eigenen Drogendealer, bevor ich überhaupt zum ersten Mal einen Jungen geküsst habe. Trotzdem willst du die coole große Schwester sein. Du willst nicht den Anschein erwecken, als würdest du überreagieren, und du willst sie auch nicht in Schwierigkeiten bringen. Aber sie verhält sich jedes Mal wie ein Arschloch und stößt dich von sich. Du lässt dich nicht unterkriegen und versuchst es immer wieder, auch wenn sie dich jedes Mal erneut abweist, bis du irgendwann denkst: *Na gut! Dann fick dich doch!* Und plötzlich ist sie tot.«

Die Buchstaben auf dem Grabstein sind immer noch klar und deutlich zu erkennen, und Helen muss den Blick abwenden.

»Ich habe mich geweigert, mich für ihren Tod verantwortlich zu fühlen«, erklärt sie dem Boden. »Und niemand wusste, wie er mit mir umgehen sollte. In solchen Situationen sagt dir jeder: ›Es war nicht deine Schuld.‹ Aber wenn du sagst: ›Ich weiß, dass es nicht meine Schuld war, es war ihre‹, fühlen sich die Leute unbehaglich. Und vielleicht haben sie recht. Vielleicht … vielleicht hatte Michelle in dieser Nacht keine Kontrolle über ihren Körper. Sie ist gestorben, ohne jemals einen Therapeuten besucht zu haben, niemand weiß, welche psychische Krankheit sie womöglich dazu getrieben hat. Sie war drogenabhängig, auch wenn sie nicht aussah wie eine Süchtige – zumindest nicht so, wie ich mir Süchtige immer vorgestellt habe. Sie war keine verzweifelte, obdachlose Fremde auf der Straße. Sie lebte in unserem Haus. Sie war klug, und es gab Leute, die sie geliebt haben, aber es war trotzdem nicht genug …«

Helen wischt sich eine Träne von der Wange, die aus reiner Frustration den Weg ans Tageslicht gefunden hat. »Am Montag nach ihrem Tod habe ich bei einer Selbstmord-Hotline angerufen. Ich wollte mich nicht umbringen«, erklärt sie eilig. »Ich wollte einfach mit jemandem reden, der es gewohnt ist, mit Leuten zu sprechen, die solche Absichten haben. Ich weiß noch, wie ich ihn fragte: ›Glauben Sie, dass wir in einer Welt leben würden, in der sich niemand mehr selbst umbringt, wenn jeder dieselbe Ausbildung erfahren hätte wie Sie? Wenn jeder wüsste, wie man ohne Stigmatisierung und ohne Peinlichkeiten über das Thema spricht?‹ Ich wollte wissen, ob es eine Heilung gibt, wie bei Krebs. Und ich werde nie vergessen, was der Mann am anderen Ende der Leitung gesagt hat. Er meinte: ›Nein. Ich kann dir mehr oder weniger garantieren, dass es einige trotzdem tun würden.‹ Danach habe ich aufgelegt.«

Helen holt zitternd Luft.

»Ich habe ihren Selbstmord sehr persönlich genommen«, gesteht sie lachend, doch es klingt erstickt und beinahe wie ein Schluchzen. »Sie hat all die Liebe genommen, die ich zu geben hatte, und mir anschließend ins Gesicht geschrien, dass diese Liebe nicht gut genug ist. Es war vermutlich nicht die gesündeste Art, an die Sache heranzugehen, aber ich … ich hatte es so satt, immer die Vernünftige und psychisch Stabile zu sein.«

Ihr Atem geht abgehackt, und sie spürt Grants warmen Körper neben sich. Seine linke Seite presst sich an ihre rechte, während sie sich selbst befiehlt, auf keinen Fall zu weinen. Grant verlagert den Arm kaum merklich – nicht so viel, um ihn um ihre Schultern zu legen, aber genug, um ihn unterstützend im Rücken zu spüren.

»Kanntest du sie überhaupt?«, fragt sie mit belegter Stimme.

»Nein«, erwidert er heiser, und es scheint lange her, dass er etwas gesagt hat. »Möglich, dass sie mit Leuten befreundet war, die ich kannte, aber ich habe damals auf solche Dinge nicht wirklich geachtet.«

»Sie war … laut, fröhlich und unberechenbar«, erzählt Helen und denkt an viele lautstarke Streits während langer Autofahrten und plötzliche, unerwartete Bekundungen schwesterlicher Liebe. »Es war, als würde Michelle ihre Empfindungen – egal, ob gut oder schlecht – stärker wahrnehmen als die anderen in unserer Familie. Sie konnte auch echt witzig sein. Wir stritten, wie Schwestern sich eben streiten – ›Du hast meinen Pullover geklaut!‹, ›Du warst eine echte Zicke, dabei war ich wirklich total fertig!‹ –, und plötzlich kam sie mit einer kurzen prägnanten Ansage, die so unglaublich gemein, aber gleichzeitig so witzig war, dass ich nicht mehr wirklich böse auf sie sein konnte, weil ich am liebsten laut losgelacht hätte. Sie hätte wohl eine gute Comedian abgegeben, wenn sie das gewollt hätte. Aber im Grunde habe ich keine Ahnung, was … was sie gewollt hätte.«

»Gab es einen Abschiedsbrief?«, fragt Grant leise.

»Nichts Handgeschriebenes«, erwidert Helen und ist seltsam dankbar für die Gelegenheit, mit ihm darüber zu reden. »Aber falls sie versucht hat, etwas zu schreiben, dann befand es sich auf ihrem Laptop. Sie war richtiggehend besessen von dem Ding. Ich habe ihre Backup-Festplatte, und ich habe alles immer wieder durchsucht, aber nie etwas gefunden.«

»Tut mir leid«, murmelt Grant, und sie fragt sich, wofür er sich entschuldigt.

»Wir haben sie im chinesischen Teil des Friedhofs begraben. Sie verbringt ihre Ewigkeit also in der Gesellschaft ihrer Großmütter und Großväter und den Rektoren der chinesischen Schule, die nie etwas für sie übrig hatten. Wenn es Geister gibt, macht sie ihnen sicher die Hölle heiß.«

»Glaubst du, dass du auch hier begraben wirst?«, fragt er.

Es ist eine unverblümte, existenzielle Frage, über die sie bereits nachgedacht hat.

»Nein«, sagt sie. »Ich habe immer schon davon geträumt, dass meine Asche an einem ganz besonderen Ort verstreut wird. Das Problem ist, dass ich nie derart starke Gefühle für einen Ort entwickelt habe. Ich mag viele Orte, aber reicht es, um eine Ewigkeit dort zu verbringen? Wobei das vermutlich ohnehin keine Rolle spielt. Ich mache mir einfach zu viele Gedanken.«

»Ich habe irgendwo gelesen, dass man seinen Körper auch

zu einer Art organischen Pampe verarbeiten lassen kann, und dann wird ein Baum über dir gepflanzt«, erzählt er.

Es fühlt sich makaber an, darüber zu reden, wie Körper zu Pampe verarbeitet werden, während sie seinen Körper so warm und stark und beständig an ihrem spürt. Sie lehnt den Kopf an seine wartende Schulter.

»Was für ein Baum wäre das?«, fragt sie.

»Keine Ahnung«, sagt er, und sie spürt das tiefe Brummen seiner Stimme in ihrem Körper. »Ich schätze, was Bäume betrifft, habe ich das gleiche Problem wie du mit dem besonderen Ort.«

Helen hebt ein Stück weit den Kopf und mustert Grant Shepard, der ihr so nahe ist wie nie zuvor. »Ich würde sagen, du wärst eine Eiche. Eichen sind so etwas wie die Golden Retriever unter den Bäumen.«

Grant lacht – und dieses Mal ist es ein echtes Lachen. Ein Geräusch, das nicht hierher auf den Friedhof passt. Helen blickt in die Ferne und versucht, sich einen friedlichen Park anstelle dieser letzten Ruhestätte vorzustellen.

»Ich war noch nie ohne meine Eltern hier«, sagt sie. »Ich war lange Zeit wirklich wütend auf Michelle. Außerdem ist es ein deprimierender Ort.«

»Danke, dass du mich mitgenommen hast«, sagt er und drückt ihr einen sanften Kuss auf die Schläfe.

Sie schweigen beide eine ganze Weile, und einen Moment lang lauscht Helen ihren synchronen Atemzügen und dem Wind.

»Kein Problem«, sagt sie schließlich und wendet den Blick ab. »Wir sollten uns allerdings langsam auf den Weg machen, bevor es dunkel wird.«

Er streckt ihr die Hand entgegen, um sie hochzuziehen, und sie greift danach.

»Hast du Hunger?«, fragt er.

»Ein wenig«, sagt sie, auch wenn es nicht stimmt.

Der Weg ist steinig, und er berührt sanft ihren Ellbogen, während sie sich den Hügel nach unten tasten.

»Komm doch zum Abendessen zu uns«, sagt er. »Wir haben ohnehin immer viel zu viel gekocht.«

»Wäre das denn okay?«, fragt sie mit hochgezogenen Augenbrauen.

»Klar«, sagt er. »Du kannst gern mitkommen.«

Kapitel 14

Helen gibt Grants Adresse in ihr Navi ein, auch wenn sie nach den jahrelangen Busfahrten zur Schule auch ohne Hilfsmittel sofort dorthin finden würde. Nach Osten auf die Route 22, dann den Hügel hinauf, am Washington Rock vorbei bis zu der Sackgasse, die in die (mittlerweile nicht mehr ganz so neue) Siedlung aus Neubauten führt. Danach liegt das Haus gleich nach dem Stoppschild auf der rechten Seite.

Sie klingelt und erkennt an Mrs Shepards fröhlicher Begrüßung, dass Grant seine Mutter bereits darauf vorbereitet hat, wer vorbeikommen wird.

»Wie schön, dass Sie uns besuchen!«, erklärt Lisa (sie besteht darauf!). »Grant ist oben und macht sich frisch. Darf ich Ihnen den Mantel abnehmen?«

Helen versucht, sich nicht mit großen Augen umzusehen. Die Einrichtung des alten viktorianischen Hauses wirkt irgendwie vertraut, obwohl sie es noch nie betreten hat. Sie kennt die opulente Pfauentapete im Wohnzimmer (»Sind wir nicht vornehm?«) als Hintergrund zahlreicher Fotos von Partys, die sie nie besucht hat, bei denen sie allerdings dank Facebook trotzdem hautnah mit dabei war. Im Eingangsbereich steht ein antiker Schirmständer, und es gibt eine fröhliche kleine Tafel mit der Aufschrift »Gott segne dieses Haus mit Liebe und Glück«. *Hier ist Grant Shepard aufgewachsen.*

Sie macht einen Abstecher auf die Toilette und wäscht sich die Hände, während sie ihr Gesicht im Spiegel betrachtet. Glücklicherweise hatte sie heute Lust auf Accessoires. Das

schwarze Sweatkleid ist zwar eher leger, aber mit der goldenen Kette und den Ohrringen sieht es nicht zu sehr nach einer bequemen Lösung für eine Beerdigung aus. Nach einigem
Hin und Her bindet sie ihre langen Haare zu einem Pferdeschwanz zusammen, dann schreibt sie ihren Eltern:

> Bin zum Essen bei Freunden. Wartet
> nicht auf mich.

Grant hilft seiner Mutter gerade beim Tischdecken, als sie
ins Esszimmer tritt. Er trägt ein altes Highschool-Sweatshirt
der Dunollie Warriors, das sie ebenfalls besitzt, aber irgendwo
ganz hinten im Kleiderschrank vergraben hat.

»Kann ich helfen?«, fragt sie und umfasst die Stuhllehne
mit beiden Händen, damit diese wenigstens irgendetwas zu
tun haben.

»Nein, nein«, erwidert Lisa, die mit einem Teller voller
dampfender grüner Bohnen ins Zimmer tritt. »Sie sind unser
Gast. Ach! Wein! Wir brauchen guten Wein.«

Lisa verschwindet in der Küche, und Grant lächelt kaum
merklich.

»Sie holt einen von den guten Tropfen, die sie für besondere Anlässe aufbewahrt hat.«

»Oh nein, sag ihr, dass sie nicht —«

»Wir müssen die Flaschen ohnehin trinken, bevor sie weg-
zieht«, unterbricht er sie. »Und sie trinkt nicht gern allein.«

»So, bitte sehr«, verkündet Lisa, als sie mit zwei Flaschen
zurückkommt. »Ein hübscher Roter und ein herrlicher Wei-
ßer. Den habe ich zufällig beim Stöbern entdeckt und dachte
mir: *Warum nicht?*«

Grant verdreht die Augen. »Helen wird glauben, dass wir
sie abfüllen wollen, Mom.«

»Falls es dazu kommt, kann sie gern ein Nickerchen auf
der Couch machen«, erwidert Lisa mit einem verschmitzten

Zwinkern. »Das mache ich immer, wenn ich es ein bisschen übertrieben habe.«

Sie essen Bratkartoffeln, grüne Bohnen und die Reste des Schmorbratens und trinken vor dem Nachtisch Portwein, den Lisa überraschend hervorzaubert, und am Ende weiß Helen mehr über Grants Mom als über ihn. Lisa erzählt von ihren Recherchen zu den verschiedensten Schaffarmen in Irland und davon, wie sie ihre Auswahl auf zwei Möglichkeiten eingegrenzt hat. Die eine Farm sucht längerfristige Unterstützung und ist ein wenig weiter von den Orten in Irland entfernt, die sich Lisa gern ansehen würde, die andere bietet eine kürzere Anstellung, aber vielleicht stellt sich das im Nachhinein als Segen heraus – »*Du weißt immerhin nie, was am Ende des Regenbogens der Möglichkeiten auf dich wartet.*« Lisa erzählt Helen von ihrer Kindheit in Bucks County, Pennsylvania, und wie es war, als Nachbarsmädchen der Shepard-Brüder aufzuwachsen. »*Sehr gut aussehend, sehr begehrt, die beiden.*« Dann erinnert sie sich an ihre Hochzeit und erzählt strahlend, dass sie neulich ihr Brautporträt im Keller gefunden hat.

»Einen Moment bitte«, sagt sie und verschwindet eilig die Treppe nach unten.

Helen wirft einen Blick zu Grant und muss unwillkürlich lachen, als sie sein gequältes Gesicht sieht.

»Tut mir leid«, sagt er. »Sie hat nicht mehr so oft Kontakt mit Leuten, die sie noch nicht kennt.«

»Sie ist bezaubernd«, erwidert Helen. »Jetzt weiß ich, warum du so gut mit Leuten reden kannst.«

»Ich bin gut darin, andere zum Reden zu bringen«, meint Grant. »Sie redet gern über sich selbst. Das ist ein Unterschied.«

Lisa taucht mit einem gerahmten Foto wieder auf, das sie an ihrem Hochzeitstag in einem Kleid im viktorianischen Stil mit Puffärmeln und Spitzenkragen zeigt. »Das war damals in

Mode«, erklärt sie. »Ich habe mich an diesem Morgen für das schönste Mädchen in Bucks County gehalten.«

»Sie waren eine wunderschöne Braut«, sagt Helen und meint es auch so.

»Mhm.« Lisa nickt und betrachtet das Foto mit liebevollem Blick. »Ich war eine Augenweide. Aber das Foto ist trotzdem im Keller gelandet. Ha! So ergeht es diesen Dingen eben manchmal.«

Grant seufzt hörbar, und Lisa wendet sich lachend zu ihm um.

»Er schämt sich«, erklärt sie. »Es ist schön, ihn mal wieder in Verlegenheit zu bringen. Es ist Ewigkeiten her, dass er zuletzt Freunde hier zu Gast hatte.«

»Mom, können wir die alten Geschichten und das Vorführen diverser Andenken bitte noch vor Mitternacht abschließen?«

Lisa wirft einen Blick auf die alte Uhr in der Ecke und klatscht in die Hände. »Oh mein Gott, es ist schon nach neun! Die Zeit vergeht wie im Flug, wenn man sich gut unterhält.«

»Und dazu drei Flaschen Wein trinkt«, murmelt Grant leise, und Helen lacht.

»Helen, wollen Sie noch einen koffeinfreien Kaffee, bevor Sie sich ins Auto setzen?«

Helen presst sich eine Hand auf die Wange und spürt die Wärme des Weins. »Das wäre super, Mrs Shepard.«

Nachdem Lisa gegangen ist, mustert Grant sie misstrauisch.

»Du solltest lieber nicht fahren. Meine Mom hat literweise Alkohol in dich hineingeschüttet.«

Sie legt den Kopf auf das Tischset aus Leinen und spürt eine wärmende, angenehme Müdigkeit in sich aufsteigen.

»Ja, warum hast du das bloß zugelassen.« Sie gähnt und ihre Augen schließen sich ohne ihr Zutun.

Grant lacht – mittlerweile klingt es so vertraut für sie.

»Ich fahre dich nach Hause, sobald du etwas nüchterner bist. Du kannst deinen Wagen morgen früh abholen.«

Sie öffnet ein Auge und mustert ihn. »Die stramme Eiche.«

»Mom, bring den Kaffee doch bitte nach oben!«, ruft er in die Küche, dann klopft er vor Helen auf den Tisch. »Komm, wenn du jetzt einschläfst, kann ich dir nicht das Haus zeigen.«

Sie bewegen sich langsam die Treppe nach oben – vordergründig, um sich alte Familienfotos und gerahmte Porträts von Grant als kleiner Junge anzusehen, aber auch, weil er sicherstellen will, dass Helen nicht über das Geländer stürzt und er erklären muss, warum noch eine Zhang-Schwester völlig unerwartet und in seinem Beisein aus dem Leben gerissen wurde.

»Du bist in meinem Kindheitstraum aufgewachsen«, murmelt Helen, als er sie an dem Wohnzimmer im Obergeschoss vorbeiführt. »Ich habe meine Eltern oft angebettelt, sich auch ein solches altes Haus zu kaufen.«

»Es ist nicht so romantisch, wie du vermutest«, erwidert Grant. »Die Türen schließen nicht richtig, die Heizung klingt, als hätten die vier Hausgeister unsere Katze verschluckt, und morgens ist es um diese Jahreszeit arschkalt.«

Helen kichert und schiebt sich an ihm vorbei in den nächsten Raum.

»Und das ist dein Zimmer?«, fragt sie leicht verwundert und sieht sich mit solchem Eifer um, dass er am liebsten ein Foto von ihr – *der echten, unverstellten Helen* – gemacht hätte. »Du hast sogar eine Couch.«

»Jap.« Er lehnt sich gegen den Türrahmen, während sie sein Bücherregal inspiziert.

»Jede Menge Sci-Fi«, meint sie mit Blick auf seine Taschenbuch-Sammlung.

»Hard Fantasy«, korrigiert er aus einem Reflex heraus.

Sie lacht und wirft ihm ein zweideutiges Lächeln zu. »Schmutzig.«

Sein Magen zieht sich zusammen, und er dreht sich eilig zu einer Kiste um, die neben dem Bett steht.

»Das hier könnte dich interessieren.« Er zieht ein dickes, in Leder gebundenes Jahrbuch hervor. »Ich glaube, es ist sogar eine Ausgabe der Schülerzeitung dabei.«

»Du machst Witze!«, ruft sie und eilt zu ihm.

»*Klopf, klopf*«, sagt seine Mom leise, und sie heben beide den Blick und sehen zur Tür. Lisa hält ein silbernes Tablett mit Kaffee in den Händen. »Ach, wie nett, ihr habt euer altes Jahrbuch gefunden!«

»Mom«, zischt Grant.

»Ich lasse das Tablett einfach hier stehen«, erklärt sie eilig und stellt es neben der Couch ab. »Schönen Abend noch.«

Sie zieht die Tür hinter sich zu, sodass sie noch einen kleinen Spaltbreit offen steht, und Grant schließt sie mit Nachdruck. Er versucht, nicht weiter auf die immer schlimmer werdenden Kopfschmerzen zu achten, die nach dem Abendessen begonnen haben, als seine Mutter ihr Familienleben Stück für Stück vor Helen ausbreitete. *Was hast du denn erwartet, als du sie eingeladen hast? Warum hast du das überhaupt getan?* Grant beschließt, auch diese Gedanken zu ignorieren, als er sieht, wie Helen sich mit dem Jahrbuch auf die Couch wirft.

»Ich weiß nicht einmal mehr, wo meines ist«, sagt sie und legt zwanglos die Beine hoch.

Seine Finger zucken, und er verspürt das seltsame Verlangen, ihren in der dunklen Strumpfhose steckenden Unterschenkel zu berühren. Stattdessen lässt er sie zur Seite rücken und setzt sich ans andere Ende der Couch, sodass ihr Kopf an seinem Oberschenkel ruht. Sie scheint das allerdings nur als Übergangslösung zu betrachten und rutscht weiter zurück, bis ihr Kopf in seinem Schoß liegt.

Verdammt noch mal. Seine Hände schweben einen Moment

lang verlegen in der Luft, während sie das Jahrbuch dreht, sodass sie beide darin lesen können. Schließlich legt er die linke Hand auf ihre Haare und greift mit der rechten ebenfalls nach dem Jahrbuch, damit es ihr nicht aus den Händen rutscht.

»Uff, wir haben unsere Augenbrauen damals wirklich viel zu dünn gezupft«, murmelte sie und blättert durch die Seiten mit den Porträts der zwölften Klasse.

Sein Daumen gleitet über ihre Schläfe und berührt gerade noch ihre Augenbraue.

»Aber deine sind zumindest nachgewachsen«, sagt er und spürt, wie ein Lachen durch ihren Körper geht.

»Da bist du«, sagt sie und betrachtet sein Porträt.

»Hm«, meint er, während sein Blick seinen Fingerspitzen folgt, die langsam durch ihre Haare gleiten.

Sie schließt die Augen und lässt zufrieden seufzend die Luft entweichen, und er zwingt seine Finger innezuhalten, ehe er etwas Dummes tut.

»Blättere du weiter zu den außerschulischen Aktivitäten. Meine Arme sind schon ganz schwer«, meint sie und deutet mit einem Nicken auf das Jahrbuch.

Er nimmt es und blättert pflichtbewusst weiter. Sie zieht sich mit der freien Hand das Samt-Haargummi aus den Haaren, dann legt sie den Kopf zurück in seinen Schoß und greift wieder nach dem Buch.

Seine linke Hand kehrt ohne sein Zutun zu ihren Haaren zurück. Dieses Mal gleiten seine Fingerspitzen tiefer und massieren ihre Kopfhaut.

»Ich habe dieses Outfit gehasst«, sagt sie mit Blick auf ein Gruppenfoto der Schülerzeitung. »Aber meine Schwester hat sich das Shirt ausgeliehen, das ich eigentlich tragen wollte.«

»Du siehst trotzdem süß aus«, sagt er, und seine Stimme klingt irgendwie rau.

Helen sieht lachend zu ihm hoch. »Hättest du das bloß damals schon zu mir gesagt – es hätte mir das Jahr gerettet.«

Er lächelt, legt die Hand auf ihr Kinn und dreht ihren Kopf wieder zurück in Richtung Jahrbuch. Seine rechte Hand hält einen Moment lang inne, dann lässt er den Knöchel seines Zeigefingers ihr Kinn entlanggleiten. Vielleicht bildet er es sich nur ein, aber es scheint, als würde sie sich an ihn schmiegen wie eine Katze, die sich nach Streicheleinheiten sehnt.

Sie blättert weiter, bis sie die Fotos des Schülerrates gefunden hat. »Da bist du ja wieder«, murmelt sie.

»Ja, da bin ich wieder«, stimmt er ihr zu, und seine Fingerknöchel streichen ein letztes Mal über ihr Kinn, bevor sie weiter zu ihrem Hals wandern und über ihrer Halsschlagader innehalten. Dieses Mal bildet er es sich nicht ein. Sie lehnt sich dagegen und schmiegt die Wange an die Innenseite seines Handgelenks.

»Erinnerst du dich noch, worum es in deinem Wahlkampf ging?«

»Nein«, sagt er, und sein Atem stockt, während er die Rückseite seiner Finger über ihr Gesicht gleiten lässt, sodass sie die Haut kaum berühren, und die Hand kurz vor ihren Lippen schließlich anhebt.

»Ich schon«, murmelt sie, und die Bewegung führt dazu, dass ihre Unterlippe über seinen Daumen streicht.

Er schluckt, denn nun befindet sich sein Daumen zwischen ihrer Ober- und ihrer Unterlippe.

»Was?«, fragt er, denn er weiß nicht mehr genau, worüber sie gerade reden.

Sie fährt mit der Unterlippe seinen Daumen entlang, und im nächsten Moment ist er so hart wie nie zuvor. Es wäre ihm peinlich, wenn er nicht so scharf wäre. Sie dreht den Kopf um wenige Millimeter und drückt einen sanften, warmen Kuss auf die Spitze seines Daumens. *Was soll das, verdammt?*

»Du hast versprochen, die Parkplatzlotterie zu reformieren und Geld für einen neuen Rasen auf dem Football-Feld zu sammeln.«

Sie schaut zu ihm hoch, und er schluckt schwer.

»Oh«, meint er.

Er lässt den Daumen über ihre Lippe nach unten gleiten und legt ihn stattdessen auf ihr Schlüsselbein, während er versucht, die immer stärker werdende Hitze in seinem Bauch zurückzudrängen.

»Ich habe deine Wahlkampfleiterin interviewt«, erklärt Helen, doch ihre Worte ergeben kaum noch Sinn. Sie tippt mit dem Finger auf eines der Mädchen auf dem Foto. »Ich glaube, sie war scharf auf dich.«

Seine Finger strecken sich und streichen über ihr Schlüsselbein, wo sie sich Millimeter für Millimeter weiter an den Ausschnitt ihres Sweatkleides heranwagen.

»Du hättest besser mich interviewen sollen«, sagt er mit rauer Stimme.

Sie schüttelt langsam den Kopf, und es wäre schon ein Wunder, wenn sie seine Erektion nicht durch den Stoff seiner Jeans spüren würde.

»Du hast dich nicht rechtzeitig zurückgemeldet«, seufzt sie. »Ich hatte eine Deadline.«

»Arme Helen«, sagt er, und seine rechte Hand hat es endgültig aufgegeben, ihr etwas vorzuspielen, denn ein frecher Finger schiebt sich gerade unter den Träger ihres BHs. Wobei er immer Kontakt zu dem Gummi hält, als würde das etwas beweisen. »Immer auf der Jagd nach der nächsten Deadline.«

»Grant«, sagt sie mit einem jammernden Krächzen, das für ihn mit einem Mal das aufreizendste Geräusch auf der ganzen verdammten Welt ist.

»Hm?« Er zeichnet langsame Kreise auf ihre Schulter.

Sie lacht. »Mach das mit den Haaren noch einmal«, murmelt sie.

Er zieht die rechte Hand langsam vom Stoff ihres Kleides und massiert ihren Kopf mit beiden Händen.

»Das fühlt sich so gut an«, flüstert sie.

Er traut sich nicht, ihr zu antworten, und konzentriert sich stattdessen darauf, mit etwas mehr Druck weiterzumassieren.

Sie legt das schwere Jahrbuch auf ihrer Brust ab, streckt eine Hand nach oben, und ihre Fingerspitzen tasten nach seiner Wange.

Er neigt den Kopf und versucht, nicht hörbar zu seufzen, als ihre warme Handfläche seine Bartstoppeln berührt. Ihre Finger bewegen sich auf unschuldige Weise zu seinen Lippen, und er stößt unwillkürlich ein kurzes, leises Lachen aus. Er drückt einen schnellen, federleichten Kuss auf ihren Zeigefinger, und sie lässt die anderen Finger wie zufällig folgen, sodass er jede einzelne Fingerspitze küsst.

Als der kleine Finger an der Reihe ist, kann er nicht widerstehen und zieht ihn zwischen seine Lippen, um die Zunge an der Unterseite entlanggleiten zu lassen.

Sie tippt ihm mahnend gegen die Lippen, sobald er ihn wieder freigegeben hat, als hätte er damit eine unausgesprochene Regel gebrochen.

Er lacht und murmelt. »Tut mir leid.«

Er nutzt die Gelegenheit, um einen Kuss auf ihre Handfläche zu drücken, doch sie zieht die Hand fort. Stattdessen greift sie nach seinen Händen und zieht ihn daran gerade weit genug nach unten, dass sein Gesicht direkt über ihrem ist. Ihre Augen sind geschlossen, aber er erkennt an dem schnellen Pochen ihrer Halsschlagader, dass sie genauso hellwach ist wie er.

Sie atmet einige Male langsam zitternd ein und aus, und das Dröhnen des Blutes in seinen Ohren beruhigt sich gerade genug, um ihr leises Seufzen zu hören.

»Kann ich hier schlafen?«, fragt sie, während seine Daumen über ihre Haut gleiten. *Vor und zurück, vor und zurück.*

»Wenn du möchtest«, antwortet er mit einem leisen, rauen Knurren. Er wartet auf ihre Antwort, doch es kommt nichts. Er spürt ihren Puls erneut. Er geht langsam und ruhig. Vielleicht ist sie doch eingeschlafen. »Ich hole dir eine Decke.«

Er lehnt seinen Kopf einen Moment lang an die Wand hinter der Couch. *Reiß dich zusammen, Shepard.* Dann schiebt er sie sanft von seinem Schoß und steht auf. *Runter mit dir, Junge.* Er trinkt seine Kaffeetasse mit einem Zug leer, dann macht er sich auf den Weg ins Badezimmer, um eine Decke aus dem Schrank zu holen, bevor er wieder in sein Zimmer zurückkehrt.

Er runzelt die Stirn, als er den Helen-förmigen Abdruck auf der Couch entdeckt. Ein leises, dumpfes Geräusch, das von unten hochdringt, lässt ihn ans Fenster treten. Nachdem sich seine Augen an die Dunkelheit gewöhnt haben, sieht er, wie ihr Wagen aus der Einfahrt biegt.

Verdammt.

Grant schließt die Zimmertür und lässt die Decke auf die Couch fallen. Sein Blick fällt auf etwas Schwarzes, Samtiges. Ihr Haarband.

Er lehnt sich über die Couch und nestelt an seinem Reißverschluss, bis er sich daraus befreit hat. Dann schließt er die Augen und streichelt sich selbst, während er an ihre seidigen Haare denkt. *Grant, mach das mit den Haaren noch mal, das fühlt sich so gut an.* Weiche, sich sanft bewegende Finger. *Tut mir leid.* Volle Lippen und der Hauch einer Zunge auf seinem Daumen. *Das fühlt sich so gut an.*

Er schnappt hektisch und zitternd nach Luft, als er kommt, und bricht über der Couch zusammen, während der Orgasmus durch seinen Körper peitscht.

… Verdammt.

Kapitel 15

Auf der Heimfahrt konzentriert sich Helen doppelt so sehr auf die Straße wie sonst, um nicht an ihr wild klopfendes Herz denken zu müssen. Die Uhr zeigt kurz nach ein Uhr morgens, sie hat heute also fast neun Stunden mit Grant Shepard verbracht. Trotzdem fühlt es sich an, als wäre alles innerhalb weniger Minuten und schließlich innerhalb weniger Sekunden geschehen, die ihr Herz zum Rasen gebracht haben.

Sie war sich nicht sicher, wann sich ihr beiläufiges Geplänkel über das Jahrbuch in mehr verwandelt hatte. In einen Flirt, der einer Verführung gefährlich nahe gekommen war. Sie lacht auf und hält an einer roten Ampel. *Wenn das ein an Verführung grenzender Flirt war, dann bin ich verloren.*

Ihre Wangen beginnen zu glühen, als sie sich an das Gefühl erinnert, wie Grants Finger über ihre Haut geglitten sind – langsam, unschuldig, immer innerhalb der Grenzlinien, sodass alles abgestritten werden konnte, bis … *bis du Dinge mit seinem Daumen angestellt hast, als wäre er sein Penis.*

Wenn es jemand zu weit getrieben hatte, dann waren es sie und ihr schamloser Mund.

Nein, das ist nicht fair, wehrt sie sich gegen sich selbst. *Er wollte es auch.*

Sie erinnert sich, wie sich seine Erektion hartnäckig gegen den Stoff seiner Jeans gedrückt hat, und versucht, nicht an die peinliche Feuchte zu denken, die sich in ihrem bis dahin äußerst achtbaren Baumwollslip ausgebreitet hatte.

Eigentlich – *Eigentlich!* – war nichts passiert, was sie nicht irgendwie erklären und entschuldigen konnten.

Sie lacht über ihren eigenen Gedankengang. *Weißt du noch, als wir am Friedhof Händchen gehalten haben? Das war dasselbe, nur ... mehr.* Er hat ihr bereits auf dem Friedhof einen Kuss auf die Schläfe gedrückt. Es ist im Prinzip irrelevant, ob Finger oder Schläfen geküsst werden. Beides sind unschuldige Gesten zwischen Freunden.

Sie fährt sich mit der Hand durch die Haare und hofft, dass sie nicht auf zu verfängliche Art zerzaust sind.

Kann ich hier schlafen?

Ihre Worte haben unschuldig genug geklungen, bedeuteten aber nichts anderes als: *Bitte fick mich, bis wir beide unseren Namen vergessen.*

Sie schämt sich dafür, wie unbefangen, schnell und unumstößlich sie sich über ihn hergemacht hätte, wenn er sich nur einen Zentimeter weiter nach unten gelehnt hätte. *Und was dann?*

Helen schüttelt den Kopf, als sie in die Einfahrt vor dem Haus ihrer Eltern biegt. Es gibt kein »und dann«, wenn es um Grant Shepard geht. Es ist ausgeschlossen, dass eine Nacht der vorübergehenden, alle Vernunft auslöschenden Lust anders endet als voller Bedauern, Unbehaglichkeit und einem daraus resultierenden gegenseitigen Abwenden voneinander. *Aber was, wenn es schon zu spät ist und dieser Abend alles zerstört, sobald wir wieder in L.A. sind?*

Sie sitzt im Auto und trommelt mit den Fingern auf das Lenkrad. Sie denkt an die ersten unangenehmen Wochen im Writers' Room, als sie einander kaum angesehen haben – als würden sie den letzten Monat an der Highschool noch einmal erleben.

Nein.

Es ist noch nicht zu spät. Es ist alles gut. Eigentlich ist nichts passiert. Wir haben keine Grenzen überschritten, die nicht überschritten werden dürfen. In ein paar Monaten wird

Grant vergessen haben, dass dieser kurze Zwischenfall, der kaum der Rede wert war, überhaupt passiert ist. Helen bekräftigt den Gedanken mit einem Nicken, nimmt einen beruhigenden Atemzug und geht ins Haus.

Sie lässt ihn links liegen.

Grant betrachtet die Kontaktliste auf seinem Handy mit finsterem Blick. Er hat es nicht über sich gebracht, sie am Morgen des siebenundzwanzigsten Dezembers anzurufen. Er brauchte Zeit zum Nachdenken, und um ehrlich zu sein brauchte er auch Zeit, um die Ereignisse der letzten Nacht so oft in Gedanken durchzuspielen, bis er sicher war, dass er es nie wieder vergessen würde.

Am achtundzwanzigsten hat er sie allerdings sehr wohl angerufen, aber sie hat nicht abgehoben, und er hat beschlossen, ihr vierundzwanzig Stunden Zeit zu geben, um ihn zurückzurufen. Aus vierundzwanzig wurden sechsunddreißig. Er weiß, dass sie immer noch in der Stadt ist – er hat in ihrer Instagram-Story gesehen, dass sie sich Bagels geholt hat. Also hat er beschlossen, ihr eine Nachricht zu schreiben. Ein vorsichtig formuliertes: *Was machst du an Silvester?*

Heute ist der dreißigste Dezember, und es ist mittlerweile neun Uhr vormittags, aber sie hat noch immer nicht auf seine Frage reagiert.

Er überlegt, ob er zum Haus ihrer Eltern fahren und an die Tür hämmern soll wie ein Neandertaler. *Und was dann?*

Und dann bringt er sie zurück in seine Höhle und beendet, was sie angefangen haben.

Er lacht über diesen überraschend primitiven Gedanken.

Er weiß nicht einmal, wo sie wohnt, nur, dass das Haus sich irgendwo am Fuße des Hügels, auf der anderen Seite des Highways befindet. Und was ist, wenn jemand anderes an die Tür kommt? Was dann?

Er verdrängt diese Und-was-dann-Gedanken. Es spielt alles keine Rolle, solange sie nicht einmal mit ihm redet. Glaubt sie, dass sie ihn ignorieren kann, bis sie zurück in L.A. sind? Und was dann? Sollen sie zusammen in einem Zimmer sitzen und neue Ideen für die Serie pitchen, Witze reißen und so tun, als hätte er sich nicht dreimal an diesem Wochenende einen runtergeholt, während er daran dachte, was er alles mit ihr Wundervolles hätte machen können, als sie noch neben ihm lag?

Sein Handy piept, und es ist beschämend, wie schnell er die Hand danach ausstreckt und sich erst entspannt, als er den Namen des Absenders liest. Kevin Palermo.

> Hab gehört, dass du in der Stadt bist.
> Silvesterparty bei mir. Komm vorbei.

Im nächsten Moment ertönt ein zweites Piepen – es ist eine kitschige Grafik-Einladung zu *Kevins Rocking New Year's Eve Party* samt dazugehöriger Adresse.

Grant stößt die Luft aus. Er will nicht zu Kevin Palermos *Rocking New Year's Eve Party* – es wird Jahr für Jahr ein größeres Trauerspiel, denn immer mehr ihrer alten Freunde haben Kinder und Babysitter, die zu Hause auf sie warten. Ihm fallen hundert Dinge ein, die er lieber tun würde, als im Keller von Kevins Eltern zu sitzen, während eine Spotify-Playlist mit Pop-Hits aus den frühen 2000ern läuft. Wobei mindestens neunzig dieser Dinge etwas mit Helen Zhang und ihrem überaus interessanten Mund zu tun haben. Nein, scheiß drauf. Eigentlich alle hundert.

Auf der anderen Seite …

Er versucht, über den wütenden Nebel der Lust hinauszudenken, der seinen Kopf umhüllt. Vielleicht wäre eine passive, neutrale Herangehensweise das Beste.

Grant denkt daran, wie sie ihm mit den Fingern auf die

Lippen geklopft hat – so sittsam und tadelnd –, als er die verrückten Regeln gebrochen hat, die sie selbst für ihr kleines Spiel festgelegt hat, bei dem es offenbar darum ging, wer den anderen heißer machen konnte, ohne Grenzen zu überschreiten.

> Ich bin morgen auf Kevin Palermos Silvesterparty.

> Komm doch vorbei, wenn du in der Nähe bist?

Er leitet ihr das Bild und die Einladung weiter und ignoriert das Gefühl in seinem Bauch und die Stimme, die leise sagt: *Sie wird nicht kommen, weil sie schon längst genug von dir hat.*

Helen schimpft sich selbst mindestens zwanzigmal die allergrößte Idiotin, während sie in einem Uber zu Kevin Palermos Haus fährt. Weiß Kevin überhaupt, dass sie auch kommen wird? Erinnert er sich an sie? Wäre es nicht sogar schlimmer, wenn er sich an sie erinnert?

Sie rutscht nervös hin und her und zieht den Saum ihres Kleids nach unten. Sie hat nicht viele Klamotten für diesen Trip eingepackt, und schon gar nichts Passendes für eine Silvesterparty. Nachdem sie überlegt hat, ob sie noch schnell ins Einkaufszentrum soll, um sich etwas Neues zu kaufen, die Idee aber verworfen hat, weil es einfach zu erbärmlich gewesen wäre, hat sie sich für ein schwarzes Slip-Dress aus Seide entschieden, das sie eigentlich als Nachthemd eingepackt hat. Wenn man ehrlich ist, ist es zwar viel zu kalt für ein Slip-Dress, aber es schmiegt sich auf überaus schmeichelhafte Weise an ihren Hintern, und ihr Stolz lässt nicht zu, dass sie in dem formlosen, sackähnlichen Sweatkleid dort auftaucht, das sie beim letzten Treffen mit Grant getragen hat. Zu dem Kleid trägt sie eine Lederjacke und einen Spritzer Parfum, was ihr ein kurzes Lachen über sich selbst entlockt hat. *Wozu eigentlich?*

Ihre Eltern glauben, dass sie eine alte Freundin besucht, und hatten nichts gegen ihre Abendgestaltung einzuwenden, da sie sich selbst mit Theos Eltern in Edison treffen wollen.

Helen klingelt, und eine hübsche Brünette in einem engen silbernen Kleid mit Stehkragen öffnet die Tür. Sie neigt den Kopf, mustert Helen und verzieht die Schmolllippen zu einem Lächeln.

»Ach, du bist das!«, sagt sie.

Helen vergleicht die lächelnde Brünette mit den Bildern ihres Jahrgangs, die sie im Kopf gespeichert hat, und landet bei …

»Hi, Lauren.«

Lauren DiSantos mustert Helen von oben bis unten.

»Lange nicht gesehen«, sagt sie.

Grant Shepards Freundin mit gewissen Vorzügen, die immer für ihn da ist, wenn er nach Hause kommt, empfängt mich auf der Party. Helen überlegt, ob es weniger demütigend wäre, auf dem Absatz kehrtzumachen und zurück zum Uber zu laufen, damit der Fahrer sie nach Hause bringt. Oder nach Sibirien. Der Nordpol wäre auch okay.

Aber wenn sie das tut, bekommt Grant davon Wind. Und das wäre schlimmer, als jetzt hier zu stehen.

»Es ist echt kalt hier draußen«, erklärt Helen.

»Na, dann besorgen wir dir erst mal einen Drink«, meint Lauren und öffnet endlich die Tür, damit sie eintreten kann.

Sie folgt Lauren in die Küche und versucht, sich nicht zu auffällig nach Grant umzusehen, während sie an den verschiedensten Räumen des Fünfzigerjahre-Hauses vorbeigehen, das aussieht, als hätte es die Großmutter des Gastgebers eingerichtet. Sie laufen an mehreren in Gruppen zusammenstehenden Gästen vorbei, deren Gesichter Helen vage bekannt vorkommen, und sie fühlt sich wie eine Zehntklässlerin, die sich für eine Party mit lauter coolen Zwölftklässlern in Schale geworfen hat.

»Es gibt billigen Champagner oder Wein aus dem Karton«, erklärt Lauren.

»Mir ist beides recht«, erwidert sie.

Lauren grinst. »Oder …« Sie bückt sich und holt eine Flasche sechzehn Jahre alten *Lagavulin* aus dem Schrank unter der Spüle. »Wir genehmigen uns etwas von dem guten Scotch, den Kevin jedes Jahr versteckt und dann vergisst. Der wärmt dich schneller.«

»Das wäre toll.«

Lauren schenkt ihnen beiden ein Glas ein, pur und ohne Eis.

»Cheers«, sagt sie, und sie stoßen an.

Helen trinkt normalerweise keinen Scotch, aber nach diesem Glas ändert sich das in Zukunft vielleicht. Der rauchige Geschmack des lang gereiften Whiskys legt sich samtig über ihre Kehle und breitet sich im nächsten Moment in ihrem Magen aus.

»Also …«, meint Lauren. »Was gibt es Neues?«

»Ähm.« Helen nippt erneut an ihrem Scotch. »Nicht viel.«

Lauren lacht. »Schätzchen, wir haben einander vierzehn Jahre lang nicht gesehen. Nicht viel?«

»Dann wohl eher *zu viel*«, erwidert Helen. »Ich weiß nicht, wo ich anfangen soll.«

Sie ist nervös und hibbelig. Plötzlich weiß sie wieder, wie sehr sie Partys mit Fremden verabscheut, und fragt sich, was zum Teufel sie eigentlich hier verloren hat.

»Wie ich hörte, arbeitest du an einer Fernsehserie«, hilft Lauren ihr weiter. »Das ist eine große Sache.«

»Jap«, meint sie zu ihrem Drink. »Sehr aufregend.«

»Spielt ein berühmter Schauspieler mit?«

»Ähm, das weiß ich noch nicht«, antwortet Helen. »Ich glaube, die Verhandlungen und Vertragsunterzeichnungen laufen noch.«

Lauren mustert sie und nippt an ihrem Scotch. »Grant arbeitet auch an der Serie, nicht wahr?«

»Ja«, erwidert Helen und senkt den Blick.

»Das muss echt seltsam für dich sein. Nach allem, was passiert ist. Wie ist er so bei der Arbeit?«, fragt Lauren.

»Er ist … in Ordnung«, antwortet sie. »Die Highschool ist lange her.«

Lauren betrachtet sie neugierig. Und Helen hofft, dass sie das Thema nicht weiterverfolgt.

»Das stimmt«, meint Lauren schließlich. »Grant ist hier auch irgendwo.«

»Ich weiß. Er hat mir von der Party erzählt.«

Er hat mir auch von dir erzählt, denkt sie und fragt sich, ob zwischen den beiden etwas läuft, von dem er ihr nichts erzählt hat. Aber vielleicht macht sie sich zu viele Gedanken. Vielleicht hat er längst vergessen, was bei ihrem letzten Treffen passiert ist. Vielleicht hat er die Tatsache, dass sie nicht auf seine Anrufe und Nachrichten reagiert hat, einfach hingenommen, und ihr die Einladung zur Party nur geschickt, um nett zu sein.

Vielleicht hat er vor, später mit Lauren nach Hause zu gehen.

»Ich habe mich schon gefragt, wie du auf die Party gekommen bist. Wir haben dich hier noch nie gesehen«, meint Lauren. »Dann seid ihr also befreundet?«

»So etwas in der Art«, stimmt Helen zu.

»Grant und ich waren auch einmal ›so etwas in der Art‹«, erklärt Lauren beiläufig. »Aber jetzt nicht mehr. Er hat sich verändert.«

»Klingt nachvollziehbar«, sagt Helen, obwohl sie nicht sicher ist, ob das wirklich der Fall ist.

188

»Du hast dich auch verändert. Ich habe dich anders in Erinnerung.«

Eine unangenehme Hitze breitet sich in Helen aus, während Lauren sie unumwunden mustert.

»Das hoffe ich doch«, erwidert sie und ermahnt sich, Rückgrat zu zeigen. »Zumindest habe ich es versucht.«

Lauren lächelt.

»Schon klar«, sagt sie schließlich. »Ich versuche es ebenfalls. Aber die alten Gewohnheiten ... du weißt schon.«

Gehört Grant zu diesen alten Gewohnheiten?

»Ich glaube, er ist unten«, fährt Lauren fort, und als Helen sie verständnislos ansieht, nickt sie in Richtung der mit Teppich ausgelegten Kellertreppe. »Grant. Falls du Hallo sagen willst.«

»Oh.« Helens Herz schlägt schneller. »Danke. Das werde ich.«

»Moment noch«, meint Lauren, stellt ihr Glas ab und umfasst Helens Kinn mit einer Hand, um ihr mit der anderen mit einer Serviette den Mund abzutupfen. »Dein Lippenstift ist verschmiert, und das wollen wir nicht, oder?«

Sie wartet, bis Lauren fertig ist, dann tritt sie einen Schritt zurück. »Danke«, sagt sie unsicher.

»Kein Thema«, erwidert Lauren. »Frauen müssen zusammenhalten. Viel Glück.«

Sie hebt das Glas, um Helen einigermaßen süffisant zuzuprosten.

Grant sieht nicht auf, als Kevin zum vierzehnten Mal an diesem Abend von der Couch hochspringt und »Hey, Bro!« brüllt. Vermutlich ist es bloß ein weiteres Gesicht aus der Vergangenheit.

»Dich habe ich ja schon seit einer verdammten Ewigkeit nicht mehr gesehen, Mann!«, ruft Kevin.

»Ja. Tja«, erwidert eine forsche weibliche Stimme. Grant reißt so schnell den Kopf herum, dass es einem Wunder gleichkommt, dass er sich nicht das Genick bricht. Es ist *Helen.* »Ich habe normalerweise nicht viel Zeit, wenn ich mal wieder in der Stadt bin.«

»Du siehst toll aus«, schwärmt Kevin, und es ist die Untertreibung des Jahrhunderts.

Ihr schwarzes Seidenkleid ist so hauchdünn, dass es bei diesen Temperaturen beinahe an Wahnsinn grenzt – und außerdem verdammt scharf. Ihre langen Haare sind perfekt geföhnt und zu Locken gedreht, und seine Hand zuckt beinahe vor Verlangen, eine Strähne um seine Fingerknöchel zu wickeln. *Und was dann?*

Kevins lächerliches Kompliment lässt Helen auf eine Art erröten, die in Grant den Wunsch auslöst, seinen alten Freund k. o. zu schlagen.

»Danke«, sagt sie. »Ich habe mir Mühe gegeben. Du siehst auch gut aus.«

Ihr Blick huscht zu Grant, und im nächsten Moment scheint sämtliche Luft aus dem Raum zu weichen.

»Hi!«, sagt sie.

»Hi«, antwortet er bemüht ruhig.

»Also, was geht ab, Mann?«, fragt Kevin, der gerade absolut nichts checkt. »Kann ich dir etwas zum Trinken besorgen?«

»Ich … ähm … hatte gerade einen Drink«, erwidert sie. »Lauren war oben und hat mir ein Glas von deinem Scotch eingeschenkt. Ich hoffe, das war okay.«

Sie spricht leise und mit gesenktem Blick, und Grant runzelt die Stirn. Er kann sich vorstellen, wie unwohl sie sich unter all den Menschen fühlt, die sie nicht wirklich kennt. Plötzlich hasst er Kevin und Lauren und alle anderen im Haus, die verhindern, dass er sich einfach ungezwungen mit ihr unterhalten kann.

»Aber ja«, versichert Kevin ihr. »Lauren ist eine alte Freundin. Sie weiß, wo ich das gute Zeug verstecke. Und du weißt es jetzt auch. Schon witzig, wie aus Leuten plötzlich alte Freunde werden, was?«

»Ja«, meint Helen und sieht zu Grant.

»Also, wie geht es dir?«, fragt Kevin erneut.

Grant steht auf und macht sich auf den Weg zu den beiden, denn er hält dieses Gespräch nur bis zu einem gewissen Grad aus, bevor er etwas Drastisches unternehmen muss.

»Gut«, antwortet Helen. »Ich habe viel … geschrieben. Wie ist es dir ergangen?«

»Ach, es ist immer das alte Lied«, erwidert Kevin. »Ich hatte einen Job, habe ihn verloren, hatte einen neuen, mit dem es nicht funktioniert hat … aber es ist alles cool, weil ich mir im Januar sowieso eine Auszeit nehmen wollte, um mit meinem Cousin am Lake Michigan abzuhängen.«

»Ich habe gehört, dass es dort echt schön sein soll«, meint Helen.

»Ja, wir werden sein Boot auf Vordermann bringen«, sagt Kevin. »Ich hab das noch nie gemacht, aber es klingt witzig. Vielleicht ist es ja meine Berufung.«

»Ich glaube, der Ball am Times Square setzt sich bald in Bewegung«, meint Grant. »Vielleicht solltest du …«

»Scheiße, ja genau!«, ruft Kevin und schlägt die Hände über dem Kopf zusammen. »Wir haben draußen im Garten einen großen Projektor, dann können wir die Wunderkerzen und den ganzen Kram auspacken. Aber dieses Jahr hat das Mistding ständig den Geist aufgegeben. Ich meine, klar können wir es uns auch im Wohnzimmer ansehen, aber ohne Wunderkerzen macht es keinen Spaß, wenn ihr wisst, was ich meine?«

»Klar«, meint Helen.

»Wir reden später weiter«, erklärt Kevin und verschwindet nach oben, sodass die beiden allein zurückbleiben.

Endlich.

»Also …«, beginnt Grant. »Du bist gekommen.«

Helen nickt. Sie wirkt abwesend, und er sieht das skurrile Bild einer streunenden Katze vor sich, die überlegt, ob sie die Straße überqueren soll. *Ich komme zu dir, wenn es einfacher für dich ist.*

»Ich wollte sehen ... wie es ist«, erklärt sie, als er langsam auf sie zukommt.

»Und?«, fragt er und sieht, dass ihre Pulsader heftig pocht. Er hält vor ihr inne, nah genug, um sie zu berühren. »Wie findest du es?«

Sie sieht überall hin, nur nicht zu ihm. »Ich weiß jetzt wieder, dass ich Partys hasse«, sagt sie.

»Und Menschen, die Gespräche mit ihnen – und mich«, fügt er mit leiser Stimme hinzu. Er legt eine Hand auf die mit Holz verkleidete Wand hinter ihr und befiehlt ihr in Gedanken, den Blick zu heben und ihn anzusehen. »Stimmt's?«

»Es ist nicht ...«, beginnt sie, bricht allerdings ab, als er endlich – *endlich* – die Hand ausstreckt, um ihre nackte Schulter zu berühren. Eine Gänsehaut überzieht ihren Arm – bestimmt, weil es kalt und ihr Kleid hauchdünn ist. »Es stimmt nicht, dass ich Menschen hasse«, meint sie sanft.

Er schnaubt leise, und die Haare, die ihr ins Gesicht fallen, bewegen sich unter seinem Atem. Seine Hand gleitet von ihrer Schulter über den Oberarm, bis er mit Daumen und Zeigefinger federleicht ihren Ellbogen umfasst.

»Menschen«, wiederholt er. »Okay.«

»Ich habe keine Ahnung, was das hier ist«, sagt sie und sieht zu ihm auf.

»Was soll es deiner Meinung nach sein?«, fragt er und zieht sie näher, *näher*, bis sie sich praktisch an seinen nach vorn gelehnten Körper drückt.

»Nichts. Ich meine ... keine Ahnung«, sagt sie.

Er lacht und lässt den Kopf auf ihre Schulter sinken. Sie hebt die Hand und schiebt sie in seine Haare, wo sie sanft seine Kopfhaut massiert. *Guter Junge.*

»Hilf mir«, meint er zu ihrer nackten Schulter. »Ich kenne die Regeln nicht.«

»Die Regeln?« Ihre Stimme klingt dünn, und er lässt die Lippen über ihre Schulter gleiten. Nicht fest genug, um als Kuss durchzugehen. Aber ... es ist *etwas*.

»Die Regeln des Spiels, das wir spielen«, sagt er. Seine Finger graben sich in die kühle Seide ihres Kleides, und er spürt die Hitze, die in Wellen aus ihrem Körper strömt. »Was bekomme ich, wenn ich gewinne?«

»Es gibt keinen Gewinn«, sagt sie.

Er hebt den Kopf, dann schiebt er den dünnen Träger ihres Kleids über die Schulter nach unten. »Nicht?«

»Es ist nicht ... möglich«, erklärt sie atemlos, als er sich zu dem nun ebenfalls freiliegenden zusätzlichen Millimeter Haut an ihrer Schulter herunterbeugt. Er drückt seine Nase dagegen und reibt sie vor und zurück.

»Es gefällt mir trotzdem«, flüstert er mit den Lippen an ihrem Schlüsselbein.

»Was gefällt dir noch?«, fragt Helen zaghaft.

Er gräbt die Finger in ihre Hüfte, und sie schnappt nach Luft.

»Dieses Kleid«, sagt er. »Wenn man es überhaupt so nennen kann.«

Sie drückt sich an ihn, und als Antwort spürt sie eine befriedigende Härte unter seinem Gürtel.

»Ich meinte ...« Sie schnappt nach Luft, als er sein Knie zwischen ihre Beine schiebt, sie mit sich nach unten zieht und flüsternde Seide auf harten Jeansstoff trifft. »Gefällt dir auch ... noch jemand anderes?«

Er weicht abrupt vor ihr zurück, und ohne Grant Shepards warmen Körper beginnt sie in der relativen Kälte des ausgebauten Kellers zu zittern.

»Was meinst du …«, fragt er und starrt sie an, »mit ›jemand anderes‹?«

»Ich habe oben mit Lauren geredet«, murmelt sie und wendet den Blick ab. »Und ich habe mich gefragt, ob ihr …«

Er stößt ein kurzes »Ha!« aus.

»Dieses Mal nicht«, sagt er. »Ehrlich gesagt sogar schon eine ganze Weile nicht mehr.«

»Oh«, stammelt sie und wird rot. »Okay.«

Er neigt den Kopf und grinst. »Du bist süß, wenn du eifersüchtig bist.«

Sie schnaubt und wendet den Blick ab, aber sie streitet es nicht ab. Dafür ist die Genugtuung zu stark, die sie empfindet, als ihr klar wird, dass sie gerade zwei sehr wichtige Informationen erhalten hat – (1) er findet sie süß, (2) er wird nicht mit Lauren nach Hause gehen.

»Dann ist das also eine der Regeln?«, fragt er und mustert sie. »Dass es niemand anderes gibt?«

Sie sieht vermutlich ziemlich lächerlich aus mit den zerzausten Haaren, der geröteten Haut und dem zerknitterten Kleid. *Scheiß drauf.*

Dafür ist sie zu klug.

Sie stößt sich von der Wand ab und legt eine Hand auf seine Brust, um die Kontrolle wiederzuerlangen. Er wehrt sich nicht, und nach ein paar Schritten stößt er mit dem Hintern an die Rückenlehne der Couch, auf der er gesessen hat, als sie in den Keller gekommen ist.

»Es wäre einfacher«, meint sie mit sanfter Stimme, »wenn wir sagen könnten, dass nichts passiert ist.«

»Es ist tatsächlich nichts passiert«, erwidert er leise.

Ihre Hand gleitet seine Brust nach unten und hält an seinem Gürtel inne.

Sie wartet einen Moment, dann streicht sie langsam mit dem Handrücken über die Vorderseite seiner Jeans. Er stößt scharf die Luft aus.

194

»Ich will …«

»Ich will nicht wissen, was du willst«, sagt sie und zieht ihre Hand zurück.

»Okay«, meint er mit zitternder Stimme.

Sie fühlt sich mächtig. Es ist das Gefühl, dass er jetzt, in diesem Moment, alles tun würde, was sie von ihm verlangt. Ihre Fingerspitzen berühren seinen äußeren Oberschenkel, dann schiebt sie die Hand unter seinen Gürtel und in seine Hose.

»Verdammt«, haucht er.

Sie lehnt sich nach vorn, und ihr Atem streicht wie eine warme Andeutung über sein Ohr, während sie ihn durch den weichen Stoff seiner engen Boxershorts streichelt. Sie spürt einen feuchten kleinen Fleck und die Hitze, die er verströmt. Die Muskeln an seinem Hals spannen sich an.

»Es gibt keinen Gewinn«, sagt sie erneut, streichelt, drückt und zieht. »Es ist einfach … wie es ist.«

Sein Atem wird schneller, abgehackter, und es wäre so einfach, sich nach vorn zu beugen und ihn zu schmecken. Vermutlich schmeckt er wie etwas, das sie sich nicht leisten kann.

Grant legt eine Hand auf ihren Hinterkopf und zieht sie näher, bis seine Stirn an ihrer lehnt. »Sieh mich an«, sagt er angespannt. »Willst du das?«

Sie betrachtet ihn mit glasigen Augen, und ihre Zungenspitze schnellt hervor, um ihre Lippen zu befeuchten, die sich plötzlich trocken anfühlen. Sein Kiefermuskel zuckt, und seine Augen flackern, aber er hält den Blick auf sie gerichtet und mustert sie eingehend, bis sie schließlich kaum merklich nickt. Er wird es nicht mehr lange aushalten.

»Ich will es«, flüstert sie.

»Dann kannst du es haben«, keucht er. »Ich komme gleich.«

»Dann komm für mich«, murmelt sie, und genau das tut er. Er lässt den Kopf auf ihre Schulter sinken, um sein Stöhnen zu ersticken, und seine Erektion in ihrer Hand zuckt unter dem Stoff seiner engen Boxershorts. Er drückt seinen Mund – Lippen, Zähne, Bartstoppeln – so fest gegen ihre Haut, als er kommt, dass man den Abdruck vermutlich später sehen wird. »Das war, was ich wollte.«

Es wäre einfacher, wenn wir sagen könnten, dass nichts passiert ist.
Grant steht in der Toilette und macht sich so gut es geht sauber. Bis jetzt kann er sagen, dass Helen Zhang für zwei der schnellsten und intensivsten Orgasmen seines Lebens verantwortlich ist. Aber sie ist vorsichtig, was ihn betrifft – so, wie sie auch überall sonst vorsichtig ist. Ihre Hände haben kein einziges Mal seine Haut berührt, ganz egal, wie vehement sich seine Erektion gegen die enge Shorts gedrückt hat. Als er fertig war, ließ sie ihn ein paar kurze, kostbare Momente lang in ihrer Hand verweilen, dann zog sie sie langsam zurück und murmelte: »Ich glaube, dahinten ist ein Bad.«
Sie hat ihn nicht geküsst – zumindest nicht auf den Mund.
Na ja, denkt er grimmig, *ich hab sie auch nicht geküsst.*
Aber sie hat zwei Punkte Vorsprung, und das bereitet ihm Sorgen.
Dann komm für mich. Das war, was ich wollte.
Was ist damit, was er will? Er will sein Gesicht zwischen ihren Beinen vergraben und herausfinden, ob sie laut und hemmungslos oder leise schluchzend kommt. Er will sie an die Wand drücken und ficken. Und dann noch einmal in seinem Bett. Und anschließend vielleicht auch noch im Auto.
Ich will nicht wissen, was du willst.
Grant denkt an das Feuer in ihren Augen, als er sie gefragt hat, ob sie das will. Ob sie ihn will.
Ich will es.
Brennender männlicher Stolz macht sich bei dem Gedanken in ihm breit, dass diese Frau – diese reizvolle, störrische, besondere Frau – ihn will. Oder zumindest Teile von ihm. Er

ist sich nicht sicher, wie viel sie zu geben bereit ist, aber er weiß, dass er bereit ist, *alles* zu nehmen, was er bekommen kann – so lange es andauert.

Es gibt keinen Gewinn.

Blödsinn. Er trocknet seine Hände ab und betrachtet sich im Spiegel. Es sieht aus, als wäre er einen Marathon gerannt und fühlt sich wie ein geiler Teenager. So, als könnte er ein Haus mit bloßen Händen bauen. Er ist der verdammte Grant Shepard. Und bevor Helen Zhang in sein Leben getreten ist, war er ein Gewinner.

Und genau das wird er auch in diesem Fall tun. Er tritt aus dem Badezimmer und sieht, dass der Keller leer ist. Also geht er nach oben und stellt wenig überraschend fest, dass sie die Party bereits verlassen hat. Er sucht nach seinem Mantel und macht sich unauffällig ebenfalls aus dem Staub. Er muss nicht bleiben, bis der Ball auf dem Times Square sich in Bewegung setzt. Er braucht einen Plan.

Kapitel 16

Helen hat eine Daate«, verkündet Owen triumphierend und lässt sich auf seinen Stuhl sinken.

»Lassen wir das«, meint Helen, setzt sich ebenfalls und holt ihren Laptop hervor.

»Aber es ist der beste Klatsch und Tratsch seit Langem«, erwidert Owen.

Ist es nicht, aber Owen übertreibt nun mal eben gern.

Sie sind vor drei Tagen wieder im Writers' Room zusammengetroffen und starten heute in den vierten Arbeitstag, und sie verspürt noch immer ein unangenehmes Ziehen im Bauch, wenn sie Grant über den Tisch hinweg zufällig in die Augen sieht.

Sie ist am ersten Januar zurückgeflogen und hat schon bald darauf – nach einem genauen Studium der Kommentare unter Grants letztem Instagram-Post – herausgefunden, dass er noch eine weitere Woche in Dunollie verbracht hat, um beim Ausräumen des Hauses seiner Mutter zu helfen. Er hat sie nicht angerufen, ihr nicht geschrieben und auch nicht direkt auf ihre Nachrichten in der Writers'-Room-Gruppe geantwortet, als sie allen ein frohes neues Jahr gewünscht hat. Nachdem sie eine Weile in ihrer Badewanne darüber nachgegrübelt und geschmollt hat, ist sie zu dem Schluss gekommen, dass er der Meinung ist, dass dieses Mal sie am Zug ist.

Und sie würde es dabei belassen, bis das hier vorbei ist und alle das Spielfeld verlassen haben. Es sind noch neun Wochen bis zum Ende des Writers' Room – das ist ausreichend lange, damit sich die Dinge zwischen ihnen wieder normalisieren können, und nicht so lange, dass sie es nicht aushalten würde.

Denn in Wahrheit weiß sie natürlich, dass es ein Fehler wäre, diese ... *Sache* ... zwischen ihnen weiterzutreiben. Sie war nie sehr gut darin, zwanglose Affären zu führen, und sie vermutet, dass sie ihn schon jetzt zu sehr mag, um sich vollkommen von den warmen, sanften Gefühlen abzugrenzen, die jedes Mal in ihr aufsteigen, wenn sie sich zu nahekommen.

Es ist wie ein sechster Sinn – wenn auch ein ziemlich nutzloser –, denn sie weiß jedes Mal sofort, wenn er sich im selben Raum befindet. Die Luft fühlt sich anders an, und sie sucht automatisch nach unverfänglichen Stellen, auf die sie ihren Blick richten kann (überall dort, wo er nicht ist). Sie merkt auch, wenn er sie ansieht, obwohl sie die Momente, in denen sie einander diese Woche in die Augen gesehen haben, an einer Hand abzählen kann.

Gerade jetzt weiß sie zum Beispiel ganz genau, dass er mit seinem Radiergummiball spielt und sie dabei aufmerksam beobachtet.

»Was für ein Klatsch und Tratsch?«, will Eve wissen.

Der Klatsch und Tratsch ist, dass Greg, der Casting-Director, Helen offenbar seit einigen Wochen heimlich – *sehr* heimlich – verehrt und als Gentleman so lange gewartet hat, bis das Haupt-Casting für die Serie beendet war, bevor er ihr eine wirklich süße E-Mail mit einem Link zu einer Google-Forms-Umfrage geschickt hat, in der er sie um ein Date bat und ihr gleichzeitig mittels Multiple-Choice Auswahlmöglichkeiten zur Gestaltung und mögliche Tage für ein Treffen nannte.

»Natürlich müssen wir dir unbedingt beim Ausfüllen helfen«, beschließt Suraya.

Helen leitet den Link widerwillig an die Writers'-Room-Gruppe weiter.

»Schweig still, mein Herz, es gibt sie noch, die moderne Romantik«, meint Eve grinsend und scrollt durch die Google-Forms-Umfrage. »*Dresscode: sportliche Alltagskleidung, leger, Businessoutfit, formell, Smoking/Abendkleid*«, liest Nicole. »Ich würde *Smoking/Abendkleid* wählen und in sportlicher Alltagskleidung auftauchen. Oder leger und dann ein Abendkleid anziehen.«

»Mir gefällt, dass er dir mehrere Treffpunkte vorgeschlagen hat, es aber auch ein Kästchen für eigene Ideen gibt«, meint Saskia. »Was das Date am Malibu Beach anbelangt, hätte ich allerdings Bedenken. Das ist eher ein Tagesding und zu viel für ein erstes Date.«

»Ich würde alles auf das Bowling-Date setzen«, meint Tom. »Wenn er gut ist, weißt du, dass er angeben will und Bowling seine beeindruckendste Fähigkeit ist, und wenn er schlecht ist, siehst du gleich, wie er in Stresssituationen reagiert.«

»Interessante Überlegung«, lobt ihn Eve. »Ich würde mich aus denselben Gründen für ein selbst gekochtes Essen bei ihm zu Hause entscheiden.«

»Okay, aber was, wenn er das falsche Menü wählt und damit ein ansonsten möglicherweise vielversprechendes Date ruiniert?«, gibt Owen zu bedenken. »Außerdem bin ich der Meinung, dass es viel zu intim ist, bei der ersten Verabredung miteinander zu essen. Die Vorstellung ›Hier, ich zeige dir jetzt, wie ich meinen Körper versorge und am Laufen halte‹ … eklig.«

»Ich finde, das Wichtigste ist, dass sich Helen innerhalb ihrer Komfortzone bewegt«, meint Suraya. »Nur so kann sie beurteilen, ob Greg der Richtige für ihre mentale und emotionale Gesundheit ist.«

»Meine Komfortzone befindet sich zu Hause vor meinem Laptop, mit einer Steckdose in Reichweite und keinen Fenstern oder Türen in meinem Rücken«, erklärt Helen.

Grant gibt ein Geräusch von sich, das verdächtig nach einem »Ja, klar« klingt. Sie sieht zu ihm, doch er wischt gelangweilt über sein Handy.

»Grant, möchtest du deine Meinung vielleicht der ganzen Klasse mitteilen?«, fragt Suraya geduldig.

Er stößt ein leises »Hah!« aus, das außer Helen niemand hören kann, und sein Blick huscht über ihr Gesicht, bevor er ihn wieder auf das Handydisplay richtet. »Ich stimme für Smoking/Abendkleid, damit du gleich mal weißt, ob er einen Smoking besitzt, für Bowling, weil Tom recht hat, und für Tacos, weil du früher gehen kannst, falls das Date mies läuft, es aber auch mühelos möglich ist, den Abend zu verlängern, falls das Gegenteil der Fall ist.«

Er legt das Handy beiseite und bedenkt Helen mit einem gelassenen Lächeln. Es fühlt sich an, als ob er es als Herausforderung meint, und sie verspürt den plötzlichen Drang, sich der Challenge zu stellen.

»Du meine Güte, das ist es!«, ruft Owen. »Perfekt. Keine weiteren Anmerkungen.«

Am Nachmittag haben sie sich auf die Handlung der zweiten Folge geeinigt, und Suraya schickt Grant los, um eine Outline und einen ersten Drehbuchentwurf zu verfassen. Helen denkt sich nicht viel dabei, doch am nächsten Morgen taucht er nicht im Writers' Room auf.

»Wo ist Grant?«, fragt sie möglichst beiläufig.

»Er schreibt«, erklärt Suraya. »Wir schicken die Autoren aus dem Raum, wenn sie gerade an einem Drehbuch arbeiten.«

»Oh«, meint.Helen und fühlt sich albern. Natürlich. Hat sie wirklich gedacht, dass sie alle zusammen, Schulter an Schulter, an dem endgültigen Drehbuch schreiben würden, als würden sie für die Abschlussprüfungen lernen?

Als sie an diesem Tag den Writers' Room verlässt, merkt sie, dass ihre Beine sie wie von selbst an seinem Büro vorbeitragen. Die Büros der Drehbuchautoren sind im Prinzip bessere Wandschränke, die in einer Reihe an der hinteren Wand des Großraumbüros angeordnet sind. Sie hat Grant noch nie in seinem Büro gesehen und ist überrascht, als ihr Blick durch die offen stehende Tür auf ihn fällt. Er sitzt stirnrunzelnd vor seinem Laptop und hat sich in seinem ergonomischen Drehsessel zurückgelehnt.

»Klopf, klopf«, sagt sie und schämt sich im nächsten Augenblick.

Er schaut kurz zu ihr, dann wendet er sich wieder dem Bildschirm zu.

»Ich wollte nur sehen, wie es läuft.«

Er sieht erneut auf, und sie spürt zum ersten Mal an diesem Tag die Intensität seines Blickes. Sie erinnert sich mit einem Mal daran, wie sie als Kind vor dem Winterwetter davongerannt und zu Hause durch die Tür gestürzt ist. Ein Schwall Wärme, gefolgt von einem unangenehmen Aufprall, als sie hart auf dem kalten Boden aufkam.

»Nicht gut. Ich bin zu abgelenkt.«

»Oh«, meint sie.

Sie bleibt unsicher in der Tür stehen. Grants Mundwinkel wandert nach oben, während er sie beobachtet.

»Mach die Tür zu«, sagt er.

Helen zögert, dann zieht sie die Tür hinter sich zu. Grant tippt mit dem Stift auf den Schreibtisch und mustert sie immer noch schweigend. Sie lehnt sich zurück und sucht nervös an dem Türknauf Halt.

Hat er vielleicht gemeint, dass sie die Tür von außen schließen soll? Verdammt.

»Ich … ähm … ich sollte dich —«

»Komm her.«

Ihre Beine folgen seinem Befehl, ehe ihr Gehirn Zeit hat, etwas dagegen einzuwenden, und im nächsten Moment steht sie direkt vor ihm, ihre Knie sind nur noch wenige Zentimeter von seinen entfernt, und der Stoff ihres Wickelkleids flirtet mit dem Stoff seiner Jeans.

Grant sieht zu ihr hoch, und eine träge Spannung nimmt von ihm Besitz, als er sich in seinem Stuhl zurücklehnt.

»Wann ist dein Date?«, fragt er.

»Sechs Uhr dreißig.«

Er sieht zur Uhr an der Wand, es ist Viertel nach fünf. »Dann habe ich noch ein wenig Zeit«, murmelt er, steht auf und zieht sie an sich.

Helen wird an seine Brust gedrückt, die sich hebt und senkt, als er das Gesicht in ihren Haaren vergräbt und tief einatmet. Er spreizt die Finger auf ihrem Rücken und gleiten in einer beruhigenden, streichelnden Bewegung auf und ab, die sie immer dichter an seinen Körper bringt, als wäre das Ziel, dass am Ende kein Platz mehr zwischen ihnen bleibt. Es ist so viel und dennoch nicht annähernd genug. Ihr Körper summt sanft, als sie seinen Körper spürt – *das haben wir vermisst* –, und ihre Haut prickelt.

»Es tut mir leid«, sagt sie und weiß selbst nicht, wofür sie sich entschuldigt.

Er lacht in ihre Haare und drückt einen Kuss auf ihre Schläfe.

Es ist eine sanfte, schnelle Berührung. Sie kann sich immer noch von ihm lösen und verschwinden, und das war's. Sie können ohne große Unbehaglichkeit weitermachen, nach einer Umarmung und einem Kuss auf die Stirn, die ausdrücken, was Worte offenbar nicht sagen können.

Bewegt euch, befiehlt sie ihren Beinen, aber sie hören nicht auf sie.

»Arme Helen«, murmelt Grant und gibt ihr einen weiteren Kuss, dieses Mal auf die Stirn. Und noch einen auf ihren linken Augenwinkel. »So hin und her gerissen.« Sein Daumen zeichnet langsame Kreise auf ihren Arm, und seine Lippen gleiten über ihre Wange.

»Ich weiß nicht, warum …« Sie verstummt, als er ihre andere Wange küsst. »Warum ich immer wieder hier lande.«

Grant lässt einen Fingerknöchel über ihre Lippen streichen und betrachtet ihren Mund mit unverhohlenem Verlangen. Er schluckt schwer. Dann neigt er den Kopf und küsst stattdessen ihr Kinn, um anschließend weiter zu ihrem Ohr zu wandern.

»Vielleicht, weil du mich vermisst«, meint er, und sie stößt die Luft aus, als er ihr Ohrläppchen zwischen die Lippen nimmt.

Sie schüttelt kaum merklich den Kopf – vielleicht zittert aber auch ihr ganzer Körper. »Ich habe dich diese Woche doch jeden Tag gesehen«, sagt sie.

»Hm.« Seine Finger bewegen sich ihren Arm nach oben und hinterlassen helle Abdrücke auf der geröteten Haut. »Da erinnere ich mich aber an etwas anderes.«

Er drückt einen weichen, nachklingenden Kuss auf ihre Pulsader, und ihre Hand hebt sich unbeabsichtigt und schiebt sich in seine Haare.

»*Ich* habe dich auf jeden Fall gesehen«, sagt er mit dem Gesicht an ihrem Hals. »Tatsächlich kann ich offenbar nicht aufhören, dich zu sehen.«

Er löst sich so abrupt von ihr, dass sie am liebsten aufschreien würde, weil ihr seine Berührung so fehlt. Ihre Hände umklammern die Kante seines Schreibtischs, um zu verhindern, dass sie sie unwillkürlich nach ihm ausstreckt.

Er lässt sich auf seinen Stuhl sinken, und sie geht davon aus, dass er sie jeden Moment fortschicken wird. Stattdessen mustert er einen gelb geblümten Stoffstreifen zwischen seinen Fingern, und ihr wird klar, dass er ein Ende des Gürtels ihres Wickelkleids in der Hand hält. Plötzlich befindet sich nicht mehr genug Luft im Raum.

»Wie viel darf ich sehen, Helen?«, fragt er sanft.

Langsam, ganz langsam, hebt sie ihre Hand von der Tischkante und zieht an dem anderen Ende des Gürtels, der das

Kleid vorn zusammenhält. Die Schleife löst sich, und sie spürt, wie der Stoff nachgibt und nur noch annähernd von der Schwerkraft und einem erbärmlich lockeren Knoten an Ort und Stelle gehalten wird.

Etwas Heißes, aber gleichzeitig auch Kaltes und Gefährliches blitzt in Grants Augen auf, und er zieht an dem Stück in seiner Hand, bis sich der Knoten löst. Dann lässt er das Band los, und sie dankt den Göttern des Kleiderschranks, dass sie heute Morgen zusammenpassende Unterwäsche ausgewählt hat, als ihr Kleid auseinanderfällt und ihm schwarze Spitze offenbart.

Er schluckt schwer.

»Es gibt nichts in diesem Raum, was ich lieber ansehe als dich«, sagt er plötzlich und geht vor ihr in die Knie.

Er drückt einen Kuss nach dem anderen auf ihren Bauch, bis hinunter zu dem elastischen Spitzenbund ihres Slips.

»Und ganz egal, wie sehr ich mich anstrenge ...« Seine Küsse verlagern sich auf das Spitzendreieck an der Vorderseite. Beharrlich, heiß, suchend. Sie schnappt nach Luft. »Du erwiderst meine Blicke nicht.«

»Das stimmt nicht«, murmelt sie, und ihre Finger graben sich in seine Haare, als seine Zunge kühn über den schwarzen Stoff gleitet. »Ich ... ich sehe dich.«

Er stößt ein kurzes Lachen aus, und sein heißer Atem trifft direkt auf ihre Klitoris. *Verdammt.*

»Siehst du mich jetzt?«, murmelt er, und sie beißt sich auf die Lippe, um nicht aufzustöhnen, als sie spürt, wie die Zunge über den Spitzenstoff fährt.

Grant sieht zu ihr hoch, während seine Zunge sich in einem beständigen Rhythmus bewegt, der ihren Atem schneller gehen lässt. In seinen Augen funkelt ein Feuer, und sie sieht den leichten Schweißfilm auf seiner Stirn. Sie fühlt sich angebetet.

Sie ist so feucht, dass es sicher bereits durch den Stoff dringt, und er stößt ein Knurren aus, das praktisch in sie dringt.

»Du schmeckst so verdammt gut«, sagt er, während sein heißer, feuchter Mund an ihr saugt. »Ich könnte dich jeden Tag verspeisen und mir danach auch noch ein Dessert holen.«

Ein ersticktes Wimmern steigt in ihr empor, und auch wenn jetzt jemand ins Zimmer käme, könnte sie nichts anderes tun, als seinen herrlichen Mund fester an sich zu pressen.

»Grant«, haucht sie.

»Ich bin direkt vor dir, Süße.«

»Ich will …« Sie beißt sich auf die Lippe, als sich seine Zunge durch den Stoff hindurch auf ihre Klitoris presst. »Ich will auf deiner Zunge kommen. Bitte.«

Er schiebt die Spitze mit einer einzigen fließenden Bewegung zur Seite und drückt die Zunge auf ihre gequälte Haut. Sie streckt blind die Hand aus, und sie landet auf seinem Kinn, wo sie seine Bartstoppeln und die Muskeln spürt, während er sie küsst.

Sie stößt ein zitterndes Keuchen aus und spürt, wie die Besinnungslosigkeit über sie hereinbricht und die Welt nur noch aus dieser einen Stelle besteht, auf der sie Grant Shepards herrliche Zunge spürt. *Ja, ja, ja, ja.*

Sie kehrt erst nach und nach in ihren Körper zurück, und als sie zu ihm nach unten sieht, betrachtet er sie mit hungrigem Blick und wischt sich mit dem Handrücken über den Mund.

Er drückt einen schnellen Kuss auf die Innenseite ihres Schenkels, und sie erschaudert.

Dann richtet er sich auf, und ihr Rücken wölbt sich unter dem Druck seines trainierten Körpers, als er an ihr vorbeigreift. Sie kommt nicht umhin, den kleinen dunklen Fleck auf seiner Jeans zu bemerken, und ihr Blick fällt auf die Muskeln an seinem Hals, die sie so gern küssen würde. Er holt einen dünnen blauen Marker aus dem Becher mit den Stiften und öffnet ihn.

»Was machst du da?«, murmelt sie, als er sich zurück in seinen Drehstuhl sinken lässt.

Er drückt die Spitze des Markers auf die Haut an ihrem Oberschenkel und schreibt.

»Ich gebe dir meine Adresse«, sagt er. »Falls Santa Monica dir nach deinem Date zu weit entfernt ist und du danach nicht mehr nach Hause fahren willst.«

Er sieht zu ihr auf, und da ist ein amüsiertes Funkeln in seinen Augen, als er sanft ihren Schenkel drückt.

»Er geht mit Wasser wieder ab«, sagt er, und ihr Herz macht einen seltsamen kleinen Sprung. »Falls du dir Sorgen machst.«

Sie macht sich tatsächlich Sorgen, aber nicht wegen der abwaschbaren Tinte. Sie macht sich Sorgen, dass sie zwar die Schrift von ihrer Haut waschen kann, aber nicht das Gefühl, ihn auf ihrer Haut zu spüren. Sie macht sich Sorgen, dass sie geradewegs auf etwas Unausweichliches zurasen.

Greg, der Casting-Director, wartet vor einer Bowlingbahn in Burbank, ganz in der Nähe des Studios.

»Hier gibt es auch eine Schlittschuhbahn und ein Reitsportzentrum, falls wir Ideen für ein zweites Date benötigen«, erklärt er.

Helen greift lächelnd nach einer violett marmorierten Bowlingkugel, die sie plötzlich an die Badebombe erinnert, die sie verwendet hat, als sie letzte Woche in der Badewanne über Grants plötzliche Funkstille nachgegrübelt hat. Sie zwingt ihre Gedanken, sich wieder auf den charmanten Mann vor sich zu richten, der eigentlich wirklich in Ordnung ist.

»Gehst du oft bowlen?«, fragt sie.

»Nein«, antwortet Greg und lässt die Kugel trotzdem in beeindruckender Manier die Bahn entlangrollen. »Verdammt, das war pures Glück.«

»Erzähl mir doch, wie du auf die Liste mit den verschiedenen Date-Möglichkeiten gekommen bist«, fordert sie ihn auf. »Das würde ich nur allzu gern wissen.«

»Meiner Meinung nach sollten Dates Spaß machen«, erklärt er. »Also habe ich mir vor einiger Zeit aus Langeweile diese Umfrage überlegt. Ich habe versucht, Dinge zusammenzustellen, die meine Freunde und ich ständig machen wollen, aber zu denen wir nie die Gelegenheit haben.«

»Das ist sehr originell.«

»Es gibt auch eine freiwillige Abschlussbefragung«, fährt Greg fort. »Sie wird automatisch versandt, damit ich nicht kneife.«

»Das klingt, als würdest du damit jede Menge Daten sammeln«, meint Helen.

»Nicht so viele, wie du vielleicht denkst.« Er lacht. »Ich bin nicht diese Art von Kerl, Helen.«

Sie lacht ebenfalls und denkt bei sich, dass Greg für irgendjemanden sicher einen guten Freund abgeben würde. Er ist witzig, und es fällt ihr leicht, sich mit ihm zu unterhalten, denn er hat immer eine Anekdote aus dem Studio oder eine aufmerksame Frage parat, um Gesprächspausen zu füllen. Sie erfährt, dass er zwei ältere Brüder hat, von denen einer ebenfalls im Filmgeschäft arbeitet, während der andere in Vegas in der Computerbranche tätig ist. Sie erzählt ihm, dass sie gerade mit neuen Ideen für ihr nächstes Buch jongliert, um sie ihrer Agentin zu präsentieren.

»Vielleicht geht es um eine Gruppe bowlingbegeisterter Teenager«, meint sie und schafft es gerade mal, ein paar läppische Kegel umzustoßen.

»Willst du ein paar Tipps?«, fragt er, denn er ist tatsächlich besser als sie.

»Klar«, erwidert sie, und plötzlich steht er neben ihr, nimmt Änderungen an ihrem Stand vor und berührt ihren Arm. Sie versucht, nicht an die blaue Tinte zu denken, die Adresse, die sich förmlich in ihren inneren rechten Oberschenkel zu brennen scheint.

»Zieh einfach die Hand zurück und … loslassen«, erklärt er und tritt einen Schritt zurück, um ihr zuzusehen.

Er ist so anständig, denkt Helen.

Sie sehen zu, wie die Kugel an den Kegeln vorbeirollt, und lachen.

»Ich habe dir ja gesagt, dass ich im Prinzip keine Ahnung habe, was ich hier tue«, meint Greg.

1847 Rotary Drive.

Es ist bereits dunkel, als Helen ihren Wagen an dem Silver Lake Reservoir vorbeilenkt und in eine der sich windenden Straßen einbiegt. Überall parken Autos, und sie sagt sich, dass sie am Ende des Hügels umdreht und auf direktem Weg nach Hause fahren wird, um nie irgendjemandem von diesem Teil des Abends zu erzählen, falls sie keinen Parkplatz findet.

Doch da ist einer direkt vor der Einfahrt, und sie manövriert das Auto mühelos und mit klopfendem Herzen in die Lücke.

1847 Rotary Drive ist ein hellgelber Bungalow im spanischen Stil, dessen Wände von Bougainvilleas bedeckt sind und auf dessen Veranda ein warmes, gelbes Licht brennt, als sie die Einfahrt hochgeht und die Klingel drückt.

Kapitel 17

Als Grant die Tür öffnet, steht Helen mit einer braunen Takeaway-Tüte vor ihm auf der Veranda.

Er verschränkt die Arme, lehnt sich an den Türrahmen und mustert sie. Sie lächelt. Ein wenig nervös zwar, aber immerhin. Sie trägt einen Wintermantel über dem wohlbekannten gelben Kleid, denn das Wüstenklima in L.A. führt dazu, dass es im Januar tagsüber heiß und nach Sonnenuntergang eisig kalt sein kann. Sie wirkt zugeknöpft und anständig. *Sie ist erst vor wenigen Stunden auf meiner Zunge gekommen.*

»Wie war dein Date?«, fragt er.

»Nett«, antwortet sie. »Gut.«

Er beißt die Zähne zusammen und versucht, nicht darüber nachzudenken, was »gut« bedeutet.

»Gehst du noch einmal mit ihm aus?«

Helen neigt nachdenklich den Kopf. Er fragt sich, welche Überlegungen in ihrem hübschen, klugen Kopf gerade ablaufen.

»Ich glaube nicht«, sagt sie sanft. »Nein.«

»Hm.«

Sie lächelt leise, und seine Brust ist mit einem Mal wie zugeschnürt. Er will sie wieder berühren. Und das weiß sie.

»Ich habe Nachtisch mitgebracht«, sagt sie und hebt die Tüte. Dann fährt sie etwas unsicherer fort: »Darf ich reinkommen?«

Er betrachtet die Frau auf seiner Veranda. Er hat gerade erst begonnen, ihre Geheimnisse nach und nach freizulegen, und der primitive Teil seines Gehirns sendet eine eindringliche, seltsame Warnung aus, dass er sich hier womöglich in Gefahr begibt, was lächerlich ist. Nachdem er kurz überlegt hat, sie nach Hause zu schicken – *Ha!* –, nickt er mürrisch und lehnt sich zurück, um sie vorbeizulassen.

Sie sieht sich mit unverhohlener Neugier in seinem Wohnzimmer um, während er ihr den Mantel abnimmt.

Ihre Anwesenheit an diesem vertrauten Ort verändert ihn – Grant ist froh, dass er auf die Immobilienmaklerin gehört hat, die ihm Holzjalousien anstatt der billigeren Plisseevariante empfohlen hat, und ob er die Couch noch länger behalten wird, hängt plötzlich wesentlich von den nächsten Stunden ab. Er ist kurz davor, den Verstand zu verlieren.

Er hat nicht genügend Möglichkeiten, um ihren Mantel aufzuhängen, also wirft er ihn über seinen.

»Möchtest du etwas trinken?«, fragt er und macht sich auf den Weg in die Küche.

»Tee, wenn du welchen da hast«, murmelt sie.

Sie streicht mit den Händen über seinen Esstisch, und er sieht vor sich, wie sie die Handflächen gegen das Holz presst, während er sich *in sie* presst.

Tee.

Sie sieht seine Post durch, als er mit einem Becher Kamillentee zurückkehrt.

»Du bekommst viele Briefe«, sagt sie.

»Die meisten sind Müll.«

»Und jede Menge DVDs.« Sie hält ein paar Screener der Oscar-Anwärter vom letzten Jahr hoch.

»Du kannst dir gern eine nehmen«, sagt er und ignoriert den plötzlich aufsteigenden Gedanken, dass sie sich hier in seinem Haus alles nehmen kann, was sie will. Er schaltet die Stehlampe an und verschwindet erneut in der Küche, um Teller zu holen.

»Es ist beeindruckend, wie viele gerahmte Erinnerungen du an den Wänden hast«, meint sie, und ihre Stimme dringt vom Esszimmer in die Küche. »Ich habe in New York immer noch so einiges, was ich erst aufhängen muss.«

Sie studiert seine Sammlung. Eine von allen Schauspielern unterschriebene Kopie seines ersten Episodendrehbuches, das tatsächlich verfilmt wurde, ein Screenshot seines ersten Writing-Credits, Fotos von hinter den Kulissen, Poster alter Filme.

»Ich kann dir Rahmen bauen, falls du welche brauchst«, bietet er an. »Ich habe fast die Hälfte von denen hier selbst gemacht.«

»Das ist wirklich beeindruckend«, sagt sie, und es ist ihm ziemlich peinlich, wie sehr es ihm gefällt, wenn sie das Wort »beeindruckend« in den Mund nimmt.

»Ich habe vor ein paar Jahren begonnen, mir Tutorials zur Holzbearbeitung anzusehen, um einzuschlafen. Die Rahmen sind einfach, der kniffflige Teil ist das Glas.«

Sie schweigt, und er richtet seine Aufmerksamkeit auf den Nachtisch, den sie mitgebracht hat – Teigbällchen mit Zimt. Er ermahnt sich, nicht darüber nachzudenken, ob Greg, der Casting-Director, jetzt mit demselben Dessert zu Hause sitzt, es im Ofen wärmt und mit einer Dipschale zum Tunken serviert. Er setzt sich ans Kopfende des Tischs, und nach dem sie einen kurzen Blick auf die Stühle geworfen hat, entscheidet sie sich für den Stuhl neben seinem.

»Ich habe auf der Herfahrt an einem Foodtruck Halt gemacht«, erklärt sie. »Ich wollte nicht mit leeren Händen kommen, aber ich war mir nicht sicher, was du magst.«

Er schluckt.

Er würde gern Stunden damit verbringen, ihr zu erzählen, was er mag und was nicht, und gleichzeitig dasselbe von ihr erfahren, aber er ist sich relativ sicher, dass sie nicht deshalb hier ist.

»Ich mag alles«, sagt er und greift nach einem Teigbällchen. Sie zupft ein Stück ab und stößt damit verschmitzt gegen seines.

»Cheers«, sagt sie, steckt sich das Stück in den Mund und stöhnt leise. »Verdammt, ist das lecker.«

Er speichert das Stöhnen als neues Geräusch ab und greift nach einem zweiten Bällchen. »Worüber habt ihr auf dem Date geredet?«, fragt er beiläufig.

Helen sieht auf und leckt sich den Zimtzucker von den Fingern. Sie streckt ihr glattes, nacktes Bein aus und legt es auf seinen Schoß. Seine linke Hand bewegt sich darauf zu und drückt ihr Schienbein.

»Über das Übliche«, antwortet sie. »Woher kommst du, was machst du so in deiner Freizeit, wo siehst du dich in ein paar Jahren?«

»Hm.« Grant massiert ihre Wade. »Hast du ihn geküsst?«

»Ich küsse normalerweise nicht beim ersten Date«, erwidert sie, lehnt sich zurück und legt auch das zweite Bein in seinen Schoß. Dann schließt sie die Augen und murmelt: »Das fühlt sich gut an.«

Grant schluckt. Er schiebt ihre Beine von sich und steht auf. Helen öffnet die Augen und sieht blinzelnd zu ihm hoch wie eine Katze, die gerade von einem durchaus annehmbaren Schoß vertrieben wurde.

»Was ist?«, fragt sie.

Er runzelt die Stirn. »Nichts.«

Sie neigt den Kopf. »Du bist verärgert.«

»Du hast mich warten lassen«, murmelt er und wirft einen Blick auf die Uhr. »Vielleicht möchte ich bald ins Bett.«

»Soll ich gehen?«

Er stößt wegwerfend die Luft aus und schließt die Finger um die Stuhllehne, denn er vertraut seinen Händen nicht, wenn sie in der Nähe ist. Er hat das grauenhafte Gefühl, dass er beinahe jede Karte ausgespielt hat, die ihm zur Verfügung steht, während sie noch nicht einmal richtig begonnen hat.

»Warum bist du hergekommen?«, fragt er schließlich.

»Ich wollte sehen, wo du wohnst«, antwortet Helen. »Und ich war mir nicht sicher, ob du mich noch einmal einladen würdest.«

Helen hält den Atem an und wartet darauf, dass er sie rauswirft. Sie könnte es ihm nicht verübeln – es ist spät, und es war ein riesiger Fehler, hierherzukommen, ohne vorher zu wissen, was sie sich von dem Treffen erhofft. Suraya hat sie am Anfang der Zusammenarbeit gewarnt, dass man immer eine Agenda im Kopf haben sollte (»Sonst verschwendest du nur die Zeit deiner Kollegen – und ja, sie werden es dir für immer übel nehmen.«)

Warum bist du hergekommen? Sie hat nicht erwartet, dass er sie so direkt danach fragen würde – vor allem, weil sie sich die Frage selbst noch nicht gestellt hat. Ehrlichkeit scheint die beste Wahl, aber als sie sieht, wie sein Kiefermuskel zuckt, überlegt sie, ob sie sich nicht eilig verabschieden und fliehen soll, bevor die Blamage unausweichlich wird und er sie nach Hause schickt.

Stattdessen sagt er: »Lass uns etwas spielen.«

Und so sitzt sie kurz darauf auf einem Hocker gegenüber der Couch, auf der Grant Platz genommen hat, und sie spielen auf dem Couchtisch *Vier gewinnt*.

»Ich habe dieses Spiel immer im Keller der Kirche in West-field gespielt«, erzählt sie, während sie den Rahmen aufbauen und die geschliffenen, glänzenden Schienen ineinanderschieben, denn es ist eine hübsche, erwachsene Version von *Vier gewinnt*, wie auch alles andere in diesem Haus eine seltsame Mischung aus »hübsch« und »erwachsen« ist. »Meine Eltern waren immer die Letzten, die ihre Kinder vom Sommercamp abholten, und die Nonnen, die für die Betreuung zuständig waren, hatten nur drei Spiele – Schach, Dame und *Vier gewinnt*.«

»Ich war nie in einem richtigen Sommercamp«, erklärt Grant und sortiert die roten und schwarzen Spielsteine. »Ich wurde immer zum Football-Training zwangsverpflichtet.«

»Es war nicht das, was ich mir erhofft hatte, wenn dir das etwas hilft«, meint sie. »Ich dachte immer, bei einem Camp wohnt man in Hütten im Wald, fährt Kanu und verliebt sich. Bei uns war es wie in der Schule, außer, dass nur Wahlfächer zur Auswahl standen. Ich habe getöpfert, war in einer Band und bei einem Lyrik-Workshop.«

Grant hebt eine Augenbraue. »Dann gibt es also irgendwo Gedichte von dir?«

»Ich bin mir ziemlich sicher, dass ich alle verbrannt habe«, antwortet Helen, schnappt sich die roten Spielsteine und setzt eine Scheibe in die linke untere Ecke. »Du bist dran.«

Grant betrachtet das Spiel stirnrunzelnd. »Ich habe auch mal Gedichte geschrieben. Über dich.«

Sie sieht ihn an, und er platziert seinen Spielstein gezielt in der anderen Ecke.

»Lügner«, sagt sie und lässt eine weitere rote Scheibe in den Rahmen fallen.

»Nein, wirklich«, erwidert er, und der Anflug eines Lächelns umspielt seine Lippen, während er den nächsten Zug setzt. »›Alles, was ich dir gern sagen würde‹. Das war der Titel. Es war in meinem ersten Jahr auf dem College und ein Arbeitsauftrag im Kurs *Kreatives Schreiben*. Wir sollten Gedichte an jemanden schreiben, mit dem wir gern geredet hätten, es aber nicht konnten.«

»Ich glaube dir immer noch nicht«, sagt sie und platziert ihren nächsten Stein. »Kann ich sie lesen?«

»Nein«, antwortet er. »Sie befinden sich auf einer alten Festplatte, und mein Laptop ist nicht damit kompatibel.«

»Wir könnten sie wiederherstellen. Die Technik dazu gibt es«, überlegt Helen.

»Ich rede lieber jetzt mit dir«, sagt er, und ihr Magen macht einen seltsamen kleinen Sprung, als er sie ansieht. Er tippt mit dem Finger an den Rahmen. »Das Spiel war ein Geschenk. In der Serie, für die ich geschrieben habe, spielte ständig jemand *Vier gewinnt*, und nach dem Dreh haben alle Drehbuchautoren ein personalisiertes Spiel als Geschenk bekommen.«

Helen betrachtet einen der roten Spielsteine genauer. »*The Guys*«, liest sie und platziert den Stein, um ihn zu blockieren.

»Es war mein erster großer Auftrag als Nummer zwei«, berichtet er und schiebt seinen schwarzen Stein neben ihren.

»Wie bei unserer Serie.«

»So in etwa.« Er blockt drei rote Steine in einer Reihe mit einem entschlossenen schwarzen, und sie glaubt nicht, dass sie sich schon jemals zu jemandem derart hingezogen gefühlt hat, mit dem sie *Vier gewinnt* gespielt hat. »Es ist jedes Mal anders. Die Serie damals wurde von zwei Brüdern, Dan und Chris, entwickelt. Nette Jungs und gute Drehbuchautoren. Aber mit dem Strippenziehen hinter den Kulissen waren sie nicht so vertraut, und wir wurden relativ schnell abgesetzt. Wenigstens hat es für die Anzahlung für dieses Haus gereicht.«

»Möchtest du einmal deine eigene Serie haben?«

Grant lacht. »Klar. Davon träumt wohl jeder, oder?«

»Warum machst du es nicht einfach?« Helen platziert einen Stein in der Mitte.

»Es ist nicht so leicht, Leute mit genügend Einfluss, die viel zu viel zu verlieren haben, davon zu überzeugen, dir Millionen von Dollar und mehrere Jahre ihres Lebens anzuvertrauen«, erwidert er und lässt seinen Stein rechts von ihrem in den Rahmen fallen. Dann leuchten seine Augen amüsiert auf, und er meint: »Gratuliere übrigens – du hast es gleich beim ersten Mal geschafft.«

Sie versucht, nicht zu stolz auf das Kompliment zu sein, und betrachtet den Spielrahmen.

Grant mischt seine verbleibenden Steine. »Außerdem helfe

ich gern anderen Leuten dabei, ihre Visionen zu verwirklichen. Vielleicht bin ich darin sogar besser, als darin, eigene Ideen zu entwickeln.«

Helen setzt ihren nächsten Stein, und er blockt den Zug.

»Meiner Meinung nach wärst du ein guter Show-Runner«, meint sie. »Wenn du für Suraya einspringst, bekommen wir mehr gebacken.«

Sie schiebt den nächsten Stein in den Rahmen, und seiner folgt sofort. Dann streckt er die Hand aus und tippt mit dem Zeigefinger auf eine diagonale Linie aus schwarzen Steinen. *Eins, zwei, drei, vier.*

»Ah«, sagt Helen. »Ich schätze, ich habe verloren.«

Grant hebt eine Augenbraue. »Was habe ich gewonnen?«

Sein Lächeln hat einen bitteren Unterton, und sie fragt sich, was er glaubt, das sie vorhat. Offenbar glaubt er, dass sie hier die Kontrolle hat – was auch immer das hier ist. Dabei fühlt sie sich eher wie eine Pilotin, die nach dem Start bemerkt, dass das Navigationssystem nicht funktioniert und das Flugzeug direkt auf einen Sturm zusteuert.

Helen wünscht sich mit einem Mal nichts sehnlicher, als dieses wissende und auch ein wenig traurige Grinsen von seinem Gesicht zu wischen.

Sie steht auf und tritt um den Couchtisch herum. Er sieht zu, wie sie ein Knie auf dem Kissen neben ihm absetzt und prüft, ob es ihrem Gewicht standhält, bevor sie sich rittlings auf seinen Schoß setzt. Seine Hände liegen neben seinen Oberschenkeln und geben sich trügerisch ruhig, als sie die Handflächen auf seine Brust legt und das schnelle Klopfen seines Herzens darunter spürt.

Sie lehnt sich nach vorn und drückt einen Kuss auf sein Ohrläppchen, so wie er es in seinem Büro bei ihr getan hat.

Sie spürt, wie er unter ihr scharf einatmet.

Helen dreht den Kopf, sodass ihre Nase gegen seine stößt. Ihre Lippen berühren sich kaum merklich, und sie glaubt, die

Verschiebung der Luftmoleküle zwischen ihnen zu spüren. Sie hält in dieser Position inne und wartet darauf, wer den Anfang macht. Sie? Oder er? Er gibt ein angespanntes Geräusch von sich, das tief aus seiner Kehle dringt.

»Quäl mich nicht«, sagt er.

»Ich dachte, du magst es, wenn ich dich quäle«, erwidert sie.

Er lacht auf, und seine Augen huschen zu ihren Lippen.

»Ich halte das alles nur bis zu einem gewissen Grad aus, Helen«, murmelt er. »Ich bin auch nur ein Mann.«

Die Begierde in seiner rauen Stimme stellt etwas mit ihr an, und sie beugt sich vor und drückt ihm einen schnellen, impulsiven Kuss auf die Lippen. Sie sind weich und warm und schon wieder fort, denn sie zieht sich zurück, bevor er den Kuss erwidern kann.

Er lässt langsam die Luft entweichen, und ihre Blicke treffen sich. Sie fragt sich, ob er das Gleiche in ihren Augen sieht wie sie in seinen – eine Dunkelheit, die so einladend ist, dass sie darin versinken möchte.

Im nächsten Moment packt er ihr Handgelenk in einer einzigen schnellen Bewegung und zieht sie an sich, um sie ein zweites Mal zu küssen. Ihre Augen schließen sich, und sie versinkt in einem tiefen, eindringlichen Kuss. Sie scheint zu fallen und sich gleichzeitig in Luft aufzulösen. Es ist ein gemächliches, betörendes Gefühl, und als sie sich schließlich von ihm lösen will, gibt Grant ein nachdrückliches Knurren von sich und nimmt ihre Lippen gefangen. *Dieses Mal läufst du nicht davon.*

Seine Zunge schiebt sich in ihren Mund, und sie seufzt wohlig, als sie daran denkt, was diese Zunge in seinem Büro angestellt hat. Sie stellt sich der angedeuteten Herausforderung und dreht sich in seinem Schoß, und als er nach Luft schnappt, löst sich seine Unterlippe von ihrer. Sie knabbert sanft daran, und er lacht, legt die Hände auf ihre Wangen und küsst sie langsam und überzeugend, als hätten sie alle Zeit der

Welt – bis der Kuss, der schon jetzt den Titel *Bester Kuss ihres ganzen Lebens* trägt, langsamer wird und von einem Erlebnis zu einer Erinnerung wird.

Sein Atem geht abgehackt, als er sich zurücklehnt, sein Gesicht ist vor Anstrengung gerötet, und eine vertraute Härte drückt sich von unten an sie.

»Du bringst mich um«, sagt er schließlich, während er ihre Schultern massiert, seine Hände hinunter zu ihren Hüften und den Schienbeinen wandern lässt.

»Vielleicht ist das hier das Endspiel«, meint sie.

Grant stößt ein kurzes »Ha!« aus, dann sieht er zu ihr hoch.

Er streicht eine verirrte Haarsträhne aus ihrem Gesicht und steckt sie hinter ihr Ohr, und sie erinnert sich an die Hitze des Scotchs, den sie auf Kevin Palermos Party getrunken hat, und wie sich seine Wärme von ihrem Mund bis in ihr Inneres ausgebreitet hat. Grant befördert sie zurück in die Gegenwart, indem er langsam, aber eindringlich den Daumen über ihre Achillessehne gleiten lässt.

»Im Ernst«, sagt er. »Gibt es ein Endspiel?«

Helen schnaubt und beugt sich nach vorn, um ihn zu küssen. *Im Endspiel geht es darum, ihn so oft wie möglich zu küssen.* Er ergibt sich einem, zwei, drei – ha, beinahe *vier* – Küssen, dann lehnt er sich erneut zurück. »Helen?«

Sie fühlt sich plötzlich vollkommen schutzlos. Sie schluckt und verfolgt die winzigen, kaum sichtbaren Regungen in seinem Gesicht. Ihre Finger sehnen sich danach, die Falten aus seiner Stirn zu streichen und die Spannung von seinem grimmigen Mund zu wischen. Stattdessen hält sie den Kragen seines T-Shirts umklammert, als würde es ihr helfen, ihn festzuhalten.

»Ich weiß es nicht«, meint sie schließlich. »Muss es eines geben?«

Er zeichnet langsame Kreise auf die Rückseite ihrer Oberschenkel, und sie fühlt sich, als würde sie schlafwandeln – und zwar entlang einer steilen Klippe.

»Ich mag keine Überraschungen«, sagt er. »Wenn es für dich ein Ablaufdatum oder einen Punkt gibt, an dem es endet, will ich es lieber sofort wissen.«

Ein Ablaufdatum. Als wären sie ein Brot oder der wässrige griechische Joghurt, der hinten in ihrem Kühlschrank steht. Helen legt den Zeigefinger auf seine Lippen und bringt den Gedanken zum Schweigen.

Er drückt einen sanften Kuss auf ihre Finger, und sein Blick ist so warm, dass sie es kaum aushält.

»Ich kann nicht klar denken, wenn du mich berührst«, murmelt sie und schließt die Augen.

Sie lehnt sich nach vorn und küsst ihn erneut, dieses Mal allerdings mit einer Dringlichkeit, der er sich ergibt, und sein Griff ist nicht mehr federleicht, sondern wie ein Schraubstock. Es ist ein suchender, fordernder Kuss. Ein Kuss, dem bewusst ist, dass sie nicht genug Raum und Zeit haben, um all die Arten ausleben zu können, auf die sie einander einfordern wollen, zumindest nicht heute Nacht. Irgendwo in einem dunklen Abgrund ihres Verstandes regt sich der Gedanke, dass es Spaß machen würde, das Kussspiel ewig weiterzuspielen, das Tempo und die Regeln zu verändern, bis sie wieder bei diesem ersten, perfekten Kuss angekommen sind.

Als er sich von ihr löst, ist sie diejenige, die ein Stück nach vorn fällt, und es nervt sie, wie schnell sie gelernt hat, dem Gefühl seiner Lippen auf ihren hinterherzujagen. Er lacht leise.

»Sag Bescheid, wenn du dich entschieden hast«, meint er und stößt die Luft aus. »Ich möchte wenigstens den Hauch einer Chance haben, das hier zu überleben.«

Helen hält den Blick starr auf die Senke zwischen seinen Schlüsselbeinen gerichtet und streichelt die kleine Stelle mit einem unbeirrbaren, hochkonzentrierten Stirnrunzeln. Er schluckt, und ihre Augen folgen der Bewegung seines Adamsapfels.

»Helen«, sagt Grant, um ihre Aufmerksamkeit zurückzugewinnen.

»Hm«, antwortet sie und hebt die Hand, um seine Bartstoppeln zu befühlen.

»Warum bist du an dem Abend in New Jersey gegangen, nachdem du mich gefragt hast, ob du bei mir schlafen kannst?«

Ihre Hand hält inne, und ihr Stirnrunzeln richtet sich nun auf ihn. Aber daran ist er gewöhnt. Er spürt das dringende Verlangen, die Hand auszustrecken und die Falten aus ihrer Stirn zu streichen.

»Ich dachte, wenn ich bleibe, würde ich vielleicht … etwas sehr Dummes machen.«

Er lacht. *Etwas Dummes.* Sie ist immer so anständig, sogar in Situationen wie dieser. Er umfasst ihre Mitte fester und dreht sich in einer einzigen fließenden Bewegung mit ihr in den Armen, sodass sie auf der Couch liegen. Sie befindet sich direkt unter ihm, und ihr Mund ist zu einem perfekten, überraschten *O* geformt. Ein urtümlicher Teil in ihm verspürt einen Moment lang eine tiefe Befriedigung. So fühlt es sich also an, wenn sie unter ihm ist.

»Helen …«, sagt er und drückt seine unverkennbare Erektion an ihren Oberschenkel. »Wir werden heute Abend keinen Sex haben. Ich bin nicht in der Stimmung.«

Sie lacht, und er schmiegt das Gesicht an ihren Hals, damit sie nicht sieht, wie groß sein Verlangen ist, sie ins nächste Wochenende zu vögeln.

»Kannst du heute bei mir schlafen?«, fragt er an ihrem Hals.

»Hm«, meint sie, und eine halbe Ewigkeit vergeht, bis sie hinzufügt: »Aber ich habe nichts zum Anziehen dabei.«

Er hebt den Kopf. »Du bist eine wirklich gemeine Frau, ist dir das klar?«

Sie kichert, und er rollt sich von ihr, bevor er etwas ...
Dummes tut.

»Ich hole dir ein T-Shirt«, presst er hervor und verschwindet im Schlafzimmer.

Er gibt ihr ein weiches hellgraues T-Shirt, und sie ist sich einigermaßen sicher, dass er ihr schon einmal im Writers' Room damit gegenübergesessen hat. Außerdem bekommt sie Boxershorts, für die sie besonders dankbar ist, denn ihr Spitzenslip ist peinlich feucht. Grant lässt sie in seinem Schlafzimmer allein, damit sie sich umziehen kann, was sie für eine höfliche und anständige Geste hält, bis ihr klar wird, dass er sie allein *in seinem Schlafzimmer* gelassen hat.

In dem Zimmer, in dem er schläft. In dem er vermutlich schon einmal Sex hatte. Und – wenn sie ehrlich ist – vermutlich auch Sex mit ihr haben wird, denn sie sind schon so weit über den Punkt hinaus, ab dem es nur noch eine Frage der Zeit ist, dass es beinahe lachhaft ist. Sie erinnert sich dunkel, dass sie erst heute Morgen beschlossen hat, keinen weiteren Spielzug zu machen, bis das Spielfeld verlassen ist. Aber dann ...

Er klopft, bevor er eintritt, und sie wirken wie eine spiegelverkehrte Version dessen, was am Nachmittag in seinem Büro passiert ist. Sein Blick wandert über das weite T-Shirt und zu dem schmalen Streifen der Boxershorts, der unter dem grauen Stoff hervorblitzt. Er schluckt schwer, und ihr wird klar, dass sich ihre Brustwarzen unter dem T-Shirt aufgerichtet haben.

»Grant?«

»Hm?«

»Du hast geklopft.«

»Scheiße, ja«, sagt er und lacht über sich selbst. »Stimmt. Ich habe eine Ersatzzahnbürste, falls du sie haben willst.«

Es ist seltsam intim, neben Grant zu stehen und sich die Zähne zu putzen, auch wenn er noch vollständig bekleidet ist und sie seine Sachen trägt. Es ist, als würden sie über einen Insiderwitz lachen, als sich ihre Blicke dabei im Spiegel treffen.

»Was?«, fragt sie, nachdem sie den Mund ausgespült hat.

»Nichts«, erwidert er. »Meine Klamotten stehen dir.«

Sie kehrt als Erste ins Schlafzimmer zurück und zieht die Knie an die Brust, während sie auf ihn wartet. Kurz darauf kommt er mit einem zweiten Kissen und einer Decke ins Zimmer.

»Die Couch ist doch okay für dich, oder? Ich habe nur ein Bett, und das gehört mir, also …«

Sie wirft ein Kissen nach ihm.

Er duckt sich und lacht. »Tut mir leid, ich konnte nicht widerstehen.«

Das Lachen in seinen Augen verschwindet mit jedem Schritt, den er auf das Bett zumacht, und als er an der Bettkante angekommen ist, wartet sie kniend darauf, die Arme um seinen Hals zu schlingen.

»Dann bleibst du also hier?«, sagt er, als sie einander berühren, und es klingt wie eine Frage.

Als Antwort zieht sie an seinem Shirt, und er hebt die Arme, damit sie es ihm über den Kopf ziehen kann.

Ah. Grant Shepards starke Brust direkt vor ihren Augen. Ihre Hände gleiten zurück zu seinen Schultern, und ein abenteuerlustiger Finger macht sich auf, um die Furchen zu erkunden, die nach harter Arbeit aussehen. Muskulöse, nackte Männeroberkörper haben sie nie sonderlich interessiert – ihr waren immer die in gemütliche Pullover gehüllten Exemplare lieber, bei denen sie sich fühlte wie im Katalog eines typisch amerikanischen Herrenausstatters. Aber jetzt, da sie spürt, wie sich die harten Muskeln auf Grants makelloser Brust unter ihren Fingern dehnen und zusammenziehen, kommt ihr der

Gedanke, dass es vielleicht nur so war, weil sie nie gedacht hätte, dass einmal ein solcher Körper vor ihr liegen und sie die Erlaubnis haben würde, ihn zu berühren, zu erkunden und – wie sein immer schwerer gehender Atem vermuten lässt – zu erregen.

Sie überlegt, dass sie ihn vermutlich schon mal mit freiem Oberkörper gesehen hat, wenn er sie früher während des Sportunterrichts überholt hat, und sie würde ihrem jüngeren Ich am liebsten »Lauf schneller!« zurufen.

»Wie ist so etwas überhaupt möglich?«, fragt sie, während ihre Hand über seine Bauchmuskeln wandert, und er lacht.

»Beim Workout bekomme ich einen klaren Kopf«, sagt er. »Manchmal denke ich zu viel.«

Sie würde gern jeden Zentimeter seines Körpers mit der Zunge erkunden, bis er keinen einzigen klaren Gedanken mehr fassen kann.

Offenbar ist ihr anzusehen, woran sie gerade gedacht hat, denn er schluckt schwer. Dann richtet er den Blick auf ihr Gesicht, um ihre Reaktion zu beobachten, während er die Knöpfe seiner Jeans öffnet. Helen schnappt nach Luft und wendet sich eilig ab. Sie hört ihn leise lachen, dann landet die Hose auf dem Boden.

»Ich versuche, artig zu sein«, sagt sie. »Hör auf, mich auszulachen.«

Schubladen öffnen und schließen sich, dann bewegt sich die Matratze unter ihr, und sie spürt das warme Gewicht seines Knies auf dem Bett. Sie dreht sich um und sieht, dass er eine Jogginghose trägt. Er setzt sich ihr gegenüber, sodass sie sich ansehen, dann legt er ein Bein um sie herum und zieht sie damit näher an sich heran.

Die kalte Luft im Zimmer weicht der angenehmen Wärme, die sein Körper ausstrahlt, und sie fühlt sich wie ein Häschen in der Falle.

Er legt eine Hand auf ihre Haare, und sein Daumen streicht über ihre Schläfe.

»Manchmal«, meint er leise, »glaube ich, du hast Angst vor mir. Dabei hast du immer die Oberhand.«

Aber das stimmt nicht. Seit sie sich kennen, ist immer er derjenige gewesen, auf den alle hören und der sich überall und in jeder Situation wohlfühlt, während bei ihr das Gegenteil der Fall ist. Er ist derjenige, der sie auch nach all den Jahren mühelos durchschaut.

Wenn sie die Oberhand hätte, wüsste sie die Antwort auf seine allzu ehrliche Frage, die sie immer noch nicht loslässt. *Warum bist du hergekommen?* Sie ist sich nach wie vor nicht sicher, aber langsam vergisst sie, dass auch die Möglichkeit bestanden hätte, es nicht zu tun.

»Ich … ich habe nicht vor, irgendjemanden ernsthaft zu daten«, platzt sie heraus. »Immerhin kehre ich in ein paar Monaten nach New York zurück.«

Grant gibt ein leises »Hm« von sich und schiebt eine Haarsträhne hinter ihr Ohr. »Dann war Greg, der Casting-Director, also nichts Ernsthaftes?«

Sie ist sich sicher, dass er genau sieht, wie schnell ihr Herz klopft.

»Das war bloß zum Zeitvertreib«, stimmt sie ihm zu. »Ich dachte, ich könnte etwas Ablenkung gebrauchen.«

»Ich könnte dich ablenken«, murmelt Grant, und seine Fingerknöchel gleiten an ihren Armen hinab. »Wovon willst du dich denn ablenken?«

»Ähm.« Helen lässt die Luft entweichen. »Ich kann mich nicht erinnern.«

»Siehst du«, neckt er sie, und seine Worte bringen ihn aufreizend nah an sie heran, aber nicht nah genug. »Es funktioniert.«

Sie will die Lücke zwischen sich und ihm gerade schließen, als er den Blick senkt und ein amüsiertes »Hah« von sich gibt, sobald er die Adresse auf der Innenseite ihres Oberschenkels sieht.

»Tut mir leid deswegen«, sagt er und lässt den Daumen über die Schrift gleiten. »Ich wurde wohl kurzzeitig wieder zum Höhlenbewohner.«

»Kein Thema«, murmelt sie, und sein Mundwinkel wandert nach oben.

»Also ...« Sein Blick huscht zu ihren Lippen, und sie befeuchtet sie erwartungsvoll mit der Zunge. Er schluckt. »Willst du dir mit mir ein fünfundvierzigminütiges Video darüber ansehen, wie man die perfekte Vitrine tischlert?«

Es stellt sich heraus, dass Tutorials zur Holzverarbeitung eine überaus behagliche Art sind, den Freitagabend zu verbringen. Sie sitzt neben ihm – gerade weit genug weg, um ihn nicht zu berühren –, und er erklärt die Insiderwitze des großväterlichen Tischlers mit dem trockenen Humor.

»Ha.« Sie lacht auf und spürt, wie der Schlaf sie langsam übermannt, als sie zurück ins Kissen sinkt. »Bitte zeig mir solche Videos nie wieder.«

Grant lacht ebenfalls leise. »Okay«, sagt er und umfängt ihr Kinn, um ihr einen schnellen Kuss auf die Lippen zu drücken. »Ich nehme Kopfhörer.«

Ein warmes, unbekanntes Gefühl breitet sich in ihrer Brust aus, doch sie drängt es zurück und schmiegt den Kopf an seine Schulter. Er legt den rechten Arm um sie, während er mit der linken Hand nach den In-Ear-Kopfhörern auf dem Nachttisch greift.

Sie sieht ihm eine Weile lang zu, wie er das Video zu Ende schaut, und sie denkt an ihren gemeinsamen Flug, als sie sich zusammen *Schweinchen Babe* angesehen haben und er um einiges jünger und weniger unbesiegbar aussah. Vielleicht ist das der einzige Winkel, aus dem man einen Blick auf diese Version von Grant erhaschen kann – ein wenig von der Seite und von unten zu ihm empor. *Es könnte mein liebster Anblick von ihm werden.*

»Es ist auch für mich ein ziemlich schöner Anblick«, sagt er, und ihr wird erst langsam klar, dass sie den letzten Satz laut ausgesprochen hat, bevor sich ihre Augen schließen.

Kapitel 18

Als Helen aufwacht, strömt Sonnenlicht durch die Fenster, und Grants Arm hält sie fest umschlungen und drückt ihren Körper an seinen. Es ist ein warmes, angenehmes Gewicht, und sie ist so erleichtert, dass es noch immer da ist und sie die letzten vierundzwanzig Stunden nicht geträumt hat, dass ihr beinahe der Kopf schwirrt. Sie starrt auf die gegenüberliegende Schlafzimmerwand und erkennt, dass sie im Tageslicht anders aussieht. Weniger behaglich und sicher, sondern eher wie eine normale, alltägliche Wand. Sie schluckt und fragt sich, was sie nach letzter Nacht heute Morgen zueinander sagen werden. Irgendwann werden seine langsamen, tiefen Atemzüge flacher, und etwas Hartes drückt sich an ihren Hintern.

»Hm«, knurrt er verschlafen, und seine Hand gleitet über das geliehene T-Shirt und zu ihrem Bauch, dann schiebt er sie unter den Stoff.

»Ich glaube, diesen Traum hatte ich schon mal«, murmelt sie und spürt sein Kichern an ihrem Ohr, während sein Daumen einige Zentimeter über ihrem Nabel Kreise zieht. »Damals, in der Hütte.«

»Was ist in dem Traum passiert?« Er streckt die Finger, und sein Daumen berührt beinahe die Wölbung ihrer Brust. Sie stößt zitternd die Luft aus, und er ebenfalls.

»Es war deine Decke«, sagt sie, drückt ihre Rückseite an ihn und hört ein erfreuliches »Hm«. »Sie roch nach dir, und seitdem sehne ich mich irgendwie danach.«

Er drückt sich erneut gegen sie, und der Stoff der geliehenen Boxershorts verrutscht, sodass sie seine Erektion auf ihrer nackten Pobacke spürt. Er zieht die Hand unter dem Shirt hervor, und sie landet auf ihrer Hüfte. Seine Finger graben sich in ihre Haut.

»Wonach sehnst du dich noch?«

Sie presst die Oberschenkel zusammen, um mehr Reibung zu erzeugen, und er stöhnt mit dem Mund in ihrem Nacken und zieht sie an den Hüften nach hinten. Sie reibt sich gemächlich an ihm, und er stößt die Luft aus.

Seine Hand gleitet von ihrer Hüfte und nach unten, wo sie sich gegen die feuchte Hitze drückt, die durch die geliehenen Boxershorts dringt.

»Verdammt«, sagt er. »Du bist feucht.«

»Mhm«, antwortet sie, beißt sich auf die Lippe und drängt sich an ihn.

»Kannst du so kommen, Süße?«, knurrt er fragend in ihr Ohr und drückt die Hand noch fester gegen sie.

»Ich …« Sie schnappt nach Luft, als er die Hand nach oben und gegen ihre Klitoris schiebt und sich anschließend wieder zurückzieht.

»Du …«, meint er herausfordernd und wiederholt die Bewegung.

»Ich will deinen Finger in mir«, sagt sie.

»Ich dachte schon, du fragst nie«, antwortet er und schiebt den Mittelfinger in ihren feuchten Schoß.

Sie stöhnt auf und gewöhnt sich nach und nach an das Gefühl von ihm in ihr.

»Verdammt«, sagt er erneut und setzt die langsame, nach oben drückende Bewegung seiner anderen Finger fort.

»Grant«, flüstert sie keuchend und schmiegt sich näher an ihn heran, während die Spannung in ihr weiter steigt.

»Wirst du auf meinem Finger reiten wie ein braves Mädchen?« Er küsst ihren Hals.

»Ja«, keucht sie und spannt ihre inneren Muskeln, um ihn weiter in sich aufzunehmen.

»Wie wäre es mit einem zweiten?«, murmelt er.

»Ja«, wiederholt sie, als gäbe es keine anderen Worte mehr. Ein unwillkürliches Stöhnen dringt über ihre Lippen, als er einen weiteren Finger in sie schiebt.

»Wie ging dein Traum zu Ende, Helen?«

»Ich wollte kommen«, flüstert sie. »Aber das ging nicht, denn du warst unten im Erdgeschoss.«

»Stimmt, das war ich«, raunt er. »Wenn ich gewusst hätte, was dort oben auf mich wartet …«

Helen gibt ein leises, leidenschaftliches »Hmm« von sich, und er krümmt die Finger in ihr, als wollte er sie zu sich locken.

»Bitte, Grant«, keucht sie.

»Es gefällt mir, wenn du das sagst«, knurrt er.

»Bitte, Grant«, wiederholt sie beinahe verzweifelt, und er belohnt sie, indem er die schnelle, lockende Bewegung in ihrer feuchten, heißen Inneren wiederholt. Immer und immer wieder, bis alles in ihr vor Verlangen pulsiert. »Darf ich jetzt kommen?«

»Du darfst kommen, wenn ich es sage«, erklärt er leise. »In fünf …«

Sie lässt langsam die Luft entweichen.

»Vier …«

Er presst sich an sie.

»Drei …«

Seine Finger drücken sich bis zum Anschlag in sie.

»Zwei …«

Sein Handballen massiert ihre Klitoris, und sie stöhnt auf.

»Eins.«

Er krümmt die Finger, trifft genau diesen einen Punkt, und die Welt explodiert hinter ihren geschlossenen Augen. Sie merkt nur am Rande, dass die verzweifelten, beinahe schluchzenden Worte von ihr kommen, und umklammert Grants

Handgelenk, um es an sich zu drücken. *Bitte, Grant.* Sie spürt, wie sein Atem in ihren Haaren schneller wird, und weiß, dass er mit ihr gemeinsam zum Höhepunkt kommt.

Später, als sie beide wieder zu Sinnen gekommen sind, presst sie die Augen fest zusammen und tut, als würde sie schnarchen. Grant lacht, sein Atem geht immer noch flach und schwer.

Sie dreht sich um, und er mustert sie eindringlich.

»Das ist eine Möglichkeit, um Morgenatem zu entgehen«, murmelt sie, und er reibt sich verschlafen die Augen und lacht.

»Du bist witziger, als ich dachte«, sagt er. »Bevor ich dich kennengelernt habe.«

Helens Herz zieht sich bei dem »bevor ich dich kennengelernt habe« zusammen, und sie fragt sich, was er damit meint. Wie weit zurück reicht seine Erinnerung? Meint er vor ihrer gemeinsamen Reise an Weihnachten? Oder früher? Bevor sie nach L.A. zog? Oder vor der Nacht, die seinen Namen für immer mit ihrer Familiengeschichte verbunden hat?

Wie oft hat er damals – *bevor er sie kennengelernt hat* – an sie gedacht? Hat er überhaupt an sie gedacht? Sie weiß, dass ihr an der Highschool der Ruf einer humorbefreiten Langweilerin vorauseilte, aber es tut trotzdem weh, dass er womöglich auch dieser Meinung war.

Das Lachen verschwindet aus seinen Augen, als er sie ansieht.

»Tut mir leid«, murmelt er. »Ich war ein Idiot, dass ich dich so wahrgenommen habe.«

Sie lächelt leise und zuckt mit den Schultern. »Ich habe dir und allen anderen keinen Grund gegeben, etwas anderes über mich zu denken.«

Er streckt die Hand aus, um ihr die Haare aus dem Gesicht zu streichen, und sie erkennt plötzlich, wie unwahrscheinlich es ist, dass sie nach all der Zeit beide heute hier, in diesem Bett, gelandet sind. Es waren einige unabsichtliche, falsche Abzweigungen dafür nötig, und eine akute, überraschende Panik macht sich in ihr breit, als ihr klar wird, wie nahe sie einer Situation gekommen sind, aus der das hier niemals entstanden wäre. Dieses Bett, dieser Morgen und dieses *Etwas* zwischen ihnen existiert in einer kostbaren Blase, die möglicherweise zerplatzt, sobald sie von hier verschwindet.

»Da ist er wieder«, murmelt er und streicht mit dem Fingerknöchel über ihre Wange. »Dieser Blick, der kilometerweit ins Leere geht, obwohl ich direkt vor dir bin.«

»Es ist nur …« Sie bricht ab und lehnt sich seiner Berührung entgegen. Er weiß genau, wie sie berührt werden möchte, und vermutlich wird sie das ihr Leben lang vermissen. »Mein Gehirn dreht mit Vollgas seine Kreise. Aber ich bin immer noch hier.«

Sein Mundwinkel wandert nach oben. »Ich weiß. Dein Gehirn macht nie Pause, oder?«

»Ich glaube, vorhin hat es das für ein oder zwei Sekunden gemacht.«

Er lacht (ihr gefällt, dass sie dafür verantwortlich ist) und mustert sie. »Was machst du heute noch?«

Sie zuckt mit den Schultern.

»Ich brauche einen Garderobenständer«, sagt er wie aus dem Nichts heraus. »Komm doch mit.«

Kapitel 19

Es stellt sich heraus, dass er vorhat, den Garderobenständer auf einem Antiquitätenmarkt zu kaufen, der jedes Wochenende in einem stillgelegten Flugzeughangar in Santa Monica (und etwa zwanzig Minuten von ihrer Wohnung entfernt) stattfindet. Es gibt ihr einen guten Vorwand, um kurz nach Hause zu fahren, während er sich auf den Weg unter die Dusche macht, zu ihrer eigenen Dusche, ihren Bade- und Beautyprodukten und vor allem ihren Haarpflegemitteln, denn ihre Frisur sieht inzwischen vermutlich aus wie ein Krähennest. Sie schickt ihm die Adresse, bevor sie sich zu viele Gedanken darüber machen kann, und fährt los.

Auf dem Nachhauseweg kommt sie an mindestens zwei weiteren Flohmärkten vorbei, und sie fragt sich, wieso er so plötzlich einen Garderobenständer braucht.

Als Helen die Tür zu ihrer Wohnung öffnet, stellt sie ein wenig überrascht fest, dass alles noch genauso aussieht, wie sie es gestern Früh verlassen hat. Dieselbe Marmorarbeitsplatte, dieselben beigefarbenen Möbel, dieselben austauschbaren Bilder an der Wand. Sie denkt daran, wie besorgt ihre Mutter wegen der Erdbeben im Raum Los Angeles war, und überlegt, ob ein emotionales Erdbeben dasselbe mit einem anstellt – durcheinandergerüttelte Knochen, zitternde Grundfesten, Bilder und Regale, die schief an den Wänden hängen. Sie fragt sich, ob *er* auch dieses Gefühl hat und was er jetzt gerade denkt.

Sie steigt in die Dusche, tritt unter den heißen Wasserstrahl und schlingt die Arme um ihren Körper. Dampf steigt auf, das Glas beschlägt, und sie ergibt sich der Ruhe und der reinigenden, meditativen Wirkung des Wassers, das über ihren Körper fließt.

Sie nimmt sich einen Moment, um zurückzudenken und darüber zu sinnieren, was in den letzten vierundzwanzig Stunden passiert ist.

Sie hat Grant Shepard geküsst.

Sie hat in seinem Bett, in seinen Armen geschlafen.

Sie haben einander mindestens dreimal seit der Silvesterparty zum Orgasmus gebracht, obwohl sie die genaue Anzahl mittlerweile nicht mehr weiß.

Das wird nicht gut ausgehen, warnt sie eine leise Stimme in ihrem Hinterkopf. *Das kann es nicht.*

Sie macht sich selbst nichts vor. Sie weiß, dass sie zufällig etwas erleben durfte, das sie nicht für immer behalten kann – *Grant Shepards ungeteilte Aufmerksamkeit.* Ihn auf echte Weise in ihrem Leben zu behalten, wäre gleichbedeutend mit einem Streichholz, das sie eigenhändig an den Vorhang hält, den sie die letzten dreizehn Jahre lang sorgsam gewebt hat. Ihre Eltern würden es nie verstehen oder akzeptieren, und jedes Mal, wenn sie ihn sehen würden, würden sie erneut den alten Schmerz durchleben, obwohl Helen mit aller Kraft versucht hat, ihn zu heilen und ihnen zu helfen, die Vergangenheit hinter sich zu lassen.

Also nein, dieser Kampf zwischen ihren Bedürfnissen und alten Notwendigkeiten kann nicht gut ausgehen.

Aber sie ist sich auch sicher, dass er jetzt noch nicht enden kann.

Noch nicht, denkt sie. *Sollten wir es nicht wenigstens noch ein bisschen genießen dürfen, bevor wir es aufgeben müssen?*

Vielleicht genießt sie es schon jetzt viel zu sehr.

Helen schlüpft in eine Jeans und eine weiße Bluse mit lockerem Kragen, und ihr bleibt gerade genug Zeit, um die Haare zu föhnen, bevor ihr Handy vibriert und eine neue Nachricht eingeht. Es ist albern, wie sich ihr Herz mit einem Mal zusammenzieht, wenn sie seinen Namen auf dem Display sieht.

Ich bin da.

Sie öffnet die Tür und sieht ihn, bevor er sie wahrnimmt. Er lehnt an einem Parkplatzschild und trägt eine Sonnenbrille und den marineblauen Hoodie, den sie in seinem Schrank gesehen hat. Er scrollt durch sein Handy, und sie ist versucht, ein Foto von ihm zu machen – einen Beweis dafür, dass er auf sie wartet. Etwas, auf das sie zurückschauen kann, wenn sie alt und grau ist. Etwas, das ihr versichert, dass das alles wirklich passiert ist.

In diesem Moment hebt er den Blick, und es ist, als würde die Sonne eigens durch die Wolken brechen, um Grant Shepards Lächeln zum Strahlen zu bringen. Er sieht aus wie ein Filmschauspieler, und sie nestelt unsicher an dem Riemen ihrer Handtasche, während sie auf ihn zugeht. Er richtet sich auf und steckt das Handy weg.

Dann streckt er eine Hand nach ihr aus und zieht sie an sich, um sie zu küssen – langsam, entschlossen, sicher. Sie stößt sanft die Luft aus, als er sich von ihr löst und seine Stirn an ihre lehnt, und eine zufriedene Wärme breitet sich in ihr aus.

»Ich wollte nur etwas nachsehen«, sagt er, und ihr Herz zieht sich zusammen, als hätte es jemand mit der Faust zerdrückt.

»Fährst du?«, fragt sie.

Er nickt und geht zur Fahrerseite seines grauen Cabrios. Sie rutscht auf den Beifahrersitz. Es ist das erste Mal, dass sie hier in L.A. in seinem Auto sitzt. Sie weiß kaum etwas über Autos, aber sie hat genügend Filme gesehen, um zu wissen, dass Mädchen wie sie – *brave Mädchen, die auf ihre Eltern hören* – nicht in solchen Cabrios durch die Stadt brausen.

»Also«, beginnt er und reiht sich in den Verkehr ein. »Was machst du so in deiner Freizeit?«

»Ich, ähm ...« Aus irgendeinem Grund ist sie plötzlich nervös. »Ich mache lange Spaziergänge und höre mir dabei Podcasts von Stand-up-Comedians an.«

Grant lacht leise und biegt nach links ab. »Warum Stand-up-Comedians?«

»Sie verstehen es, mit Leuten zu reden – ich nicht«, erklärt sie. »Deshalb höre ich mir gern ihre Gespräche mit ihren Gästen an. Oft auch vor Meetings, als Aufwärmübung und Erinnerung daran, wie Unterhaltungen funktionieren.«

»Du bist nicht so ungeschickt in solchen Dingen, wie du denkst.«

»Dann funktioniert es also«, murmelt sie, und er lacht.

»Und was machst du gern?«, fragt sie, während er einen anderen Gang einlegt. Sie sieht auf seine Hand hinunter und fragt sich, was er tun würde, wenn sie sie berührt.

»Ich gehe ab und zu zum Eishockey«, erzählt er. »Vor ein paar Jahren war ich mit ein paar Typen in einem Writers' Room, die einen Verein gegründet haben, und sie brauchten noch ein paar Leute, also habe ich mich ihnen angeschlossen, um mir die Zeit zu vertreiben.«

»Bist du während der Schulzeit auch Schlittschuh gelaufen?«, fragt sie stirnrunzelnd und versucht, sich zu erinnern.

»Nein. Ich habe erst als Erwachsener damit begonnen. Zusammen mit einer Horde kleiner Kinder, wie eine Giraffe in Hockeyschuhen.«

Sie versucht, sich Grant Shepard nicht von Kindern umringt auf dem Eis vorzustellen – das ertragen ihre Eierstöcke nicht.

»Du bist ein echter Teamplayer«, bemerkt sie. »Football, Hockey, der Writers' Room. Was machst du, wenn du allein bist?«

Grant wirft ihr einen seitlichen Blick zu, dann greift er beiläufig nach ihrer Hand und verschränkt die Finger mit ihren.

»Hm. Tischlern, falls irgendjemand ein Projekt für mich hat. Ins Fitnessstudio gehen. Unterlagen lesen, die meine Agentin mir schickt. Keine Ahnung. Ich schätze, allein bin ich ziemlich langweilig.«

Er hebt ihre Hand an den Mund und drückt ihr einen schnellen Kuss auf den Handrücken, als sie vor einer roten Ampel halten. Sie hält den Atem an – sein Daumen streichelt sanft über ihren.

»Ich finde dich nicht langweilig«, murmelt sie, und ihr Herz pocht zustimmend.

»Das ist ein gutes Zeichen«, meint er.

Der Santa-Monica-Antiquitätenmarkt ist ein relativ kleiner Flohmarkt, aber ideal, um sich umzusehen, sich zu unterhalten und an den Ständen vorbeizuschlendern, die stolz ihre unterschiedlichen Schätze präsentieren, die für alle interessant sind, die eine romantische Faszination für die Vergangenheit hegen.

Helen hält an einem Stand mit gebrauchten Büchern und Kunstdrucken und unterhält sich lange mit dem älteren Besitzer Yanis, der in den 1990ern seinen Job als Computerprogrammierer aufgegeben hat, um seiner wahren Leidenschaft zu folgen und Kunsthändler zu werden. Am Ende ist sie um mehrere seltene Buchmarken und eine Ausgabe von *Der Pfarrer von Wakefield* aus dem 19. Jahrhundert reicher, und Grant merkt an der Art, wie sie alle paar Meter seine Schulter berührt, um ihm etwas Interessantes zu zeigen, dass sie guter Stimmung ist.

Sie entdecken mehrere Garderoben, und er stellt fest, dass Helen das Feilschen so ernst nimmt, als wäre es ein olympischer Sport.

»Wie viel?«, fragt sie. »Hm. Hier sehe ich einen kleinen Kratzer, aber ansonsten ist sie recht schön. Vielleicht kommen wir später wieder.«

Sie entscheiden sich für einen Vintage-Garderobenständer von einem Verkäufer, der vor allem darauf aus ist, seine anderen, wesentlich größeren Möbelstücke zu verkaufen. Helen handelt den Kaufpreis auf 60 Dollar herunter und flüstert ihm anschließend zu, dass er online vermutlich ab 125 Dollar aufwärts dafür bekommt. Der Verkäufer wickelt die Garderobe in Folie und reicht Grant ein Ticket, mit dem er sie später abholen kann.

Grant führt Helen durch den Markt zurück zum Parkplatz.

»Warum kennst du dich so gut mit Preisen für alte Möbel aus?«

Sie zuckt mit den Schultern.

»Eine meiner Autorinnenfreundinnen – Elyse – hat ihr ganzes Haus mit Sachen vom Flohmarkt und aus Haushaltsauflösungen möbliert«, erklärt sie. »Daraus hat sich eine kleine Besessenheit entwickelt. Wir hatten nie etwas Altes in unserem Haus. Meine Eltern sind der Meinung, dass Flohmärkte schmutzig klingen.«

»Hm«, meint er. »Glaubst du, dass die Ostküste für immer dein Zuhause bleiben wird?«

Helen lässt sich Zeit mit ihrer Antwort. »Ich habe mir nie Gedanken darüber gemacht, irgendwo anders hinzuziehen«, sagt sie. »Nicht wirklich.«

»Könntest du dir vorstellen, aus irgendeinem Grund in L.A. zu bleiben?«, fragt er.

»Für die Serie«, sagt sie. »Wenn es gut läuft, vielleicht. Das Wetter ist toll. Und mir gefällt, dass ich mich nicht mehr an derselben Küste befinde wie meine Eltern, so furchtbar das auch klingen mag. Sie machen sich ständig Sorgen um mich, und hier … hier spüre ich es nicht so sehr.«

»Haben sie dich oft in New York besucht?«

Helen schüttelt den Kopf.

»Sie haben erwartet, dass ich regelmäßig nach Hause komme, und es war nahe genug, um mir das Gefühl zu geben, dass sie recht haben und ich sie wieder besuchen sollte.« Sie zuckt mit den Schultern. »Auf jeden Fall kommt das Studio bis zum Ende der Produktion im April für meine Wohnung auf, ich habe also noch etwas Zeit, um derartige Entscheidungen zu treffen.«

Er fragt sich, ob er bei diesen Entscheidungen ebenfalls eine Rolle spielt.

»Hm«, meint er schließlich.

Sie steigen ins Auto, und er fährt zur Abholzone.

»Wie transportierst du die Garderobe nach Hause?«, fragt Helen.

»Vorsichtig«, antwortet er.

Sie übergeben das Ticket an einen Mann in einer orangefarbenen Weste und warten vor dem Eingang, wo sie sich gegen die Parkplatzumrandung lehnen. Er mustert sie von der Seite – ihre Wangen sind gerötet, und ihre Haare sind vom Wind zerzaust, nachdem sie zwei Stunden lang in der frischen Luft unterwegs waren. Sein Herz zieht sich unter dem plötzlichen Verlangen zusammen, sie an sich zu ziehen – sie ist so verdammt schön –, aber seit sie aus dem Auto gestiegen sind, hat sie stets einen angemessenen Abstand bewahrt.

Er senkt den Blick auf ihre Hände. Seine liegt neben ihrer auf der Granitabsperrung. Er stößt sanft mit dem kleinen Finger gegen ihren, und sie antwortet, in dem sie ihren kleinen Finger hebt und auf seinen legt. Sie halten zwar nicht in aller Öffentlichkeit Händchen, aber es ist … etwas.

»Der verdammte Grant Shepard! Hey!«

Er dreht sich zum Eingang um und spürt, wie Helen ihre Hand ruckartig zurückzieht. Im nächsten Moment spürt er ihren warmen Körper nicht mehr an seinem.

Drei bekannte Gesichter blicken ihm entgegen. Andy, einer der Kameramänner der letzten Serie, an der er gearbeitet hat, Andys Freund Reese und … *Karina, Kostüm.* Karina schenkt ihm ein Lächeln, und ihr Blick huscht kurz zu Helen.

»Hey«, sagt er.

»Was denn, umarmen wir uns denn nicht mehr?«, fragt Karina und geht den anderen voran auf ihn zu. Er legt kurz nacheinander einen Arm um sie, Andy und Reese.

Als er sich umdreht, sieht er, dass Helen einen höflichen Schritt zurückgetreten ist. »Das ist Helen. Helen, das sind Andy, Reese und Karina. Andy und Karina waren als Kameramann und Kostümbildnerin im Team von *The Guys*. Und Reese ist —«

»Frisch verlobt!«, ruft Reese und zeigt ihnen seinen Ringfinger. »Seit letzter Woche.«

»Heilige Scheiße.« Grant grinst. »Ich gratuliere euch beiden.«

»Na ja, es wurde eben langsam Zeit«, meint Andy.

»Der alte Romantiker.« Reese verdreht die Augen.

»Was machst du so, Helen?«, fragt Karina.

»Ich, ähm, bin Autorin«, erwidert sie. »Grant und ich arbeiten zusammen.«

»Klingt logisch«, meint Karina leise lächelnd und neigt den Kopf. »Schön, dich kennenzulernen.«

Grant bereut mit einem Mal alles, was er Karina je erzählt hat, und verflucht die Existenz von Ex-Freundinnen im Allgemeinen.

»Wir sollten weiter, sonst sind die guten Sachen schon weg«, meint Andy. »War schön, dich zu sehen, Mann.«

»Ebenfalls.« Er nickt und winkt ihnen zum Abschied hinterher.

Mit einem Mal kommt ihm der Gedanke, dass er keine wirklichen Freunde hat, auch wenn seine Agentin behauptet, dass jeder ihn mag. Er hat Andy einmal als Freund bezeichnet, aber jetzt wird ihm klar, dass es nur eine zwanglose, aus Annehmlichkeit entstandene Freundschaft war, weil sie monatelang mehr als zwölf Stunden am Tag zusammengearbeitet haben. Sie verstehen sich immer noch gut, aber sie sind keine

Freunde – nicht in dem Sinn, dass sie alles über das Leben des anderen wissen und vieles auf sich nehmen würden, um einander auch außerhalb der Arbeit zu sehen.

Sie waren damals oft als Gruppe unterwegs – Andy und Reese, Grant und Karina. Doch nach dem Ende der Serie blieben kaum noch Gemeinsamkeiten übrig, und dazu gehörte auch Grants und Karinas Beziehung. Es ist vielleicht eine seiner Schwächen, dass es ihm so leicht fällt, Freundschaften und Beziehungen einzugehen, die allerdings nie anhalten, sobald das anfängliche Drumherum, das ihn für das Leben der anderen vorübergehend relevant macht, verschwunden ist. Er ist sich nicht sicher, wie er daran etwas ändern soll.

»Hast du …?«, beginnt Helen mit einem Blick auf die drei.

»Ach, egal.«

Sie runzelt die Stirn, und er erinnert sich, wie sie ausgesehen hat, als sie ihn während der Silvesterparty im Keller nach Lauren DiSantos gefragt hat. Als würde es sie ärgern, dass sie es überhaupt anspricht. Er hat plötzlich das Gefühl, er müsste ihr etwas versichern. Was genau, weiß er allerdings nicht.

»Karina und ich waren einige Male aus«, erklärt er. »Aber es war nicht sonderlich ernst.«

Helen nickt. »Okay.«

Jemand bringt seinen Garderobenständer, und sie schaffen es, das gute Stück kopfüber im Cabrio zu verstauen, sodass es auf der Rückfahrt eine perfekte Barriere zwischen ihm und Helen bildet.

Sie holen sich ihr Mittagessen im Drive-in eines Burgerladens und sitzen mit Burgern und Pommes auf dem von Palmen umgebenen Parkplatz.

»Ich verstehe das Konzept des Überraschungsmenüs nicht«, meint Helen und verputzt die letzten Animal-Style-Pommes.

»Die Leute fühlen sich cool, wenn sie Dinge wissen, die andere nicht wissen«, vermutet er.

Ihr Handy klingelt, und sie versteift sich.

»Es ist meine Mom«, erklärt sie. »Ich sollte …«

Sie nimmt den Anruf entgegen, und er bemerkt, dass er die Luft anhält.

»Mom? Hi«, sagt sie und wendet sich ein wenig von ihm ab. »Nein, ich esse gerade mit … einem Freund zu Mittag.«

Mit einem Freund. Wie würde er Helen bezeichnen, wenn seine Mom ihn nach ihr fragen würde? Sie hat bloß die Augenbraue hochgezogen, als er ihr erzählt hat, wer an diesem zweiten Weihnachtsfeiertag zum Abendessen kommen würde, und dann ganz ruhig gefragt, ob es irgendetwas gibt, was Helen nicht essen darf oder will. Am Tag vor seiner Abreise wollte sie schließlich wissen, ob er Helen bald wiedersehen würde.

»Wir arbeiten zusammen an einer Serie, Mom«, hat er geantwortet, und sie warf ihm einen seltsamen Blick zu und meinte: »Ich hoffe, du weißt, was du tust.«

Helen redet in einer wilden Mischung aus Englisch und Mandarin – er schnappt das eine oder andere bekannte Wort auf – und er fragt sich, ob er wirklich *weiß*, was er hier tut.

Als er New Jersey verlassen hat, war er fest entschlossen, dass die Sache zwischen ihnen noch nicht vorbei ist, und er verbrachte die ersten Tage im Jahr damit, seine Möglichkeiten abzuwägen, falls Helen anderer Meinung sein sollte. Am Ende entschied er sich für eine langsame, subtile Herangehensweise, denn wenn er es zu forsch angeht, würde es zu einfach für sie sein, irgendeinen Grund zu finden, der gegen sie beide spricht (»*Du verwendest keine Satzzeichen in deinen Texten, es ist zum Scheitern verdammt*«), und sie würde diesen Grund zu einer unüberwindbaren Mauer ausbauen.

Jetzt sitzt sie neben ihm in seinem Auto, und da ist keine Mauer zwischen ihnen. Da ist bloß ein Garderobenständer, und er wird das Gefühl nicht los, dass dieses verdammte Ding eine Metapher für irgendetwas ist.

»Okay. Ja. Mach ich. Bye.« Helen legt auf und sieht ihn an.

»Nettes Gespräch?«, fragt er.

»Meine Eltern kommen in ein paar Wochen in die Stadt. Wenn die Dreharbeiten beginnen«, erzählt sie. »Sie wollen sich das Set ansehen, Fotos machen und vor ihren Freunden mit mir angeben.«

»Das ist doch wirklich eine gute Gelegenheit, um anzugeben, oder nicht?«

Sie sieht besorgt zu ihm auf.

»Ich habe ihnen nicht erzählt, dass du an der Serie mitarbeitest«, sagt sie, und ein beunruhigtes Grübchen bildet sich auf ihrer Stirn, das er am liebsten fortküssen möchte.

»Ja, das dachte ich mir schon«, meint Grant.

»Ich hatte vor, es ihnen später zu sagen, wenn alles vorbei ist und die erste Folge ausgestrahlt wird.« Sie lacht über sich selbst. »Lächerlich, ich weiß. Aber so regele ich alles, was irgendwie … heikel ist. Ich warte bis zum allerletzten Moment, dann reiße ich das Pflaster mit einem Ruck ab und belasse es dabei, weil ich weiß, dass es zu spät für sie ist, um noch irgendetwas zu unternehmen.«

Er streicht ihr geduldig eine Haarsträhne hinters Ohr.

»Es ist nicht lächerlich«, sagt er. »Du hast einfach einen Weg gefunden, wie die Beziehung zwischen dir und deinen Eltern funktioniert.«

»Jaa«, meint sie und wendet den Blick ab, bevor sie ihn erneut ansieht. »Du bist zwar nicht am Set, aber dein Name steht auf den Ablaufplänen. Vielleicht sollte ich einfach sicherstellen, dass sie keinen davon zu Gesicht bekommen? Immerhin arbeiten alle am Set theoretisch gesehen für mich, oder?«

Grant lacht auf. »Ja, kicken wir die Dose einfach noch ein wenig länger die Straße entlang.«

Helen stöhnt. »Auf dem College bin ich einmal los, um sie vom Flughafen abzuholen und danach direkt in mein Zimmer im Studentenwohnheim zu bringen. Doch dann fiel mir ein, dass meine Eltern meine Eltern sind, und ich musste meiner Nachbarin schreiben, damit sie mein Zimmer aufbricht und etwaige belastende Gegenstände entfernt.«

»Belastende Gegenstände?«

»Ach, nur … das Übliche. Mein Tagebuch. Dessous. Sex-Spielzeug.«

Grant hebt die Augenbraue, und sie zuckt verlegen mit den Schultern.

»Der Unterschied ist, dass du mittlerweile erwachsen bist«, bemerkt Grant und versucht, nicht an Helens Dessous- und Sex-Spielzeug-Sammlung zu denken. »Du hast eine eigene Wohnung, dein eigenes Einkommen und deine eigene Fernsehserie.«

»Ja«, meint Helen nickend. Sie schweigt einen Augenblick lang, dann sieht sie zu ihm auf und wirkt dabei unglaublich verletzlich. »Ich will ihnen trotzdem nicht wehtun.«

Grant hat das seltsame Gefühl, als hätte er gerade etwas verloren. Er beißt die Zähne aufeinander und nickt.

»Ich liebe meine Eltern«, meint Helen ein wenig zögernd. »Manchmal klingt es vielleicht, als würde ich es nicht tun. Für Leute, die aus einer anderen Art Familie stammen. Einer Familie, die weiß, wie man sich gegenseitig seine Liebe füreinander zeigt. Meine Familie weiß das nicht. Wir haben Michelle nie gesagt, dass wir sie lieben, so viel ist sicher.«

Grant mustert sie. »Hat es dir mal jemand gesagt?«

Helen senkt den Blick und zuckt mit einer Schulter. »Auf dem College habe ich begonnen, jedes Mal ›Ich liebe euch‹ zu sagen, bevor wir einen Anruf beendet haben. Es fühlt sich irgendwie gezwungen an, und sie erwidern es auch nur in fünfzig Prozent der Fälle, aber …« Sie winkt lächelnd ab. *Was soll man machen?*

Grant wartet, bis sie fortfährt.

»Es ist nicht so, dass ich es je vermisst hätte. Ich habe mich immer vor Scham gewunden, wenn jemand in einem Buch oder einem Film das Wort ›Liebe‹ benutzt hat«, erklärt sie. »›Ich liebe dich‹, ›Liebe machen‹, irgendetwas mit ›Liebe‹ … Es schien mir unbegreiflich, dass man dieses Wort aussprechen kann, ohne sofort vor Scham im Boden zu versinken.«

»Wie nanntest du es stattdessen?«

Helen zuckt mit den Schultern. »Lass uns Sex haben.«

Das kurze Stolpern seiner Gedanken ist wohl offensichtlich, denn Helen unterdrückt ein Lachen. »Ich meinte: Das habe ich damals gesagt.«

»Okay«, sagt er. »Klar.«

»Jedenfalls will ich nicht, dass du denkst, ich würde meine Eltern nicht lieben, oder so«, fährt sie leise fort. »Ich weiß, wie man liebt. ›Ich liebe, Helen liebt, der Roboter liebt.‹ Das ist, ähm, ein Spitzname, den mir meine besten Freundinnen in New York verpasst haben. Ich war wie eine Maschine. Helen, der Roboter, der manchmal versucht, sich zwischen all seinen bescheuerten Erfolgen auch mal empfindsam zu zeigen. Es war dämlich.«

Grant runzelt die Stirn. »Wer sind deine besten Freundinnen?«

Sie massiert sich die Schläfen und schüttelt den Kopf. »Wir müssen jetzt nicht über sie sprechen. Sie reden ohnehin nicht mehr mit mir. Ich schätze, sie wären überrascht, dass ich sie überhaupt so bezeichnet habe.«

Sie sieht aus dem Fenster, und Grant mustert sie aufmerksam. Es scheint ihr gut zu gehen, sie sieht aus, als bräuchte sie keine beruhigenden Worte, trotzdem hat er plötzlich das Gefühl, er müsste ihr gut zureden. Er beschließt, es einfach zu tun.

»Ich weiß, dass du ein Mensch bist, Helen«, sagt er. »Und ich bin mir sicher, dass du weißt, wie man Leute liebt, auch wenn du es nicht die ganze Zeit laut aussprichst.«

Er ist überrascht, als er plötzlich ihre warme Hand auf seiner spürt – sie hat sie unter der Garderobe hindurchgesteckt, um seine Hand zu drücken. Als er sie ansieht, betrachtet sie ihn mit sanftem Blick.

»Danke«, sagt sie leise.

Er lässt die Luft entweichen und startet den Wagen.

»Und jetzt bringen wir dich nach Hause.«

Die Fahrt von Helens Wohnung in Santa Monica zu seinem Haus in Silver Lake dauert etwa fünfundvierzig Minuten, und Grants Gedanken kreisen die ganze Zeit um dieselben Probleme.

»Willst du mit hochkommen?«, hat sie gefragt, als er in der Haltezone vor ihrem Wohnhaus stehen geblieben war. »In der Garage gibt es Gästeparkplätze.«

Sie hat so hoffnungsvoll ausgesehen, als sie die Einladung ausgesprochen hat. Er hat an dem Gebäude emporgeblickt und an die Stunden gedacht, die er hier verbringen könnte. Daran, dass er sehen würde, wo Helen isst, schläft und träumt.

»Ich sollte den hier nach Hause bringen«, sagte er stattdessen und klopfte auf den Garderobenständer.

Es war reiner Selbstschutz.

Das erste Problem ist, dass er sie mag. Sie ist klug und witzig und unheimlich sexy, wenn sie will. Wenn sie ihm ihre Aufmerksamkeit schenkt. Und wenn sie es nicht tut. Sie gibt ihm das Gefühl, dass er klüger, witziger und besser sein muss, damit sie ihn weiterhin in ihrer Nähe duldet.

Und das ist das zweite Problem. Er ist sich mehr oder weniger ziemlich sicher, dass sie das nicht tun wird. Nicht auf lange Sicht gesehen. Es gibt alleine in L.A. eine Million Grant Shepards, und es ist nur eine Frage der Zeit, bis sie einen kennenlernt, den sie genauso mag, der aber nicht diesen besonderen Koffer an persönlichen Problemen mit sich herumschleppt.

Er ist sich nicht sicher, wie viel Zeit er noch mit ihr hat und wie leicht es ihr fallen wird, ihn aus ihrem Leben zu verbannen. Der Druck in seiner Brust wird immer stärker, wenn er daran denkt.

Als er den Garderobenständer ins Haus bringt, hört er ein leises Klingeln in den Ohren, und vor seinen Augen tanzen Punkte. Er steht kurz vor einer Panikattacke.

Du solltest dir jemanden zum Reden suchen.

Er denkt daran, was Karina vor einigen Wochen am Telefon zu ihm gesagt hat. Er dachte, sie meint einen Therapeuten (er hat bereits eine Therapeutin und hatte sie auch damals schon), aber vielleicht meinte sie eher so etwas wie eine Freundin? War Helen so etwas wie ein Freundin? Die Bezeichnung ist auf erbärmliche Art unzureichend, wenn es um sie geht.

Er hat seiner Therapeutin noch nichts von Helen erzählt. Oder besser von *der* Helen, die er nach Weihnachten kennengelernt hat. Es fühlt sich zu neu, zu kompliziert an, um es bei ihrem monatlichen Treffen zur Sprache zu bringen.

Er geht mit unsicheren Schritten auf die Couch zu, umklammert die Lehne, schließt die Augen und lässt die Luft entweichen. Er denkt daran, wie er gestern Abend auf dieser Couch gesessen hat – wartend, beobachtend, begehrend –, und wie er versucht hat, keine Miene zu verziehen, als Helen auf ihn zukam. Daran, wie er sie in Gedanken dazu bringen wollte, näher zu kommen. Nahe genug, um ihr einen überzeugenden Grund zum Bleiben zu geben. Und sie ist geblieben.

Das Klingeln in seinen Ohren verstummt langsam, und er richtet sich auf und blickt stirnrunzelnd in den Nachmittag hinaus.

Was wollte er noch gleich tun?

Ach ja, der Garderobenständer.

Er betrachtet ihn missmutig und ist sich nicht ganz sicher,

warum er ihn gekauft hat. Er geht zum Schrank, öffnet ihn und weiß es wieder. Er hatte keinen Haken für Helens Mantel, als sie gestern Abend vor der Tür stand. Und als er heute Morgen aufgewacht ist, war da das Gefühl, dass er in seinem Leben langsam Platz für Leute mit langen Wintermänteln machen sollte.

Kapitel 20

Am darauffolgenden Freitag veranstaltet Helen in ihrer Wohnung eine Übernachtungsparty für die Single-Frauen aus dem Writers' Room. »Ich wollte mich eigentlich über dich lustig machen, weil du wie alle Einwanderer von der Ostküste ausgerechnet an der Westside Wurzeln geschlagen hast, aber das ...« Nicole öffnet das Fenster, um einen bewundernden Blick auf den direkt vor ihnen liegenden Santa Monica Pier zu werfen, der in der Dunkelheit wie ein bunter Jahrmarkt leuchtet. »Das ist es wert.«

»Wo ist dein Korkenzieher?«, fragt Saskia und öffnet eine Küchenschublade nach der anderen.

Helen trinkt nicht oft genug Wein, um in ihrer vorübergehenden Bleibe einen eigenen Korkenzieher zu besitzen, und so müssen sie sich ein YouTube-Tutorial über das Öffnen einer Weinflasche mit einem Autoschlüssel und einem Stift ansehen.

Sie entscheiden sich für den Film *Eiskalte Engel*, da Saskia ihn noch nie gesehen hat, und mittendrin in der Erklärung, warum der Cast – einschließlich des platinblonden Joshua Jacksons (»Meint ihr Jodie Turner-Smiths Ehemann?«) – mittlerweile Kultstatus erreicht hat, drückt Nicole die Pause-Taste.

»Okay, wir sehen uns den Film erst weiter an, wenn Helen verspricht, uns von ihrem Date zu erzählen.«

Montagmorgen ist peinlicherweise sämtliche Aufmerksamkeit auf sie gerichtet gewesen. Die Date-Umfrage von Greg, dem Casting-Director, hat sie alle in den Bann gezogen. Grant war ebenfalls da, als das Thema schließlich zur Sprache kam – er kam vorbei, um mit ihnen zu Mittag zu essen, und saß auf seinem üblichen Platz gegenüber von Helen –, und öffnete nicht gerade leise die Lasche seiner Coke Zero Dose, als Nicole unbedingt Details hören wollte.

»Es hat Spaß gemacht«, erzählte Helen. »Wir waren bowlen.«

Owen nannte sie gemein, weil sie nicht mehr preisgab, Saskia wollte wissen, ob sie Schmetterlinge im Bauch habe, und Grant bat sie, ihm ein Pfefferminzbonbon zu geben.

Am Ende erklärte Helen den anderen, dass sie sich nicht noch einmal mit Greg, dem Casting-Director, treffen würde, und Eve und Saskia reagierten enttäuscht.

»Aber warum denn nicht?«, wollte Nicole wissen.

Woraufhin Suraya einen Blick auf das Whiteboard warf, wie sie es immer tat, wenn die Mittagspause vorüber war und die Gespräche bereits zu lange dauerten, und Helen versprach den anderen, ihnen später mehr zu erzählen. Grant verschwand in sein Büro, und Helen wollte noch auf die Toilette huschen, bevor sie an Episode vier weiterarbeiten.

Sie kam nur ein paar Schritte weit, bevor Grants Hand nach ihr griff und er sie an die Wand hinter dem Writers' Room drückte. Der Kuss war leidenschaftlich und außergewöhnlich.

»Komm heute Abend zu mir«, sagte er mit leiser, bebender Stimme, die in ihr den Wunsch weckte, sich an ihn zu drücken – fester und immer fester – und noch mehr.

»Nein«, erklärte sie ihm. »Ich habe nichts anzuziehen.«

»Ich kaufe dir etwas Neues«, erwiderte er und knabberte an ihrer Unterlippe.

»Geh und schreib ein gutes Drehbuch«, sagte sie, »dann komme ich vielleicht vorbei.«

Sie schlüpfte unter seinem Arm hindurch und zwang sich, sich nicht umzudrehen, als sie sein leises Lachen hinter sich hörte.

Sie war stolz auf sich, dass sie sich die ganze Woche über an ihre eigene Vorgabe gehalten hatte – zumindest zum Großteil, abgesehen von ein paar Abstechern in sein Büro, die allerdings nur dazu dienten, den Fortschritt seiner Arbeit zu kontrollieren. Donnerstagnachmittag bekam sie schließlich eine E-Mail von Grant.

(Kein Betreff)

Komm vorbei

Anhang: *The Ivy Papers* – Episode 102 – Grant Shepard – Entwurf 1.pdf

Helen errötete so offensichtlich, dass Nicole sie fragte, was denn los sei, und sie war so durcheinander, dass ihr keine bessere Lüge einfiel als:»Ich glaube, ich habe dieses Wochenende ein Date.«

Suraya stieß einen schweren Seufzer aus, der zu sagen schien: *Das ist nicht wichtig genug, um unsere Diskussion zu unterbrechen*, und Nicole nahm Helen das Versprechen ab, ihnen dieses Mal wirklich *alles* zu erzählen. Sie einigten sich auf eine Übernachtungsparty am Freitagabend, und Helen hoffte, dass sie bis dahin eine klarere Vorstellung davon haben würde, was genau *Komm vorbei* bedeutet.

»Helen«, jammert Saskia und hebt ihr Weinglas.»Ich dachte, wir wären Freundinnen. Warum bist du so zugeknöpft, was das anbelangt?«

Helen zieht den Kopf ein und versucht, Nicole die Fernbedienung aus der Hand zu ziehen.

»Weil sie es genießt, dass sie etwas zu erzählen hat, von dem wir nichts wissen«, antwortet Nicole und schiebt die Fernbedienung unter ihr Oberteil.»Jetzt zicke hier nicht rum und sag uns endlich, was es mit deinem Date auf sich hat! Geht es um Greg?«

»Nein, ich habe euch ja gesagt, dass ich mich nicht mehr mit ihm treffen werde«, erwidert Helen. »Ich … ich weiß auch nicht. Es ist eine ziemlich seltsame, neue Sache.«

Nicole mustert sie eindringlich.

»Warum seltsam?«, fragt Saskia.

»Ähm«, erwidert Helen.

»Ist es jemand, den wir kennen?«, fragt Nicole, und ihre Augen werden schmal.

»Ich —«

»Heilige Scheiße, du warst mit Grant im Bett!«, ruft Nicole.

Helen wird knallrot, was ihre Widerrede – »Nein, nein. War ich nicht. Wir waren nicht im Bett.« – nicht unbedingt glaubwürdiger macht.

»Aber du willst es!«, meint Nicole und verpasst Helen einen freundschaftlichen Schlag mit dem Couchkissen.

»Scheiße, verdammt. Ich wusste es!«

Saskia sieht mit offenem Mund zwischen den beiden hin und her. »Nein … ehrlich jetzt?«

Helen lässt den Kopf auf das Kissen in Nicoles Schoß sinken und stößt ein ersticktes Stöhnen aus. »Es ist … kompliziert.«

»Ja, das kann ich mir vorstellen«, meint Nicole und tätschelt ihren Kopf. »Sag mir nur eines: Wenn ihr vögelt, ist er oben, weil er Surayas Nummer zwei ist? Oder du, weil es deine Bücher sind und es daher auch deine Serie ist?«

Helen schnaubt.

»Wie hat es begonnen?«, fragt Saskia einigermaßen ehrfurchtsvoll.

»Keine Ahnung«, antwortet sie. »Wir waren über die Weihnachtsferien zu Hause, und es war … anders.«

»Heiß«, bietet Nicole ihre Hilfe an.

»Aber jetzt sind wir wieder in L.A., und es ist ... ich weiß auch nicht.« Sie dreht sich auf den Rücken und starrt an die Decke, als würde sie bei ihrer Therapeutin auf der Couch liegen. »In New Jersey befanden wir uns in einer Zwischenwelt, weder in der Vergangenheit noch in der Zukunft. Es fühlte sich alles surreal an – vielleicht war es deshalb überhaupt erst ... möglich. Aber seit wir zurück sind, ist es, als könnte es echte Konsequenzen haben.«

»Inwiefern Konsequenzen?«, will Saskia wissen.

Helen überlegt. Vielleicht, dass sie ... dass sie ihn zu sehr mag, um sich zu einem vernünftigen Zeitpunkt zurückzuziehen, bevor sie sich zu sehr an ihn bindet und sich in eine vollkommen vermeidbare, unmögliche Situation bringt.

»Keine Ahnung, ich rede bloß Scheiße«, murmelt sie. »Vielleicht ist es nicht einmal ein Date. In seiner E-Mail stand bloß. *Komm vorbei.*«

Nicole schnaubt. »Er meint, du sollst auf seinem Schwanz kommen.«

»Das würde ich ja gern«, sagt Helen und klingt dabei auf so dramatische Art resigniert, dass Nicole und Saskia in Gelächter ausbrechen. Die Erleichterung ist so groß und kommt so unerwartet, dass ihr beinahe schwindelig wird. Als ob die Situation jetzt, da sie ihr Geheimnis mit den beiden geteilt hat, leichter zu ertragen wäre, obwohl sie weiß, dass sich nichts an den wesentlichen Parametern geändert hat.

»Was ihr braucht, ist eine Vereinbarung über die allgemeinen Geschäftsbedingungen«, erklärt Nicole schließlich. »Dann wisst ihr beide genau, woran ihr seid, und wollt dasselbe. Das ist extrem wichtig bei unverbindlichen Beziehungen. Je früher ihr diese Bedingungen festlegt, desto besser.«

Das ist ein derart guter Ratschlag, dass Helen Grant kurz vor Mitternacht eine Nachricht schreibt ...

> Wenn ich morgen komme, können wir zuerst über die allgemeinen Geschäftsbedingungen reden?

Die Antwort erfolgt beinahe unmittelbar.

> Welches Geschäft erhoffst du dir von unserem Treffen?

Sie wird rot und stellt sich vor, wie er wach im Bett liegt und auf eine Antwort wartet. Sie wägt die Vor- und Nachteile einer neckischen gegenüber einer ernst gemeinten Antwort ab, doch bevor sie sich entschieden hat, folgt eine weitere Nachricht von ihm.

> Bis morgen Vormittag.

Grant öffnet die Tür, bevor sie die Gelegenheit hat zu klopfen.

Es ist Samstagvormittag, er trägt eine Jogginghose und ein altes T-Shirt und fährt sich verschlafen mit der Hand durch die zerzausten Haare. Dann lehnt er sich lässig gegen den Türrahmen, und sie verspürt das plötzliche Verlangen, sich in seine Arme zu werfen und den Kopf an seine Brust zu drücken, um sein polterndes Lachen zu spüren, während sich ihr Kopf unter seinen Atemzügen hebt und senkt.

Aber das wäre verrückt, und so stößt sie bloß sanft mit dem Sneaker gegen seinen in einem Hausschuh steckenden Fuß.

»Verdammt, die Yogahose steht dir echt gut«, sagt er schließlich, und sie lacht, während er sie ins Haus zieht.

»Ich habe das Drehbuch noch nicht gelesen«, murmelt sie zwischen zwei Küssen, die nach Pfefferminzzahnpasta schmecken.

»Egal«, erwidert er und vergräbt das Gesicht an ihrem Hals.

»Grant.« Sie versucht, seinen Kopf hochzuheben, schafft es aber bloß, ihre Finger in seine Haare zu schieben. »Wer hat eigentlich die Fünf-Tage-Woche erfunden?«, fragt er und küsst sich an ihrem Hals hinunter bis zu ihrem Schlüsselbein. »Ich reise sofort in die Vergangenheit und bringe alle um, die etwas damit zu tun hatten.«

»Ich habe dich auch vermisst«, haucht sie, und nach einem kurzen Zögern belohnt er sie mit einem leidenschaftlichen Kuss auf den Mund und zieht sie an sich.

Sie lässt die Hände unter sein T-Shirt gleiten, fährt mit den Nägeln über seine Brust und spürt, wie er zustimmend knurrt.

»Wir sollten über … diese Sache reden«, murmelt sie an seinen Lippen.

»Dann hör auf, mich zu küssen«, antwortet er.

Sie nimmt die Hand aus seinem Nacken und streicht von außen sein T-Shirt glatt, dann lösen sie sich endlich voneinander. Zumindest ihre Lippen, denn er lehnt die Stirn an ihre und greift nach dem Saum ihres kurz geschnittenen Sweatshirts.

»Ich mache mir Sorgen«, beginnt sie und hält inne, als sie spürt, wie der Daumen seiner anderen Hand über ihre Pulsader gleitet. »Ich mache mir Sorgen, dass wir etwas anfangen, das … böse ausgehen könnte.«

»Hm«, meint er, während sein Daumen weiter vor und zurück streicht. »Rede weiter.«

»Ich glaube, wir sollten so etwas wie Grundregeln festlegen.«

»Grundregeln.« Er nickt mit der Stirn an ihrer.

»Ich will nicht, dass es unsere Arbeit beeinflusst. Vielleicht tut es das bereits.«

»Woher willst du das wissen, solange du mein Drehbuch noch nicht gelesen hast?«, neckt er sie, und seine Lippen scheinen sie dichter heranzulocken.

»Ich wollte es lesen«, murmelt sie, und es scheint, als würde ihr Herz eigens schneller schlagen, damit sich ihre Pulsader öfter gegen seinen Finger presst. »Aber ich habe keinen Drucker.«

»Hm.« Er drückt einen schnellen Kuss auf ihren Mundwinkel. »Na gut. Fahren wir.«

Sie runzelt die Stirn, als die Wärme seiner Hände und seines Körpers mit einem Mal fort ist. »Wie bitte?«

Er geht den Flur entlang in sein Schlafzimmer.

»Wir fahren ins Büro«, meint er durch die offene Tür zu ihr. »Dort können wir darüber reden, wie das hier unsere Arbeit beeinflussen oder eben nicht beeinflussen wird. Ich ziehe mir nur schnell etwas an.«

»Aber ...« Sie folgt ihm einige Schritte weit und hält vor seiner Schlafzimmertür inne. Er trägt nur noch Boxershorts und hebt eine Augenbraue.

»Helen«, erklärt er bestimmt. »Wenn du jetzt auch nur einen Fuß in dieses Zimmer setzt, werfe ich dich auf das Bett und ficke dich, bis du deinen Namen und meinen Namen und jede noch so wichtige Frage vergessen hast, die in deinem hübschen Kopf umherschwirrt, weil ich dich so oft zum Orgasmus bringe, dass du nicht mehr klar denken kannst. Also bleib, wo du bist, wenn du das nicht willst.«

»Oh«, haucht sie, bevor sie an die Wand zurückweicht. »Okay.«

Er lacht und wirft die Tür vor ihrer Nase zu.

Sie reden kaum, während Grant zum Studio fährt. Helen ist sich seiner Anwesenheit nur allzu bewusst, und auch wenn er sie nicht berührt, beginnen ihre Wangen jedes Mal zu glühen, wenn sie seinen Blick auf sich spürt. Der Mann vom Wachdienst winkt sie durch, nachdem sie ihm ihre Ausweise gezeigt haben, und sie weiß nicht, was sie mit ihren Händen anstellen soll. Grant wirft ihr ein schiefes, beruhigendes Lächeln zu, das tief in ihr Herz dringt.

Wir sind gleich da, scheint es zu sagen.

Sie gehen an den normalerweise sehr betriebsamen Soundstages und den in Reihen geparkten weißen Trailern vorbei. Es ist ein sonniger Januartag, und Helen ist froh darüber, denn so kann sie eine Sonnenbrille tragen, ohne in Erklärungsnot zu geraten.

»Warst du schon einmal am Wochenende hier?«

»Nein«, antwortet sie.

»Üblicherweise schwirren immer ein paar Leute durch die Büros«, erklärt er und hält ihr die Tür auf. »Nicht viele, aber ... die meisten Show-Runner sind Typ-A-Persönlichkeiten.«

»Oh«, meint sie.

»Suraya legt Wert auf eine angemessene Work-Life-Balance«, fährt Grant fort, während sie in den Aufzug steigen. »Gott sei Dank. Die letzten Show-Runner, für die ich gearbeitet habe, haben den Writers' Room nie vor acht Uhr abends geschlossen. Sie haben ihre Familien offenbar gehasst.«

Die Fahrt im Aufzug ist kurz und angespannt, und als die Tür sich mit einem Ping öffnet, sehen sie sich einem verlassenen Großraumbüro gegenüber, an dessen einem Ende sich der Writers' Room befindet.

»Komm«, sagt er und führt sie den vertrauten Weg entlang. Er öffnet die Tür in den Writers' Room und schließt sie mit einem sanften Klicken. Helen erschaudert.

Sie lassen sich auf ihren angestammten Plätzen gegenüber voneinander nieder.

»Also«, sagt er. »Du machst dir Sorgen, dass es unsere Arbeit beeinflusst.«

»Es geht gar nicht anders.« Sie verschränkt die Arme. »Immerhin muss ich noch sieben Wochen lang hier sitzen und dich ansehen.«

»Eigentlich sind es nur vier Wochen«, erwidert er. »Danach geht es ans Schreiben und du arbeitest an deiner eigenen Episode. Und wenn du zurückkommst, sind wir an dem Punkt angekommen, an dem jeder im Prinzip im Writers' Room sein sollte, aber gleichzeitig auch an seiner Episode arbeitet. Kurz darauf beginnt die Produktion, und du und Suraya werdet ständig auf dem Set gebraucht, und danach wird der Writers' Room geschlossen und du wirst nur noch am Set sein.«

»Und du bist dann nicht mehr dabei?«

»Nur, wenn Suraya mich braucht, aber sie ist eher der Typ, der in dieser Phase am liebsten am Set ist«, erwidert er. »Meine Agentin hat mir bereits Material für die nächste Serie geschickt.«

»Oh.«

»Du hast etwas von Grundregeln gesagt?«, sagt er und tippt mit den Fingern aneinander, wie er es immer tut, wenn sie an einer Änderung der Handlungsstruktur oder -dynamik arbeiten und er kurz davor steht, einen Vorschlag zu machen, der alles Bisherige zunichtemacht.

»Ja«, erwidert sie. »Also erstens … wir wissen beide, dass das … nirgendwohin führen kann.«

Grant nickt langsam, die Anspannung ist ihm anzusehen. »Okay.«

»Wir haben beide das Recht, es jederzeit zu beenden.«

Er schnaubt. »Das ist in anderen Beziehungen doch auch so.«

»Das hier ist keine Beziehung.«

Er hebt eine Augenbraue. »Wir verhandeln die Bedingungen, wie und wann ich dich flachlegen darf«, sagt er. »Ich würde schon sagen, dass wir eine Art Beziehung haben.«

Helen schluckt. Er hat recht.

»Aber keine echte«, fährt sie fort. »Keine öffentliche. Nichts auf Social Media.«

»Gut.«

Sie hält inne. »Nicole und Saskia wissen, dass wir … irgendetwas miteinander haben. Ich glaube, sie haben es bereits geahnt, bevor ich etwas gesagt habe.«

Er zuckt mit den Schultern. »Wenn man bedenkt, dass ich dich seit Wochen anschmachte wie ein verliebter Teenager, ist das kein Wunder.«

Sie wird rot. Das Wort »verliebt« blinkt in ihrem Gehirn wie eine Neonlaufschrift am Broadway, und sie räuspert sich. »Wir legen vorab ein Datum fest, an dem es endet. Irgendwann, nachdem der Writers' Room im März geschlossen wird«, erklärt sie weiter. »Eine Woche später vielleicht?«

»Mit der Option, es weiterzuführen, wenn beide Parteien damit einverstanden sind?«, hält Grant dagegen. »Das war eine Standardklausel in den meisten Verträgen, die mein Anwalt bisher für mich erstellt hat.«

Helen trommelt nervös mit den Fingern auf die Tischplatte. »Mit der Option, die Vereinbarung nach beiderseitigem Einverständnis wöchentlich zu erneuern.«

Grant stößt die Luft aus, und es klingt wie ein Lachen. »Okay.«

»Aber der Kontakt ist definitiv zu Ende, wenn die Serie im Kasten ist und ich wieder nach New York zurückkehre«, fügt sie hinzu, weil sie sonst kein gutes Gefühl hätte. »Das Ziel ist, dass niemand behaupten kann, das Ende wäre überraschend gekommen. Es soll so schnell und so … schmerzfrei vonstattengehen wie möglich.«

Irgendwie kann Grant sich nicht vorstellen, dass es schmerzfrei sein wird, aber er sagt nichts.

»Das heißt, wir machen beide mit unserem Leben weiter und tun so, als wäre nie etwas passiert, nachdem du die Stadt verlassen hast?«, stellt er klar. »Es gibt keine gequälten, alkoholgeschwängerten Voicemails um drei Uhr früh, keine Nachrichten, falls wir einmal in der Stadt des anderen vorbeischauen, kein ... gar nichts.«

»Korrekt.«

»Hm«, sagt er. »Wann tritt die Vereinbarung in Kraft?«

Helen schluckt. »Jetzt gleich, wenn du willst.«

Er tippt mit seinem Stift auf die Tischplatte und mustert sie eingehend. »Ja, will ich.«

Sie neigt den Kopf, als müsste sie sich ihren nächsten Zug überlegen. Er erinnert sich daran, wie sie *Vier gewinnt* gespielt haben. An die Konzentration auf ihrem Gesicht, wenn sie ihn und das Spielraster musterte. Dieses Spiel hat er zwar gewonnen, aber vielleicht hatte sie damals schon etwas völlig anderes im Sinn.

Sie greift nach dem Saum ihres kurz geschnittenen Sweatshirts, und sämtliche Gedanken verstummen. Sie zieht es sich langsam über den Kopf, und darunter kommt ein dünner Sport-BH zum Vorschein. Er kann die etwas dunkleren Umrisse ihrer steifen Brustwarzen erkennen, als sie um den Tisch herum auf ihn zugeht. Er schluckt, als sie nur wenige Zentimeter vor ihm innehält.

»Ich habe noch einige Ergänzungen zu unserer Vereinbarung«, murmelt er und starrt zu ihr hoch.

Sie streift die Schuhe von den Füßen.

»Keine Casting-Directors mehr«, sagt er. »Keine Schauspieler, Kameramänner, andere Drehbuchautoren. Keine anderen Männer. Wenn wir das durchziehen, dann gibt es nur uns beide.«

Sie nickt, steckt einen Finger in den elastischen Bund ihrer Yogahose, zieht sie nach unten und steigt heraus. Sie trägt einen schmucklosen schwarzen Baumwollslip, der zu ihrem dünnen Sport-BH passt, und er war noch nie in seinem Leben so erregt.

»Wenn ich etwas tue, das dir gefällt, sagst du es mir«, fährt er fort und streckt die Hand aus, um über ihren Oberschenkel zu streichen.

Sie schließt die Augen, beißt sich auf die Lippe und nickt.

»Und wenn dir etwas nicht gefällt, sagst du es mir auch.« Er hebt ihre Hand an seine Lippen und drückt einen Kuss auf ihre Handfläche.

Helen gurrt zustimmend.

»Und zuletzt: Wenn wir zusammen sind«, murmelt er, und seine Lippen streichen dabei über ihren Bauch, »will ich nichts davon hören, wie es enden wird. Ich möchte die Zeit, die ich habe, nicht verschwenden.«

Helen nickt und lässt die Hände sanft auf seine Schulter sinken.

Er hebt sie in einer einzigen fließenden Bewegung hoch und setzt sie vor sich auf den Tisch. Er betrachtet sie, als wäre sie ein Festessen und er müsste sich entscheiden, womit er beginnt. Ihre Beine baumeln über die Tischkante, und er massiert ihren Unterschenkel, bevor er den Kopf senkt und einen Kuss auf die Innenseite ihres Knies drückt.

Sie stößt die Luft aus, als sie den unerwarteten Druck spürt. Er steht auf, und seine Hände gleiten über ihre Oberschenkel und den Baumwollstoff seitlich an ihrem Oberkörper nach oben, bis seine Daumen an der Unterseite ihres BHs angelangt sind. Sie erschaudert, als sie spürt, wie seine Finger neckisch mit dem elastischen Bund spielen.

Er lässt sie nicht aus den Augen, während seine Daumen seitlich über die Wölbung ihrer Brüste gleiten.

Sie schnappt nach Luft, als sich ihre Blicke treffen, und eine tiefe Hitze breitet sich in ihr aus.

»Mehr«, fordert sie, und seine Daumen streichen über den Stoff und ihre Brustwarzen.

Sie war stets befangen, was ihre kleinen Brüste betrifft, und weiß noch, dass sie sich an der Highschool vor dem Moment gefürchtet hat, wenn sie zum ersten Mal jemandem nackt gegenüberstehen und ihren enttäuschenden Mangel an weichen Kurven offenbaren würde. Die Männer, mit denen sie inzwischen zusammen war, haben nie etwas gesagt, ihre Brüste aber nach einer erstmaligen, der Neugierde geschuldeten Erkundung links liegen gelassen und sich stattdessen anderen, einladenderen Körperstellen zugewandt.

Trotzdem zögert sie immer noch vor dem ersten Mal, als müsste sie sich erst gedanklich auf die folgende Inspektion vorbereiten.

Grant, der gerade einen Kuss auf ihre Wange drückt, hält inne.

»Was ist los?«, fragt er.

»Nichts«, antwortet sie. »Es ist albern. Ich … ich denke nur nicht gern darüber nach, wie meine Brüste im Vergleich zu anderen Brüsten abschneiden.«

Ihre Wangen glühen, als er sich von ihr löst, um sie anzusehen. Sie ist sich schmerzhaft bewusst, dass sie gerade geklungen hat, als wäre sie auf Komplimente aus und beschließt, dass der beste Weg aus der Misere ein eiliger Rückzug ist. »Vergiss, was ich gerade gesagt habe. Ich liebe meinen Körper. Du hast großes Glück, hier zu sein. Komm wieder her.«

Grant gehorcht. Sie versinkt in einem weiteren berauschenden Kuss, und seine Finger gleiten über ihr Kinn und ihren Hals nach unten auf ihre Schultern.

Seine Lippen folgen seinen Händen, und er küsst sich den Weg nach unten bis zum Ausschnitt ihres Sport-BHs. Sie spürt seine Zunge über dem Stoff und schnappt nach Luft, als sie über ihre Haut schrammt. Sie ist sich sicher, dass er das laute, schnelle Klopfen ihres Herzens hört.

Seine andere Hand wandert über ihren Bauch nach unten, wieder vorbei an ihrem Slip, zu ihrem Oberschenkel und den Knien, wo er langsame Kreise auf der Innenseite zeichnet.

Erst nach und nach wird sie sich der begierigen Laute bewusst, die aus ihrer Kehle steigen.

Als Antwort stößt Grant ein leises Knurren aus, und seine Hand wandert weiter, um ihren Knöchel zu umfassen. Sein Daumen streicht über ihre Achillesferse und ihr Sprunggelenk.

»Warum fühlt sich das so gut an?«, haucht sie.

Auch dieses Mal folgen seine Lippen seinen Händen, und er drückt einen Kuss auf ihren Bauch, auf die Innenseite ihres Oberschenkels – *auf die er seine Adresse geschrieben hat*, wie sie sich plötzlich erinnert – und auf die Innenseite ihres Knies. Am Ende küsst er ihren Knöchel und lehnt sich in seinem Stuhl zurück, während sein heißer Blick sie nicht loslässt, obwohl der einzige Kontakt zwischen ihnen seine Hand auf ihrem Bein ist.

Grant lehnt sich zurück und beißt die Zähne aufeinander. Sein Atem geht schnell und abgehackt.

Helen ist außergewöhnlich empfindlich an der weichen Innenseite ihrer Schenkel, an den Knien und an den Knöcheln, und er genießt die Tatsache, dass er es weiß. Er zeichnet weiterhin kleine Kreise auf ihr Sprunggelenk, denn er will den Kontakt zu ihr nicht ganz verlieren. Es ist, als hätte er gerade ein neues Lieblingsbuch begonnen, und er kann es nicht fortlegen, da er sonst die Stelle im Text aus den Augen verlieren würde.

»Ich glaube nicht, dass dir klar ist ...«, sagt er langsam, »wie oft ich mir das hier schon vorgestellt habe.«

Sein Blick gleitet langsam an ihrem Körper hinab, und er sieht, wie sich ihr Brustkorb hebt und senkt.

»Wie oft ich in meine eigene Hand gekommen bin, während ich mir dich auf diesem Tisch vorgestellt habe«, murmelt er, und ihre Augen flammen vor Verlangen auf.

Grant schlüpft aus seinem Shirt, und es landet achtlos auf dem Boden.

»Berührst du dich auch manchmal selbst, Helen?«

Sie beobachtet gebannt, wie er nach seinem Gürtel greift, und er kann beinahe die Hitze ihres Blickes auf seinen Fingerknöcheln spüren. Schließlich nickt sie langsam.

Er öffnet den Gürtel mit einigen schnellen Bewegungen, dann schiebt er seine freie Hand – die Hand, die nicht noch immer langsame Kreise über ihren Knöchel zieht – in seine Hose. Er drückt sich selbst und stößt zitternd die Luft aus. Sein Schwanz presst sich gegen seine Hand, als ob er ihn daran erinnern will, dass es einen wärmeren, hübscheren Ort gibt, der sich direkt vor ihm befindet.

»Zieh den BH aus«, sagt er. »Und umfasse deine Brüste für mich.«

Sie lässt ihn nicht aus den Augen, während sie ihren BH auszieht und ihm endlich – *endlich* – ihre harten, braunen Brustwarzen und ihre festen Brüste präsentiert, sodass ihm sofort das Wasser im Mund zusammenrinnt, wie einem Verhungernden. Ihre Hände umfassen sie gehorsam, und ihr Blick huscht von seinem Gesicht zu seiner Hand, die sich langsam und rhythmisch unter seinem Gürtel bewegt.

»Drück deine Nippel zusammen«, befiehlt er und hört zufrieden, wie sie nach Luft schnappt, als sie auch diesem Befehl folgt. Sie schließt die Augen und legt den Kopf in den Nacken, doch er drückt ihren Knöchel. »Nein, lass die Augen offen. Bleib hier bei mir.«

Helen öffnet die Augen, und ihre Lippen formen sich zu einem pornografischen Schmollmund.

»Sie sind so wunderschön. Ich möchte daran lecken, während du kommst«, sagt er und umfasst sein bestes Stück fester.

Sie stößt ein leises Wimmern aus, und er muss sich zwingen, auf dem Stuhl sitzen zu bleiben und das alles verschlingende Verlangen zu ignorieren, sich auf sie zu stürzen.

»Denkst du ab und zu an mich, wenn du dich selbst berührst?«, fragt er.

Helen stößt die Luft aus und nickt.

»Zeig es mir«, verlangt er.

Ihre Hand gleitet an ihrem Körper nach unten und drückt sich gegen das unerträglich verführerische Stoffdreieck. Ein Daumen schiebt sich unter das Gummiband, während die andere weiter ihre Brust knetet.

»Genau so habe ich mir das vorgestellt«, sagt sie. »Dass du dort auf deinem Stuhl sitzt und mir zusiehst.«

Sie drückt sich windend an ihre eigene Hand, und das Gefühl lässt sie den Mund zu einem perfekten *O* formen. Er erkennt an ihren glasigen Augen und der unbefangenen Art, wie sie sich auf dem Tisch hin und her bewegt, dass sie sich dem Höhepunkt nähert.

Er drückt einen schnellen Kuss auf die Innenseite ihres Knies, und seine Hände schließen sich gleichzeitig über ihrem Knöcheln und seinem Schwanz. Ihm ist klar, dass er langsamer machen muss, aber er kann einem letzten schnellen Ziehen nicht widerstehen, bevor er sich erhebt, sodass er zwischen ihren Beinen steht. Seine Hose gleitet nach unten zu den Knöcheln, und es sieht vermutlich ziemlich würdelos aus, aber das ist ihm scheißegal, denn er spürt bereits die Hitze, die herrliche Hitze, die durch den Stoff ihres Slips dringt.

»Helen, ich glaube, du solltest dich jetzt selbst zum Höhepunkt bringen«, flüstert er in ihr Ohr, und seine Finger graben sich seitlich in ihre Oberschenkel. »Und ich lecke deine Nippel, bis du mich anflehst, dich zu nehmen.«

Sie stöhnt, und er presst seine heiße Zunge auf einen steifen braunen Nippel. Er leckt sie wie Eiscreme – langsam, gemächlich, den Geschmack genießend.

»Ich …«, keucht sie und drängt sich weiter an ihre eigene Hand, und es ist das Heißeste, was er je gesehen hat. Sie stößt ein gequältes Schluchzen aus. »Bitte, Grant.«

»Bitte was?«, murmelt er mit den Lippen an ihrer Brust.

»Nimm jetzt die andere«, haucht sie, und er folgt ihrem Befehl.

»Ich gebe dir alles, was du willst, Süße«, murmelt er. »Du musst nur fragen.«

Sie stöhnt erneut, und er zieht die Brustwarze in seinen Mund und lässt die Zähne über den Nippel schrammen. Sie keucht auf, und er spürt, wie sie sich rhythmisch an ihre Hand drückt. Einmal, zweimal, während sie die andere Hand blindlings in seine Haare schiebt und auf der Tischkante in tausend Stücke zerbricht, als sie zum Höhepunkt kommt. Er spürt, wie ihr Körper unter seiner Zunge und unter seinen Händen bebt, die ihre Oberschenkel fest in Position halten, und sie stößt ein einzelnes gequältes Stöhnen aus, bevor sie leise und flach weiteratmet.

Ihre Hände ziehen an seinen Haaren und geleiten ihn nach oben, und sie küsst ihn verzweifelt – so verzweifelt wie das Gefühl, in ihr zu ertrinken.

»Ich liebe deinen Körper«, sagt er zwischen zwei Küssen. »Ich habe großes Glück, hier zu sein.«

Sie greift zwischen ihren Körpern nach unten, schiebt die Hand in seine Boxershorts und dann – *verdammt noch mal* – liegt ihre Hand auf seinem Schwanz.

»Ich will dich spüren«, murmelt sie mit den Lippen an seinen. »Bitte.«

Ein ersticktes Stöhnen steigt aus seiner Kehle, als ihr Daumen über seine feuchte Spitze gleitet und sich ihre Handfläche um ihn schließt.

»Ich muss …« Er löst sich von ihr und will zu dem Kondom, das irgendwo ganz unten in seiner Geldbörse steckt.

»Ich trage eine Spirale«, erklärt sie plötzlich. »Bitte, Grant. Ich … ich muss dich spüren.«

Er schnappt nach Luft, als sie ihn aus seinen Shorts befreit und versucht, den Nebel in seinem Gehirn nur einen Moment

lang zu verscheuchen, um einen klaren Gedanken fassen zu können. *Ich trage eine Spirale. Ich muss dich spüren.*
»Ich hatte Ende letzten Jahres einen Test«, keucht er. »Und ich war mit niemandem mehr zusammen, seit … seit …«
Er kann den Gedanken nicht zu Ende denken, denn ihre Nägel fahren zärtlich über seine Hoden, bevor sie sanft daran zieht.
»*Fuck*«, haucht er stattdessen.
»Ja«, sagt sie und hebt den Hintern ein Stück von der Tischkante, um ihren Slip abzustreifen. Er senkt den Blick, um wie betäubt zu beobachten, wie sie seine Spitze zwischen ihre Beine schiebt. »Aber … langsam.«
Er beißt die Zähne aufeinander, während sie ihn nach und nach in sich aufnimmt und ihn die enge Hitze Millimeter für Millimeter umschließt. *Ich bin erledigt*, denkt er, als er den Blick hebt und sieht, wie sie das Gefühl von ihm in ihr nach Luft schnappen lässt. *Ich brauche mein ganzes Leben lang nichts anderes mehr.*

Helen betrachtet Grants Gesicht, und ein Gedanke stiehlt sich durch den Nebel. *So siehst du also aus, wenn du das hier tust.*
Er beißt konzentriert die Zähne aufeinander, und auch wenn es unmöglich erscheint, gleitet er immer noch tiefer in sie, und ihre heiße Feuchte erlaubt ihm, schneller voranzustoßen.
»Oh«, keucht sie, als sie sich unwillkürlich um ihn zusammenzieht. Er stöhnt, als hätte er Schmerzen, dann zuckt er und neigt die Hüften, und plötzlich ist sie vollkommen erfüllt von *Grant*. Das Gefühl von ihm in ihr lässt sie nach Luft schnappen. Es fühlt sich fremd an, wird aber mit jeder Sekunde vertrauter und vertrauter und … unvergesslich.
Sein heißer Atem streicht über ihre Schläfe, und seine Finger graben sich in ihre Hüften, als sie sich versuchsweise –

einmal, zweimal – an ihn presst. Er drückt einen verhaltenen Kuss auf ihre Lippen und lehnt die Stirn an ihre. Seine Augen sind vor Konzentration geschlossen, und sie denkt mit einem Mal, wie ungerecht schön er ist.

»Mm.« Er lässt die Luft entweichen, und sie spürt, wie er sie langsam noch näher an sich zieht, um sie anschließend wieder loszulassen und die Bewegung gleich noch einmal zu wiederholen. Sie sehen beide nach unten zu der Stelle, an der ihre Körper sich vereinen, und ihr Atem stockt, denn es sieht so unglaublich urtümlich aus.

»Ich … ich kann nicht glauben, dass du mich auf diesem Tisch hier fickst«, sagt sie, und er stößt ein kurzes Lachen aus.

»Ich schon«, sagt er. »Ich habe es mir so oft vorgestellt, dass es sich beinahe anfühlt wie eine Erinnerung.«

Sein Daumen streicht über ihre harte Brustwarze, und er zieht sich noch ein Stück weiter aus ihr zurück, bevor er erneut in sie dringt.

»Du fühlst dich so verdammt gut an«, haucht er in ihr Ohr. »Wie kannst du es wagen?«

Sie gibt ein kehliges Lachen von sich, das sich in ein Keuchen verwandelt, als er in sie stößt. »Grant«, meint sie schwer atmend mit den Lippen an seinem Ohr. »Ich glaube, ich komme gleich noch einmal.«

Er schiebt die Hand zwischen ihre Körper und drückt seinen Daumen unnachgiebig und beharrlich auf ihre Klitoris, und sie schnappt nach Luft, wölbt den Rücken und presst sich an ihn. Im nächsten Moment explodieren weiß glühende Sterne vor ihren Augen. Er stöhnt, als eine pulsierende Welle der Lust über sie hinweg brandet und ihren Körper erzittern lässt, und sie vergisst, dass sie ruhig sein sollte, als der Orgasmus sie unter einem lauten, gequälten Schluchzen mit sich reißt.

Sie merkt nur am Rande, dass er sie sanft auf dem Tisch ablegt, und sieht mit entspannter Faszination zu, wie sein Daumen von ihren Lippen zu ihrem Brustbein gleitet. Sie beißt sich auf die Lippe, als er sich aus ihr zurückzieht und im nächsten Moment in sie stößt. Der kalte Tisch unter ihr wackelt, dann zieht er sich wieder zurück.

Sie hebt die Hand, und er umfasst sie und drückt einen Kuss auf die Innenseite ihres Handgelenks – eine unerwartet zärtliche Geste, die sie überrascht. Er stößt in sie – einmal, zweimal –, und sie betrachtet voller Staunen die Schweißschicht auf seiner Stirn. Dann zieht er sich ruckartig und mit einem Stöhnen aus ihr zurück, und sie spürt sein heißes Sperma, das sich in Stößen über ihren Bauch ergießt.

Sein Kopf sinkt an ihren Nacken, und sein Atem geht schwer und abgehackt, während er langsam wieder zu Sinnen kommt. Er küsst ihre Schulter und gibt ein leises, raues Lachen von sich, bei dem sich ihr Bauch von einer unbekannten Sehnsucht erfüllt zusammenzieht.

»Das sollten wir ab jetzt jedes Wochenende tun«, sagt er mit den Lippen an ihrer Schulter, und sie lacht ebenfalls.

Er säubert ihren Bauch mit den Tüchern, die sie sonst für das Whiteboard verwenden, und sie weiß jetzt schon, dass sie am Montag jedes Mal erröten wird, wenn ihr Blick auf den nüchternen Plastikbehälter fällt, auf dem noch immer das Preisschild klebt (3,99 Dollar im Bürofachmarkt).

Während sie in ihre Unterwäsche, die Hose und das Sweatshirt schlüpft, erinnert sie sich an ein Gespräch mit Suraya aus den Anfangstagen des Writers' Room.

»Manche Autoren sind mies im Writers' Room, aber eine Wucht, wenn es ums Drehbuchschreiben geht«, hat sie ihr damals erklärt. »Der Anfang fällt ihnen zwar schwer, aber wenn man sie erst einmal aus sich herausgelockt hat, arbeiten sie hart.«

Helen fragte sich, ob Suraya damit sagen wollte, dass Helen mies war und sich beim Schreiben besser anstrengen sollte.

»Aber der Großteil der Autoren schlägt sich recht gut im Writers' Room und liegt irgendwo zwischen annehmbar und ziemlich gut, wenn es ums Schreiben geht«, fuhr Suraya fort. »Das ist der einfachste Weg zu dem, was viele Leute wollen.« Am darauffolgenden Wochenende erstellte Helen eine Liste der Autoren im Writers' Room und las noch einmal die einzelnen Drehbuchvorschläge, die sie nur überflogen hatte, als Suraya sie ihr nach dem ersten gemeinsamen Abendessen gemailt hatte.

Saskia verhielt sich während der gemeinsamen Arbeit eher ruhig, aber ihr Drehbuchvorschlag strahlte vor Herzenswärme. Nicole gab sich stets witzig, lief aber auch oft Gefahr zu übertreiben und Suraya zu verärgern, und Helen stellte fest, dass ihr Vorschlag ebenfalls dieser Tonart folgte. Owen, Tom und Eve waren beständige Writers'-Room-Mitglieder – immer gut drauf und bereit, das Energielevel aufrechtzuerhalten und Verbindungen zwischen scheinbar völlig unzusammenhängenden Gesprächsfetzen zu ziehen, die sie den Tag über gehört hatten. Ihre Drehbuchvorschläge waren ebenfalls gut – ein wenig selbstbewusster und patenter als Nicoles oder Saskias, aber nicht so außergewöhnlich.

Und Grant … Sie hat schon damals gewusst, dass er sich großartig in den Writers' Room einfügt, und so ging sie davon aus, dass sein Drehbuchvorschlag sich irgendwo zwischen annehmbar und ziemlich gut bewegte.

Dann las sie seinen Entwurf für eine Pilotfolge. Sie kam damit schneller voran als mit allen anderen Vorschlägen, und wurde gegen ihren Willen in das Netz aus verworrenen, komplizierten Beziehungen, Geheimnissen und Lügen zwischen seinen Charakteren hineingezogen, die in einer kleinen Stadt am Meer in South Jersey lebten. Es war nicht die Art von Serie, die sie sich jemals freiwillig angesehen hätte, doch als das Drehbuch zu Ende war, spürte sie das alberne Verlangen, ihm zu schreiben und ihn zu fragen, wie es weitergeht (was sie natürlich nicht getan hat). Sie kam sich unangenehm klein vor, als sie ihre Arbeit mit seiner verglich, denn sie wusste, dass sie – egal, wie gut ihr Drehbuch sein würde – immer hinter ihm landen würde, nachdem er sowohl im Team als auch allein unschlagbar war.

Als Grant nun den Ausdruck seines ersten Entwurfs vor ihr auf den Tisch legt, steigt plötzlich Nervosität in ihr hoch. Nicht aufgrund dessen, was er geschrieben hat, sondern deswegen, was *sie* geschrieben hat. Allein der Gedanke, dass er eine Woche lang die Figuren auf intimste Weise erforscht hat, die sie sich damals in der Abgeschlossenheit ihres Gehirns in ihrem ersten, winzigen Einzimmerapartment in New York, in Coffee-Shops in Brooklyn und in öffentlichen Bibliotheken in der ganzen Stadt ausgedacht hat.

Helen hat Angst, dass sie in Grants Drehbuch einen ehrlichen Blick darauf erhaschen wird, wie er sie sieht, und dass es womöglich diese gerade aufkeimende Sache zwischen ihnen zerstören könnte. Auf gewisse Weise ist das hier intimer, als ihn in ihrem Körper zu spüren, und sie bemerkt, wie gegen ihren Willen ein beengendes Gefühl von ihr Besitz ergreift.

»Ich lese es später«, sagt sie schließlich. »Fahren wir zurück zu dir.«

Er streckt ihr die Hand entgegen, und sie steht auf. Er hebt ihr Kinn an und küsst sie sanft, und sie sinkt benebelt und von einer Wärme erfüllt in seine Arme.

»Dein Herz klopft«, murmelt er. »Bin ich daran schuld?«

Sie lacht. »Fast immer«, antwortet sie, und er gibt ein zufriedenes »Hm« von sich, das sie mit einer nervösen Sehnsucht erfüllt.

Kapitel 21

Wieso kannst du dich nicht einfach freuen?«, fragt Helen ihre Mom via FaceTime. »Es klingt doch, als wäre es echt nett gewesen.«

Ihre Mom befindet sich auf der Heimatfahrt von der Hochzeit von Helens Cousine in Kanada, mit der sie zum Abschluss noch gebruncht haben. Gerade hat sie ihr erklärt, dass die Feier zwar wunderschön war, aber dass es sich eher angefühlt hat, als würde die Tochter von Freunden heiraten und nicht die eigene Nichte.

»Es waren nicht genug Chinesen dort«, erklärt Mom. »Alle waren aus Frankreich, alles war französisch. Ich glaube, deine Cousine schämt sich dafür, Chinesin zu sein.«

Helen verdreht die Augen und ruft den Instagram-Account ihrer Cousine Alice auf.

»Sie hatte ein Symbol für Doppeltes Glück in Neon und einen Löwentanz, das ist doch ziemlich chinesisch, Mom.«

»Das ist nicht dasselbe. Ich weiß, dass ihre Mutter sich grämt, auch wenn sie glücklich ist. Aber das verstehst du nicht.«

Zumindest damit hat Mom recht.

Auf dem College, als sie noch den vagen Anspruch verspürte, zur großen Stimme der amerikanischen Literaturszene zu werden, hat sie Kurzgeschichten über die stille Tragik der Integration von Einwandererkindern geschrieben. Darüber, wie unzugehörig sie sich jedes Mal fühlte, wenn sie die Heimatstädte ihrer Eltern besuchten und sie ihre Großeltern dabei ertappte, wie sie im abfälligen Ton auf Kantonesisch über sie sprachen und sie nichts davon verstand, weil ihre Eltern vor ihrer Geburt eine Entscheidung getroffen hatten, die sie nicht beeinflussen konnte. Wenn sie jemals doch auf diese Schiene umschwenken sollte, kann sie vermutlich ein ganzes Buch mit Gedichten darüber füllen, wie sie ihrer Mutter jeden Tag das Herz bricht.

»Wenn du einmal heiratest, musst du unbedingt mehr Chinesen einladen«, sagt ihre Mom gerade. »Meine Schwester ist so traurig. Sie hat jetzt nur noch deinen Onkel, deinen Dad und mich.«

»Mhm«, erwidert Helen. »Ich werde es mir merken.«

»Du wirst es dir merken, ha! Du hast bist jetzt ja noch nicht einmal jemanden mit nach Hause gebracht, um ihn uns vorzustellen«, erwidert Mom. »Alice ist wenigstens verheiratet.«

Helen nickt angesichts dieses vollkommen logischen Sprungs zum Team Wenigstens-ist-Alice-jetzt-verheiratet.

»Ich bringe doch ständig Freunde mit nach Hause«, merkt sie an, und es stimmt auch irgendwie. Ihre Freunde aus New York schwärmen immer noch von dem Lachs mit Sojasauce, den ihre Mom vor drei Jahren aufgetischt hat.

»Du weißt genau, was ich meine. Einen *besonderen* Freund.«

»Ach, einen *besonderen* Freund«, wiederholt Helen und denkt unwillkürlich an Grant und das Frühstück, das er am Morgen für sie zubereitet hat. Sie ist beeindruckt, dass er tatsächlich weiß, wie man ein Ei pochiert. »Mom, du hast zweieinhalb Jahrzehnte damit verbracht, mir zu sagen, dass ich mich auf die Schule und die Arbeit konzentrieren und nicht an Jungs denken soll. Vielleicht ist das der Grund, warum ich noch nicht verheiratet bin. Weil ich einfach so ein *Guai Nui* bin.«

So ein »braves Mädchen«. Es ist eine der wenigen chinesischen Phrasen, die sie kennt, und ein Kompliment, das ihre Eltern und Großeltern ihr mit auf den Weg gaben – wenn sie vor Freunden über sie redeten, wenn sie etwas tat, das ihnen gefiel, als sie sich auf der Beerdigung leise versicherten, dass Helen so etwas niemals tun würde.

Helen war immer ein braves Mädchen. Sie weiß noch, wie frustrierend es war, Michelle dabei zuzusehen, wie sie sich durch ihr Leben bewegte und immer irgendjemanden fand, den sie gegen sich aufbringen konnte. Sie hat ihre Schwester sogar ein wenig darum beneidet – die Vorstellung, dass jemandem die Meinung anderer egal war, war ihr so fremd, dass sie manchmal nicht glauben konnte, dass sie von denselben Eltern abstammten. Sogar jetzt, nach all den Jahren spürt sie, wie Feindseligkeit gegenüber ihrer Schwester in ihr hochsteigt.

Du hattest es so viel einfacher als ich, denkt Helen. *Du hattest mich. Und trotzdem hast du dein Leben nicht ertragen.*

Helens Mom befindet sich mittendrin in einem Monolog über die Tragik, eine Tochter zu haben, die so tut, als würde sie zuhören, obwohl sie es in Wahrheit gar nicht tut.

»Es ist der natürliche Lauf des Lebens, Helen. Deine Kinder sollen wachsen, eine Familie gründen und selbst Kinder bekommen«, sagt sie gerade. »Du brauchst jemanden in deinem Leben, der sich um dich kümmert, wenn Mom und Dad nicht mehr da sind.«

»Ich kann mich um mich selbst kümmern, Mom – und das tue ich auch«, erinnert Helen sie. »Sogar sehr gut.«

»Ich weiß, ich weiß«, erwidert Mom. »Du bist eben eine moderne Frau.«

Helen seufzt. »Falls ich jemals jemanden kennenlerne, der es wert ist, euch vorgestellt zu werden, sage ich Bescheid«, meint sie schließlich. »Lass mich einfach mein Leben leben, bis es so weit ist.«

Ihre Mom schnaubt, als wäre auch dieser Punkt verhandelbar, und Helen schließt die Augen, als sich langsam Kopfschmerzen bemerkbar machen. Es wäre so schön, wenn alles wenigstens ein klein wenig einfacher wäre.

Grant spielt mit seinem Handy und versucht, sich nicht einzu-
mischen, während Helen sich einigermaßen aufgeregt durch
die Küche bewegt und auf der Suche nach den verschiedensten Werkzeugen eine Schublade nach der anderen öffnet.
Es hat zwei Wochen gedauert, bis sie an dem Punkt angelangt sind, ab dem sie zu Hause kochen können. Vorher hatten
sie immer mit anderen Dingen zu tun, sobald sie über seine
Türschwelle getreten ist, und danach war es zu spät oder sie
waren zu erschöpft, um etwas in der Küche zustande zu bringen. »Hör auf, mich abzulenken«, hat er deshalb diesen Morgen zu ihr gesagt und sich auf direktem Weg in die Küche
begeben. »Ich habe extra Eier gekauft, um dir Frühstück zu
machen.«

Sie hat darauf bestanden, ihm dafür ein Abendessen zu kochen, und er hat den Eindruck, dass sie es irgendwie als eine
Art Wettbewerb betrachtet.

»Es gibt Lachs mit Reis und grüne Bohnen mit schwarzer
Bohnen-Knoblauch-Sauce«, verkündet sie. »Ich hätte auch
gern dieses Tomaten-Ei-Ding gemacht, denn das schmeckt
echt lecker, aber als Beilage für zwei Personen funktioniert es
leider nicht. Vielleicht passt es mal zum Frühstück.«

Er überlegt, ob er ihr vorschlagen soll, ein paar Bekannte
zum Essen einzuladen, verwirft die Idee aber wieder, als sie
ihm ein Glas Weißwein in die Hand drückt und ihn auf beiläu-
fige, aber trotzdem besitzergreifende Art auf den Mundwinkel küsst, was ihm einen kleinen Stich an einem geheimen Ort
versetzt, der sich irgendwo unter seinen Rippen befindet.

»Ich verbinde mich mit deinen Bluetooth-Lautsprechern«,
erklärt er und wählt eine zufällige Playlist aus der Rubrik »Kochen zu Hause« aus.

Sie wirft ihm über die Schulter einen Blick zu und grinst
mit einem Mal. »Ist das die Kochen-mit-Freunden-Playlist
auf Spotify?«

»Kennst du die denn?«, fragt er trocken, nimmt einen

Schluck Wein und denkt bei sich, dass sie gerade verdammt hinreißend aussieht.

»Ich höre sie ständig, wenn ich mit Freunden koche«, bestätigt sie. »Ich suche gern nach bestimmten Vibes und wähle dann die Playlists anderer Leute dafür aus. Das ist eine meiner Lieblingslisten.«

Er legt die Information in seinem geistigen Archiv ab, und auch wenn sie in ein paar Monaten nutzlos für ihn sein wird, weiß er mit ziemlicher Sicherheit, dass sie ihm sehr viel länger im Gedächtnis bleiben wird.

»Worauf freust du dich in dieser Woche am meisten?«, fragt er, als sie es endlich geschafft hat, dass der Ofen ein Piepen von sich gibt. »Und was macht dich am meisten nervös?«

»Ich freue mich auf das Treffen mit der Regisseurin«, antwortet sie. »Angeblich ist sie echt cool und jung, und Suraya musste das Studio erst von ihr überzeugen. Und nervös macht mich … die Besprechung mit dem Studio am Donnerstag. Sie hassen mich.«

»Sie hassen dich nicht.«

»Ich bin wie eine zusätzliche Gliedmaße, die sie mitschleppen müssen – sie wissen nie, worüber sie mit mir reden sollen, bevor Suraya auftaucht«, meint Helen und löffelt dampfenden Reis in zwei Schüsseln. »Ich fühle mich dann immer winzig und unbedeutend.«

Eine der Schalen rutscht ihr aus der Hand, und sie schreit auf.

»Hm«, meint er und steht auf, um ihr in der Küche zu helfen. »Ich dachte, du freust dich am meisten darauf, mich wieder im Writers' Room zu sehen.«

Als er auf der anderen Seite der Kücheninsel angekommen ist, packt sie seinen Kragen und drückt ihn unter Küssen an die Spüle.

»Du bist so blöd«, murmelt sie an seinen Lippen, und er spürt, wie sie lächelt.

Nach dem Abendessen sitzen sie draußen auf dem mit Kunstrasen ausgelegten Balkon. Er lehnt mit dem Rücken an der Wand, und sie lässt sich zwischen seinen langen Beinen nieder und schmiegt sich an seinen Rücken. Sein Körper vibriert sanft unter ihrer Berührung, und er beugt sich nach vorn, um seine Nase an ihrem Hals zu reiben – eine Geste, die sie besonders gern mag, wie er an dem atemlosen, leisen Seufzen und der Tatsache erkennt, dass sie sich mit der Wange an ihn schmiegt wie eine Katze.

»Du würdest einen tollen Freund abgeben«, sagt sie.

Er weicht zurück. »Danke«, sagt er und schafft es nicht, den beißenden Unterton aus seiner Stimme zu verdrängen.

»Warum machst du das mit mir auf diesem Balkon, anstatt der Freund einer netten, angemessenen jungen Frau irgendwo dort draußen zu sein?« Sie deutet auf die Straße und den vor ihnen liegenden Santa Monica Pier. Sie dreht sich um und sieht ihn an. »Was stimmt nicht mit dir, Grant Shepard?«

Er lacht auf.

»Also meine Therapeutin würde jetzt sagen, dass ich unter einer Angststörung leide«, antwortet er. »Und unter dem Gefühl, unwürdig zu sein.«

Sie drückt seinen Arm, der schwer über ihrer Schulter liegt, und ihr Daumen gleitet in einer schnellen, beruhigenden Bewegung über seinen Unterarm.

»Das ist nicht weiter schlimm«, murmelt sie. »Ich wette, du kommst darüber hinweg.«

Er schmiegt den Kopf erneut an ihren Hals, und sie gibt ein weiteres leises Seufzen von sich.

»Meinst du, ich sollte mir eine Freundin suchen?«, flüstert er.

»Nur eine, die dich auch verdient«, erwidert sie mit leiser, sanfter Stimme. »Ich könnte die Kandidatinnen für dich prüfen.«

»Was ist mit dir?«, fragt er, und sein Magen vollführt eine

seltsame kleine Drehung, als wäre er auf einer dieser uralten, klapprigen Achterbahnen auf dem Pier unterwegs.

Sie schweigt einen Moment, bevor sie leise erwidert: »Du meinst, warum ich in dieser sexuell aufgeladenen Nummer ohne echte Zukunft stecke, anstatt mir einen netten jungen Mann zu suchen, mit dem ich sesshaft werden kann?«

Nein, das hat er ganz und gar nicht gemeint. Aber er wartet dennoch auf die Antwort auf ihre eigene Frage.

»Ich schätze, ich bin einfach noch nicht bereit für eine gesunde Beziehung«, erklärt sie schließlich. »Aber irgendwann.«

Grant runzelt die Stirn und versteht nichts an diesem Satz, der ihm wie ein Puzzle erscheint. Er hat das Gefühl, dass es bei näherer Betrachtung auseinanderfallen würde – und vielleicht auch diese zerbrechliche Sache zwischen ihnen beiden.

»Helen«, sagt er schließlich und drückt einen Kuss auf ihre Schulter. »Hör auf, über solchen Blödsinn zu reden. Es ist zu spät, und ich bin zu müde für das Thema.«

Sie lacht und hebt den Kopf, damit er sie auf die Lippen küssen kann. Es ist ein langsamer, gemächlicher Kuss, aber irgendwie – er ist sich nicht sicher, wer damit anfängt – wird er leidenschaftlicher und fordernder. Es ist, als würden sie einen Kampf ausfechten, und als sie sich umdreht, um sein Kinn mit den Händen zu umfassen, steht er auf und zieht sie mit sich, bis sie zwischen der Wand und seinem Körper feststeckt.

Sie küsst seinen Hals und sieht mit einem seltsamen Ausdruck in den Augen zu ihm hoch, der sich wie der Splitter einer Granate in seinen Oberkörper bohrt. Er hebt die Hand, um ihr die Haare aus der Stirn zu streichen, dann legt er die Finger auf ihre linke Brust. Sie schnappt nach Luft, und er drückt fester und kneift sie in die Brustwarze.

»Tue ich dir weh?«, fragte er leise.

Sie schüttelt den Kopf und beißt sich auf die Lippe. »Ich mag es, wenn du mir ein bisschen wehtust«, flüstert sie, und im nächsten Moment prallen seine Lippen hart, leidenschaftlich, begierig auf ihre. Wenn er sie lange genug küsst, kann er vielleicht die Verbitterung und den Schmerz vertreiben, obwohl er nicht weiß, woher diese Empfindungen kommen.

»Helen«, murmelt er an ihren Lippen. »Ich will keine Freundin.«

Sie nickt und seufzt leise, als er an ihrer Unterlippe knabbert.

»Und ich will niemals wieder über diese Dinge sprechen«, fährt er mit brüchiger Stimme fort. »Verstanden?«

Sie antwortet nicht, sondern versucht, ihn erneut zu küssen, doch er lehnt sich zurück und legt die Stirn an ihre. »Hast du mich gehört?«, fragt er.

»Ja«, sagt sie. »Ich habe dich gehört.«

Sie presst erneut ihre Lippen auf seine, und dieses Mal küsst er sie zurück, und die restliche Nacht besteht ihr Gespräch nur noch aus sanftem Seufzen und ihrer beider Namen.

Kapitel 22

Als Helen am Dienstag ins Büro kommt, stellt sie überrascht fest, dass sie die Erste ist. Es ist der Tag nach Valentinstag (den sie bei einem gemeinsamen Abendessen mit Nicole und Saskia verbracht hat und danach aus Prinzip allein nach Hause gefahren ist), und offenbar gab es auf dem Freeway eine Massenkarambolage mit sieben Autos, und alle, die in den Norden nach Burbank müssen, stecken im Stau. Suraya gibt ihnen mittels Nachricht Bescheid, dass sie ohne sie beginnen sollen, sobald Grant da ist. Nach etwa vierzig Minuten kommt die nächste Nachricht, in der sie erklärt, dass sie mehr oder weniger ohnehin mit Episode 109 fertig sind und sie so viele Meetings hat, dass sie direkt ins Produktionsbüro fahren wird und das Team heute von zu Hause aus arbeiten soll.

Helen will sich gerade auf den Weg machen, als die Fahrstuhltüren aufgehen und Grant heraustritt. Er trägt einen Hoodie und eine Baseballkappe, und seine Schultern heben und senken sich auf unnatürliche Art ruckartig.

Irgendetwas stimmt nicht.

Er sieht sie, doch er geht mit großen, forschen Schritten an ihr vorbei in sein Büro.

»Grant?«

»Wasser«, krächzt er und schiebt hektisch einen Kaffeebecher unter den Wasserspender.

Er wählt zuerst das heiße Wasser und flucht, bevor er den Knopf für kaltes Wasser drückt. Sie ist mittlerweile neben ihm angekommen und kann erkennen, wie blass und verschwitzt er ist.

»Was ist los?« Sie berührt sanft seine Hand.

»Panikattacke«, erwidert er mürrisch, schließt die Augen und lehnt sich an die Wand.

»Sag mir, was du brauchst.«

»Ich muss zählen«, erklärt er. »Buchstaben oder Zeichen oder ... irgendetwas ...«

»Soll ich mit dir zusammen zählen?«, fragt sie.

Er nickt, und sie hält seine Hand, während sie langsam beginnen. »Eins ... zwei ... drei ...«

Als sie bei fünf angekommen sind, schluchzt er leise und rasselnd, und sie schlingt einen Arm um seine Mitte und zieht ihn in eine Umarmung. Er vergräbt das Gesicht in ihren Haaren, und sie spürt seinen warmen, feuchten Atem und die Tränen, während er weiter ein- und ausatmet und ihren Trost annimmt, ohne die Umarmung zu erwidern.

»Was ist passiert?«, fragt sie, als sein Atem wieder ruhiger klingt und er sich aufrichtet.

Sie reibt über seine Oberarme, um ihn zu wärmen.

»Es ist albern«, murmelt er, und sie drückt einen Kuss auf seinen Hals, damit er weiterspricht. »Da war diese Massenkarambolage ...«

»Ja.«

»Aber es gab noch einen zweiten Unfall, ein paar Kilometer danach. Jemand lag auf der Straße. Unter einem Laken.«

»Oh.«

»Ich musste ständig daran denken, dass es derjenige durch den Stau geschafft hat, bloß, um einige Kilometer später zu sterben«, murmelt er. »Vielleicht ist es aber auch vorher passiert und war der Grund für die Massenkarambolage danach. Keine Ahnung.«

»Und da hattest du eine Panikattacke?«, fragt sie und sieht zu ihm auf.

Er wischt sich mit der Hand übers Gesicht, und sie nimmt sie und drückt einen Kuss auf seine Handfläche.

»Das hast du schon einmal getan«, sagt er und schluckt.

»Damals warst du auch verletzt«, murmelt sie und verschränkt die Finger mit seinen.

Er stößt die Luft aus. »Manchmal passiert es eben«, murmelt er. »Ich weiß nicht warum. Ein zufälliger Trigger genügt schon. Es ist so peinlich.«

»Ist es wegen …?« Helen beendet die Frage nicht, doch er hört sie trotzdem.

»Vermutlich«, sagt er. »Ich meine, es hat auf jeden Fall etwas mit meinem Kopf gemacht, falls du das wissen willst. Es hat unheimlich lange gedauert, bis der Krankenwagen endlich da war, ich kann mich noch an den Verkehr erinnern.«

»Komm«, sagt Helen, zieht an seiner Hand und führt ihn in sein Büro.

Sie schließt die Tür und setzt sich auf die Couch. Er nimmt die Baseballkappe ab und lehnt sich an die Tür. Er ist immer noch kalkweiß, und es tut ihr im Herzen weh, wie verletzlich er aussieht.

»Komm her«, sagt sie, und als er vor die Couch tritt, zieht sie ihn nach unten, bis sein Kopf in ihrem Schoß liegt. Sie fährt mit der Hand durch seine Haare und streichelt ihn beruhigend. »Denkst du oft an diese Nacht?«, fragt sie.

»Ich versuche, es nicht zu tun«, murmelt er. »Ich fühle mich dabei immer so verdammt nutzlos.«

»Du hättest nichts tun können«, murmelt sie.

»Das weißt du nicht.«

»Du hättest nichts tun können«, wiederholt sie kopfschüttelnd. »Es war nicht deine Schuld.«

»Ich dachte, ich muss ins Gefängnis«, sagt er und stößt ein ersticktes Lachen aus. »Ich habe mir vor allem Sorgen um mich selbst gemacht.«

»Das ist nachvollziehbar«, sagt sie. »Du warst mehr oder

weniger noch ein Kind. Du wusstest nicht, was passieren würde. Es war eine furchteinflößende Situation.«

Grant presst sich die Handballen auf die Augen.

»Du ... du bist ... du bist die Letzte, die mich trösten sollte. Mein Leben ist seit damals doch echt gut gelaufen«, sagt er. »Das ist alles so beschissen.«

Sie legt ihre Hände auf seine und hofft, dass das zusätzliche Gewicht noch beruhigender wirkt, und nach einigen Augenblicken verschränkt er seine Finger mit ihren.

»Du kannst mit mir darüber reden, weißt du?«, meint sie so leise, dass sie das Gefühl hat, sie müsste es wiederholen. »Du kannst mit mir über diese Nacht reden. Wenn es dir hilft, jemanden zu haben, der ... sich gemeinsam mit dir daran erinnert.«

Sie schweigen beide einen Moment lang.

Dann holt Grant Luft und erzählt.

Kapitel 23

Wenn Grant sich heute an diesen Tag zurückerinnert, ist es immer in Form von Rückblenden, sodass es sich – so dumm es auch klingen mag – anfühlt wie eine Filmmontage.

Er erinnert sich an die Party, die er besucht hat. Die Last-Minute-Entscheidung, zu Brianna Peltzers Last-Minute-Party zu gehen, bei der es nichts anderes zu feiern gab als einen weiteren Freitag in ihrem Leben. Er spielte mit dem Gedanken, nachher noch zu Lauren DiSantos zu fahren – die Party selbst war nicht Laurens Welt.

Er erinnert sich, wie ihm jemand eine Flasche *Pabst Blue Ribbon* gab. An das Kondenswasser auf dem Glas und an die Tatsache, dass ihm das Bier in der Hand das Gefühl gab, älter und erfahrener zu sein. Als wäre er bereits auf dem College.

Er erinnert sich, wie er den Blick hob und seine Ex-Freundin Desiree sah. Und an die verbotene Anziehung, die allein der Begriff »Ex-Freundin« ausübte. Sie griff nach seiner Hand, als wüsste sie Bescheid, und zog ihn auf die Tanzfläche. Sie tanzten. Sie küssten sich.

»Bring mich nach Hause«, flüsterte sie ihm ins Ohr.

Er hatte nur einmal an dem Bier genippt, während die anderen munter weitertranken.

Es schien die richtige Entscheidung.

Es war kurz nach Mitternacht, als sie in Desirees Auffahrt bogen. Da war die vertraute Eiche vor dem Haus, unter der sie eine Woche zuvor die Abschiedsballfotos gemacht hatten. Desiree und er waren seit der zehnten Klasse zusammen gewesen. Es war irgendwie seltsam und traurig, dass sie es nun nicht mehr waren. Sie sah vom Beifahrersitz aus zu ihm herüber, und er wusste, dass sie dasselbe dachte.

»Ich habe Angst davor, was als Nächstes passiert«, sagte sie. »Nach der Highschool.«

»Ich auch«, erwiderte er, auch wenn ihm solche Gedanken bis jetzt noch nicht gekommen waren. Er hatte den Großteil seiner Highschoolzeit den Eindruck gehabt, dass er die echte Version von sich selbst noch nicht kennengelernt hatte. Er freute sich darauf, das nächste Kapitel aufzuschlagen. Aber jetzt, mit Desiree auf dem Beifahrersitz und in ihrer alten, vertrauten Auffahrt, wusste er mit einem Mal, dass es die Wahrheit war.

»Willst du noch reinkommen?«, fragte sie.

Grant erinnert sich nicht mehr genau, was er darauf erwiderte. Er erinnert sich bloß an Desirees volle Lippen und an die Art, wie sie sich zu einem Lächeln verzogen, als sie seine Antwort hörte. Er erinnert sich, wie er ihr die Haare von der Schulter gestrichen hat, und daran, wie das schwache Licht in der Auffahrt durch den Vorhang aus blondem Haar gebrochen war. Er erinnert sich, wie sie sich lachend unter den Rasensprenger ihrer Eltern hindurch duckten, und wie Desiree den Finger auf die Lippen legte, während sie auf Zehenspitzen nach oben in ihr Zimmer tappten. Er erinnert sich an das einen Moment lang aufflammende schlechte Gewissen, als er an Lauren DiSantos dachte, denn er hatte versprochen, dass er etwa um Mitternacht bei ihr sein würde. Er würde sich wohl ein Weilchen verspäten.

Er erinnert sich, dass der Sex gut, aber auch ein wenig traurig war – und vielleicht war er deshalb gut, *weil* er ein wenig traurig war.

»Ich kann das nicht noch einmal«, sagte er, als er das letzte Mal vor Desirees Zimmertür stand. »Ich muss gehen.«

»Ich wünschte, du wärst dir nicht ganz so sicher«, erwiderte sie. »Das ist der Teil, der am meisten wehtut.«

Grant wünscht sich mittlerweile auch, er wäre sich nicht ganz so sicher gewesen.

Er erinnert sich weder an den Song im Radio noch an die Farbe des Autos vor ihm oder an den Geschmack der Limo, die er im Becherhalter des Geländewagen seiner Mom abgestellt hatte.

Er erinnert sich, wie spät es war ...

02:03 Uhr morgens

Und an das Wetter ...

Bewölkt mit erhöhter Schauergefahr.

Und an sein Ziel ...

Lauren DiSantos' Zuhause.

Oder vielleicht auch sein eigenes.

Aber das musste er erst nach der nächsten Ausfahrt entscheiden.

Er erinnert sich an die Geschwindigkeitsanzeige ...

95 km/h

Wie er aufsah und jemand ...

DA WAR JEMAND! VERDAMMT ...

100 km/h

Grant ist der Meinung, dass er diesen Teil der Geschichte nicht erzählen sollte, aber sie will ihn hören.

Er erinnert sich, wie er die Autotür öffnete, wie es mit einem Mal nach Rauch roch und wie das Glas unter seinen Füßen knirschte. Er erinnert sich, dass an dem Auto kaum ein Schaden zu erkennen war – zumindest glaubt er das, aber vielleicht stimmt es gar nicht, denn seine Eltern haben das Auto in der darauffolgenden Woche fortgebracht. Da waren andere Leute –

ihre Gesichter und Klamotten sind in seiner Erinnerung mittlerweile verschwommen –, die er in den blinkenden, kreisförmig um ihn stehenden Lichtern als Silhouetten erkannte.

»Haben Sie gesehen, wer gefahren ist?«, fragte eine Person die andere.

»Irgendein Junge«, antwortete diese. »Er hat zu Tode erschrocken ausgesehen.«

Grant wollte die beiden fragen, ob sie über ihn redeten. Aber er musste zuerst nach dem Opfer sehen.

Er erinnert sich, dass er von dem festen Griff eines Fremden zurückgehalten wurde. Es war ein Mann Ende vierzig, der aussah, wie Grant sich einen Vater vorstellte (was völlig unlogisch war, da Grant einen Vater *hatte*, der absolut nicht so aussah wie dieser Mann, aber das tat nichts zur Sache).

»Geh lieber nicht dort rüber, mein Junge«, sagte Grants Nicht-Vater.

»Aber ich muss«, erwiderte er. »Ich muss nachsehen, ob es ihr gut geht.«

Der Mann schüttelte den Kopf. »Wir haben alle gesehen, was passiert ist. Es war nicht deine Schuld.«

Grant erinnert sich, wie ihn plötzlich die Angst packte.

»Bekomme ich jetzt Schwierigkeiten?«, fragte er.

»Wie heißt du, mein Junge?«, fragte der Mann anstelle einer Antwort.

Grant erinnert sich, dass er eine verrückte Sekunde lang überlegte, ob er lügen sollte.

»Grant«, antwortete er, und es klang, als hätte er einen sehr langen Weg zurückgelegt, um die Wahrheit auszusprechen. »Grant Shepard.«

»Wie alt bist du, Grant?«

»Achtzehn.« Mittlerweile weinte er, denn hinter dem Mann sah er eine leblose Gestalt in der Dunkelheit, die von dem dunkelgrünen Mantel einer der Anwesenden verdeckt wurde. Der Mantel hatte Knöpfe aus Glas, und sie glitzerten gemeinsam mit den Glasscherben am Boden im hellen Licht der Scheinwerfer.

»Sieh mich an, Grant«, sagte sein Nicht-Vater, und Grant wischte sich die Tränen aus den Augen und gehorchte. Er konzentrierte sich auf den Fremden vor sich, anstatt auf das tote Mädchen, das ein paar Meter entfernt lag – er war sich ziemlich sicher, dass es ein Mädchen war, wenn man sich ihre Größe ansah. »Hast du etwas getrunken?«

»Nein, Sir«, antwortete Grant, und er erinnert sich, dass er sich wie ein Lügner gefühlt hatte, obwohl der Alkoholtest später bestätigte, dass er vollkommen nüchtern war.

Helen hat alle ihre Erinnerungen an diese Nacht in einem einzigen vollgestopften Raum im hintersten Winkel ihrer Gedanken weggesperrt, und bevor sie die Tür öffnet, versucht sie immer, sich zuerst an die guten Dinge zu erinnern.

Wie Michelle ihr als kleines Mädchen wie ein seltsamer süßer Schatten überallhin gefolgt ist und immer bereit war, ihr Spielzeug und ihre Süßigkeiten mit ihrer großen Schwester zu teilen. Wie besessen Michelle von Tieren war und wie sie zusammen eine vergebliche Kampagne nach der anderen ausgefochten haben, um einen schokoladenbraunen Labradorwelpen zu adoptieren, oder eine rote Tigerkatze, oder wenigstens zwei Wellensittiche – *Es ist egal welche Farbe, versprochen!* Wie sehr Michelle die Erdbeeren geliebt hat, die in dem Hinterhof des ersten gemieteten und viel zu kleinen Einfamilienhauses in Union, New Jersey, wuchsen, in dem sie sich ein Schlafzimmer teilen mussten – und wie sie die ganze Fahrt über geweint hat, nachdem sie die Pflanzen zurückgelassen hatten, um nach Dunollie zu ziehen, wo es bessere Schulen und mehr Platz gab, den sie dringend benötigten.

Helen und Michelle hatten kurze sechzehn Jahre als Schwestern verbracht, wobei sie in den ersten beiden Jahren zu jung gewesen waren, um sich daran erinnern zu können. Zehn Jahre lang standen sie sich so nahe, wie sich gemeinsam aufwachsende Geschwister nahestehen können, und die letzten vier Jahre verbrachten sie in beinahe fortlaufender Feindseligkeit. Im Großen und Ganzen scheint dieses Verhältnis für Helen zu sprechen und die Erinnerung an eine einzige schreckliche Nacht zunichtezumachen.

Aber so läuft es nicht.

Helen erinnert sich, dass sie zu Hause bleiben musste, während ihre Eltern ins Leichenschauhaus fuhren.

Sie weiß nicht mehr, wie sie sich damals gefühlt hat – traurig, das erzählte sie zumindest der Schulpsychologin, als diese sie eine Woche später fragte –, sie weiß nur, dass sie das überwältigende Bedürfnis verspürte, Michelles Zimmer zu säubern. *Jetzt gleich. Schnell. Sofort! Bevor Mom und Dad zurückkommen.* Es war eine so unumgängliche Notwendigkeit, dass jede einzelne ihrer Körperzellen prickelte, während sie weiter ihre Bettdecke umklammerte und darauf wartete, dass sich das Garagentor hinter dem Auto ihrer Eltern schloss. Es war bereits eine Freundin der Familie unterwegs, die sich um Helen kümmern sollte, sie hatte also nicht viel Zeit.

Sie erinnert sich, wie sie in Michelles Zimmer hetzte und sich schrecklich albern fühlte, sobald sie durch die Tür getreten war. Der Geruch war wie eine Bestätigung, dass Michelle immer noch sehr lebendig war und dass sie jeden Moment durch die Tür stürzen und schrecklich wütend sein würde, weil Helen an ihren Sachen gewesen war.

Helen weiß, dass sie das Wort Selbstmord damals noch nicht im Kopf hatte, das kam erst später. Selbst, als sie das leere Batteriefach von Michelles *Hello-Kitty*-Uhr öffnete und die kleinen, verknoteten Plastikbeutel mit dem weißen Pulver herausnahm, hoffte sie, dass sich alle täuschten und die Leiche, die man nach dem schrecklichen Unfall auf der Route 22 gefunden hatte, nicht Michelle war. Wenn sie sich so sicher waren, warum mussten ihre Eltern die Tote dann identifizieren? Oder vielleicht war es Michelle, aber sie war gar nicht *tot*. Immerhin erwachten in den Fernsehserien ständig Leute im Rettungswagen wieder zum Leben.

Auf jeden Fall erinnert sich Helen, dass sie sich wie die beste Schwester der Welt fühlte, während sie sämtliche Lieblingsverstecke ihrer Schwester leer räumte und alle Beweise für ein etwaiges Suchtmittelproblem die Toilette hinunterspülte.

Bis sie sich an die letzten Worte erinnerte, die sie miteinander gewechselt hatten.

Es war nach dem Abendessen gewesen, weniger als sechs Stunden zuvor. Helen saß auf dem Bett und stalkte ihre zukünftigen Mitstudenten am Dartmouth College, als würde ihr ein umfassendes Wissen über diese Leute die Fähigkeit verleihen, sich drei Monate in die Zukunft zu beamen. In eine Zeit, in der dieses Haus, das ihr die Luft zum Atmen raubte, und alle, die darin wohnten, nichts weiter als eine entfernte Erinnerung sein würden. Michelle kam ins Zimmer, um ihre Haare einzudrehen, weil Helens Spiegel besser war als ihrer. Sie hatte vor, sich auf eine Party davonzustehlen, und Helen fand das nicht in Ordnung, aber *Helen fand nie irgendetwas in Ordnung*. Michelle wollte sich eine Kette ausleihen, doch Helen sagte Nein.

»Aber es ist doch nur für ein paar Stunden«, wandte Michelle ein.

»Vorausgesetzt, du verlierst sie nicht. So, wie du immer alles verlierst«, murmelte Helen, ohne von ihrem Laptop aufzusehen. »Meine Antwort lautet Nein. Ich habe die Kette von Oma bekommen und nehme sie mit aufs College.«

»Der einzige Grund, warum ich keine eigene Kette von ihr

habe, ist, weil sie vor meinem sechzehnten Geburtstag gestorben ist«, jammerte Michelle.

»Pech für dich«, sagte Helen. »Und jetzt raus aus meinem Zimmer.«

»Du bist immer so gemein zu mir«, beschwerte sich Michelle. »Dabei habe ich dir nichts getan.«

»Nun, bald bin ich ohnehin nicht mehr da und du musst mich nicht länger ertragen.«

Michelle schwieg einen Moment lang. Dann meinte sie mit grausamer Kälte in der Stimme: »Manchmal wünschte ich, du wärst nicht meine Schwester.«

Nun sah Helen endlich von ihrem Laptop auf.

Lass es dabei bewenden, würde Helen dem Regisseur ihres Lebens in diesem Augenblick gern zurufen. Aber die Szene geht jedes Mal unerbittlich weiter:

»Ich war zuerst hier und habe nie um eine Schwester gebeten. Wäre es nach mir gegangen, hätte ich keine.«

Michelle starrte sie trotzig an, und ihr Kiefer mahlte, während sie nach einer Antwort suchte, die nie kam. Helen erinnert sich, dass sie kurz ein schlechtes Gewissen empfand. *Aber Michelle hat doch angefangen, nicht wahr?*

Im nächsten Moment riss Michelle den heißen Lockenstab aus der Steckdose und schleuderte ihn durchs Zimmer und in Helens Richtung.

»Was stimmt eigentlich nicht mit dir!?«, brüllte Helen und duckte sich vor dem glühenden Metall weg.

Michelle rannte aus dem Zimmer und knallte die Tür hinter sich zu.

Helen erinnert sich, wie sie Michelles Laptop öffnete. Der Bildschirm war ein wenig verschwommen, offenbar weinte sie, auch wenn sie sich nicht daran erinnert, geweint zu haben. Sie löschte einen geheimen Ordner, in dem Michelle erotische Fanfiction zu *Der Herr der Ringe* gespeichert hatte, die sie so gern las. Soweit Helen wusste, schrieb Michelle nicht selbst solche Geschichten, aber sie brachte Helen gern in Verlegenheit, indem sie die schlüpfrigen Szenen laut vorlas, wenn sie ihre Schwester loswerden wollte. Michelle war einfach schrecklich nervtötend. Michelle war zu nervtötend, um tot zu sein.

Sie öffnete Michelles Internet-Verlauf, um etwaige pornografische Seiten oder Einträge, die auf Drogenkonsum hinwiesen, zu löschen. Sie weiß noch genau, was sie stattdessen fand:

Überlebenschancen einer 43 kg schweren Frau, wenn sie von einem Auto mit 90 km/h getroffen wird. 01:38 Uhr
Was passiert, wenn der klinische Tod eintritt. 01:39 Uhr
10-Tage-Wettervorhersage Dunollie, NJ 01:41 Uhr

Es war eher die Schlinge eines Galgens als ein Abschiedsbrief.

Helen erinnert sich, wie sie wütend dachte: *Ich werde dir niemals verzeihen, wenn das alles ist, was du hinterlassen hast.*

Sie löschte die Suchanfragen nicht, falls es tatsächlich alles war, was von Michelle übrig geblieben war. Dann sah sie sich im Zimmer um und suchte nach irgendetwas, das vorbereitet worden war, um in dieser Situation gelesen zu werden.

Nichts.

Die Stille wurde unheimlich.

Helen erinnert sich, wie sie sich selbst versicherte, dass es albern war, nach einem handgeschriebenen Brief zu suchen. So etwas hätte Michelle nie gemacht, es wäre ihr zu altmodisch gewesen. Wenn sie einen Abschiedsbrief verfasst hatte, dann *natürlich* auf ihrem Laptop, um ihn anschließend irgendwo im digitalen Dschungel zu verstecken. In ihren E-Mail-Entwürfen vielleicht oder in einem passwortgeschützten, sorgsam verborgenen Dokument, das nur Helen öffnen konnte.

Natürlich hatte Michelle diese Welt nicht verlassen, ohne das letzte Wort zu haben, selbst wenn es nur ein allerletztes *Fick dich!* für die einzige Schwester war, die sie gehabt hatte. Helen erinnert sich, wie beeindruckt sie von ihrer wiedererlangten Ruhe war, als sie Michelles digitales Erbe auf eine externe Festplatte kopierte, um die Dateien später genauer und bis zur völligen Erschöpfung durchzusehen. Sobald sie sicher war, dass Michelle wirklich tot war.

Grant will, dass sie erfährt, was passiert ist, nachdem er die Beerdigung verlassen hat.

Er erinnert sich, wie er in den schwülwarmen, bewölkten Sommernachmittag hinaustrat, während Helens Stimme immer noch in seinen Ohren klingelte. *Sie will, dass du gehst. Sofort.* Er erinnert sich an den schrecklichen Kloß in seinem Hals, der ihm beinahe den Atem raubte, an das Brennen in seiner Lunge, und an den Gedanken, dass er auf keinen Fall weinen durfte, solange ihn die Leute in der Kirche noch sehen konnten. Er wollte nicht, dass jemand sah, wie er auf dem Friedhof herumlungerte, als hätte er nicht ganz genau verstanden, was sie zu ihm gesagt hatte. *Verschwinde. Sofort.*

Also verschwand Grant und fuhr zu der alten Pizzeria auf dem Hügel, weil er nicht nach Hause wollte, um seinem Dad zu erklären, dass er recht gehabt hatte, was die Beerdigung anging. Er erinnert sich, wie er sich Gedanken über den anderen Mann (den Nicht-Vater) machte, der beruhigend neben ihm gestanden hatte, während die Polizei ihn befragt hatte. Irgendwann war er verschwunden, und Grant hat ihn nie wieder gesehen.

Er erinnert sich an den Geruch von warmem Olivenöl und Teig, und dass er ein Stück Peperoni-Pizza und eine Dose Cola bestellte. Er erinnert sich daran, dass die hübsche Rothaarige hinter dem Tresen ihn anlächelte und dass im nächsten Moment jemand seinen Namen – »Grant?« – rief. Als er sich umdrehte, sah er Kevin Palermo mit anderen Jungs aus der Abschlussklasse, die ebenfalls im Footballteam waren.

»Schön, dich mal wieder zu sehen, Mann«, sagte Kevin. »Ist schon 'ne Weile her.«

Grant hatte die anderen seit Brianna Peltzers Party – dieser dämlichen Party, zu der er niemals hätte gehen sollen – nicht mehr gesehen.

»Tut mir leid«, sagte er, und der Kloß in seinem Hals drohte, ihn zu ersticken.

»Schnapp dir ein Stück von unserer Pizza, während du auf dein Essen wartest«, fuhr Kevin fort und stand auf, damit die anderen zusammenrücken und Platz für ihn machen konnten.

Grant ist sich immer noch nicht sicher, ob Kevin einfach nett sein wollte oder ob er tatsächlich keine Ahnung hatte – *du hast ihn vor Kurzem wiedergetroffen, er war immer schon so.*

»Hey, hast du schon gehört, dass der verdammte Tommy Hariri nächstes Jahr Team-Kapitän wird? Die armen Anfänger.«

»Tommy Hariri«, antwortete Grant und setzte sich, als hätte man Michelle Zhang – *Geliebte Tochter, Schwester, Freundin* – nicht gerade nur ein paar Kilometer entfernt in einem Sarg in die Erde gelassen. »Das gibt's nicht.«

»Klar gibt's das«, erwiderte Kevin.

Und Grant erinnert sich, wie er damals, in dem Pizzaladen, erkannte, dass er eine neue, schreckliche Fähigkeit besaß.

Er konnte jemanden töten und einfach so davonkommen, und alle behandelten ihn so, wie sie ihn immer behandelt hatten. So, als wäre nie etwas passiert.

Kapitel 24

Es tut mir leid«, keucht Grant, und sein Atem wirkt erneut unregelmäßig. »Es tut mir leid. Ich wünschte ... ich wünschte ...«

Er kann den Satz nicht zu Ende sprechen, und Helen denkt daran, wie oft sie sich gefragt hat, wie es für ihn danach war (und sich gleichzeitig so sehr gewünscht hat, sie hätte es nicht getan). Wie oft sie den darauffolgenden Gedanken – *Es muss schrecklich gewesen sein* – zugelassen hat. Und die Schuldgefühle, die Verbitterung, die Wut und der neu erwachte Schmerz vermischen sich immer und immer wieder mit dem Schmerz der Vergangenheit, bis ihr Herz nur noch davon erfüllt ist. Sie hat einen Gutteil ihres Verdienstes in Therapien investiert, um zu lernen, wie sie diesen schrecklichen, wiederkehrenden Rhythmus durchbrechen und das laute Klopfen ihres Herzens dämpfen kann, um ihre Gedanken wieder zu hören und sie von dem immer noch schlagenden und lebendigen Organ abzulenken.

Wenn sie sich gefragt hat, wie es für ihn war, dann hat sie sich wohl immer etwas Ähnliches vorgestellt – ein Echo ihrer emotionalen Wunden. Aber es jetzt zu sehen und zu spüren, wie kalt seine Haut ist, während ihr Herz eben nicht kalt genug ist, ist auf grauenhafte Weise anders.

Helen schlüpft aus ihren Schuhen. Sie steht auf und lässt sich langsam auf ihn sinken. Ein Knie versinkt in der Ritze zwischen Liegefläche und Lehne, das andere hängt nach unten.

»Würdest du mich festhalten?«, fragt sie nach einem Augenblick, und er nickt.

Sie legt sich auf ihn, streckt die Beine über seinen aus und breitet ihren Körper wie eine schwere Decke über ihn, während er die Arme um sie schlingt. Sie empfindet eine plötzliche, bizarre Art der Dankbarkeit, dass sie ihm das hier geben kann. Dass sie vielleicht die einzige Person auf dieser Welt ist, die es kann.

»Ich glaube, ich habe dir vergeben, lange bevor ich Michelle vergeben habe«, murmelt sie schließlich. »Im Grunde habe ich es immer noch nicht getan. Und ich weiß nicht, ob ich es jemals tun werde.«

»Du solltest mir nicht vergeben«, erwidert Grant. »Und du … du solltest nicht bis in alle Ewigkeit einen Groll auf deine Schwester hegen. So sollte es nicht sein.«

»Aber für uns ist die Zeit in diesem Moment stehen geblieben«, entgegnet Helen. »Es war vorgesehen, dass wir erwachsen werden, über uns selbst hinwegkommen und uns auf der anderen Seite als Freundinnen wieder in die Arme schließen. Sogar mehr als Freundinnen – jedes Mal, wenn ich alte Klassenkameraden mit ihren Geschwistern sehe, wünschte ich, ich hätte dreizehn weitere Jahre voller Erinnerungen. Ich wünschte, ich hätte in diesem letzten Moment etwas anderes zu ihr gesagt – oder sie hätte etwas anderes gesagt. Ich wünschte … ich wünschte, ihr Wunsch zu leben wäre in jener Nacht stärker gewesen, als der Wunsch zu sterben. Ich wünschte, ich könnte ihr sagen, was für eine verfluchte Scheiße die letzte Entscheidung war, die sie auf dieser Erde getroffen hat. Und ich wünschte, sie könnte antworten. Wie auch immer, es ist jedenfalls nicht deine Schuld. Ich gebe dir keine Schuld an all diesen Dingen, Grant Shepard.«

Sie lauscht seinem Herzschlag, der sich langsam beruhigt, und streichelt seine Brust in langsamen, kreisförmigen Bewegungen. Es scheint beinahe, als wäre er eingeschlafen, bis er plötzlich murmelt: »Es tut mir leid, dass ich das so sehr brauche. Ich wünschte, es wäre nicht so.«

Es muss dir nicht leidtun, denkt sie beinahe verzweifelt. *Ich will, dass du mich brauchst.*

Als sie den Kopf hebt, sind seine Augen geschlossen, und sie ist sich nicht sicher, warum sie das Gefühl hat, ihr Herz würde brechen, wo es doch ohnehin schon seit Jahren nicht richtig funktioniert.

Als Grant aufwacht, ist es Nachmittag, und er hört das leise Klackern von Helens Laptoptastatur. Sie sitzt an seinem Schreibtisch und arbeitet.

»Wie lange habe ich geschlafen?«, fragt er mürrisch.

»Ein paar Stunden«, antwortet sie. »Es ist fast halb zwei.«

Er richtet sich auf und reibt sich den Schlaf aus den Augen. Und die Scham. Wenn er jetzt aufsieht und sie ihm mitleidsvoll entgegenblickt, steigt er in sein Auto und fährt nach Kanada.

»Ich würde vorschlagen, dass du uns etwas zu essen holst«, fährt Helen fort und tippt unbeirrt weiter. »Oder wir fahren irgendwohin.«

»Eigentlich bist du an der Reihe, dir etwas auszusuchen.«

»Dann will ich in den Sandwichladen, den alle so mögen«, meint sie. »Komm.«

Er fährt, und sie sitzt auf dem Beifahrersitz und bringt ihn über die Ereignisse des Vormittags auf den neuesten Stand. Owen hat die Gliederung seiner Episode an das Team geschickt, Tom und Eve einen ersten Entwurf und Nicole ihre Änderungen, während Suraya die ersten drei Episoden bereits zur Produktion freigegeben hat.

Als Helen gesteht, wie nervös sie der Gedanke macht, dass auch ihre eigene Episode bald an die Reihe kommt, legt er kurz die Hand auf ihre. Sie wirft ihm ein so liebevolles Lächeln zu, dass sein Herz sich auf eine Art zusammenzieht, die ihm mittlerweile schon viel zu vertraut ist.

Sie bestellen eine etwas abgewandelte Version desselben Menüs und setzen sich hinaus in die Sonne, um auf ihre Bestellungen zu warten. Helen nippt an einem Glas Mineralwasser, und als sie es auf dem wackeligen runden Metalltisch abstellt, denkt er plötzlich: *Ich könnte dich lieben.*

Sie mustert ihn argwöhnisch.

»Du siehst aus, als würdest du gleich etwas Dummes sagen.«

»Kannst du mittlerweile auch schon Gedanken lesen?« Er hebt eine Augenbraue.

Helen schüttelt den Kopf, und der Kellner bringt ihnen ihre Sandwiches in roten Plastiktüten.

»Aber ich kann dein Gesicht lesen«, sagt sie, öffnet die Tüte mit den Pommes und leert sie auf das Tablett. »Den gleichen Blick hast du, kurz bevor du im Writers' Room Dinge sagst wie: ›*Jetzt mal ein ganz anderer Vorschlag. Wie wäre es, wenn wir alles über den Haufen werfen und all die harte Arbeit, die wir in den letzten sechs Stunden geleistet haben, in den Wind schießen?*‹«

Er lacht. »Dann behalte ich den Gedanken für mich.«

Sie nippt an ihrem Wasser und stellt das Glas erneut ab. »Warum hast du mir nicht gesagt, dass du nächste Woche Geburtstag hast?«

Er runzelt die Stirn und drückt den Ketchup aus der Tüte auf seine Pommes. Sie schnappt sich eine und steckt sie sich in den Mund.

»Ich habe das Datum auf den Steuerunterlagen auf deinem Schreibtisch gelesen«, fügt sie hinzu.

»Okay. Das ist creepy.«

»Du solltest sie nicht einfach so herumliegen lassen«, entgegnet sie. »Was wünschst du dir zum Geburtstag?«

»Nichts«, sagt er und beißt in sein Sandwich. »Dich.«

Helen verdreht die Augen. »Hast du eine Lieblingstorte? Oder ein Restaurant?«

Er lehnt sich nachdenklich in seinem Stuhl zurück. »Du würdest mit mir in ein Restaurant gehen?«

»Wir sind jetzt auch in einem Restaurant.«

»Wir haben Mittagspause und sitzen vor einem Sandwichladen«, murmelt er. »Ich rede von einem echten Restaurant mit versnobten Kellnern, winzigen Gerichten und herausgeputzten Paaren auf Date Night.«

»Klar.« Helen hält inne. »Wir könnten das ganze Team einladen.«

Grant wischt sich leise lachend den Mund sauber. »Klar, das ganze Team. Und danach fahren wir in getrennten Autos nach Hause?«

Helen zuckt mit den Schultern.

Er mustert sie. Vielleicht gibt es einen Weg, die Situation aufzulösen, aber ihm fällt nichts ein. Womöglich braucht es einen Raum voller professioneller Drehbuchautoren, die im Rahmen eines Workshops nach einer Lösung suchen. Er lacht über seine Gedankengänge, dann fällt ihm etwas ein.

»Ich weiß, was ich mir wünsche«, sagt er langsam. »Ich wünsche mir eine Geburtstagsparty – eine Dinner Party – bei mir zu Hause. Du lädst das Team ein, kommst früher, um bei den Vorbereitungen zu helfen, und gehst später, um alles wieder aufzuräumen. Und ich darf dich anfassen, wann immer ich will, bis du zur Tür hinaus bist.«

Helen wird rot. »Du meinst, vor allen anderen?«

Grant zuckt mit den Schultern. »Du hast gefragt, was ich mir wünsche.«

»Er hat sich in dich verliebt«, erklärt Nicole, während sie sich Helens Entwurf für die Einladung zu Grants Geburtstagsparty ansieht. »Was geht hier eigentlich ab?«

Helen wird rot. »Es ist eine Einladung zu einer Geburtstagsparty, mehr nicht.«

Sie kann nicht abstreiten, dass sie so etwas in der Art ebenfalls schon vermutet hat – sie hat Grant einige Male zu oft dabei ertappt, wie er sie mit einem warmen, zärtlichen Blick gemustert hat, und da war dieser Moment auf dem Balkon, als sie über hypothetische Freundinnen geredet haben, die er statt ihr daten sollte, und als ihr das Herz bis zum Hals geschlagen hat – *Was ist mit dir?*

»Eine Einladung, die du verschickst, weil ihr … so gute Freunde seid, dass ihr zusammen eine Party bei ihm zu Hause veranstaltet?« Nicole nippt skeptisch an ihrem Wein, und Helen bereut, dass sie die Einladung, Nicole zu Hause zu besuchen, angenommen hat. »Wenn ich mich irre, und er sich so etwas wünscht, obwohl er nicht in dich verliebt ist, ist er nicht ganz richtig im Kopf. Bist *du* denn in ihn verliebt?«

»Nein«, erwidert Helen bestimmt. *Nein.* »Wir haben Spaß, es ist unkompliziert und bequem, aber früher oder später ist es vorbei. Es ist nur … es ist manchmal ziemlich verwirrend. Weil wir einander von früher kennen und die Umstände damals ziemlich heftig waren, und weil wir während der Arbeit praktisch rund um die Uhr zusammen sind.«

Mittlerweile weiß das ganze Team von Grants und ihrer gemeinsamen Vergangenheit. Im Nachhinein scheint es albern, dass sie dachte, sie könnte in Zeiten von Google ein Geheimnis daraus machen. Helen kann sich noch gut an den Tag erinnern, als sie erkannt hat, dass alle Bescheid wissen – gerade war eine lächerliche Diskussion über einen tödlichen Autounfall entbrannt, und im nächsten Moment senkte sich tiefes Schweigen über den Tisch. Owen warf Tom und Eve einen vielsagenden Blick zu, Saskia hüstelte, Nicole war verdächtig still, und Helen bemerkte mit einem Mal, dass ihr niemand mehr in die Augen sah. Nur Grant, der offenbar gerade zu demselben Schluss gekommen war wie sie. Sie lächelten einander an, und Suraya, die als Einzige immer noch nichtsahnend auf das Whiteboard starrte, drehte sich mit einem Ruck um und fauchte: »Also gut, was zum Teufel habe ich verpasst?«

Allerdings kennt nur Nicole die ganze Geschichte aus Vergangenheit und Gegenwart (Saskia vermutet es angesichts des letzten Gesprächs am Abend vor dem folgenschweren Besuch bei Grant zwar auch, aber sie ist zu höflich, um nachzuhaken).

»Eure gegenseitige Anziehung basiert auf einem gemeinsam erlebten Trauma.« Nicole nickt. »Das sind ziemlich gute Voraussetzungen.«

Helen lacht, dann stöhnt sie auf. »Ich glaube ...« Sie bricht ab und wählt ihre Worte mit Bedacht. »Ich glaube, *er* glaubt vielleicht, dass er sich in mich verliebt hat – oder vielleicht auch nicht, aber zumindest spürt er, dass er lästige Gefühle entwickelt. Ich glaube, er ist nicht der Typ, der gleich von Liebe, sondern eher von *Gefühlen* spricht. Du kennst ihn ja.«

»Oh ja«, erwidert Nicole trocken. »Das tue ich. Weißt du, ich mag Grant ziemlich gern. Als Freund, meine ich. Vielleicht sollte ich dich nach deinen Absichten fragen. Ich will nicht, dass er am Ende mit gebrochenem Herzen dasteht.«

Helen rutscht unbehaglich hin und her.

»Grant weiß Bescheid«, erklärt sie. »Es ist bloß ... es ist wie ein Spiel. Ich halte uns auf der Spur, und er versucht, uns an unsere Grenzen zu bringen, und testet, wie weit er gehen kann. Es ist, als würden wir unseren Status ständig neu verhandeln und es ... ich schätze, es macht uns Spaß, sonst würden wir nicht immer wieder zueinander zurückfinden. Es zwingt uns, nichts zu überstürzen. Aber er kennt die Regeln. Er würde nichts ... er würde nichts Unmögliches von mir verlangen.«

»Hm.« Nicole nippt an ihrem Wein. »Das klingt ehrlich gesagt wirklich verwirrend und irgendwie heiß, aber du solltest trotzdem vorsichtig sein, Helen. Du bist schlau, aber nicht schlauer als deine Gefühle. Es könnte trotz allem passieren, dass du mit offenen Augen ins Verderben rennst und dir am Ende selbst das Herz brichst.«

»Das war ein echt guter Satz«, meint Helen. »Den solltest du unbedingt aufschreiben.«

»Gelernt ist gelernt«, sagt Nicole. Sie lachen, und Grant und seine unausgesprochenen, komplizierten, möglicherweise vorhandenen Gefühle kommen nicht mehr zur Sprache.

Als sie am darauffolgenden Montag im Writers' Room zusammenkommen, schlägt Suraya die Einladung dankend aus (»Ihr habt ohne eure Vorgesetzte sicher mehr Spaß.«) und lässt ihre Assistentin Grants Adresse notieren, um eine Flasche Champagner vorbeizuschicken. Alle anderen sind dabei.

»Echt nett, dass du das organisierst, Helen«, meint Tom, und Eve stößt ihn in die Rippen.

»Ich, ähm, ich habe offenbar das Bedürfnis, mich dafür zu revanchieren, dass ich an der Highschool so gemein war«, erwidert Helen, und Grant betrachtete sie mit einem Blick, der nichts anderes heißt als: *Ich habe dich heute Morgen stehend an die Wand gedrückt und gefickt.*

»Immerhin beginnt in der kommenden Woche die Produktion, und kurz darauf wird der Writers' Room geschlossen«, meint er schließlich. »Da wäre es schön, wenn wir einander noch einmal außerhalb des Büros sehen würden.«

Die Nacht von Freitag auf Samstag verbringen sie in Helens Wohnung, damit sie ihren gesamten Kleiderschrank zur Verfügung hat, um das passende Outfit für die Party auszuwählen. Sie trägt einen Morgenmantel aus Seide und hält in dem absurd großen Ankleidezimmer, das sich direkt neben ihrem Schlafzimmer befindet, ein Kleid nach dem anderen vor ihren Körper, damit er es begutachten kann.

»Das gefällt mir«, erklärt er, als sie ein aufreizendes Kleines Schwarzes vorführt.

»Das gefällt mir auch«, meint er, als sie nach einem grünen Vintagekleid greift.

»Irgendwo hängt vermutlich noch das Kleid vom Abschlussball, glaubst du, das würde dir auch gefallen?« Sie schnaubt genervt, und Grant lacht.

Er stemmt sich von der Bank hoch, die mitten im Ankleidezimmer steht, zieht sie nach hinten an seine Brust und drückt einen Kuss auf ihren Nacken. »Du bist wirklich keine große Hilfe.«

»Ich sehe gern zu, wie du dich schick machst«, sagt er. »Aber es ist spät, und es gibt andere Dinge, die wir tun könnten.«

Helen erschaudert wohlig und wendet sich um. Sie schlingt die Arme locker um seinen Hals, und sie wiegen langsam im Takt einer Musik hin und her, die nur sie beide hören.

»Wie spät ist es?«, fragt sie.

Er wirft einen Blick auf die Uhr auf dem Nachttisch. »Kurz nach Mitternacht.«

»Happy Birthday«, murmelt sie und stellt sich auf die Zehenspitzen, um ihn zu küssen. Er gibt ein leises, zufriedenes »Hah« von sich, ehe er den Kuss erwidert. Das Geräusch hüllt sie ein, und sie spürt die vertraute Sehnsucht in sich. Als er sich von ihr löst, geht ihr Atem zitternd und abgehackt.

»Manchmal vermisse ich dich, obwohl du direkt vor mir stehst«, sagt sie, als er sacht mit der Nase gegen ihre Wange stupst. »Ist das nicht eigenartig?«

Er lacht und hebt ihr Kinn an, um sie erneut zu küssen. Seine Hände gleiten an ihren Armen hinab, dann hebt er sie hoch, und sie schlingt die Beine um seine Mitte, während er sie zurück ins Schlafzimmer trägt. Sie hilft ihm aus seinem Shirt, und als sie aufs Bett sinken, trennen sie nur noch seine engen Boxershorts und ihr seidiger Morgenmantel.

Er summt leise und versonnen vor sich hin, während er den Gürtel ihres Morgenmantels löst, und die Schleife öffnet sich mühelos. Er streift den Mantel sanft von ihrer Haut, dann folgen seine Lippen dem Weg seiner Hände.

Sie erschaudert erneut, obwohl es warm ist und seine Lippen heiß sind.

»Vermisst du mich jetzt auch?«, murmelt er mit dem Mund auf ihrem Bauch und küsst sich an ihrem Nabel vorbei bis zum oberen Ende ihrer Oberschenkel, was sie beinahe in den Wahnsinn treibt.

Sie schiebt die Finger in seine Haare und nickt, ohne nachzudenken, während sie ihn dorthin dirigiert, wo sie ihn haben will.

»Ja«, keucht sie, als er beginnt, die weichen, verborgenen Stellen ihres Körpers zu liebkosen. »Das fühlt sich so gut an.«

Sein Mund und seine Zunge bewegen sich langsam und beständig, dann saugt er an ihrer winzigen empfindlichen Knospe, die ihm mittlerweile so vertraut ist, und sie ist überrascht, als sie im nächsten Moment zum Orgasmus kommt.

»Verdammt«, keucht sie. »Ich wusste nicht, dass … ich so knapp davor war.«

Sie sieht zu ihm nach unten, und er betrachtet sie mit fiebrigem Blick. Hungrig und zufrieden gleichzeitig. Sie könnte sich vorstellen, dass sie ihn gerade mit dem gleichen Blick ansieht.

Er drückt einen Kuss auf die Innenseite ihres Oberschenkels, dann schiebt er sich hoch, sodass er über ihr ist. Ihre Hand gleitet nach unten, und sie spürt die feuchte, klebrige Spur des ersten Tropfens der Lust und die Feuchte ihres eigenen Orgasmus'. Es ist verrückt, wie sehr sie einander begehren, doch das kümmert sie nicht weiter.

»Ich wollte nie etwas so sehr, wie ich dich will«, keucht er, als sich ihre Finger um ihn schließen, und es ist, als hätte er ihre Gedanken gehört.

Er umfasst ihre Hüften und dreht sich mit ihr herum, sodass sie über ihm ist und ihre Hände auf seinen Schultern liegen. Sie lässt sich langsam auf ihn sinken, während er ihr die Richtung weist, und genießt es, wie er nach Luft schnappt und wie sich seine Finger in ihre Haut graben, während sie ihn tiefer und tiefer in sich aufnimmt. Ihre Hände streichen über ihren Körper nach oben, denn sie weiß, wie sehr es ihm gefällt, wenn sie sich selbst berührt. Sein Blick scheint förmlich zu glühen, als sie ihre Brüste umfasst und knetet.

Im nächsten Moment packt er ihre Hände und hebt sie über den Kopf, während er sich gleichzeitig nach vorn lehnt, um sie zu küssen. Es hat etwas seltsam Intimes, auf diese Art an ihn gepresst zu werden, und ihre Hüften setzen sich langsam und kreisend in Bewegung.

Er keucht an ihren Lippen. »Ich halte es nicht mehr lange aus.«

»Ich auch nicht«, murmelt sie. »Kannst du auf mich warten?«

Ein leises, gequältes Geräusch steigt aus seiner Kehle empor, während er nickt. »Was brauchst du?«

»Nur das hier.« Sie drückt ihn mit ihren inneren Muskeln, und sein Atem geht schneller. »Das und dich, und das und dich, und …«

»Helen«, krächzt er mit dem Gesicht an ihrem Hals. »Ich gehöre dir.«

Sie stürzt über die Klippe und spürt, wie auch er zum Höhepunkt kommt. Zitternde Wellen reißen ihn mit sich, und sie ist überrascht, dass sein Körper immer noch bebt, als sie schließlich ins Hier und Jetzt zurückkehrt. Sie hält sein Gesicht in beiden Händen und küsst ihn. Sie liebt den salzigen Geschmack von *ihr* auf seiner Zunge.

»Ich gehöre dir auch«, murmelt sie.

Er erwidert nichts, sondern drückt lediglich einen ehrfürchtigen Kuss auf ihre Schulter, und eine seltsame Melancholie macht sich in ihr breit. Leise lachend sieht er zu ihr hoch. »Du vermisst mich?«, fragt er und steckt eine Haarsträhne hinter ihr Ohr.

Sie nickt.

»Aber du bist doch hier bei mir, du Genie.« Er drückt ihren Knöchel. »*Happy Birthday to me.*«

Sie lacht ebenfalls, und er hebt sie hoch und trägt sie in die Dusche, und die ganze restliche Nacht lang macht sie sich keine Gedanken mehr über diese Dinge.

Kapitel 25

Es ist bemerkenswert einfach, sich vorzustellen, wie es wäre, in Grant Shepard verliebt zu sein.

Helen deckt den Tisch mit den Platzsets, die seine Mom ihm aufgezwungen hat und die er auf Lisas Wunsch hin mit nach Kalifornien gebracht hat, weil Helen an Weihnachten kurz erwähnt hat, wie hübsch sie sind. Sie bestehen aus einem einfachen Leinenstoff und einer umlaufenden gestickten Bordüre (»Die hat seine Urgroßmutter Margaret in den 1920ern von Hand genäht!«) und unterscheiden sich grundlegend von allem, mit dem Helen aufgewachsen ist.

Grant kocht sein Geburtstagsessen selbst – er verwendet alte Familienrezepte aus einer Kiste, die Helen vor einiger Zeit in seiner Küche gefunden hat, und aus der sie sämtliche Rezepte herausgesucht hat, die er einmal für sie kochen soll. Zwischen den Anweisungen für Hot Cross Buns, Weihnachtsbraten und Steak Diane befinden sich außerdem Zeitungsausschnitte über längst vergangene örtliche Veranstaltungen, bei denen Grandma Vickis berühmter deutsch-irischer Apfelkuchen für zufriedene Gaumen sorgte und Grandpa Carl einen Wettbewerb leitete, bei dem die »hübschesten Ohren« prämiert wurden. Es gibt sogar ein Foto des siebenjährigen Grant, der mit Grandma Vicki in der Küche steht, beide in grässlichen, vollgekleckerten Pullovern und mit einem perfekten glücklichen Lächeln auf den Lippen.

»Ich hätte dich damals gern gekannt«, sagt sie und berührt den lächelnden Grant auf dem Foto.

Sie überlegt, wo sie um diese Zeit gerade war – vermutlich saß sie in dem ersten viel zu kleinen Haus in Union, New Jersey, in einem Zimmer mit ihrer Schwester und lernte, dass der Geist über den Körper siegen muss –, und sie spürt einen vertrauten Schmerz in sich hochsteigen.

Der Grant der Gegenwart drückt einen Kuss auf ihre Schläfe und schiebt sie sanft vom Herd fort, um in einer köstlich aussehenden geschmolzenen Masse zu rühren.

»Du musst aufhören, solche Dinge laut auszusprechen, sonst wissen am Ende alle Bescheid«, meint er neckend.

Sie wendet sich um, packt ihn am Kragen und küsst ihn überraschend und leidenschaftlich, und seine Arme schlingen sich automatisch um ihren Körper. Als sie ihn loslässt, sieht er auf hinreißende Art zerzaust aus, und sie fragt sich, wie lange sie diesen Zustand aufrechterhalten kann. Er wirkt überrascht und zufrieden, und der Ausdruck steht ihm so gut, dass sie am liebsten dafür sorgen würde, dass er nie mehr verschwindet – wenn sie das Recht dazu hätte.

»Okay«, sagt sie und widmet sich wieder der ihr zugesprochenen Aufgabe, die Frühlingszwiebel zu schnippeln.

Er wirft ihr einen seitlichen Blick zu. »Wie viel Zeit haben wir noch?«

Sie schaut auf ihr Handy. »Nicht mehr wahnsinnig viel. Nicole und Owen kommen früher, um etwas im Backofen aufzuwärmen.«

Sie tritt vor die Spüle, als er sie plötzlich in die Arme nimmt.

»Das meinte ich nicht, du Genie«, sagt er, und ihr wird vage bewusst, dass er mittlerweile zwei Spitznamen hat, um sie aufzuziehen. *Süße*, wenn es um irgendwelche Sauereien geht, *du Genie* in liebevolleren Situationen. »Wie viel Zeit haben wir beide noch?«

Sie blickt ihm tief in die Augen und steht so kurz davor, in ihnen zu versinken, dass sie sich fragt, ob sie es nicht schon längst getan hat.

»Genug«, sagt sie.

»Da bin ich mir nicht so sicher«, erwidert Grant langsam, und sein Daumen gleitet über ihren Unterarm. In diesem Moment klingelt es an der Tür. Er lässt sie los. »Noch mal Glück gehabt.«

Nicole und Owen haben gebackenen Brie und eine Platte mit fein geschnittenem Fleisch dabei und verlangen nach Wein.

Owen klatscht Nicole auf den Arm, als er sieht, wie Grant zärtlich Helens Haare zurückstreicht, als sie sich bückt, um den Backofen zu öffnen.

»Nichts, gar nichts«, meint er kichernd, als sie sich mit fragendem Blick zu ihm umdreht.

Grant legt auf der Arbeitsplatte seinen kleinen Finger auf Helens, und sie sieht nur eine Sekunde lang zu ihm auf, als sie hört, wie Owen einen Herzinfarkt vortäuscht, sich eine Hand auf die Brust presst, leise »Das ist zu viel, ich muss mich sammeln« murmelt und sich zurückzieht.

Grant drückt lachend einen Kuss auf Helens Schulter.

Nicole hebt die Augenbrauen. »Okay«, meint sie. »Heiß.« Dann geht sie ebenfalls.

Grant wendet sich an Helen, und sie brechen in Gelächter aus.

»Ich glaube, die haben sich schon viel zu viele Gedanken über uns gemacht«, murmelt sie.

»Diese verdammten Drehbuchautoren.« Er lacht. »Eigentlich sollten sie es besser wissen.«

Tom und Eve bringen einen Schoko-Lava-Kuchen mit und Saskia Bruschetta. Niemand sagt etwas, als Grant eine Hand auf Helens unteren Rücken legt, oder als ihre Finger seine bis zum allerletzten Moment festhalten, bevor er aufsteht, um nach den Möhren zu sehen.

Als er zurückkommt, massiert er ihre Schulter und schiebt seine Hand in ihren Nacken, woraufhin Helen automatisch danach greift und, ohne nachzudenken, einen Kuss auf seine Handfläche drückt.

»Also, jetzt kommt schon!«, jammert Tom. »Das muss außer mir doch sonst noch jemand gesehen haben!«

Alle Anwesenden brechen in Gelächter aus, und Helen lacht mit, während Grant einen Arm um sie schlingt und ihr einen Kuss auf die Schläfe drückt.

So würde es sich also anfühlen, Grant Shepard zu lieben, denkt sie. Und es tut weh.

Nach dem Essen verabschieden sich die Gäste nacheinander, noch immer erstaunt und mit leicht geröteten Wangen, bis nur noch Tom und Eve übrig sind.

»Er wird sich bis in alle Ewigkeiten damit brüsten«, meint Eve lachend und macht sich auf den Weg in den Flur. »Er erklärt mir schon seit Wochen, dass ich keine Ahnung habe, dass moderne Paare ihre Beziehung heutzutage durch subtile Andeutungen öffentlich machen.«

»Ihr solltet mal zum Abendessen vorbeikommen«, meint Tom, der bereits ein wenig angetrunken ist. »Und wenn ihr heiratet, dann kann ich die Zeremonie –«

»Okay, aber jetzt bringen wir dich erst mal nach Hause, Tommy«, unterbricht ihn Eve und schiebt ihn, eine Entschuldigung murmelnd, aus dem Haus.

Grant schließt mit einem Klicken die Tür hinter ihnen.

Und sie sind – *wieder* – allein.

Helen sieht grinsend zu ihm hoch. »Hattest du einen schönen Geburtstag?«

Er lacht und spürt, dass sie ebenfalls lacht, als er sie küsst.

»Helen«, sagt er leise, und ihr Gesicht, das gerade noch verträumt ausgesehen hat, wirkt mit einem Mal argwöhnisch und wachsam.

»Nein«, sagt sie. »Reden wir nicht weiter.«

»Ich muss dir etwas sagen.« Er stupst sanft mit der Nase gegen ihre.

»Wenn es nicht … um etwas anderes geht, will ich es nicht hören«, sagt sie und wendet sich ab. Er stößt die Luft aus und folgt ihr in die Küche. Sie stellt das Geschirr in die Spülmaschine. Mittlerweile hat sie ihre Haare zu einem unordentlichen Pferdeschwanz zusammengebunden. Er ist so sehr in sie verliebt, dass es wehtut.

»Wir können nicht für immer *nicht* darüber reden«, sagt er.

»Klar können wir das«, sagt sie und spült die Teller vor. »In ein paar Wochen reden wir ohnehin nicht mehr miteinander, also werden wir es auch schaffen, bis dahin *nicht* über diese Sache zu reden.«

»Das ist Blödsinn, und das weißt du auch«, erwidert er und ärgert sich, dass er klingt wie ein Gangster aus einem 1950er-Film. »Es ist bald März, und wir sind beide noch nicht bereit, uns in ein paar Wochen voneinander zu verabschieden.«

»In ein paar Wochen kann viel passieren«, sagt sie.

»Es war ein langsamer Absturz, aber der Aufschlag hallt bis in alle Ewigkeit nach, Helen«, sagt er und kann nichts gegen den sarkastischen Unterton tun. »Ich habe mich in dich verliebt.«

»Nein, hast du nicht.«

»Doch, habe ich«, erwidert er sanft. »Heute ist mein Geburtstag, also gilt, was ich sage.«

Sie schüttelt den Kopf und bewegt sich von ihm fort, sodass er nicht einfach die Hand nach ihr ausstrecken kann. »Du glaubst nur, dass es so ist«, sagt sie und mustert eingehend ihre Hände. »Das ist nicht … ich bedeute dir etwas, aber … dieses verworrene Ding aus unserer Vergangenheit bindet uns aneinander. Das mit uns hätte sonst gar nicht erst angefangen. Du vermischst zwei Dinge …«

»Nein, darum geht es nicht«, sagt er. »Es geht darum, wer

du bist und wer ich bin. Jetzt gerade. In der Gegenwart. Warum lässt du nicht einfach zu, dass —«

Sie verschließt seine Lippen mit einem Kuss, bevor er »dass ich dich liebe« aussprechen kann. Es ist ein hungriger, wütender Kuss, und er erwidert ihn.

»Na gut«, murmelt er gegen ihre Lippen, und ihm ist trotz der Hitze in der Küche mit einem Mal eiskalt. »Heute ist mein Geburtstag. Lüg mich an. Tu so, als würdest du mich auch lieben.«

Sein Kuss wird gemächlicher, und sie löst sich von ihm. Sie schaut zu ihm hoch, und als sie in sein Gesicht blickt, passiert etwas in ihrer Brust.

»Grant«, sagt sie und legt eine Hand an seine Wange.

Als sie ihn erneut küsst, ist es ein langsamer und bewusster Kuss, der sich innerhalb von Sekunden in etwas Leidenschaftliches, Eindringliches verwandelt.

»Ist es so schwer, so zu tun, als wärst du in mich verliebt, Helen?«, fragt er leise und küsst sich über ihr Gesicht hoch zu ihrer Stirn.

»Das klingt alles so …«, haucht sie, »melodramatisch.«

»Wir sind Künstler«, erwidert er. »Versuch's einfach. Ich nehme auch zurück, was ich vorhin gesagt habe. Ich habe mich *nicht* in dich verliebt, Helen. Also, jetzt haben wir Gleichstand. Jetzt können wir beide es einfach … vorspielen.«

»Soll ich meine innere Katharine Hepburn herauslassen, oder wie?«, fragt sie mit ihrem besten Mid-Atlantic-Accent.

»Ja, Liebling«, murmelt er und klingt dabei wie Jimmy Stewart.

Helen lacht leise. »Du bist so kitschig«, sagt sie und küsst ihn sanft. »Ich liebe dich.«

Sie lügt. Sie tut nur so, als ob. Es ist nicht real.

»Du kannst das wirklich gut«, sagt Grant, während sich ein Messer in seine Brust bohrt.

Helen lacht verlegen auf und zieht den Kopf ein.

»Ich hätte mich schon früher in dich verliebt, wenn du es mir erlaubt hättest«, sagt er und hebt ihr Kinn, damit er sie ansehen kann, während er mit ihr spricht. »Es ist so unglaublich einfach, dich zu lieben, Helen.«

Sie küsst ihn erneut, und er denkt sich, dass es trotzdem zählt. Es zählt trotzdem, und er liebt sie ebenfalls.

Helen erwacht, als sich der Himmel um vier Uhr früh langsam blau färbt. Sie ruft eine Spotify-Playlist mit dem Titel »Ich lasse die verdammte Liebe meines Lebens hinter mir« auf und fährt nach Hause.

Am Sonntagnachmittag steht er müde und abgespannt vor ihrer Tür. »Es tut mir leid«, sagt er sofort, als sie öffnet, und streckt die Arme aus. Sie sinkt in seine Umarmung, er drückt sie an sich und streichelt beruhigend ihren Rücken und Nacken. »Ich fange nicht wieder davon an, versprochen. Ich kenne die Regeln, du Genie.«

»Ich kann dir nicht mehr geben«, flüstert sie. »Das ist alles, was ich habe.«

»Und ich nehme es. Du weißt, dass ich es nehme«, sagt er mit rauer Stimme in ihr Haar, und seine Gedanken sind ein endloser Strom aus *wollen, brauchen, geben, nehmen, bitten.*

Dann küsst er sie, und sie küsst ihn zurück.

Kapitel 26

In der Nacht vor dem ersten Drehtag findet Helen keinen Schlaf.

»Das ist normal«, erklärt Grant ihr verschlafen, als sie um ein Uhr morgens vor seiner Tür steht. »Es ist wie an Weihnachten. Oder in der Nacht vor einer Operation am offenen Herzen.«

Er wird nicht am Set sein. Er hat im Writers' Room zu tun, wo sie gerade an der letzten Episode der ersten Staffel arbeiten. Was vermutlich sogar gut ist – seit seinem Geburtstag fühlt es sich an, als wäre ihre Zeit abgelaufen, und sie versucht, sich an die Vorstellung zu gewöhnen, dass er nicht mehr ständig in ihrer Nähe sein wird. Es ist fast März – in ein paar Wochen ist seine Arbeit für die Serie beendet, er wird sich einer neuen Aufgabe zuwenden, und es wäre der beste Zeitpunkt, um ihn gehen zu lassen. Aber sie merkt schon jetzt, wie sie immer weitere Ausreden findet – *Warum nicht bis zum Ende der Dreharbeiten im April warten?* –, obwohl sie weiß, dass es nur noch mehr wehtun wird, je länger sie es hinauszögern.

Als er sie in die Arme nimmt, beginnt sie zu weinen, und er lacht sanft in ihr Haar.

»Ist es so schlimm, getröstet zu werden?«, fragt er, und sie nickt mit dem Kopf an seiner Schulter.

Er drückt ihr einen Kuss auf die Schläfe und küsst die salzigen Tränen von ihren Wangen, ehe er an ihren Lippen angelangt ist. »Helen, ich versuche hier nicht, dich zu trösten. Ich will dich verführen.«

Sie lacht und küsst ihn zurück, dann schlingt sie die Arme um seinen Nacken, und er hebt sie hoch und trägt sie ins Schlafzimmer. Sie muss um sieben Uhr morgens am Set sein, doch sie lässt zu, dass er sie bis beinahe drei Uhr wach hält, während sie lachen, nach Luft schnappen, sich berühren.

Als sie um sechs Uhr aus dem Bett steigt, ist er nur halb wach. Seine Haare sind zerzaust, und er runzelt die Stirn.

»Immer verlässt du mich«, murmelt er, und sie verschwindet, bevor ihr Herz, das sich schon wieder schmerzhaft zusammenzieht, sie dazu bringt, etwas Dummes zu tun – wie zum Beispiel, bei ihm zu bleiben.

Helen ruft an, während sie vom Set nach Hause fährt. Es ist kurz nach sechs Uhr abends, und sie haben beinahe eine Stunde früher Schluss gemacht.

»Das ist doch gut, oder?«, fragt sie nervös. »Es bedeutet, dass die Regisseurin weiß, was sie tut. Oder nimmt sie es nicht genau genug …?«

»Es ist ein gutes Zeichen«, versichert Grant ihr. »Zwölfstündige Dreharbeiten jeden Tag sind brutal, sie setzt ein gutes Zeichen, wenn sie am ersten Tag früher Schluss macht.«

Sie erzählt vom ersten Kennenlernen mit der Crew und von ihrer Befürchtung, dass die erste Regieassistentin sie hasst, dass sie aber zumindest im Bildregisseur einen Verbündeten gefunden hat. Sie erzählt von der Frage der Kostümbildner, die sie (überraschend!) tatsächlich beantworten konnte, und von den Schauspielern, die in ihren Kostümen und nach dem Make-up und Styling vollkommen anders aussahen, sodass sie ganz durcheinander war.

»Es war, als wären sie direkt meinem Gehirn entstiegen und würden plötzlich als echte Menschen vor mir stehen. Es war schräg, aber auf gute Art. Ich war völlig fasziniert von meinen eigenen Figuren.«

Grant lächelt und fühlt sich seltsam stolz. Eine Erinnerung aus ihrer Highschoolzeit steigt in ihm hoch, und er sieht Helen, die in Englisch vorne an der Tafel steht und ihren Aufsatz vorliest, den ihr Lehrer als gutes Beispiel ausgesucht hat. Kaum jemand schenkte ihr Beachtung, und er selbst war keine Ausnahme, was ihm im Nachhinein ein schlechtes Gewissen bereitet. Es war offensichtlich, wie viel es ihr bedeutete, dass sie ausgewählt worden war.

Er vermutet, dass die Leute ihr dieses Mal um einiges mehr Beachtung schenken werden, wenn die Serie erst einmal ausgestrahlt wird. Sie ist gut geworden, und sie haben viel Arbeit investiert, um das Besondere an ihren Büchern in der Serie zu erhalten, sie aber gleichzeitig zu etwas Eigenem heranwachsen zu lassen. Einer seiner liebsten Handlungsstränge kommt im Buch nicht einmal vor, und Helen hat überraschenderweise zugestimmt und ihn ebenfalls zu einem ihrer Favoriten ernannt.

»Dann war es also ein guter Tag?«, fragt er, als er die Tür öffnet und sie mit dem Handy am Ohr vor ihm steht.

»Mm.« Sie nickt und sinkt in seine wartenden Arme. »Aber ich habe dich vermisst.«

Er lächelt und fragt sich, wie viel Zeit ihnen noch bleibt.

Helen beendet den Handyalarm, der sie daran erinnert, dass es Zeit ist, zum Los Angeles International Airport zu fahren.

Die letzten sechs Stunden hat sie damit verbracht, wie besessen ihre Wohnung zu putzen, die Böden zu schrubben und Schränke und Wäsche durchzusehen, um sicherzugehen, dass sich keinerlei Hinweise auf *irgendetwas* darin befinden. Sie glaubt zwar nicht, dass ihre Mutter auf der angeblichen Suche nach einem verschwundenen Pullover jede einzelne Schublade inspizieren wird, um Drogen aufzuspüren, wie sie es auf dem College getan hat, aber Helen geht trotzdem alles noch einmal durch, wie sie es auch damals getan hat (obwohl natürlich nirgendwo etwas zu finden ist). Ihre Mutter ist seit jeher derart überzeugt davon, dass Helen irgendetwas verbirgt, dass sich Helen manchmal selbst nicht sicher ist, ob da nicht doch etwas war.

»Wenn ihr das nächste Mal herfliegt, nehmt ihr den Flughafen in Burbank, das ist einfacher«, erklärt sie ihren Eltern, während sie ihre Koffer (zwanzig Jahre alt, aber »noch voll funktionsfähig«, trotz eines abgebrochenen Rads und eines klemmenden Griffs) ins Auto laden. »Hier am LAX ist es immer ziemlich chaotisch.«

»Nächstes Mal, nächstes Mal – welches nächste Mal?«, murrt ihre Mom und wirft einen misstrauischen Blick aus dem Autofenster und auf die Baustellenschilder und die abgesperrten Fahrstreifen. »Du bist doch nur noch kurze Zeit hier in L.A..«

Helen ignoriert die Spannungskopfschmerzen, die sie sich jetzt schon breitmachen, und fährt sie zu dem nahe gelegenen Radisson Hotel.

»Morgen früh kommt ein Shuttle, um euch abzuholen und euch ans Set zu bringen«, erklärt sie. »Es sollte eine Besuchergenehmigung für euch bereitliegen, aber ihr könnt mich jederzeit anrufen, falls es Probleme gibt.«

»Ich verstehe nur die Hälfte von dem, was du sagst«, erwidert Mom. »Mein Kopf tut weh.«

»Habt ihr Hunger?«, fragt Helen. »Wir können uns etwas zu essen besorgen.«

»Ja, besorgen wir uns etwas zu essen«, stimmt Dad zu. »Oder hast du schon gegessen?«

»Nein, noch nicht.«

»Du hast noch nicht gegessen?« Moms Augenbrauen ziehen sich ruckartig zusammen. »Es ist beinahe acht Uhr abends.«

Helen würde gern mit dem Kopf gegen das Lenkrad

schlagen. »Fahren wir«, sagt sie und umklammert das Lenkrad mit aller Kraft, während sie den Hotelparkplatz wieder verlassen.

Sie fahren zu einem Burgerladen, und nachdem sie sich mit dem Essen an einen Tisch gesetzt haben, breitet sich ihre Mom mit einem zufriedenen Lächeln auf ihrem Platz aus und holt Servietten und Nüsse aus ihrer Tasche, die sie aus dem Flugzeug mitgenommen hat.

»Danke, Mom«, meint Helen erschöpft.

»Also«, beginnt sie und beißt in eine Pommes. »Wie läuft es so?«

»Gut«, erwidert Helen automatisch. »Die erste Drehwoche war toll. Ich war zuerst ein wenig nervös, aber alle machen ihre Arbeit ganz wunderbar, und Suraya, die Verantwortliche, ist wirklich glücklich.«

»Ich verstehe nicht, warum du nicht selbst für deine Serie verantwortlich bist«, meint Dad und beißt in seinen Burger.

»Weil ich so etwas noch nie gemacht habe«, erklärt Helen zum millionsten Mal. »Aber Suraya ist toll. Wir gleichen uns wie ein Gehirn dem anderen.«

Es ist eine Abwandlung des Spruches »wie ein Ei dem anderen«, und sie ist sich ziemlich sicher, dass ihre Eltern den Witz dahinter nicht verstehen. Helen fragt sich oft, wie viele Dinge in der Beziehung zu ihren Eltern aufgrund von Sprachschwierigkeiten verloren gegangen sind und wie anders alles wäre, wenn sie nie in dieses Land gekommen wären. Aber vielleicht wäre sie dann nie Autorin geworden, zumindest nicht die Art von Autorin, die genau zu diesem Zeitpunkt in ihrem Leben genau diese Geschichte über genau diese Leute erzählt hat, und bei diesem Gedanken macht sich in ihr eine vertraute Dankbarkeit dafür breit, dass ihre Eltern diese Entscheidung getroffen haben.

Nach dem Essen fahren sie in ihre Wohnung (»nur mal kurz einen Blick darauf werfen«), und für einen Moment keimt Stolz in Helen auf, als Dad aus dem Fenster blickt und meint: »Nette Aussicht.«

Mom klopft jedes Couchkissen einzeln zurecht und überprüft, ob es weich genug ist, bevor sie sich setzt. Anschließend wippt sie auf der Couch sanft auf und ab, als würde sie in einem Möbelhaus Matratzen testen.

»Und das Studio zahlt das alles hier?«

»Ja. Bis die Produktion abgeschlossen ist.«

»Sehr schön«, sagt Mom anerkennend. »Das ist sehr schön.«

Ja, das ist es wirklich, denkt Helen und genießt, dass ihre Eltern sehen, wie gut es ihr an der Westküste geht.

Seht ihr?, versucht sie, ihnen wortlos zu vermitteln. *Ihr müsst euch keine Sorgen machen. Ich werde überleben.*

Sie bleiben gerade lange genug für eine Kanne Tee. Dad spaziert schweigend von Zimmer zu Zimmer, während Mom mit dem Abwasch beginnt, obwohl Helen Einspruch erhebt und auf ihre Spülmaschine verweist.

Anfangs war sie ein wenig nervös, wie es sein würde, ihre Eltern hier in dieser Wohnung zu sehen. Sie dachte, sie würden nicht in die Kulissen ihres Lebens in Kalifornien passen. Doch jetzt, da Mom ihr gelöst von ihren alten Freunden zu Hause erzählt, während sie die Teller abtrocknet, und Dad in allen Zimmern das Licht ein- und ausschaltet, macht sich plötzlich ein Gefühl von Heimat in ihrer Wohnung breit, und sie stellt fest, dass es sie nicht so sehr stört, wie sie angenommen hat.

Sie begleitet ihre Eltern nach unten in die Lobby und wartet gemeinsam mit ihnen auf ihr Uber. Mom meinte, es sei viel zu spät, dass Helen sich noch einmal ins Auto setzt und zum Radisson Hotel und wieder zurückfährt, und Helen ist dankbar dafür, denn es ist tatsächlich ziemlich spät.

Sie wartet, bis das Uber um die Ecke gebogen ist, dann wählt sie Grants Nummer.

»Wie ist es gelaufen?«, fragt er leise, und ihr ist sofort klar, dass er bereits im Bett liegt.

»Gut«, antwortet sie. »Sie waren in der Wohnung, wie ich vermutet habe. Es hat ihnen gefallen. Sie waren gefährlich nah dran, mir zu sagen, dass sie stolz auf mich sind.«

Grant lacht, und sie denkt: *Ich würde dieses Gefühl behalten, wenn ich könnte.*

Kapitel 27

Ihre Eltern lieben das Set.

Eine Produktionsassistentin trägt zwei Stühle (»Wie bitte, nur für uns?«) in den Raum, in dem alle wichtigen Leute sitzen können, um die Dreharbeiten über Monitore in Echtzeit zu verfolgen, und Mike, der Tontechniker, versorgt sie mit Kopfhörern, damit sie auch die Tonaufnahmen hören. Suraya stellt sie den Schauspielern und der Crew als »Eltern des kreativen Genies« vor, das die grundlegende Idee für die Serie hatte. »Sie sind also praktisch die Großeltern unserer Serie.«

Mom sitzt mit stolzgeschwellter Brust in ihrem Stuhl, während sie gleichzeitig gegen das Aufhebens protestiert, das um sie gemacht wird, und Dad verbringt den Großteil des Tages damit, in den Cateringbereich und wieder zurück zu wandern, um Helen mit Snacks zu versorgen, um die sie nicht gebeten hat.

»Du bist hier offenbar eine große Nummer«, meint Mom, als man sie bei der mittäglichen Essensausgabe an das vordere Ende der Schlange winkt. »Diese Sonderbehandlung …«

»Sie wollen euch bloß beeindrucken«, murmelt Helen ein wenig verlegen. »Eigentlich ist die Crew die große Nummer. Ich habe noch nie gesehen, dass so viele Menschen so reibungslos zusammenarbeiten. Es ist erstaunlich.«

Anfangs kam ihr die Vorstellung, bei der Produktion und den Dreharbeiten dabei zu sein, beängstigend vor. Alles war so fremd, und es gab so viele neue Ausdrücke, die sie erst lernen musste. Die Arbeit mit sieben anderen Autoren im Writers' Room hat ihr und ihrer introvertierten Arbeitsweise bereits einiges abverlangt, und so ging sie davon aus, dass ein Filmset mit Hunderten Fremden, die alle sehr spezifische Aufgaben erfüllen, die sie nicht annähernd verstand, noch viel schlimmer sein würde.

Mittlerweile findet sie das Leben am Set allerdings unerwartet ansprechend.

Es funktioniert wie ein Schweizer Uhrwerk, und jeder trägt mit seiner Arbeit dazu bei, dass das Herz der Produktion beständig weiterschlägt. Es fällt ihr so sogar leichter, sich mit einzelnen Leuten zu unterhalten. Sie redet mit Cherise, der zweiten Kameraassistentin, über den Kurzfilm, den diese am Wochenende dreht, während Cherise Linsenfilter reinigt, und sie lässt sich von Jeff, dem Oberbeleuchter, Fotos des aufwendigen Rasenschmucks zeigen, den er für den St. Patrick's Day vorbereitet. Sie liebt es, mehr über die Leute zu erfahren, während diese ihre Arbeit erledigen, in der sie wahre Profis sind. Suraya hat einmal mit ihr über Komfortzonen gesprochen, und ihr wird klar, dass das Set eine solche Komfortzone für viele interessante, überaus fähige Künstler und Techniker ist, die den Raum zwischen jedem *Cut* und *Action* mit ansteckender Produktivität füllen.

Und Helen hat voller Freude ihren eigenen Platz am Set gefunden. Suraya sitzt neben der Regisseurin und flüstert ihr dann und wann etwas ins Ohr, woraufhin die Regisseurin nickt und die Anmerkungen an die Schauspieler weitergibt. Dazwischen kommen immer wieder Leute aus den verschiedenen Abteilungen mit Fragen zu den bevorstehenden Episoden zu ihr, und Suraya überlässt Helen die Antworten zum Thema Kostüm und Kulisse, während sie sich um die Anrufe des Studios, des Senders und der Nachproduktion kümmert.

»Ich habe dir ja gesagt, dass wir ein gutes Team abgeben werden«, meint Suraya während des Mittagessens grinsend.

Helen kann sich zwar nicht erinnern, dass ihre Vorgesetzte das jemals gesagt hätte, aber sie freut sich dennoch.

»Sie ist eine gute Chefin«, meint Dad, nachdem Suraya den

Tisch verlassen hat, um mit der Regisseurin und dem Herstellungsleiter über den folgenden Drehtag zu sprechen. »Sie versteht es, viele Dinge gleichzeitig abzuwickeln. Du kannst dir einiges von ihr abschauen.«

»Das tue ich«, erwidert Helen.

Suraya lässt Helen ein paar Stunden früher nach Hause gehen (»Deine Eltern sind in der Stadt. Du willst sie sicher nicht noch vier weitere Stunden mit dem hier langweilen. Lade sie lieber zum Abendessen ein!«), und Helen fährt mit ihnen zu einem trendigen Sushi-Laden in Studio City.

»Was hat euch am besten gefallen?«, fragt sie, während sie ihnen Tee einschenkt.

»Zu sehen, wie deine Geschichte und deine Worte zum Leben erwachen«, sagt Mom. »Es war wunderschön und verblüffend.«

»All die Menschen, die nur deswegen dort sind, um *deine* Serie zu drehen«, meint Dad.

»Es ist nicht *meine* Serie«, widerspricht Helen. »Mein Name steht zwar neben anderen im Abspann unter *Created by*, aber Suraya ist der Show-Runner, und da war ein ganzes Team aus Drehbuchautoren, die —«

»Ja, aber nichts von alldem würde existieren, wenn du nicht diese Bücher geschrieben hättest«, sagt Dad. »Wir sind sehr stolz auf dich.«

Helen hat das Gefühl, als würde ihr Herz jeden Moment platzen, und sie entschuldigt sich, um auf die Toilette zu verschwinden, bevor sie vor ihren Eltern losweint. Sie hat keine Ahnung, was sie tun würde, wenn ihr Vater jemals vor ihr in Tränen ausbrechen sollte – und es ist das Mindeste, ihm den Anblick ebenfalls zu ersparen.

Sie wäscht sich das Gesicht, frischt ihr Make-up auf und wirft ihrem Spiegelbild ein zögerndes Lächeln zu. *Es war ein guter Tag. Ich habe Zeit mit meinen Eltern verbracht und sie an meinem Leben teilhaben lassen.*

Sie verbringt so viel Zeit mit dem unterschwelligen Gefühl der Missgunst gegenüber den beiden und nimmt ihnen eine Million Ungerechtigkeiten aus ihrer Kindheit und Jugend übel, die eigentlich gar nicht mehr von Belang sind, dass sie vergessen hat, wie es sich anfühlt, wenn sie glücklich ist und ihre Eltern glücklich sind und es sich insgesamt anfühlt wie das, was sie sich unter einer glücklichen, sich liebenden Familie vorstellt.

Als sie an den Tisch zurückkehrt, diskutieren Mom und Dad leise auf Kantonesisch.

»Was ist los?«, fragt sie.

Dad sieht Mom kopfschüttelnd an, Mom sagt etwas auf Kantonesisch, und Helen versteht bloß: »Lass mich mit ihr reden.«

»Was ist los?«, fragt sie erneut, und eine dunkle Ahnung ergreift von ihr Besitz.

»Warum ...«, beginnt Mom, die ihr Handy so fest umklammert, dass ihre Fingerknöchel weiß hervortreten, »arbeitet ein Autor mit diesem ... mit diesem Namen für dich?«

Sie dreht das Handy, und Helens Blick fällt auf eine Terminankündigung des Produktionsbüros mit dem Betreff: *Episode 102, Tag 1, Regisseurin: Kasey Langfort / Autor: Grant Shepard.*

Helen starrt verständnislos auf Grants Namen auf dem Display. *Was hat sein Name auf Moms Handy verloren?*

»Deine Mom hat darum gebeten, uns in den allgemeinen Verteiler aufzunehmen«, erklärt Dad langsam. »Sie hat sich schreckliche Sorgen gemacht, dass wir nicht zur richtigen Zeit am richtigen Ort sein würden.«

Helen betrachtet Moms Handy blinzelnd.

Der Name *Grant Shepard* scheint ihr anklagend entgegenzuleuchten.

Eine alte Erinnerung steigt in ihr hoch, und sie sieht Mom in ihrem alten Zimmer auf ihrer Bettkante sitzen. »Grant Shepard. Das ist der Name des Jungen, der deine Schwester umgebracht hat. Kennst du ihn?«

»Ich … es … es war keine Absicht«, erklärt sie schließlich.

»Dann ist es also tatsächlich *er*«, sagt Mom und spuckt ihr das letzte Wort geradezu entgegen.

»Er ist nicht …« Helen verstummt. Sie hat keine Ahnung, was sie sagen kann, um es besser zu machen. *Er ist nicht so schlimm. Er ist nicht so wichtig für mich. Er ist nicht mehr lange dabei.*

»Warum?«, zischt Mom.

»Ich wusste nicht, dass er dabei sein würde. Wirklich nicht. Ich habe euch ja gesagt, dass ich nicht die Hauptverantwortliche bin.«

»Was verheimlichst du uns noch?«, platzt Mom hysterisch heraus.

Dad streckt die Hand aus, um sie zu beruhigen, und Helen spürt, wie das Blut in ihre Wangen schießt.

»Ich …« Helen atmet tief ein und aus. Sie will ihre Eltern nicht belügen. »Ich wollte es nicht vor euch verheimlichen. Ich wusste nur nicht, wie ich es euch sagen soll.«

»Meine eigene Tochter«, murmelt Mom ungläubig und steht auf.

»Mom.«

»Ich werde *nicht* hier essen«, erklärt Mom, faucht Dad etwas auf Kantonesisch zu und verlässt das Restaurant.

Helen wendet sich an ihren Dad, der mit einem Mal so viel älter und müder aussieht, als sie ihn in Erinnerung hat.

»Dad«, sagt sie.

»Du hättest es uns sagen sollen«, meint er entschieden, steht ebenfalls auf und geht.

Helen blinzelt die Tränen zurück und wartet ein paar Minuten, bis sie sicher ist, dass ihre Eltern in ein Uber gestiegen und fort sind, dann zahlt sie das Essen, lässt es einpacken und steigt in ihr Auto, um den Freeway entlangzufahren, bis sie die vertrauten, sich windenden Straßen von Silver Lake erreicht.

Sie klingelt und lässt den Finger auf dem Klingelknopf, bis

sich die Tür öffnet. Grant trägt eine Jogginghose und Kopfhörer um den Hals.

»Tut mir leid, ich habe geschrieben …« Er verstummt, als er ihr Gesicht sieht. »Was ist passiert?«

»Meine Eltern«, beginnt sie und versucht, nicht zu weinen. Er zieht sie wortlos in eine Umarmung, und sie hat mit einem Mal das Gefühl, in einer Zwischenwelt gelandet zu sein, in der sie zum Haus des Homecoming-Kings fährt, um sich über ihre Eltern auszuweinen. *Wenn mein siebzehnjähriges Ich mich jetzt bloß sehen könnte*, denkt sie ohne einen Funken Humor.

Sie lösen sich voneinander, und sie stellt fest, dass sie irgendwie in sein Haus getreten sind. Er schließt die Tür, und sie wischt sich die Tränen vom Gesicht. Sie schuldet ihm eine bessere Erklärung.

»Sie haben deinen Namen im Betreff einer E-Mail gesehen.«

»Das ist … bedauerlich«, sagt Grant, und sein Kiefermuskel zuckt.

»Sie wissen nicht einmal …« Helen verstummt. Wie würde ihre Mutter wohl reagieren, wenn sie die volle Wahrheit über die letzten paar Monate herausfinden würde? »Sie haben … es war genau so, wie ich es mir vorgestellt habe. Es war exakt das, was ich befürchtet habe.«

Grant ist erneut bei ihr und streichelt beruhigend ihren Rücken. »Du hast nichts falsch gemacht. Du hast versucht, mich zum Aufhören zu überreden, weißt du noch?«

»Ich hätte wissen müssen, wie sehr es sie verletzt.« Sie schüttelt den Kopf. »Ich hätte …«

Sie sieht ihn an und erkennt, dass er sie eindringlich und mit gerunzelter Stirn mustert.

»Wie konnte ich ihnen das antun?«, fragt sie, und sie hat keine Ahnung, an wen die Frage gerichtet ist.

»Du hast ihnen nichts angetan«, erwidert Grant, aber sie weiß, dass er es nicht versteht. »Sie sind deine Eltern. Sie werden eine Zeit lang wütend sein, aber sie kommen darüber hinweg. Es ist nicht …«

Er verstummt, und sie wirft ihm einen Blick zu. »Bitte sag jetzt nicht: ›Es ist nicht so schlimm.‹«

»Eigentlich wollte ich sagen, dass es nicht das Ende der Welt ist«, entgegnet er.

Er sieht, wie Helen alle bisherigen Informationen in ihrem Kopf dreht und wendet, um schließlich zu einem unausweichlichen Entschluss zu gelangen.

»Helen«, sagt er in einem letzten Versuch, sie aus der Gedankenspirale zu holen. »Ich weiß, dass du es nicht so weit kommen lassen wolltest, aber sie hätten es irgendwann ohnehin herausgefunden. Wenn nicht jetzt während der Dreharbeiten, dann auf jeden Fall, sobald die Serie ausgestrahlt wird. Du hättest es nicht auf lange Sicht verhindern können.«

Sie nickt langsam, und er wünscht sich, sie würde ihn ansehen.

»Vielleicht ist es sogar besser so.«

Sie wirft ihm einen scharfen Blick zu. »Wir können selbstverständlich nicht so weitermachen«, sagt sie.

»Selbstverständlich«, wiederholt er wie betäubt.

»Es ist schlimm genug, dass du an der Serie mitarbeitest. Es war pures Glück, dass sie … das mit uns nicht herausgefunden haben.«

Das mit uns. Wie könnte irgendjemand das mit uns herausfinden?, fragt sich Grant, der sich nicht einmal selbst sicher ist, was »das mit uns« eigentlich ist. Es sind jetzt etwas mehr als zwei Monate, in denen er das verwirrende Recht besessen hat, in Hinblick auf Helen von einem »Uns« zu sprechen, und er hat immer noch das Gefühl, er müsste seine Gedanken nach der ersten verwirrenden Begegnung in seinem Jugendzimmer erst einmal entwirren.

»Ich bin anderer Meinung«, sagt er und fügt anschließend hinzu: »Selbstverständlich.«

»Wir wussten, dass es nirgendwohin führen kann – das haben wir von Anfang an gesagt«, erklärt Helen, und er hat das grauenhafte Gefühl, dass ihr Entschluss bereits feststeht – vielleicht tat er das sogar schon, bevor sie durch seine Tür getreten ist. »Das ist der einzige Grund, warum ich überhaupt zugestimmt habe.«

»Nein, das war nicht der einzige Grund«, erwidert Grant und schafft es nicht, die Härte aus seiner Stimme zu verbannen. »Ich kann mich noch an ein paar andere Gründe erinnern, die du ziemlich überzeugend fandest.«

»Warum lehnst du dich dagegen auf?«, fragt Helen, und sie wirkt so ehrlich verwirrt, dass es ist, als würde sie ihm ein Messer in die Brust rammen.

»Was glaubst du denn, verdammt noch mal?«, antwortet Grant und geht in die Küche, um sich ein Glas Wasser zu holen.

»Wenn es darum geht, dass …« Sie folgt ihm. »Wenn es darum geht, was du bei deiner Geburtstagsparty –«

»Als ich sagte, dass ich mich in dich verliebt habe? Ja, darum geht es«, murmelt er und trinkt.

»Du wusstest es«, beginnt Helen, der vor Frust Tränen in die Augen steigen. Er würde sie gern fortküssen, aber das ist albern, denn sie hasst es, getröstet zu werden. »Du weißt, warum es unmöglich ist.«

»Du sagst ständig Dinge wie unmöglich, aber ich glaube, du dachtest auch, es wäre ›unmöglich‹, deinen Eltern zu sagen, dass ich an der Serie mitarbeite, bis du es tun musstest.«

»Okay, aber beweist die Reaktion meiner Eltern nicht genau das?«, erwidert Helen. »Wenn ich ihnen alles erzählt hätte, wäre … ihre Welt wäre untergegangen.«

Und was ist mit meiner Welt?, denkt er pathetisch, spricht es aber nicht aus.

»Ich weiß nicht, wie sie reagieren würden, wenn du ihnen alles erzählst«, meint Grant schließlich betont ruhig. »Sie sind deine Eltern. Wenn du meinst, dass sie es nicht verkraften würden, dann hast du vermutlich recht. Aber ... wir sind zwei erwachsene Menschen, Helen. Wir brauchen keine Erlaubnis von irgendjemandem, bloß voneinander.«

»Ja, klar, weil Leute in gesunden Beziehungen niemanden brauchen außer einander.« Helen lacht auf.

»Das habe ich nicht gesagt.«

»Ich wollte nie ...« Sie wendet den Blick ab und betrachtet die Küchenschränke, als wären dort irgendwo die richtigen Worte versteckt. *Viel Glück*, denkt er. *Meine Küchenschränke sind auf meiner Seite.* »Ich wollte nie, dass das mit uns etwas anderes ist als vorübergehend. Es hat Spaß gemacht, es war bequem, und vielleicht hat es die Tatsache, dass es sozusagen ein Tabu war, auch aufregend gemacht ...«

»Hör auf, verdammt noch mal«, zischt er. »Mach es nicht schlechter, als es war.«

»Der Punkt ist, dass ich nie eine Zukunft darin gesehen habe«, sagt sie. »Diesbezüglich war ich immer offen und ehrlich. Wenn sich deine Gefühle geändert haben, ist das ... bedauernswert, aber ich kann nichts dagegen machen.«

»Bedauernswert«, murmelt er finster. »Genau das bin ich. Grant Shepard. Bedauernswert.«

»Es gibt buchstäblich Millionen andere Menschen, mit denen wir glücklich sein könnten«, sagt Helen sanft.

Er hebt den Kopf und sieht sie scharf an. Es ist, als wäre sämtliche Luft aus dem Raum gewichen.

»Willst du, dass ich dich anflehe?«, fragt er. »Dann flehe ich eben. *Bitte*, Helen.«

Grant kommt mit einigen kurzen Schritten auf sie zu, und plötzlich liegt sie in seinen Armen, und er küsst ihre

Stirn, ihre Wange, ihren Hals, ihre Schultern. Sie spürt, wie er bei jedem Kuss mit den Lippen das Wort »Bitte« formt, dann sinkt er auf die Knie, küsst ihre Hände, und ihr Herz bricht.

»Du hast einmal gesagt, es wäre einfacher, wenn wir sagen könnten, dass nichts passiert ist«, meint er sanft. »Das können wir immer noch. Wir müssen nicht –«

Helen lacht trocken.

»Aber es ist etwas passiert«, erklärt sie. »Das mit uns ist so weit von *Nichts* entfernt, wie es nur geht.«

Grants Kiefermuskel zuckt.

»Ich habe mich in dich verliebt«, sagt er.

Helen entzieht ihm ihre Hände, sinkt zu Boden und lehnt sich erschöpft mit dem Rücken an die Küchenschränke. »Bitte sag das nicht. Es macht es so viel schwerer.«

Grant lacht leise. »Genau.« Er starrt missmutig auf seine Schuhe, und Helen würde gern die Hand ausstrecken und ihn berühren.

»Wir haben vereinbart, dass jeder von uns es jederzeit beenden kann«, erinnert sie ihn stattdessen. »Es sollte schmerzfrei vonstattengehen.«

»Aber es fühlt sich nicht so an«, sagt er. »Oder?«

Er sieht zu ihr hoch, und ihr Atem stockt. Sein Blick ist so unglaublich verletzlich, dass er tief in ihr Herz dringt, und sie bringt es nicht über sich, ihn anzulügen.

»Nein.« Sie schluckt. »Tut es nicht.«

»Ich bin nicht verrückt – du hast es auch gespürt, nicht wahr?«, fragt er. »Das mit uns ist anders. Es ist … etwas Besonderes. Das klingt so verdammt lahm. Es ist eigentlich nichts Besonderes, da ist … da ist bloß dieses Gefühl in meinem Bauch. Als hätte ich … als hätte ich genau darauf gewartet. Auf dich.«

Helen nickt schweigend. »Ich habe es auch gespürt«, flüstert sie schließlich.

»Und wir sollen das jetzt einfach ... aufgeben?«, fragt er und verzieht das Gesicht. Er trinkt erneut, und sie wünschte, sie hätte ebenfalls um ein Glas Wasser gebeten.

»Ich will glücklich sein. Ich will eine gesunde Beziehung«, sagt sie sanft. »Aber das kann ich mit dir nicht haben. Ein Teil von mir würde sich immer fragen, ob das alles nur aus dem einen Grund geschieht, weil es da diese schreckliche Verbindung in unserer Vergangenheit gab.«

Grant schüttelt den Kopf. »Das ist nicht der Grund.«

»Vielleicht, wenn es anders gelaufen wäre.« Sie schluckt. »Wenn wir uns erst später wiedergesehen hätten. Oder wenn wir einander gar nicht erst gekannt hätten.«

Grant stößt ein kurzes Lachen aus. »Ich bin froh, dass wir jetzt zusammen sind«, sagt er. »Und ich bedaure, dass es nicht schon früher passiert ist.«

»Ich glaube, in ein paar Monaten wirst du froh sein, dass wir es beendet haben«, sagt Helen, doch er schüttelt bereits den Kopf. »Du wirst eine witzige, intelligente Frau kennenlernen, die dich zurücklieben kann, ohne dieses ... quälende Drama.«

»Ich mag dein quälendes Drama«, erwidert er schlicht.

Helen ist sich nicht sicher, wie viele dieser Sätze sie noch aushält, aber sie will dieses Gespräch nie wieder mit ihm führen müssen, also bleibt sie. Er sieht sie an, und da sind alle diese warmen, tief vergrabenen Gefühle, auf die sie vorher nur kurze Blicke erhascht hat, doch die mittlerweile in seinen Augen lodern.

Grant lehnt den Kopf an die Wand. »Hätte es eine Möglichkeit gegeben, dass du mich auch lieben kannst? Oder war es von Anfang an verdammt?«

Helen schluckt. *Ja, ja, ja,* sagt ihr Herz mit jedem Schlag.

»Du kennst mich«, sagt sie sanft. »Ich ziehe Katastrophen an.«

»Ich liebe dich«, sagt er und sieht sie an. Ein Mundwinkel

wandert nach oben. »Es ist irgendwie schön, es auszusprechen. Sogar unter diesen Umständen.«

Helen wischt sich die Tränen von den Wangen – ihr ist gar nicht aufgefallen, dass sie weint. Im nächsten Moment ist er bei ihr, nimmt sie in die Arme, streichelt ihre Haare und flüstert beruhigend: »Ist schon gut, du musst es nicht auch sagen. Es ist okay. Ich liebe dich. Ich liebe dich. *Ich liebe dich.*«

Sie küsst ihn, um ihn zum Schweigen zu bringen, doch sie spürt die Worte trotzdem auf seinen Lippen, als er sie zurückküsst und die Hände auf ihre Wangen legt. Sie spürt sie in der Wärme seiner Fingerspitzen, die ihre Haut berühren, in den verzweifelten Bewegungen seiner Zunge und dem rhythmischen Klopfen ihres Herzens, das die Worte wiederholt – *Ich liebe dich. Ich liebe dich. Ich liebe dich* –, bis sie sich nicht mehr sicher ist, ob sie von ihm kommen oder von ihr.

Grant versucht als Erster, den Kuss zu beenden, doch er kommt immer und immer wieder zurück für einen letzten Kuss, und noch einen, und noch einen, bis er beinahe mit den Lippen an ihren zu lachen beginnt.

»Helen, wir müssen damit aufhören«, murmelt er und drückt ihr einen Kuss auf die Nase.

»Das hier kann nicht auf meiner Nase enden«, erwidert sie, und er stößt ein kurzes »Ha!« aus.

Sie umfasst sein Kinn und drückt einen *(wirklich)* letzten Kuss auf seinen Mund, der kurz, fest und unerträglich warm ist, bevor sie aufsteht.

Er sieht zu ihr hoch, und sie sieht zu ihm nach unten.

»Dann gehst du jetzt also«, sagt er.

Sie nickt.

»Aber komm ja nicht wieder, hörst du?«, erklärt er in einer grauenhaften Jimmy-Stewart-Imitation und mit einem Funkeln in den Augen. Sein Lachen verklingt, und er starrt mit hoffnungsloser Sehnsucht zu ihr hoch. »Ich meine es ernst.«

Sie nickt erneut, schluckt und verlässt die Küche.

Er folgt ihr nicht, aber er rappelt sich ebenfalls hoch und sieht von der Küchentür aus zu, wie sie ihren Mantel und die Taschen holt. Sie wirft einen letzten Blick zurück, als sie die Tür öffnet. Er hebt zwei Finger zu einem halbherzigen Winken, und sie wünscht sich sofort, sie hätte ihn nicht noch einmal angesehen – dieses Bild prägt sich viel zu mühelos in ihr Gedächtnis ein, und sie versucht bereits, den Anblick von ihm im Türrahmen zu vergessen. Genauso wie den Gedanken, wie gut sie an seine Schulter passen würde. »Bye«, murmelt sie so leise, dass er sie vermutlich nicht einmal hört, und tritt zur Tür hinaus.

Auf der Heimfahrt hört sie weder Musik noch einen Podcast und weint so viel, dass sie beinahe denkt, es hätte zu regnen begonnen, als sie vor der Ampel am Sawtelle Boulevard hält und das rote Licht nur verschwommen erkennt. Aber die Fahrbahn ist trocken, und sie hält ihre Gefühle lange genug im Zaum, um heil nach Hause zu kommen.

Kapitel 28

Es fühlt sich an wie ein verdammter Scherz des Schicksals, dass am nächsten Morgen die Vorproduktion für seine Episode beginnt, und so wäscht Grant sich das Gesicht so lange, bis es schmerzhaft rot ist, schlüpft in seine Klamotten und Schuhe und legt wie an jedem anderen Tag Aftershave auf, um zur Arbeit zu fahren.

Er macht sich auf den Weg ins Produktionsbüro, um sich der Regisseurin vorzustellen, der er vor Jahren schon einmal bei einer anderen Serie begegnet ist.

»Es ist ein tolles Drehbuch«, erklärt sie freundlich, aber nicht ganz bei der Sache, wie alle Regisseure, die immer unglaublich viele verschiedene Dinge im Kopf haben. »Die Arbeit daran macht sicher Spaß.«

»Ja«, meint er und lacht leise. »Sie ist wie ein Liebesbrief. An die Bücher.«

Sie wartet darauf, dass er noch etwas – *irgendetwas* – sagt, und ihm wird klar, dass er sie von der Arbeit abhält. Sein Blick fällt auf die riesigen Kulissenpläne, die hinter ihr an der Wand hängen, und er erkennt entsetzt, dass sie vor seinen Augen verschwimmen. Er reibt sich die Augen und räuspert sich.

»Da ist ... ähm ... diese Stelle im dritten Akt, die auf etwas hindeutet, das in einer späteren Folge passiert, und ich bin mir nicht sicher, ob es so offensichtlich ist. Aber ich gehe davon aus, dass Suraya es später beim Meeting erwähnt«, sagt er, um wenigstens irgendetwas zu sagen.

»Super.« Die Regisseurin nickt. »Ich werde ebenfalls darauf achten.«

»Gut«, erwidert er dümmlich und macht sich auf den Weg.

Er verbringt den restlichen Vormittag mit einem E-Mail-Auftrag von Suraya, in dem es um die Überarbeitung von Owens Drehbuch geht, die sie nicht selbst durchführen kann, weshalb er sich bitte darum kümmern soll. Außerdem bekommt er Saskias neuesten Entwurf und einige E-Mails von seiner Agentin mit Büchern, über deren Adaption er nachdenken soll. Offenbar hat seine Arbeit an den *Ivy Papers* bewiesen, dass er sich als Drehbuchautor auch mit der Verfilmung fremden geistigen Eigentums zurechtfindet, was ihm völlig neue Türen öffnet.

Er verzichtet darauf, sich gemeinsam mit der Regisseurin die Soundstages anzusehen, da er nicht weiß, ob Helens Eltern noch am Set sind. Helen selbst ist es mit Sicherheit, und er kann nicht sagen, ob ihm diese Tatsache die Entscheidung leichter oder schwerer macht. Er versucht, nicht jedes Mal nach ihr zu suchen, wenn er aus dem Fenster blickt, und es ärgert ihn, dass sich jedes Mal Verzweiflung in ihm breitmacht, wenn er sie nirgendwo entdeckt.

Zumindest ist er teilweise erleichtert, als Suraya um die Mittagszeit bei ihm im Büro vorbeikommt und ihm erklärt, dass sie ihn für seine eigene Episode nicht unbedingt am Set braucht, sondern dass es ihr lieber wäre, er würde die letzten Wochen des Writers' Room übernehmen.

»Alles klar, Boss«, sagt er und ruft sich noch einmal in Erinnerung, für wen er hier arbeitet.

Bevor er nach Hause geht, ruft er den Produktions-Feed auf, der einen direkten Blick in die Soundstages ermöglicht, zumal die Dreharbeiten immer noch laufen und ein letzter, hoffnungsvoller Funken in ihm darauf besteht, denn vielleicht – *vielleicht* – kommt sie irgendwann während eines Filmrollentauschs an der Kamera vorbei, und er sieht sie.

Natürlich passiert nichts dergleichen, aber die vertrauten Geräusche des Filmsets beruhigen ihn dennoch.

»Du kannst es einfach nicht vergessen, stimmt's?«, fragt ein blondes, gemeines Teenagermädchen mit Schmollmund ihr mausgraues Gegenüber. Sie lehnt sich nach vorn und das Bild verschwimmt, dann verzieht sie das Gesicht zu einem nervösen Lächeln und blickt direkt in die Kamera. »Tut mir leid, ich habe meine Markierung übersehen.«

Ein Klingeln ertönt und der Bildschirm wird schwarz, als die Aufnahme endet, bloß um kurz darauf wieder von vorn zu beginnen. Selbe Szene, Take zwei. Es geht zügig voran, alle wollen nach Hause.

»Du kannst es einfach nicht vergessen«, wiederholt die Schauspielerin. »Stimmt's?«

Grant hat diese Zeile von Anfang an nicht gemocht. Suraya hat die Angewohnheit, den Subtext einer Szene im Dialog zu wiederholen, was wohl eine Nachwirkung ihrer jahrzehntelangen Arbeit für eine Serie ist, bei der ein gleichbleibendes Schauspielerteam pro Folge ein in sich abgeschlossenes Abenteuer erlebt, um in der nächsten Folge mit einem neuen Problem konfrontiert zu werden. Sie lässt die Schauspieler etwas sagen, das diese dann noch einmal wiederholen, um es schließlich *noch einmal* anzumerken, damit es auch jeder verstanden hat. Wobei er einräumen muss, dass es manchmal am Ende einer Episode in Verbindung mit einem abschließenden Monolog und einer guten Musikuntermalung den dramatischen Effekt erhöht.

»Tut mir leid, bin ich jetzt etwa an der Reihe? Ich dachte, sie hätte mehr …?« Die andere Schauspielerin wirft einen Blick über die Schulter und in die Kamera, und er stellt sich vor, wie Suraya in Gedanken gerade das Drehbuch umschreibt, um sie am Ende den Filmtod sterben zu lassen.

»Nein, nein, ich wollte nur eine dramatische Pause einlegen«, erklärt die blonde Schauspielerin und verdreht unprätentiös die Augen. »Fangen wir noch mal von vorn an.«

»Wann immer ihr so weit seid«, sagt eine Stimme aus dem Off, und ihm ist klar, dass es sich um die Regisseurin handelt, aber er hört dennoch genauer hin, ob vielleicht noch jemand etwas sagt.

Du kannst es einfach nicht vergessen, stimmt's?

Helens Mutter kommt an diesem zweiten Tag nicht ans Set, aber ihr Dad ist da.

Er sagt nicht viel, doch er lächelt und nickt der Crew zu, die ihn zur zweiten Runde willkommen heißt. Mittlerweile kennt er alle Mitarbeiter des Caterings beim Vornamen und bringt Helen einen Becher Tee, als sie schließlich in die dreizehnte Stunde des bisher längsten Drehtages starten.

»Danke, Dad«, murmelt sie und meint es auch so.

Er nickt und lässt sich in den schwarzen Klappstuhl sinken, wobei seine Knie hörbar knacken.

Sie haben noch nicht über das gestrige Abendessen gesprochen, aber Dad erzählt ihr während der Vorbereitungen für die letzte Szene des Tages, dass Mom morgen wieder vorbeikommen wird.

»Gut«, sagt Helen und ringt sich ein Lächeln ab.

Es sind mittlerweile mindestens zwei weitere Mails eingegangen, in denen der Name *Grant Shepard* erwähnt wird, und sie weiß, dass er morgen bei der Leseprobe und in dem Meeting mit der Regisseurin, Suraya und anderen wichtigen Beteiligten dabei sein wird. Wovor sie sich fürchtet, obwohl sie sich gleichzeitig auch darauf freut.

Vielleicht kommt sie besser mit allem klar, wenn sie ab und zu einen Blick auf ihn erhaschen darf, bevor es wirklich für immer vorbei ist. Sie werden nicht einmal in einem Raum sein, denn morgen wird außerhalb des Studios gedreht, und alle werden sich über Zoom aus ihren Trailern und Büros in der ganzen Stadt zu dem Meeting einloggen. Sie fragt sich, ob er in seinem Büro oder zu Hause sitzen wird. Und ob er die Kamera anlassen wird.

Ein Teil von ihr kann immer noch nicht glauben, dass sich ihr Leben derart dramatisch gestaltet – sogar noch dramatischer als die Szenen des Teen-Dramas, das sie gerade filmen. Vielleicht fühlt es sich aber auch nur gerade jetzt so an, und irgendwann, wenn sie genügend Abstand gewonnen hat, wird sie mit einer gewissen Zärtlichkeit auf diese Zeit zurückblicken. Vielleicht wird sie sogar einmal dieses heftige Gefühl, ihn zu vermissen, zu schätzen wissen, weil es alles, was in den letzten Monaten passiert ist, in ein deutlicheres Licht rückt, und möglicherweise wird sie sogar dankbar sein, weil es am Ende auch den Weg in die Kunst findet.

Es wäre doch verdammt schade, wenn sie nach all dem Schmerz und dem Drama auch beruflich scheitern würde.

Also konzentriert sie sich auf die Arbeit. Sie stößt Suraya sanft in die Seite, wenn sie der Meinung ist, dass eine Zeile angepasst werden sollte, um den Schauspielern entgegenzukommen, sie schickt Empfehlungen diverser Micro-Influencer an den Kostümbildner, und sie erstellt für den Szenenbildner eine Pinterest-Pinnwand zu einer bestimmten Location, auch wenn diese nur einmal verwendet wird.

»Lasst es ruhig angehen!«, ruft Jeff, der Oberbeleuchter, nachdem die Dreharbeiten beendet sind, und sie weiß mittlerweile, dass er diese Aufforderung täglich an die gesamte Crew richtet. »Wir brauchen euch morgen in alter Frische.«

»Bis morgen«, sagt sie und salutiert, bevor sie zusammenpackt.

»Es war ein guter Tag«, meint Dad, während sie durch die riesigen Türen der Soundstage nach draußen treten. Es ist jedes Mal ein Schock, aus dem künstlich generierten Nachmittag in die stockdunkle Nacht einzutauchen. »Du hast viel geschafft.«

Helen lacht, denn es klingt, als wäre sie die Einzige, die dafür verantwortlich ist. »Tja«, meint sie. »Die Leute, mit denen ich arbeite, sind eben richtige Profis.«

»Sie arbeiten sehr hart«, stimmt Dad ihr zu. »Deine Mom wird sich freuen, das zu hören.«

Helen gibt ein leises »Ha!« von sich. Sie hat keine Ahnung, worüber Mom und Dad reden, wenn sie allein sind. Sie hat nie gesehen, wie sich die beiden küssen oder miteinander flirten, und sie hat nie auch nur ein kurzes »Ich liebe dich« gehört. Sie geht davon aus, dass sie zumindest eine Art Liebe füreinander empfinden, die sie nicht versteht, sonst wären sie nach all der Zeit und all dem Schmerz wohl nicht mehr zusammen. Aber sie will eine solche Liebe auf keinen Fall für sich selbst und … und sie unterbricht den Gedankengang, denn sie erträgt es nicht, jetzt darüber nachzudenken, welche Art der Liebe sie sich wünschen würde.

Sie begleitet Dad zu dem schnittigen schwarzen Shuttle-Bus, der ihn zurück ins Hotel bringt, und er verabschiedet sich mit einer ruppigen, einarmigen Umarmung. Es ist erst die dritte Umarmung, an die sie sich bewusst erinnern kann. Eine bekam sie nach ihrem College-Abschluss und die zweite, überaus ungelenke, bei einer Promo-Veranstaltung für eines ihrer Bücher, nachdem der Fotograf ihn dazu aufgefordert hatte. In ihrer Familie wird eben nicht umarmt. Doch sie lächelt und klopft ihm verlegen auf die Schulter. Ein Passant würde vermutlich denken, dass sie sich gerade von ihrem alten Lieblingsprofessor verabschiedet, und vielleicht beschreibt das die Beziehung zu ihrem Vater ganz gut.

Nachdem er fort ist und sie ihm zum Abschied hinterher gewunken hat, geht sie zu ihrem Auto und überlegt, ob sie etwas Passendes fürs Abendessen zu Hause hat. Dummerweise hat sie die Tüte aus dem Sushi-Restaurant bei Grant liegen gelassen, und sie hat nicht die Energie, selbst etwas zu kochen.

Der Anblick seines grauen Cabrios auf dem für ihn vorgesehenen Parkplatz, der sich gegenüber ihres Wagens befindet, trifft sie unvorbereitet. Er ist also immer noch da. Sie wirft einen Blick zurück auf das Bürogebäude, in dem sich der Writers' Room befindet, und fragt sich, was er so spät noch hier macht. Vielleicht ein Last-Minute-Treffen mit Suraya. Oder eine letzte Überarbeitung vor der Leseprobe. Sie versucht, nicht daran zu denken, wie viele Abende sie hier verbracht, geflirtet und versucht haben, den anderen von der Arbeit abzulenken.

Ein verräterischer Impuls lässt sie beinahe umdrehen und zurückgehen.

Doch der Rest von ihr holt sich die Kontrolle wieder – *der Wille ist stärker als der Körper* –, und sie steigt in ihr Auto und verlässt das Studiogelände.

Die Fahrt nach Santa Monica ist lang genug, um die verschiedenen Drive-in-Möglichkeiten durchzugehen und am Ende zu dem Entschluss zu gelangen, dass der restliche Geflügelsalat, der im Kühlschrank auf sie wartet, ausreicht. Vermutlich findet sie dort auch einen Protein-Shake.

Sie überlegt immer noch, vielleicht doch einen Abstecher zu dem McDonald zu machen, der bald entlang der Straße auftauchen wird – *einmal Pommes mit einem Schuss Traurigkeit, bitte* –, als sie ein donnerndes Krachen hört, das sie an eine Achterbahnfahrt auf dem Jahrmarkt erinnert. Es scheint beinahe surreal, dass sich die Welt um sie plötzlich wie in Zeitlupe dreht. Dann ist das, was gerade noch oben war, unten, und die Bewegung wiederholt sich ein zweites Mal, bevor sie ein schreckliches, metallisches Knirschen hört, und ihre Welt in splitterndem Glas und Dunkelheit versinkt.

Kapitel 29

Als sie aufwacht, hört sie das Piepen eines Herzmonitors und sieht Surayas angespanntes Gesicht.

»Gut«, sagt ihre Chefin. »Du bist wach.«

Helen sieht sich um und erkennt, dass sie sich in einem sauberen, ziemlich pinkfarbenen Krankenhauszimmer befindet. Wobei sie der dumpfe Schmerz, den sie in mehr oder weniger jedem Knochen ihres Körpers verspürt, sofort daran erinnert, warum. Sie trägt ein gelbes Patientenhemd, es riecht nach Reinigungsmitteln mit Zitrusduft, und sie fühlt sich dem Raum farblich seltsam verbunden, als ob sie hierhergehört.

Eine Ärztin tritt durch die Tür, ehe Helen etwas auf Surayas Bemerkung erwidern kann. Sie ist sehr hübsch, und Helen fragt sich, ob sie schon mal mit dem Gedanken gespielt hat, Schauspielerin zu werden. Die Ärztin gibt in knappen Worten Auskunft darüber, was in Helen Zhangs Körper zu Bruch gegangen ist – ein gebrochener Arm, ein gebrochenes Schlüsselbein, eine gebrochene Rippe, die sich wie durch ein Wunder nicht zu etwas wesentlich Tragischerem, möglicherweise sogar Tödlichem entwickelt hat.

»Und ein Schleudertrauma«, fügt sie hinzu. »Das kommt in solchen Fällen oft vor. Wir haben Ihnen jede Menge Schmerzmittel und ein Schlafmittel verabreicht, damit Sie schlafen konnten. Ihre Eltern warten draußen und wollen zu Ihnen.«

»Nein«, sagt Helen, und es sind die ersten Worte, die sie sagt, seit sie aufgewacht ist – wobei sie natürlich keine Ahnung hat, wie lange sie geschlafen hat. Ihre Stimme klingt heiser und eingerostet. »Noch … noch nicht.«

Sie ist sich sicher, dass sie die vor Sorge aufeinandergepressten Lippen ihrer Mutter jetzt nicht ertragen würde, und sie hat nicht einmal annähernd ein schlechtes Gewissen, dass sie ihren Frieden noch ein wenig länger bewahren möchte.

»Wie Sie möchten«, erwidert die Ärztin und verschwindet, um sich um die nächste, in Pastellfarben gekleidete Patientin zu kümmern.

Helen bleibt allein mit Suraya zurück. »Es tut mir leid«, sagt sie automatisch.

Suraya winkt ab. »Wofür entschuldigst du dich? Es ist nicht deine Schuld, dass der Lastwagen wie aus dem Nichts bei Rot in die Kreuzung geschossen kam.«

Plötzlich würde Helen am liebsten losheulen, und sie ist sich nicht sicher, warum. Stattdessen schenkt sie Suraya ein entschuldigendes Lächeln. Es tut unerwartet weh, und sie erkennt, dass sie mehrere von Pflastern bedeckte Schnitte im Gesicht hat. »Du solltest nicht hier sein. Du hast doch so viel zu tun.«

»Schon, aber jetzt bin ich nun mal hier. Es werden ständig Meetings verschoben, und zwar aus wesentlich unwichtigeren Gründen«, sagt sie. »Aber warum hast du mich als Notfallkontakt angegeben?«

»Oh.« Helen wird rot.

Natürlich. Suraya ist nicht nur aus Sorge hier, sie ist hier, weil jemand Helens Unterlagen durchgesehen und sie angerufen hat. Die Scham schmerzt mehr als der Rippenbruch.

»Ich kannte niemanden in L.A., als ich die Unterlagen ausgefüllt habe«, erklärt sie. »Ich hätte dich fragen sollen. Tut mir leid.«

»Ist schon in Ordnung«, erwidert Suraya einigermaßen amüsiert. »Wenn auch ziemlich seltsam … ich würde dir jedenfalls nicht raten, es bei deinem nächsten Job genauso zu machen. Und ich würde sagen, du hast mittlerweile einige Freunde in der Stadt. Nicole und Saskia sitzen ebenfalls draußen. Saskia heult sich gerade die Augen aus, das arme Ding.«

»Oh«, murmelt Helen, und das warme Gefühl in ihrer Brust überrascht sie. Sie hat Freunde, die vor dem Krankenzimmer auf sie warten.

»Grant ist natürlich auch hier«, fährt Suraya fort, und Helen braucht einen Moment, um die Bedeutung dieses kurzen Satzes zu begreifen.

»Okay«, sagt sie schließlich ausdruckslos.

Suraya schenkt ihr ein halbherziges Lächeln. »Helen, ich mag dich, und du wirkst stark genug, um es zu verkraften, also wenn ich dir vielleicht ungefragt einen kleinen Rat geben darf?«

Sie nickt.

»Jemand hat mir am Beginn meiner Karriere zwei Dinge gesagt. Erstens – krieg dein privates Chaos in den Griff.« Suraya neigt den Kopf. »Du kannst nicht die notwendigen Prioritäten setzen, solange du deine wertvolle Energie für dein hochdramatisches Privatleben verschwendest, so romantisch es sich in diesem Moment auch anfühlen mag.«

Helen keucht auf und spürt, wie sie erneut rot wird. *Schätzt du mich wirklich so ein?*

»Und zweitens: Such dir einen Therapeuten, mit dem du über deine Mutter- und Vater-Komplexe reden kannst. Denn eines solltest du nie vergessen, egal, für wen du arbeitest: Ich bin nicht deine Mutter, und ich bin nicht dein Vater. Wenn ein Tag wegen dir beschissen verlaufen ist, werde ich dich am Ende nicht trotzdem lieben, dafür habe ich bereits zwei eigene Kinder.«

Surayas Blick huscht zu ihrem Handy, und sie fügt eilig hinzu, als wäre es ihr gerade erst eingefallen: »Nicht, dass meine Kinder mein Leben beschissen machen. Es ist nur … man kann nie wirklich aufhören, an sie zu denken und sich Sorgen um sie zu machen, wenn man erst mal welche hat. Du kennst sicher diesen grauenhaften Spruch, dass dein Herz ab diesem Zeitpunkt außerhalb deiner Brust schlägt …«

»Okay«, meint Helen leise. »Ich werde mit meiner Therapeutin über meine Mutter-Komplexe sprechen.«

Suraya lächelt. »Ich war immer der Meinung, dass Mutter-Komplexe mehr Potenzial haben als Vater-Komplexe«, meint sie nachdenklich. »Sie sind auf jeden Fall motivierender. Aber diese Diskussion können wir uns für die zweite Staffel aufheben. Wen soll ich zuerst reinschicken?«

Helen überlegt und entscheidet sich, noch ein wenig länger feige zu sein. »Nicole und Saskia, bitte.«

»Ich sage es ihnen.« Suraya nickt. »Ich fahre jetzt zum Set. Ich schätze, sie filmen bereits. Du kannst es auf deinem iPad über den Produktions-Feed verfolgen, wenn du möchtest. Deine Mom hat es aus deiner Wohnung geholt und mitgebracht.«

»Danke«, sagt Helen.

»Komm bald wieder auf die Beine«, weist Suraya sie mit beruhigender Forschheit an und geht.

Grants Blick folgt Nicole und Saskia, als die beiden den Flur hinuntergehen, und Suraya nickt ihm kurz zu, bevor sie auf ihn zukommt.

»Du nimmst dir den Tag also frei«, stellt sie fest.

»Ja«, sagt er, und seine Stimme ist ein leises Brummen, das selbst in seinen eigenen Ohren fremd klingt. »Ich, ähm … ich habe dir gestern Abend die überarbeiteten Dateien geschickt, und wenn du mir nach der Leseprobe die Anmerkungen schickst, kann ich —«

»Grant.« Suraya neigt den Kopf und bedenkt ihn mit einem ziemlich mitleidigen Blick, der den Kloß in seinem Hals schmerzhaft anschwellen lässt. »Mach dir keine Gedanken. Ich kriege das hin.«

»Danke«, sagt er. »Melde dich, falls ... falls du etwas brauchst.«

»Klar«, erwidert Suraya, streckt die Hand aus und berührt seinen Arm auf eine Art, die sie vermutlich für tröstend hält. »Wie geht es ihr?«, fragt er und stellt fest, dass sein Mund staubtrocken ist.

»Sie ist wach«, antwortet Suraya. »Verletzt und mit Schmerzmitteln vollgepumpt, aber ... es sieht so aus, als würde es ihr bald wieder besser gehen.«

»Gut«, krächzt er. »Das ist gut.«

»Ja«, stimmt Suraya ihm zu. »Wie geht es dir?«

Grant lacht, aber es klingt eher wie ein kurzes, humorloses Keuchen. »Gut«, meint er. »Immerhin ist mir gestern Abend kein LKW ins Auto gekracht.«

Suraya mustert ihn. »Das nicht, aber du siehst trotzdem beschissen aus«, sagt sie schließlich. »Pass auf dich auf, ich brauche dich morgen in alter Frische.«

»Danke«, erwidert er. »Ich werde es versuchen.«

Sie nickt, wirft einen Blick auf Helens Eltern (sie sitzen in der gegenüberliegenden Ecke des Zimmers und in Grants Rücken, denn er will auf keinen Fall, dass das hier das zweite Mal ist, dass sie sich gegenüberstehen), dann macht sie sich auf den Weg zum Aufzug.

Nicole und Saskia stürmen mit Blumen (Saskia), unanständigen Zeitschriften (Nicole) und Tränen (noch einmal Saskia) ins Zimmer.

»Mein Gott, du verdammte Drama-Queen«, meint Nicole und schlingt einen Arm um die weinende Saskia. »Es geht ihr doch gut. Sieh nur, es ist alles okay.«

345

Helen winkt ihnen lächelnd zu und verzieht im nächsten Moment das Gesicht, weil es verdammt wehtut.

»Ich muss nur ständig daran denken, dass du hättest sterben können, ohne dass ich mich bei dir entschuldigt habe, weil ich am letzten Tag im Writers' Room so zickig zu dir war«, schluchzt Saskia.

Helen wendet sich mit einem verwirrten Blick an Nicole, die mit den Lippen »keine Ahnung« formt und die Augen verdreht.

»Mach dir bitte keine Gedanken deswegen«, sagt Helen. »Das ist längst vergessen. Wirklich.«

»Du bist so nett«, meint Saskia, und Helen hätte gern gelacht, hätte sich ihre gebrochene Rippe nicht jedes Mal beschwert, wenn sie es versuchte.

»Grant sieht übrigens beschissen aus«, meint Nicole und wechselt elegant das Thema. »Falls du dich das schon gefragt hast.«

Es ist unglaublich, dass ihr albernes Herz immer noch schneller schlägt, wenn sie seinen Namen hört. Als wäre sie nach wie vor an der Highschool und er ihr Schwarm. Die Tatsache, dass es dank des piependen Herzmonitors auch die anderen hören können, ist grausam und ungewohnt. Nicole wirft einen Blick auf den Bildschirm, hält aber klugerweise den Mund.

»Es überrascht mich, dass er immer noch hier ist«, murmelt Helen mit Blick auf ihre Hände.

»Wirklich?«, fragt Nicole skeptisch. »Ich habe dir ja gesagt, dass er sich in dich verliebt hat.«

Saskia kichert nervös. »Er klang völlig … verzweifelt, als er uns angerufen hat.«

»*Er* hat euch angerufen?« Helen hebt eine Augenbraue.

»Ja, er dachte, du würdest ihn vielleicht nicht sehen wollen«, meint Nicole. »Verrückt, oder?«

»Ha«, meint Helen schwach. Dann kommt ihr ein Gedanke.»Das heißt, er sitzt schon die ganze Zeit über mit meinen Eltern zusammen da draußen?«

Nicole nickt.»Aber sie reden nicht miteinander, oder so. Falls dir das Sorgen bereiten sollte. Da draußen ist es wie bei den Sharks und den Jets. Sie kommen einander nicht zu nahe.«

»Oh.« Helen nickt.»Das ist gut, schätze ich.«

»Wobei niemand sagen kann, was jetzt gerade passiert, nachdem wir nicht mehr als Puffer zwischen ihnen stehen«, überlegt Nicole gedankenverloren und lacht, als sie Helens Gesicht sieht.»Keine Sorge! Ich bin mir ziemlich sicher, dass sich alle da draußen vor allem Sorgen um dich machen.«

»Klar«, meint Helen schwach.»Um mich.«

Grant starrt stirnrunzelnd auf den Boden vor ihm, der ständig verschwimmt.

Plötzlich schiebt sich ein Becher in sein Sichtfeld, und als er den Blick hebt, sieht er sich einem älteren Mann gegenüber, den er als Helens Vater wiedererkennt, und der ihm einen Becher mit Tee aus der Cafeteria entgegenstreckt.

»Sie sollten etwas trinken«, sagt er.

»Danke«, antwortet Grant mit belegter Stimme und greift nach dem Tee. Es ist Zitrone-Ingwer und wärmt von innen heraus. Er sieht zu den Stühlen, auf denen Helens Eltern bis eben noch gesessen haben, und stellt fest, dass ihre Mutter verschwunden ist – vermutlich auf die Toilette.

»Sie sind schon sehr lang hier«, meint Helens Vater, die Lippen zu einer mürrischen Linie zusammengepresst.

»Sie auch«, erwidert Grant.

»Wir sind ihre Eltern«, entgegnet ihr Dad schlicht.

»Ja.« Grant nickt und blickt wieder zu Boden.

Da ist diese unausgesprochene Frage zwischen ihnen – *Wir sind ihre Eltern, aber was sind Sie? –*, und Grant kann sie nicht beantworten. Weder gegenüber Helens Vater noch gegenüber

Helen und auch nicht gegenüber sich selbst. Er hat nicht wirklich das Recht, irgendjemand für sie zu sein, aber er wäre jetzt gerade auch nirgendwo sonst für irgendjemanden eine große Hilfe. Er hätte gern aufgelacht, als er daran denkt, wie Suraya ihn vorhin kurzerhand vom Dienst freigestellt hat und er sich noch wertloser fühlte.

Reiß dich zusammen, Shepard.

Er sucht nach etwas, nach irgendetwas, das er zu Helens Vater sagen könnte, um alles wiedergutzumachen, da wird ihm klar, dass er nicht einmal seinen Vornamen kennt. Helen wollte nicht, dass sie sich kennenlernen. Ist es besser, ihre Wünsche zu respektieren, oder soll er einen verzweifelten Schritt wagen?

Helens Vater betrachtet ihn abschätzend, seufzt schwer und kehrt wieder zu seinem Stuhl auf der anderen Seite des Raumes zurück. Er sollte zuerst mit Helen reden.

Grant überlegt zum hundertsten Mal in dieser Stunde, was er zu ihr sagen wird, wenn er sie sieht. *Falls* er sie sieht.

Er hat nie daran geglaubt, dass es Schreibblockaden tatsächlich gibt. Sein Dad hat ihn einmal diesbezüglich ausgelacht und gemeint, dass Automechaniker ja auch keine Reparaturblockade bekommen. Woraufhin Grant beschloss, seinen Job ebenfalls aus einem unromantischen, stählernen Blickwinkel zu betrachten.

Das Problem ist nur, dass er sich nicht sicher ist, ob Mechaniker sich nicht manchmal doch blockiert fühlen. Grant hat oft genug vergeblich versucht, sein Auto zu reparieren, um zu respektieren, dass kreatives Denken auch in der Kunst der Autoreparatur nötig ist, um elegante Lösungen zu finden.

Ihm selbst haben allerdings nie die Worte gefehlt, zumindest nicht im Gespräch. Prosa ist schwieriger. Er kann nicht lange genug an einem Gedanken festhalten, um ihn in einen richtigen Absatz zu gießen – geschweige denn zu einem Roman.

Er versucht, sich Helens Stimme vorzustellen, doch sein Gehirn weigert sich vehement, sich auf Hypothesen einzulassen. *Du solltest das wirklich nicht mehr als einmal über dich ergehen lassen*, scheint sein Verstand ihm zu raten. *Es ist zu deinem Besten.*

Nicole und Saskia bleiben lange genug, um den Schwestern auf die Nerven zu gehen, und dann tun sie so, als hätten sie von Anfang an vorgehabt, erst nach Helens Krankenhaus-Brunch zu verschwinden, der aus Pudding und Fruchtsalat bestand.

»Werde bald wieder gesund, Schätzchen«, meint Nicole und drückt Helen einen Kuss auf den Scheitel. »Wen sollen wir als Nächstes reinschicken? Den traurigen, heißen Kerl oder die traurigen, besorgten Eltern?«

»Deine Mom macht sich echt Sorgen«, mischt Saskia sich ein. »Ich meine, das ist schon in Ordnung, aber es ist irgendwie … zu viel von ›Mein Baby, sie lassen mich nicht zu meinem Baby‹.«

Helen schnaubt leise. »Ja, das kann ich mir vorstellen.«

Nicole lehnt sich mit der Jacke in der Hand an den Türrahmen. »Also ich bin für den grüblerischen Adonis. Du bist verletzt, du hast dir etwas Spaß verdient.«

»Spaß«, wiederholt Helen. »Klar.«

Nicole zuckt mit den Schultern und senkt die Stimme: »›Helen. Helen, ich liebe dich. Helen, hmmm …‹« Sie grinst. »Das war meine beste Grant-Imitation, falls du es nicht erkannt haben solltest.«

Sie lacht ehrlich erheitert auf und zuckt zusammen. »Du hast mich überzeugt«, keucht sie, und Nicole wirkt eine Sekunde lang tatsächlich besorgt. »Schickt den grüblerischen Adonis herein.«

Sie schlüpfen aus dem Zimmer, und Helen trifft die

schreckliche Erkenntnis, dass sie sich besser noch schnell einen Spiegel von den beiden hätte leihen sollen. Sie versucht eilig, ihre Haare zu glätten, indem sie das verzerrte Spiegelbild auf dem Chromrahmen des Krankenhausbetts zu Hilfe nimmt, und gibt gerade rechtzeitig auf, als sie seine vertrauten Schritte hört.

»Oh Mann …«, haucht sie, als er ihr schließlich gegenübersteht. »Du siehst schrecklich aus. Was ist passiert?«

Grant lacht (sie hat den Klang seines Lachens vermisst und fragt sich, wann sie ihn das letzte Mal gehört hat). Sein T-Shirt ist zerknittert, er sieht aus, als hätte er seit Tagen nicht geschlafen, und offenbar hat er sich den Nacken verrenkt, denn er lässt sich steif und ungelenk auf den Stuhl neben der Tür sinken, der am weitesten von ihrem Bett entfernt ist.

»Nicht so schrecklich wie du«, erwidert er. »Du siehst aus, als hätte dich ein verdammter Lastwagen erwischt.«

»Ha«, meint sie. »Witzig.«

»Zum Schieflachen«, stimmt er ihr zu.

»Warum bist du hier?«, fragt sie.

»Ist das nicht offensichtlich?«, erwidert er und sieht sie an, wie er sie immer ansieht.

»Ich habe nicht genug Energie für dieses Spiel«, erklärt sie leise. »Könntest du näher rankommen?«

Er steht auf und erreicht nach überraschend wenigen Schritten den Stuhl neben ihrem Bett. Er ist nahe genug, um ihn zu berühren. Sie streckt schwach die linke Hand aus, und er nimmt sie zwischen seine, dann senkt er den Kopf und drückt einen Kuss auf ihren Daumen. Ihr Herz zieht sich schmerzhaft zusammen, aber wenigstens piept der Herzmonitor dieses Mal nicht schneller.

Er küsst ihr Handgelenk, ihre Handfläche und anschließend jeden einzelnen Finger. Sie lächelt sanft.

»Denkst du gerade an den Abend auf meiner Couch? Mit

dem Jahrbuch?«, murmelt er und drückt einen längeren Kuss auf die Spitze ihres kleinen Fingers.

»Nein«, sagt sie. »Ich dachte gerade, dass ich dich vermisst habe.«

Er schnaubt leise. »Du musst aufhören, solche Dinge zu sagen«, erklärt er schroff. »Es bringt mich um.«

Sie hebt die Hand, um sie auf seine kratzige Wange zu legen, und er legt seine Hand auf ihre und drückt sie an sich.

»Grant«, beginnt sie, doch er schüttelt den Kopf.

»Vielleicht sollten wir nicht so viel reden, du Genie«, meint er sanft. »Darf ich dich küssen?«

Sie weiß, dass sie nicht Ja sagen sollte, aber sie hat so viele Schmerzmittel im Körper, dass sie denkt, es sei vielleicht gar keine so schlechte Idee.

»Du schuldest mir vermutlich ohnehin noch einen Kuss«, murmelt sie und spürt ihn an ihren Lippen lachen. Sie seufzt leise und zitternd, als er sie langsam und zärtlich küsst, und es scheint der erste richtige Atemzug, den sie seit ihrem letzten Kuss genommen hat. Seine Lippen verharren – warm, süß, sehnsüchtig – auf ihren, bis der Kuss vorbei ist und er sich in seinem Stuhl zurücklehnt, um sie zu mustern.

Der brennende Schmerz in ihrer Brust sagt ihr, dass es sich genau so anfühlen würde, sicher und geliebt unter dem aufmerksamen Blick von Grant Shepard wieder gesund zu werden.

Er lacht leise.

»Du sagst jetzt sicher gleich etwas, das mich wütend macht«, meint er.

Er nervt so unglaublich.

»Das ändert nichts«, beginnt Helen, und Grant hebt vielsagend die Hand. *Habe ich es nicht gesagt?* »Nimm mich bitte ernst.«

»So ernst wie einen Herzinfarkt«, sagt er, und seine Stimme klingt rauer, als sie sie in Erinnerung hat. »Einen süßen, pastellfarbenen Herzinfarkt.«

Sie ignoriert ihn.

»Ich bin froh, dass du hier bist. Ich würde lügen, wenn ich sagen würde, dass es nicht so ist«, beginnt sie.

»Schön, dass wir diesbezüglich einer Meinung sind«, erwidert er kühl.

»Kannst du das bitte lassen?«

»Was? Die Wahrheit sagen?«

»Mich unterbrechen.«

»Tut mir leid, Süße«, murmelt er, und sie verdreht die Augen.

»Meine Eltern sitzen draußen.«

»Ja, das tun sie.«

»Meine Mom erlebt vermutlich gerade einen Zusammenbruch nach dem anderen und lässt ihren Frust am Krankenhauspersonal aus, weil ich sie nicht zu mir lasse.«

»Ja, es waren tatsächlich einige«, stimmt er zu. »Sehr kleine, absolut nachvollziehbare Zusammenbrüche, wenn du mich fragst. Du kannst schrecklich … distanziert und undurchschaubar sein, wenn du willst.«

»Tut mir leid«, meint sie gereizt.

»Schon gut«, erwidert er leise. »Ich bin daran gewöhnt.«

»Wie war es dort draußen mit ihnen?«, fragt sie weiter, trotz der heftigen Schmerzen. »Habt ihr euch über meinen Aufnahmeformularen versöhnt? Seid ihr jetzt beste Freunde? Hat dich Mom zum Weihnachtsessen eingeladen?«

Grant beißt die Zähne aufeinander. »Nein.«

»Hat sie dich überhaupt eines Blickes gewürdigt?«

Er stößt die Luft aus. »Nein.«

Helen sinkt missmutig in ihr Kissen. »Es hat sich nichts geändert, Grant. Ich hatte einen Autounfall. Leute haben ständig Autounfälle und brechen sich dabei ein paar Knochen. Und das weißt du auch.«

»Aber *du* nicht«, sagt er, und seine Stimme ist nur noch ein trockenes Krächzen. »Hast du eine Ahnung, wie es sich angefühlt hat, als Suraya gestern Abend anrief? Übrigens, großartige Idee, deine Vorgesetzte als Notfallkontakt anzugeben, Helen. Ganz und gar nicht erbärmlich.«

Der Ärger, der in ihm hochsteigt, seit sie den Kuss beendet haben, hat die Oberfläche beinahe erreicht. Gut. Sie kommt besser mit einem wütenden Grant klar als mit einem liebenswürdigen.

»Ich kannte niemanden in L.A.«, sagt sie.

»Du kanntest mich«, zischt er. »Wir haben die Formulare in der dritten Woche ausgefüllt, das weiß ich genau. Ich war dabei. Es war kurz vor dem Camping-Trip.«

»Wir waren damals noch nicht befreundet«, antwortet sie.

»Das sind wir jetzt auch nicht!«

Helen stößt die Luft aus. »Das ist doch albern. Wen kümmert es, wann wir die verdammten Formulare ausgefüllt haben?«

»Keine Ahnung …«, meint Grant und fährt sich frustriert mit der Hand durch die Haare. »Ich kann nicht klar denken, wenn du in der Nähe bist.«

»Vielleicht hätte ich tatsächlich jemand anderen angeben sollen. Saskia und Nicole hätten vermutlich nicht zuallererst dich angerufen.«

Er starrt sie böse an. »Suraya hat mich angerufen, weil sie wusste, dass ich es wissen wollen würde. So hat sie es formuliert. Ich hätte fast nicht abgehoben, weil ich zu diesem Zeitpunkt seit verfluchten sechsunddreißig Stunden wach war und weil ich ständig unser letztes Gespräch noch einmal durchgespielt und überlegt habe, ob ich irgendetwas anderes hätte sagen können, um den Ausgang zu beeinflussen. Und ich bin verdammt froh, dass ich abgehoben habe, Helen. Weißt du, was es mit mir gemacht hätte, wenn du gestorben wärst, und ich hätte es verschlafen?«

Helen betrachtet ihn trotzig. »Man sollte nicht mit dem Auto fahren, wenn man so lange nicht geschlafen hat.«

»Ich habe mir ein verdammtes Uber bestellt.« Er schaut sie entrüstet und abschätzig an, als könnte er ihren Anblick nicht ertragen. »Weißt du, was mir auf der Fahrt hierher klar wurde? Dieses Gerede darüber, dass ich in ein paar Monaten froh sein werde. Dass ich eine andere finden und glücklich eine gesunde Beziehung führen würde und all das … es ist verdammter Blödsinn.«

Ihr Atem stockt, als sie den verzweifelten Ausdruck in seinen Augen sieht. Eine Erinnerung steigt in ihr hoch, und sie sieht vor sich, wie sie ihm vor all den Jahren, während Michelles Beerdigung in die Augen gesehen hat. Das Bild überspannt Zeit und Raum und erinnert sie daran, wer sie sind und warum sie sich so lange aus dem Weg gegangen sind.

»Du könntest mich weiter als dein schmutziges kleines Geheimnis hüten und nach anderen Männern riechen, wenn du zu mir kommst, ich würde dich trotzdem jedes verdammte Mal zurücknehmen«, sagt er, und sein Kiefermuskel mahlt hektisch. »Ich habe lieber nur ein winziges Stück von dir, als eine andere Frau, selbst, wenn sie mir alles geben würde.«

Helen schluckt. »Aber das will ich nicht für dich. Für keinen von uns. Es ist nicht … gesund.«

»Ich will nicht, dass es gesund ist«, sagt Grant und seine Brust hebt und senkt sich, als wäre er einen Marathon gerannt. »Ich will nur dich.«

Sie starrt ihn an und weiß, dass es keine Hoffnung mehr für sie beide geben würde, wenn sie ihm jetzt sagen würde, dass sie ihn ebenfalls liebt. Sie würden immer wieder an diesen Punkt gelangen, immer und immer wieder, und sie würden jedes Mal einen Teil von sich verlieren, bis nichts mehr übrig ist, bloß ein Leben voller Kummer und Verbitterung über altes Herzensleid und verpasste Chancen.

»Ich will, dass du jetzt gehst«, sagt sie leise.

»Was ist los, wird es dir zu ehrlich?«, murmelt Grant leise.

»Bitte«, sagt sie.

»Du bist feige, Helen.«

Ihr wird klar, dass sie weint, und er sieht es auch. Er kommt nicht näher, um sie zu trösten (denn sie hasst es, getröstet zu werden), aber er geht auch nicht. Er starrt sie bloß an und verschränkt die Arme vor der Brust.

»Bin ich entlassen?«, fragt er unwirsch.

»Ja«, sagt sie und wischt sich übers Gesicht. »Du solltest gehen.«

»Ja, ich gehe«, erwidert Grant mit leiser, dunkler Stimme. »Ich wünsche dir ein schönes Leben, du Genie.«

»Grant«, sagt sie, und er hält in der Tür inne. Er wendet sich um und mustert sie mit verschlossenem Blick. Sie vermisst ihn schon jetzt so unglaublich. »Ich hoffe, du täuschst dich. Ich hoffe, dass du es schaffst … irgendwann über das hier hinwegzukommen.«

Er starrt sie an, und es ist, als ob er sich ihr Gesicht einprägt. »Du kannst gern für uns beide hoffen. Ich werde nichts dergleichen tun«, sagt er schroff und geht.

Helen bittet eine Schwester, sie ins Bad zu bringen, und nutzt die Zeit, um sich frisch zu machen. Sie wischt sich die Tränen vom Gesicht und erklärt sich selbst, dass sie später noch weinen kann – jede Nacht, für den Rest ihres Lebens, wenn sie will. Sie muss sich nur lange genug unter Kontrolle haben, um ihren Eltern zu zeigen, dass es ihr gut geht – vielleicht ein wenig zerkratzt und zerschunden, aber nichts, was die Zeit und ein wenig Bettruhe nicht wieder ausbügeln können. Ihr kommt der schreckliche Gedanke, dass Mom darauf bestehen könnte, länger zu bleiben oder vielleicht sogar in ihre Wohnung zu ziehen, bis sie davon überzeugt ist, dass es Helen wieder gut genug geht, und sie sucht verzweifelt nach Gründen, warum das nicht nötig ist. *Ich habe genug Freunde, die sich um mich kümmern. Der Sicherheitsdienst behält alle Besucher im Auge, und es steht nur mein Name auf der Mietvereinbarung. Wenn du bei mir einziehst, springe ich aus dem Fenster.*

Die Vorstellung, den letzten Satz laut auszusprechen, entlockt ihr ein finsteres Lachen. Vielleicht gibt es irgendwo da draußen Mütter, zu denen man solche Dinge sagen kann, und die bloß lachen oder wegwerfend schnauben, um anschließend mit dem Gespräch fortzufahren. Ihre Mutter würde sie hingegen mit kalkweißem Gesicht anstarren und entsetzt fragen: »Warum sagst du so etwas Grauenhaftes?«

Das Krankenhauspersonal hält sie vermutlich für eine schreckliche Person, der ihre eigenen Eltern egal sind, und glaubt, es würde einen grauenhaften, gefühllosen Roboter behandeln. Helen wirft einen Blick auf ihre Hände, die gezittert haben, als sie ins Badezimmer kam, jetzt allerdings seltsam ruhig sind, und sie fragt sich, ob sie vielleicht tatsächlich ein Roboter ist.

Früher hielt sie die Fähigkeit, ihre durcheinandergeratenen Gefühle zu lokalisieren und sorgfältig beiseitezuräumen, für eine Superkraft. *Diese Wut bringt uns nicht weiter, schieb sie zur Seite und widme dich den Tatsachen. Diese Traurigkeit ist keine Hilfe, stell sie ab und suche lieber nach Lösungen.* Es machte sie effektiv, produktiv – und es gab ihr eine gewisse Macht.

Aber in letzter Zeit ist ihr aufgefallen, dass sie emotional um einiges instabiler geworden ist, als sie es früher war. Es braucht oft nur eine Umarmung, wenn sie versucht, ihre Gefühle im Zaum zu halten, und der Damm bricht und Tränen fließen. Aber jetzt ist gerade niemand da, der sie umarmt.

Also wappnet sie sich gegen die Gefühle, die im Moment wenig hilfreich sind, übt das richtige Lächeln – *Es ist okay, es sieht schlimmer aus, als es ist. Mir geht es gut. Wirklich.* – vor dem Spiegel und betätigt die Glocke, damit die Schwester sie zurück in ihr Zimmer bringen kann. Dann sagt sie endlich: »Ich bin bereit, meine Eltern zu sehen.«

Ihr Vater betritt den Raum mit grimmigem Gesicht. Ihre

Mutter wirkt gezeichnet, in ihren Augen schimmern Tränen. Sie weiß, dass Mom geweint hat, und das schlechte Gewissen bohrt sich wie ein Messer in ihre Brust. Mom streckt Helen ihr iPad und eine Packung Chips entgegen.

»Sie meinten, dass du vielleicht hungrig bist«, sagt sie und legt die Packung auf das Bett.

»Danke.« Helen nimmt die Chips, öffnet sie aber nicht. Sie setzt das überzeugendste Es-geht-mir-gut-Lächeln auf, das sie in ihrem Repertoire findet. »Also, ich hatte offenbar einen Unfall. Aber mir geht es gut. Tut mir leid, dass ihr so lange warten musstet. Mir war nicht klar, wie viel Zeit vergangen ist.«

»Wie fühlst du dich?«, fragt Mom und runzelt besorgt die Stirn.

»Gut«, erwidert Helen. »Ich meine, nicht unbedingt großartig, aber ganz okay – angesichts der Umstände.«

»Die Ärzte meinten, du hättest mehrere Knochenbrüche.« Mom betrachtet Helens Arme und Beine.

»Ja, aber das hatte ich schon mal, und es ist gut verheilt. Weißt du noch, als ich in der vierten Klasse aufs Kinn gefallen bin?«

Helen erinnert sich noch gut. Sie waren zu Besuch bei Moms Freundin, und sie wollte von der Schaukel springen, wie es die älteren Kinder oft taten. Sie knallte mit dem Kinn zuerst auf den Boden, und sie sieht immer noch vor sich, wie Mom auf beinahe komische Weise fassungslos die Augen aufriss, als sie das viele Blut sah. Sie fuhr mit Helen in die Notaufnahme, ohne ein Wort zu sagen, aber Helen spürte ihre Panik auf dem Weg vom Parkplatz in den Wartebereich. Helen weiß noch, wie Mom leise und in gebrochenem Englisch Fragen stellte, bis sich eine Krankenschwester fand, die Mandarin sprach und ihr erklärte, dass Helen bloß eine Fingerschiene brauchte und das Kinn mit vierzehn Stichen genäht werden musste.

»Damals warst du noch jünger«, meint Mom.

»Ich will damit nur sagen, dass du dir damals auch schreck-liche Sorgen gemacht hast, aber am Ende war alles wieder gut. Und es wird mir auch dieses Mal bald wieder gut gehen.«

»Gut, gut, gut – dir geht es immer bloß gut«, sagt Mom.

»Du erzählst uns nie etwas.«

»Natürlich, ich erzähle euch sehr viel«, erwidert Helen un-gewollt trotzig und klingt dabei wie eine Siebenjährige.

»Hör dir deine Tochter an. Hör zu, wie sie uns ins Gesicht lügt«, sagt Mom und wendet sich an Dad. »Es fällt ihr nicht einmal schwer.«

»Sie muss sich ausruhen«, sagt Dad.

»Sie sagt, dass es ihr *gut* geht!«, zischt Mom und dreht sich wieder zu Helen. »Ich weiß, was du mit diesem ... *diesem Jungen* getan hast.«

Mit diesem Jungen. Die Worte triefen vor Abscheu, und He-len denkt erschöpft: *Ich kann das jetzt nicht.* Sie ist weder über-rascht noch schockiert, sie ist bloß müde.

»Ich habe eure Nachrichten gelesen«, sagt Mom. »Ich hatte jede Menge Zeit mit deinem iPad, während wir auf dich gewartet haben.«

Helen blinzelt hektisch. Sie geht innerhalb weniger Mil-lisekunden sämtliche Nachrichten durch, die Grant und sie sich geschickt haben, und versucht, sich an belastende Inhalte zu erinnern. Die Tatsache, dass sie ihm überhaupt geschrie-ben hat, ist schon belastend genug. Aber es waren nicht *so* viele Nachrichten – sie haben ohnehin den Großteil der Zeit zu-sammen verbracht.

»Wie ihr miteinander redet: *Komm vorbei. Ich vermisse dich. Happy Birthday ...*«

»Oh mein Gott, Mom. Du übertreibst maßlos –«

»Ich weiß, was er dir bedeutet!«, schreit Mom. »Du hast ihn noch vor deiner eigenen Mutter zu dir gelassen!«

Helen wendet den Blick ab. Sie hat vergessen, dass Mom es ganz genau gesehen hat. Die Tatsache, dass sie hier im Krankenhaus auf magische Weise die legale Möglichkeit hatte, ihre Eltern nicht zu sehen, hat offenbar dazu geführt, dass sie verrückt vor Macht war, sonst hätte sie so etwas niemals auch nur eine Sekunde lang vergessen. Sie erinnert sich an das letzte Mal, als ihr ein solcher Fehler widerfahren ist. Sie kam von ihrem ersten Tag an der Highschool nach Hause, ihr Tagebuch lag offen auf dem Küchentisch, und Moms Gesicht sagte ihr, dass sie sämtliches Vertrauen in ihre Tochter verloren hatte. *Wie kannst du solche Dinge schreiben? Über deine eigene Mutter?* »Was würde deine Schwester dazu sagen?«

Helen schüttelt schweigend den Kopf und sieht zum Fenster hinaus.

Michelle würde ihr vermutlich die Hand zum High-five entgegenstrecken. *Ich hätte nie gedacht, dass du das draufhast.*

»Du hast keine Ahnung, was er mir bedeutet«, sagt Helen schließlich. »Auf jeden Fall ist es vorbei. Er hat mich geliebt, und es ist vorbei, und ich will wirklich nicht darüber reden.«

Sie erkennt einigermaßen entsetzt, dass sie erneut weint, und wischt sich wütend die Tränen von den Wangen, die einfach nicht aufhören wollen zu fließen.

»Helen. Das ist krank.«

Das kennt sie bereits – es ist Moms Lieblingsspruch. Wenn Helen bis drei Uhr nachts wach geblieben ist, um mit einer Taschenlampe bewaffnet unter der Decke zu lesen. Nachdem sie Helens Tagebücher gefunden hat, in denen sie endlose Zeilen lang *noch vier Jahre, noch vier Jahre, noch vier Jahre* geschrieben hatte, bis die Tinte alle war, um ihren dröhnenden Kopf zu beruhigen, nachdem ihre Eltern irgendetwas getan hatten, was sie mittlerweile vergessen hat und was damals vermutlich zu ihrem Besten war, sich aber trotzdem wahnsinnig ungerecht angefühlt hat. *Das ist krank.* Trotzdem hat Mom entsetzt reagiert, als Helen mit Ende zwanzig begonnen hat, regelmäßig zur Therapie zu gehen. »Warum? Was ist so schlimm an deinem Leben, dass du eine Therapeutin brauchst?«

Helen weiß, dass ihre Eltern immer nur das Beste für sie wollten, dass sie ihr ein einfacheres Leben ermöglichen wollten. *So schlimm sind sie nicht,* ruft sie sich in Erinnerung. *Sie haben erlaubt, dass du Autorin wirst, obwohl die Kinder ihrer Freunde allesamt Ärzte oder Apotheker sind. Sie unterstützen dich. Sie waren für dich da.* Aber sie findet einfach keinen Draht zu ihnen, und sie hat jedes Mal das Gefühl, dass sie aneinander vorbeireden.

Aber ich habe mich nicht für das hier entschieden, denkt sie. *Ihr habt beschlossen, in ein anderes Land zu ziehen und eine Familie zu gründen. Ihr hättet wissen sollen, dass sich daraus die Gefahr ergibt, dass ihr eure Kinder nie wirklich ganz verstehen werdet.*

Sie liebt ihre Eltern, natürlich tut sie das, aber es ist eine dornenbesetzte, komplizierte Liebe, und mit einem Mal steigt der hoffnungslose Gedanke in ihr hoch, dass sie vielleicht nur zu einer solchen dornenbesetzten, komplizierten Liebe fähig ist. Vielleicht wird sie nicht einmal, wenn Grant Shepard irgendwann weit genug in ihrer Vergangenheit liegt, fähig sein, auf einfache, problemlose Art zu lieben.

Helen spürt ein schweres Gewicht auf ihrer Brust und hat mit einem Mal das Gefühl, in der Falle zu sitzen, und als sie den Mund öffnet, gleichen ihre Worte einem erstickten Keuchen. »Deine Liebe raubt mir den Atem.«

Es klingt schrecklich, und sie kann kaum glauben, dass sie es laut ausgesprochen hat. Sie stößt zitternd die Luft aus. »Du lässt mir keinen Raum, um Luft zu holen.«

Mom starrt Helen fassungslos an. »Ich bin deine Mutter«, sagt sie.

»Das weiß ich doch, verdammt noch mal«, faucht Helen.

Sie hat ihre Mom noch nie so gesehen. Sie starrt auf Helen hinunter, als würde sie ihr am liebsten eine Ohrfeige geben. (Dad hat sich auf den Stuhl in der Ecke zurückgezogen und verfolgt den Produktions-Feed auf ihrem iPad.)

»Du hast während der Highschool mein Tagebuch gelesen, und jetzt liest du meine Nachrichten. Du lässt mir absolut nichts«, sagt Helen.

Mom starrt sie an. »Weil du uns absolut nichts gibst. Was soll ich denn sonst tun? Wie soll ich sonst wissen, was in deinem Leben vor sich geht?«

Helen denkt bei sich, dass das hier der Teil einer Episode sein könnte, in dem Mutter und Tochter sich endlich gegenseitig das Herz ausschütten. In dem Wände einstürzen und sie einander endlich *sehen*. Und am Ende der Szene hat sich alles aufgelöst. Es ist der ultimative amerikanische Traum, wie er in unzähligen, Emmy prämierten Dramen über schwierige, aber liebende Familien präsentiert wird.

Aber aus irgendeinem Grund reden Mom und sie trotzdem jedes Mal aneinander vorbei.

»Wir sollten sie jetzt in Ruhe lassen«, meint Dad aus dem hintersten Winkel des Zimmers. »Dieses Gespräch muss nicht unbedingt jetzt und hier stattfinden.«

Mom starrt auf Helen hinunter, ihre Hände sind zu Fäusten geballt. Dad steht auf und reicht Helen das iPad. Dann stößt er Mom sanft in die Seite.

»Komm«, sagt er.

Helen sieht, wie Mom schluckt, in ihren Augen schimmern frische Tränen.

Ich hasse dich nicht, würde sie gern sagen. *Ich hasse nur die Art, wie du mich liebst.*

Aber Mom würde es nicht hören. Helen sieht schweigend zu, wie sich ihre Eltern auf den Weg zur Tür machen, und sie weiß, dass die Szene hier zu Ende ist, dass es nichts mehr zu besprechen gibt. Weil es keinen Sinn hat. Sie sind beinahe zur Tür hinaus, als …

»Wartet.« Helen räuspert sich. Sie wünscht sich verzweifelt, ihnen noch irgendetwas zu sagen. »Ich werde keine Young-Adult-Bücher mehr schreiben.«

Ihre Eltern halten verwirrt inne.

»Hast du etwa einen Vertrag für ein neues Buch?«, fragt Dad.

»Nein«, erwidert Helen mit klopfendem Herzen. Sie ist sich nicht einmal sicher, ob sie das, was sie sagt, wirklich ernst meint. Vielleicht ist es nur der Kick, den andere Teenager empfunden haben, wenn sie »Ich hasse dich!« geschrien und die Kinderzimmertür zugeknallt haben. »Ich weiß nicht, was ich machen werde. Ich weiß nur, dass ich nicht mehr über Teenager schreiben möchte.«

Mom und Dad wechseln einen bestürzten Blick.

»Mir ist egal, worüber du schreibst«, erklärt Dad langsam. »Aber vielleicht ist es nicht ratsam, einfach loszuspringen, ohne zu wissen, wo du landest.«

»Michelle hat genau das getan«, sagt Helen, und ihre Worte zischen wie Messer durch die Luft. »Vielleicht geht es für mich am Ende besser aus.«

Dad packt den Türknauf, als hätte sie ihn geschlagen. Mom wirft ihr einen entsetzten Blick zu. »Wie kannst du so etwas Schreckliches sagen?«, zischt sie.

Helen lacht und wischt sich die Tränen fort, die unerklärlicherweise wieder ihre Wangen hinabströmen.

»Ich weiß nicht, Mom. Ich schätze, mein Inneres ist ein Scherbenmeer. Ich frage mich, warum.«

Dad zieht an Moms Ellbogen, und ihre Eltern gehen. *Endlich.*

Kapitel 30

Grant bleiben drei Wochen zwischen seinem letzten Arbeitstag für die *Ivy Papers* und dem Beginn seiner nächsten Serie, der Netflix-Neuadaption einer Hard-Fantasy-Reihe, die er als Junge geliebt hat. Er war ehrlich aufgeregt, als er von dem Jobangebot erfahren hat, und er weiß noch, wie er Helen zu seinem Lieblingsbuchladen in Los Feliz mitnahm, um den ersten Band der Reihe für sie zu kaufen.

Er hat den Großteil des anschließenden gemeinsamen Mittagessens mit dem Versuch verbracht, ihr die komplexe Mythologie zu erklären, die dem Buch zugrunde liegt, und sie hatte einige Fragen und rümpfte die Nase über diverse veraltete Handlungsstränge, die man natürlich im Zuge der Adaption ändern musste. Zurück im Auto meinte er: »Du wirst das Buch nicht lesen, oder?«

Sie lachte und schenkte ihm ein Lächeln, das ihm das Gefühl gab, einfach alles zu schaffen, bevor sie erwiderte: »Ich lese lieber deine Version der Geschichte.«

Aber es wird nicht seine Version sein. Er ist auch dieses Mal die Nummer zwei, aber er ist zuversichtlich, dass er das Projekt als Sprungbrett nutzen kann, wenn er seine Arbeit gut macht – wohin auch immer ihn dieser Sprung bringen wird.

»Du legst ständig freiwillige Zwischenschritte ein«, meinte Helen einmal. »Warum sagst du deiner Agentin nicht einfach, dass du dir eine Auszeit nehmen und etwas Eigenes machen willst?«

Woraufhin er einen Moment innehielt. Natürlich war Helen dieser Meinung, sie ist sich immer schon sicher gewesen, was ihren nächsten Schritt anging. *Highschoolabschluss. Collegeabschluss in Kreativem Schreiben. Einen Roman schreiben. Den Roman verkaufen. Ihn zu einem Bestseller machen. Eine Schreibblockade? Kein Problem, dann machen wir die Reihe eben zu einer Fernsehserie, und ich handele einen Platz im Writers' Room für mich aus.*

Sie findet immer eine Lösung, und nachdem sie dahintergekommen ist, wie man diese Fähigkeit im Writers' Room einsetzt, war es eine Freude, ihr jeden Tag beim Arbeiten zuzusehen.

Er selbst fühlte sich neben ihr wie ein Hochstapler. Er hat sich für das College in Kalifornien entschieden, weil es so weit wie möglich fort von New Jersey war, und er hat sich nur zu dem Drehbuchkurs angemeldet, weil er ein Englisch-Wahlfach brauchte, um die Anforderungen zu erfüllen. L.A. ist eine der bedeutendsten Städte der Filmindustrie, und jeder nahm an, dass er ein aufstrebender Drehbuchautor war, also spielte er das Spiel mit, weil es einfacher schien, als sich selbst einen eigenen Traum auszudenken. Doch irgendwann wurde es tatsächlich sein Traum, und er erlebte das furchteinflößende Gefühl, etwas nur für sich allein zu wollen und sich nicht sicher zu sein, ob er es je erreichen würde.

Er war sich jedes Mal so sicher, dass der nächste Job sein letzter sein würde, dass er praktisch jedes Angebot annahm und jede Serie in Erwägung zog, die seine Agentin ihm vorschlug. Vielleicht hat er sogar mehr Zeit darauf verwendet, einen Job zu bekommen, anstatt darauf, ihn gut zu machen, und jedes Mal, wenn er als »guter Mann für den Writers' Room« angepriesen wird, versetzt ihm die Bezeichnung einen Stich, denn er weiß, was sie bedeutet.

Ein guter Mann für den Writers' Room, aber kein kreatives Genie.

Ein guter Mann für den Writers' Room, wenn man noch einen Platz zur Verfügung hat.

Ein guter Mann für den Writers' Room, der dich sofort in den Bann ziehen und dich davon überzeugen wird, wie sehr du ihn brauchst, obwohl in Wahrheit das Gegenteil der Fall ist.
Er ist sich nicht einmal sicher, welche seiner Ideen er selbst zu etwas Greifbarem ausbauen möchte. Er hat einige Entwürfe, die – in Verbindung mit seinen bisherigen Credits aus den Serien anderer Leute – gut genug wären, um ihm das eine oder andere Meeting zu ermöglichen. Er weiß noch, wie vielversprechend ihm diese Entwürfe einmal – vor Jahren – erschienen sind. Aber wenn er sie jetzt zur Hand nimmt, wirken sie wie überholte Screenshots seines Gehirns, und er ist sich nicht sicher, ob er diese Version seiner selbst noch einmal so hinbekommen würde.

Er kann mittlerweile auf eine Karriere zurückblicken, bei der sein zwanzigjähriges Ich ehrfürchtig erstarrt wäre, und dieser Grant Shepard hätte gedacht, dass er schon morgen tot umfallen und dennoch sagen konnte, dass er sein Lebensziel erreicht hat.

Aber das war vor Helen.

Bevor er die unerträgliche, beglückende Erfahrung gemacht hat, jemanden zu lieben, der ohne großes Aufhebens denkt, Grant sei zu Besserem fähig und sollte es auch versuchen, da er sein volles Potenzial noch lange nicht ausgeschöpft habe.

»Es ist ein Fluch«, meinte Helen einmal zu ihm, nachdem er seine Bewunderung dafür zum Ausdruck gebracht hatte, dass sie sich immer neue Ziele setzte, sobald sie ein Ziel erreicht hatte. Ihr Lächeln wirkte beinahe wehmütig. »Ich werde nie wirklich glücklich sein. Sobald ich habe, was ich will, kommt etwas, das … sich nur ganz kurz zeigt, und schon will ich es genauso verzweifelt erreichen wie das letzte Ziel.«
Er denkt daran, wie sie Suraya während des Wochenendes

in Forest Fall Anfang November zugerufen hatte: »Ich hasse Wandern ohnehin!«

Dabei erklimmt Helen Berge wie keine andere, und er hätte sie liebend gern für den Rest seines Lebens mit ihr gemeinsam bestiegen. Er hätte sie daran erinnert, auch manchmal innezuhalten, um zurückzublicken und zu sehen, wie weit sie schon gekommen waren, und um sich die Zeit zu nehmen, es zu genießen. Und sie hätte ihm geholfen, an den Gipfeln vorbeizulaufen, die er bereits bestiegen und umrundet hat. Sie hätte ihn vorangetrieben. *Komm schon, dort, hinter der Kurve, ist die Aussicht besser.*

Er fragt sich, ob er das auch für sich selbst tun kann. Ob die Tatsache, dass er Helen liebt – obwohl er im Grunde nie das Recht hatte, sie zu lieben –, bedeutet, dass er einen Teil von ihr für immer in sich trägt. *Sie hofft, dass er darüber hinwegkommt.* Aber er will nicht darüber hinwegkommen. Er will nicht über *sie* hinwegkommen. Er will sich an seinen Schmerz klammern, ihn in Plastik packen und irgendwo an einem sicheren Ort verstauen, denn womöglich ist er alles, was ihm am Ende von ihr bleibt.

An seinem letzten Tag am Set packt Grant seinen Laptop in die Tasche und wandert auf dem Weg zum Parkplatz ein letztes Mal durch die Soundstages. Die Hauptdreharbeiten finden irgendwo draußen statt, und es riecht nach Sägespänen, denn der künstlerische Leiter hat die Herstellung neuer Kulissen für die letzten sechs Episoden der ersten Staffel angeordnet.

Dafür wird der Coffee-Shop abgerissen, der erst vor wenigen Wochen für Grants Episode gebaut wurde, und er hinterlässt mit jedem Schritt Spuren in den Sägespänen, die den Boden bedecken. Auf der anderen Seite des mittlerweile geschlossenen Coffee-Shops befindet sich das Schlafzimmer der Hauptfigur der Serie, und es ist Helens Lieblingskulisse. Er erinnert sich, wie sie mit dem Team aus dem Writers' Room zum ersten Mal die Soundstages besucht haben und Helen eine Hand auf seine Schulter legte, als sie das Schlafzimmer sah.

»Es ist so toll«, sagte sie immer wieder. »Es sieht genauso aus, wie ich es mir vorgestellt habe. Die Leute hier sind genial.«

Und das künstlerische Team ist tatsächlich genial – er ist sich ziemlich sicher, dass sie alle in den letzten zehn Jahren den einen oder anderen Emmy gewonnen haben.

Aber es liegt auch an Helen, denn wenn sie sich etwas vorstellt – ein Schlafzimmer, ein Ziel, eine Zukunft –, findet sie einen Weg, um es Wirklichkeit werden zu lassen. Er wünschte, sie könnte sich eine Zukunft mit ihm vorstellen. Wenn sie es nur genug wollen würde, würden sie sicher eine Möglichkeit finden, dass es am Ende klappt.

Er lässt sich in dem falschen Schlafzimmer auf den Boden sinken und hört zu, wie die Wände des Cafés auf der anderen Seite in sich zusammenfallen und das Surren der Kettensägen noch mehr Sägespäne in die Luft wirbelt.

Sein Handy klingelt, es ist seine Mom.

»Grant, Schätzchen, du wirst nicht glauben, was passiert ist!«

Er hört ihr zu und reagiert auf angemessene Weise, als sie ihm erzählt, dass der Verkauf des Hauses sehr plötzlich übers Wochenende unter Dach und Fach gebracht worden ist und die Arbeiten im Haus schon bald beginnen sollen, sodass ihr nur noch drei Wochen bleiben, bis sie nach Irland fliegt. Die Schaffarm erwartet sie zwar erst später, aber so hat sie zumindest die Möglichkeit, sich Teile des Landes anzusehen, die nicht in der unmittelbaren Umgebung liegen.

»Ich habe immer noch ein paar Kisten mit deinem Zeug, falls du die noch haben willst? Ich kann sie auch einlagern. Es ist nämlich einiges dabei, das zu groß ist, um es zu verschicken, weißt du? Dein Nachttisch zum Beispiel oder die Couch in deinem Zimmer, die ich eigentlich spenden wollte, aber es will sie einfach niemand haben.«

Er will ihr schon sagen, dass sie sich keine Gedanken machen und die Dinge entsorgen soll, als ihm plötzlich bewusst wird, dass er sein Elternhaus nach dem Verkauf nie mehr wiedersehen wird und es vermutlich auch keinen Grund geben wird, noch einmal nach Dunollie, New Jersey zurückzukehren.

»Nein«, hört er sich selbst sagen. »Ich komme vorbei und hole die Sachen. Ich fahre mit dem Auto.«

Am nächsten Tag mietet er einen treibstoffsparenden SUV, mit dem er schon länger geliebäugelt hat, und postet sein Cabrio in einer Gebrauchtwagengruppe zum Verkauf. Er packt Wechselkleidung für eine Woche ein und stellt fest, dass Helen immer noch sein Lieblings-T-Shirt hat. Er beschließt, dass sie es als Andenken behalten darf.

Er entscheidet sich für die schnellere, landschaftlich etwas weniger reizvolle Route, die ihn durch die rote Fels- und Wüstenlandschaft von Arizona führt und ihn an die Cartoons erinnert, in denen der Road Runner – *meep-meep* – Straßen entlangzischt, die sich bis ins Nichts erstrecken.

Er entdeckt einen Wegweiser zum Grand Canyon und legt spontan einen Umweg ein, da er sich nicht mehr erinnern kann, wann er ihn zum letzten Mal mit eigenen Augen gesehen hat. An einer Tankstelle kauft er eine Wegwerfkamera und stellt sich vor, wie er irgendwelche Fremde bittet, ein Foto von ihm und dem Grand Canyon zu schießen, und wie sie ihn mit mitleidigen Blicken betrachten. *Sie haben keine Ahnung, dass ich 2008 zum Homecoming-King gewählt wurde*, denkt er und lacht in sich hinein.

Als er schließlich angekommen ist, vergisst er die Kamera im Auto, aber das spielt keine Rolle, weil Fotos diesem Ausblick ohnehin nicht gerecht werden können. Er sitzt auf einem zerklüfteten Stein und starrt hinaus in die schier endlose

Weite aus verbranntem Rot, bläulichem Lila und Spuren von Grün.

Er beschließt, bis Chicago über Helen hinweg zu sein, sonst kauft er sich ein Flugticket und wandert auf eine entlegene griechische Insel aus, die nur mit dem Boot erreichbar ist, um dort für den Rest seines Lebens Schränke zu tischlern. Wobei natürlich nichts davon tatsächlich eintrifft.

Er überlegt, sie anzurufen, nachdem er in Oklahoma die falsche Abzweigung erwischt hat und bis spät in die Nacht durch die Ebenen von Kansas irrt. Er tut es nicht, aber der Gedanke hält ihn wach genug, sodass er am Ende sicher in seinem Hotel in Wichita ankommt.

Danke, du Genie, denkt er, und dieses Mal tut es kaum noch weh.

Am nächsten Tag fährt er früh los, und nach zehnstündiger Fahrt ist er bei Julie Swain angekommen, einer Collegefreundin, die nach Chicago gezogen ist, um sich der Impro-Szene anzuschließen, und die ihm ihre Couch angeboten hat, nachdem sie Fotos von seiner Reise quer durchs Land auf Instagram gesehen hat.

Sie besuchen einen kleinen Laden gleich um die Ecke, weil Julie Toilettenpapier holen will, und er glaubt, dass es für ihn ist, und besteht darauf, es zu bezahlen. Später stellt sich heraus, dass sie es für eine Sketch-Comedy-Gruppe benötigt, die sich morgen trifft. Julie kauft einen Sechserpack Bier, und im Fernsehen läuft eine Natur-Doku, als sie es sich in ihrem Wohnzimmer gemütlich machen.

»Also, wie geht es jetzt mit Grant Shepard weiter?«, fragt sie, während sie die Flaschen für die zweite Runde öffnet.

»Na ja, ich werde wohl erst mal das Bier hier trinken und danach etwas von dem Toilettenpapier benutzen, das ich für deine Sketch-Comedy-Truppe erstanden habe.«

Sie lacht und stößt mit der Faust gegen seine Schulter. »Du weißt genau, was ich meine.«

»Ja, klar. Aber ich gehe den Dingen nun mal gern aus dem Weg.« Grant nippt grinsend an der Flasche. »Ich habe bereits das nächste Projekt in der Tasche, eine große Nummer auf Netflix, für die ich so viele Erklärungen unterzeichnen musste, dass ich ihnen zwischendurch womöglich auch meinen linken Nippel verkauft habe, ohne es zu merken. Keine Ahnung, wie es danach weitergeht. Irgendetwas ergibt sich immer.«

»Das ist toll«, sagt sie, und ihre Schulter berühren sich kaum merklich.

Vielleicht gab es mal eine Zeit, damals auf dem College, in der sich etwas zwischen ihnen hätte entwickeln können. Aber mittlerweile ist genug Zeit vergangen, und sie haben sich etwas Einfacheres, Bequemeres erschaffen – eine kameradschaftliche Bindung zwischen zwei alten Freunden. Er fragt sich, ob jemals genug Zeit vergehen wird, um auch einmal ein derartiges Gespräch mit Helen führen zu können.

»Was ist los?«, fragt sie und wirft ihm einen seitlichen Blick zu. »Du wirkst, als wärst du meilenweit weg.«

»Nichts«, sagt er, doch dann überlegt er es sich anders. »Darf ich dich um einen seltsamen Gefallen bitten?«

Sie nickt, und vielleicht ist es das Bier, jedenfalls platzt er heraus: »Darf ich mir dein Telefon ausleihen und jemanden anrufen, und wenn derjenige morgen zurückruft, dann sagst du, dass du dich verwählt hast, oder tust, als wolltest du eine Autoversicherung oder so etwas in der Art verkaufen?«

Julie mustert ihn, und er sieht das Mitleid in ihren Augen, als sie schweigend ihr Handy herauszieht und es ihm entgegenstreckt.

Er steigt die Treppe hoch, die aufs Dach des Hauses führt, und obwohl es bereits Ende März ist, ist es immer noch so kalt, dass überall Pfützen aus langsam schmelzendem Schnee stehen. Er weiß, dass Helen bei unbekannten Nummern nicht ans Handy geht, und ist überrascht, als er sie plötzlich lachen hört. »Hallo? Schhhh, ich telefoniere! Hallo?«

Er schluckt schwer und lauscht der Musik im Hintergrund – »Kochen mit Freunden« vermutlich – und ihrem Atem. Er steht eine gefühlte Ewigkeit lang da und ist auf alberne Weise dankbar, dass sie zur selben Zeit existiert wie er, bis es schließlich klickt und sie auflegt.

Das Anrufprotokoll verrät ihm, dass der Anruf vier Sekunden gedauert hat.

Helen legt auf, und da ist dieses seltsame Gefühl im Nacken, als sie das Telefon beiseitelegt.

»Vermutlich verwählt«, meint sie zu Nicole.

Ihre Eltern haben L.A. wider Erwarten einen Tag nach Helens Entlassung aus dem Krankenhaus verlassen. Sie hat sie seitdem nicht angerufen, und auch ihre Eltern haben sich nicht bei ihr gemeldet. Mittlerweile herrscht seit fünf Wochen Funkstille, und sie weiß nicht, was sie davon halten soll, aber jedes Mal, wenn sie zu viel darüber nachdenkt, macht sich eine unangenehme Mischung aus Scham und Schuldgefühlen in ihr breit – so wie damals als Kind, wenn sie etwas verschüttet und versucht hat, es vor ihren Eltern zu verheimlichen.

Auch von Grant hat sie nichts mehr gehört, seit der Writers' Room offiziell geschlossen wurde, und es gibt nun keinen Grund mehr, sich darauf zu freuen, seinen Namen in ihrem Posteingang zu sehen – auch wenn es nur eine Nachricht aus dem allgemeinen Verteiler mit dem täglichen Ablaufplan war. Sie hat seit dem Tag in dem pinkfarbenen Krankenzimmer nicht mehr mit ihm geredet, und ihr Herz klopft immer noch schneller, wenn sie daran denkt.

Sie weiß, dass er sich auf einem Trip quer durchs Land befindet und derzeit irgendwo in Chicago mit einer Frau namens Julie Tacos isst. Es ist beschämend, wie viel sie weiß. Sie verfolgt seine Instagram-Storys über den offiziellen *Ivy-Papers*-Account, der wie geschaffen dafür ist, Grant Shepard zu stalken, woran sie vermutlich auch in Zukunft jedes Mal denken wird, wenn sie sich einloggt.

Nicole ist mehr oder weniger bei ihr eingezogen, um sie im Alltag zu unterstützen, während ihre Verletzungen heilen. Inzwischen kann Helen schon fast wieder alles allein, aber Nicole besteht darauf, trotzdem zu bleiben.

»Deine Wohnung ist viel hübscher als meine, und ich kann nicht schnell auf einen Sprung vorbeikommen, falls du unabsichtlich in der Badewanne ausrutschst und stirbst«, sagt sie, und Helen ist ehrlich dankbar, dass sie hier ist. Sie hatte seit sieben Jahren keine Mitbewohnerin mehr, und sie hat vergessen, wie schön es ist, wenn man die Hausarbeit, die täglichen Mahlzeiten und seine Gedanken mit jemandem teilen kann.

Nicole erzählt von dem neuen Format, für das sie schreibt – es ist eine »gottverdammte« Mockumentary über mehrere Eltern aus der Vorstadt, die in eine hart umkämpfte E-Sports-Liga einsteigen, aber die Leute, die die Show produzieren, sind echt nett, und ihr Agent glaubt, dass sie sich damit im Comedysektor etablieren kann, was sie sich schon seit ewigen Zeiten wünscht.

»Nicht, dass mir unsere gemeinsame Dramarama-Zeit nicht gefallen hätte.« Nicole tätschelt Helens Arm. »Immerhin hat sie mich in diese Wohnung hier geführt.«

Helen lacht und fragt sich, was sie in einem Monat tun wird, wenn die Produktion abgeschlossen ist und sie sich entweder eine eigene Bleibe in L.A. suchen oder nach New York zurückkehren muss. Oder soll sie irgendwo anders hin? Sie ist sich nicht sicher, wohin es sie verschlagen wird, und plötzlich denkt sie an Lisa Shepard und ihre Zukunft auf einer irischen Schaffarm.

»Welches Gefühl hast du, wenn du an New York denkst?«, fragt Nicole, als Helen ihre Gedanken laut weiterspinnt.

»Na ja, ich habe ewig dort gewohnt. Und es ist eine tolle

Stadt«, erwidert sie. »Es passiert immer irgendetwas, und die Leute leben offen ihr Leben, direkt vor deinen Augen. Es ist unerbittlich, aber auch irgendwie gut, wenn man Autorin ist. Und im Herbst und an Weihnachten ist es wunderschön. Außerdem kann man fast überall zu Fuß hin, was in L.A. nicht der Fall ist.«

»Ich wollte keine Fakten hören. Mich interessieren deine Gefühle«, sagt Nicole. »Ich meinte, wie du dich fühlst. Also in dir drin.«

Es ist eine typische L.A.-Hippie-Frage, über die Helens Freunde in New York bloß gelacht hätten, um anschließend in ihrem Buch darüber zu schreiben, wobei sie die Szene noch mit Hinweisen auf grüne Smoothies und ausgiebige Wanderungen ausschmücken würden. Trotzdem neigt Helen den Kopf und schließt die Augen.

»Ich fühle mich … ausgeglichen«, sagt sie. »Als würde mich etwas nach unten ziehen und etwas anderes nach oben, und ich bin genau … hier.« Sie berührt ihre Brust, öffnet die Augen und sieht sich ein wenig verlegen um. Doch Nicole nickt, als wäre das alles völlig nachvollziehbar.

»Und wenn du daran denkst, in L.A. zu bleiben?«

Helen erschaudert unwillkürlich und schließt fest die Augen. Sie spürt, wie sie die Stirn runzelt, und versucht, sie zu glätten, aber irgendwie lenkt das ihre Gedanken auf *Grant*. Sie nimmt einen tiefen Atemzug und schluckt, und es ist mit einem Mal zu viel. Ihre Brust ist zu voll und ihr Kopf zu eng für all die Gedanken, und sie will nach Luft schnappen, was sie im nächsten Moment auch wirklich tut. Und plötzlich fließen wie aus dem Nichts Tränen über ihre Wangen, und ihre Augen sind nicht mehr geschlossen, aber sie kann nichts sehen, bloß das Blumenmuster von Nicoles marineblauer Schlafanzughose, und Nicole murmelt: »Ach, Schätzchen«, und streichelt ihre Haare, als würde sie ein verängstigtes Tier beruhigen, das sich auf ihrem Schoß zusammenkauert.

»Ich habe ihn geliebt. Ich habe ihn wirklich geliebt«, brabbelt sie mit dem Gesicht an Nicoles Schlafanzughose.

»Ich weiß«, erwidert Nicole sanft.

»Ich habe ihn geliebt, und er hat mich geliebt, und jetzt ist es vorbei, und ich bekomme es nie wieder«, schluchzt sie.

»Das weißt du nicht«, sagt Nicole.

»Doch«, erwidert Helen. »Er hasst mich jetzt. Und ich hasse mich auch. Ich alberne, dämliche Heulsuse.«

»Jaa«, meint Nicole mitfühlend. »Ich meine, ich weiß nicht. Du solltest dich nicht selbst hassen.«

»Das Schlimmste ist, dass ich glaube, dass er es ernst gemeint hat«, fährt Helen fort. »Ich glaube, er würde mich tatsächlich zurücknehmen, wenn ich ihn darum bitte, aber irgendwann würde er eine coole, hippe Regisseurin treffen, die ihn richtig umhaut und nicht mit der Familie und der Geschichte zurechtkommen muss, mit der ich mich herumschlage, und er könnte mit ihr glücklich sein, aber er wird es nicht in Erwägung ziehen. Aber ich wüsste tief im Inneren, dass ich ihn davon abhalte, mit derjenigen zusammen zu sein, zu der er gehört, und es, es …« Helen holt einige Male tief und zitternd Luft.

»Das ist gerade eine echt coole Fan-Fiction-Geschichte, die du dir da zusammenreimst, Schätzchen«, meint Nicole und massiert sanft Helens Rücken. »Ich will unbedingt wissen, wie es weitergeht. Also?«

»Und es würde mich umbringen«, sagt sie. »Das Wissen, dass ich zwischen Grant und seinem Happy End stehe.«

»Und deshalb hast du getan, was du getan hast«, meint Nicole.

»Ich habe ihm nie gesagt, dass ich ihn auch geliebt habe.«

»Aber er weiß es.«

»Aber ich habe es ihm nie *gesagt*. Warum konnte ich es ihm nicht sagen?« Helen ist klar, dass sie bloß wirres Zeug redet, und sie weint um den Verlust ihrer Worte, und um ihn, und weil es sich anfühlt, als wäre alles gerade mal so außer Reichweite, bis sie schließlich keine Tränen mehr in sich hat.

Nicole bringt ihr einen Becher Tee und meint sanft: »Also ich würde sagen, dass New York das Rennen macht.«

Dunollie im Frühling, das ist hauptsächlich schmutzig grauer Himmel und Nebel, vor allem oben auf dem Hügel, aber Grant stellt fest, dass es ihm nicht wirklich etwas ausmacht.

»Ich hatte gehofft, dass du die kalifornische Sonne mitbringst«, sagt seine Mom und drückt ihm einen Kuss auf die Wange. Er hat das Gefühl, als müsste er sich in letzter Zeit weiter nach unten beugen, damit sie ihn küssen kann, und der Gedanke macht ihn trauriger als die Tatsache, dass sie ihr großes Haus bald für immer verlassen werden.

Überall stehen Umzugskartons, sein Blick fällt auf achtlos verstreute Reste von Luftpolsterfolie, und er hat keine Ahnung, wie es Lisa Shepard schaffen will, in zwei Wochen alles von hier fortzuschaffen. Doch als er in den Keller geht, zuckt er überrascht zurück.

»Wow«, haucht er unwillkürlich.

»Ich weiß«, sagt sie, nachdem sie neben ihn getreten ist, und sie betrachten beide den großen leeren Raum.

Grant war früher immer eifersüchtig auf seine Freunde, die ausgebaute Keller mit Teppichboden, gedämpftem Licht und Heimkino zu Hause hatten, wo sie abhängen konnten, ohne dass ihre Füße einfroren. Sein Keller war seit jeher ein kalter, immer irgendwie feuchter Raum, wo alles landete, was seine Eltern nicht mehr im Haus haben wollten. Grants alte Fahrräder, Dads Quittungen, Moms Kisten voller Familienfotos und die Geister vergangener Weihnachten.

Mittlerweile sieht der Keller aus wie eine leere Leinwand, und vielleicht verlegt die nächste Familie, die hier einzieht, einen Teppichboden und installiert eine Heizung und ein Heimkino. Er runzelt die Stirn, als ihn mit einem Mal das Heimweh packt.

»Wer hat das Haus gekauft?«, will er wissen, und seine Stimme klingt rau und fremd.

»Ach, ein hinreißendes junges Paar«, antwortet Mom und führt ihn wieder nach oben. »Frisch verheiratet und schrecklich verliebt. Sie haben sich auf dem College kennengelernt, sich getrennt und wieder zusammengefunden. Eine tragische Geschichte, aber wenn sie es jetzt im Nachhinein erzählen, klingt es so witzig. Ihre Kinder werden sicher richtige Komiker.«

Grant nickt und folgt ihr an den Umzugskartons vorbei ins obere Stockwerk.

»Ich habe deine Kartons in dein Zimmer gestellt.« Sie deutet mit der Hand auf die zweite Tür auf der rechten Seite. »Dein Bett habe ich bereits verkauft, weil ich nicht dachte, dass du noch einmal zurückkommst. Aber die Couch ist noch da, und irgendwo habe ich sicher noch deinen alten Schlafsack.«

»Du meinst den aus der siebten Klasse?« Grant hebt eine Augenbraue.

»Ja, ja, schon gut«, meint Mom.

Kurz darauf fährt er noch mal los, um sich eine aufblasbare Matratze zu besorgen, die nützlich genug erscheint, um sie anschließend mitzunehmen. Mom hat ihm außerdem eine Liste für den Supermarkt mitgegeben – Tiefkühlpizzen, Grillhähnchen und solche Dinge. Er erinnert sich plötzlich daran, wie er im letzten Sommer vor dem College auf dem Parkplatz dieses Supermarkts mit Lauren DiSantos abhing, und mit einem Mal will er so schnell wie möglich raus aus New Jersey.

»Entschuldigen Sie, könnten Sie mir die Kuchenmischung dort oben aus dem Regal holen, bitte?«

Grant senkt den Blick, und es ist, als hätte jemand einen Eimer Eiswasser über ihm ausgeschüttet. Es ist Helens Mutter, und sie wirkt genauso überrascht, ihn hier in dem Gang mit den Backzutaten zu sehen. Ihm fällt ein, dass er eine Baseballkappe trägt, und er fragt sich kurz, ob er sich bei ihr entschuldigen soll, weil er sie unwissentlich hinters Licht geführt hat. Stattdessen streckt er die Hand nach der Backmischung im obersten Regalfach aus. »Diese hier?«

Er wendet sich wieder an Helens Mutter und erwartet beinahe, dass sie verschwunden ist. Doch sie ist noch da und nickt stumm. Grant reicht ihr die Packung, und sie nimmt sie entgegen. Sie sieht nicht zu ihm auf, bleibt allerdings wie angewurzelt stehen und starrt auf die Backmischung hinunter. Dann öffnet sie mehrmals den Mund und schließt ihn wieder, und er ist sich nicht sicher, ob sie nach Luft schnappt oder etwas sagen will.

Wie geht es ihr?, will er fragen, aber er tut nichts dergleichen.

Helens Mutter legt die Packung in ihren Einkaufswagen, wendet sich ruckartig ab und lässt ihn allein im Gang zurück.

Ihm wird klar, dass das vermutlich gerade das erste Mal war, dass er ihre richtige Stimme gehört hat.

Grant bringt die Matratze in sein Zimmer, bläst sie auf und starrt danach so lange die Couch an, dass er schon glaubt, er könnte die Geister von Helen und sich heraufbeschwören, wenn er sich nur genug anstrengt. Er schluckt, als er an diesen Abend denkt – er hat ihn in Gedanken schon so oft durchlebt, dass ihn die Erinnerung vermutlich bis nach L.A. zurückverfolgen wird.

Am darauffolgenden Montag beschließt er, mit dem Zug in die Stadt zu fahren, und seine Mom sieht ihn überrascht an.

»Aber du hasst New York«, sagt sie, und sie hat nicht ganz unrecht damit.

Nachdem er aus der Penn Station getreten ist, tragen ihn seine Beine automatisch die Seventh Avenue entlang. Er biegt am Times Square nach rechts und geht vorbei an den Touristen, den wandelnden Werbeflächen für diverse Comedy-Shows und den Broadwayschildern, bis er an den grünen Picknicktischen im Bryant Park angelangt ist.

»Ich habe oft in der Public Library neben dem Bryant Park geschrieben«, hat Helen einmal in einem Podcast erzählt, den er sich neben ihr angehört hatte, um sie zu ärgern, weil er die sanfte Röte liebte, die ihre Wangen färbte, wenn sie verlegen wurde. »Die Mittagspausen habe ich immer im Park verbracht und den alten Männern beim Schachspielen zugesehen.«

Er kauft sich ein Sandwich an einem Kiosk, obwohl es erst Viertel vor elf ist und er kaum ältere Männer sieht, die Schach spielen. Er fragt sich, ob eine Welt existiert, in der sich ihre Wege auf andere Art hätten kreuzen können. Er war in den letzten sechs Jahren vielleicht ein halbes Dutzend Mal aus beruflichen Gründen und meist gegen seinen Willen in der Stadt und hat es jedes Mal gehasst. Er war sogar hier im Bryant Park und hat an genau diesen Picknicktischen gesessen. Aber hätte er sie in der Menge erkannt? Und falls ja, hätte er irgendetwas gesagt? Was, wenn sie einander nicht aus der Highschool kennen würden? Was dann? Hätte ein essenzieller Teil in ihm dennoch diesen einen essenziellen Teil in ihr erkannt?

Er verbringt die nächsten Stunden in der Public Library, wandert durch das labyrinthähnliche Gebäude und von einem Stockwerk ins nächste und fragt sich, wo Helen am liebsten gearbeitet hat. Es ist offensichtlich, dass ihre Serie von dem herrlichen Gebäude im Beaux-Arts-Stil, den Marmorhallen, den vergoldeten Decken und der kirchenähnlichen Atmosphäre beeinflusst wurde, die jeden sofort nur noch im Flüsterton reden lässt, sobald er durch die Eingangstür getreten ist. Die Bibliothekarin erklärt ihm, dass es keine Young-Adult-Abteilung gibt, da es sich um eine Forschungsbibliothek handelt, also kauft er im Shop im Untergeschoss einen Stoffbeutel und einen Kühlschrankmagnet und zieht weiter in die bedrückend moderne Verleihbibliothek auf der anderen Straßenseite. Er sucht nach den *Ivy-Papers*-Büchern, und als er sieht, dass nur zwei Bände der vierteiligen Serie verfügbar sind, wandert sein Mundwinkel nach oben. Sie ist noch immer gefragt. Er nimmt das dickere Buch der beiden – der zweite Band, den sie persönlich am wenigsten mag – und macht sich auf die Suche nach einem freien Stuhl.

Den Nachmittag verbringt er damit, die Zeilen zu lesen, die Helen Zhang geschrieben hat. Manchmal hört er ihre Stimme, wenn die beste Freundin und ihr Schwarm zu Wort kommen. Er ist ihr so nahe wie schon seit langer Zeit nicht mehr, und er genießt das Gefühl, auch wenn es wehtut. Die Sonne steht bereits tief am Himmel, als er die Bibliothek verlässt und sich langsam auf den Rückweg zur Penn Station macht.

Er ist kurz davor einzudösen, als er einige Zeit später im Zug sitzt und aus dem Fenster blickt, doch plötzlich setzt sein Herz aus.

Dort auf dem Bahnsteig steht eine Frau, die gerade aus dem gegenüber eingefahrenen Zug gestiegen ist. *Aber das ist sie ganz bestimmt nicht.* Abgesehen davon, dass sie … *Ja, sie ist es.*

Helen. Sie trägt den vertrauten grauen Wollmantel und eine Schlinge um den Arm. Ihre Haare fallen offen über ihre Schultern, sie wirkt genervt, und er weiß tief in seinem Inneren, dass sie es ist.

Der Signalton des Zugs erklingt, und genau in diesem Moment hebt sie den Blick und sieht in seine Richtung, als wüsste sie ganz genau, wo er sich befindet. Er sieht die Überraschung auf ihrem Gesicht und wie ihr Mund aufklappt, bevor sich ihre Stirn in Falten legt.

Er steht auf und geht den Mittelgang entlang.

Sie eilt ebenfalls auf den Zug zu, der sich allerdings gerade in Bewegung setzt. Er spürt, wie Panik in ihm hochsteigt. Panik, dass er sie vielleicht nie mehr wiedersehen wird. Dass sie nicht einmal wirklich da ist. Dass sie bloß ein Trugbild ist, das sein Gehirn heraufbeschworen hat, nachdem er den ganzen Tag lang ihren Spuren gefolgt ist.

Aber sie sieht ihn auch, und er weiß, dass es real ist. Er schlägt die Hände ans Fenster, als er am Ende des Zuges angekommen ist, und erkennt sie am Ende des Bahnsteiges. Sie wird kleiner und kleiner, und er glaubt zu sehen, wie sie nach ihrem Handy greift, doch als er auf sein eigenes Handy blickt, hat er keinen Empfang. Die Stimme aus dem Lautsprecher heißt ihn im Zug willkommen.

Als sie aus dem Tunnel kommen und das strahlende Blau des Himmels in den Zug fällt, holt er sein Handy hervor und wartet angespannt, dass sich der Empfang aufbaut. Nichts. Je weiter sich der Zug von der Stadt entfernt, desto unsicherer ist er, dass er sie tatsächlich gesehen hat. Er hat keine verpassten Anrufe, Voicemails oder Nachrichten, obwohl er mittlerweile ausreichend Empfang hat. Als der Zug in Westfield einfährt und der Empfangsbalken auf drei Striche angewachsen ist, ist ihm alles egal, und er wählt ihre Nummer.

»Hallo, hier ist Helen. Bitte hinterlassen Sie eine Nachricht nach dem Signalton.«

Ihm ist durchaus bewusst, dass es zweimal geklingelt hat, bevor die Mobilbox ranging, und die Gewissheit, dass sie ihn abgewiesen hat, versetzt ihm einen Stich. Er schluckt.

Genug.

Nachdem er in Dunollie aus dem Zug gestiegen ist, löscht er ihre Nummer.

Helen wirft der Bibliothekarin einen entschuldigenden Blick zu und sieht eilig auf ihr Handy. *Ein verpasster Anruf. Grant Shepard.*

Sie hat seinen Namen schon so lange nicht mehr auf dem

Display ihres Handys gesehen, dass sie beinahe einen Herzinfarkt bekommt. Es war also wirklich er, vorhin in diesem Zug, während sie auf dem viel zu heißen Bahnsteig zwischen viel zu vielen Menschen gestanden hat und viel zu viele Millimeter Glas zwischen ihnen waren, um sich sicher zu sein, dass es nicht nur ein Geist war.

Sie steckt ihr Notizbuch zitternd zurück in ihre Tasche und schlüpft umständlich in ihren Mantel. Dann verlässt sie ihre Lieblingsbibliothek, so schnell sie kann, was – wie sich herausstellt – nicht wirklich schnell ist.

Als sie endlich im Erdgeschoss angekommen ist, keucht sie panisch, und als sie schließlich hinaus auf die Fifth Avenue tritt, sehen die Leute sie an, als müssten sie Hilfe holen.

Sie ruft ihr Anrufverzeichnis auf, und ihr Daumen schwebt über seinem Namen.

Sie ist sich sicher, dass er abheben würde. Sie würde ihn anrufen, und er würde abheben, und sie würde ihm sagen, dass sie wieder in ihre alte Wohnung in New York zurückgekehrt ist, die sich nicht mehr wie ihr Zuhause anfühlt, und dass sie ihn so sehr vermisst, dass ihr Herz rund um die Uhr schmerzt, und dass sie ihn so sehr liebt, dass sie sich manchmal nicht vorstellen kann, jemals wieder glücklich zu sein. Er würde zu ihr zurückkommen, und sie würde das für morgen geplante Versöhnungsessen mit ihren Eltern abblasen, und sie könnte ihn endlich wieder berühren und ... und ... und ...

Sie würde es ihnen beiden unmöglich machen, über alles hinwegzukommen und weiterzuziehen.

Lass ihn gehen!, ruft sie sich mit strenger Stimme in Erinnerung. *Er verdient ein glückliches, normales Leben mit einer glücklichen, außergewöhnlichen Frau.*

Die Frau, die Grant verdient, würde ihn an der richtigen Küste finden, an der Küste, die er sein Zuhause nennt, und er würde seine Arme für sie ausbreiten, und sie würde in ihnen versinken und sofort wissen, dass es für sie keinen schöneren

Platz auf dieser Welt gibt. Sie würde nicht gegen schreckliche, verwirrende Gefühle ankämpfen, die ihr einerseits zur Flucht raten und andererseits wollen, dass sie in ihm versinkt, und sie würde sich am Ende nicht für die Flucht entscheiden. Die Frau, die Grant verdient, würde wissen, was sie an ihm hat, *während* sie ihn hat, und würde nicht wochenlang warten, bevor sie schließlich in der Badewanne um ihn weint, und zwar so lange, dass sie nun weiß, wie ihre Zehen aussehen würden, wenn sie ertrinkt. *Die Frau, die Grant verdient, würde zu einer Art von Liebe fähig sein, die kleinen Schwestern einen Grund gibt, am Leben zu bleiben.*

Grant Shepard hat ein Hollywood-Happy-End verdient, mit bombastischer Musik, einem Kameraschwenk und einem Kuss im Regen. Einen Film mit einem weichgezeichneten Epilog, in dem er mit seinen Kindern scherzt und die Familie im Sommer im Garten an einem Tisch sitzt, während die Credits über den Bildschirm laufen.

Und Helen Zhang war von Anfang an nicht für ein solches unkompliziertes Happy End geschaffen.

Kapitel 31

Helen bringt Cupcakes aus der Magnolia Bakery zum Abendessen bei ihren Eltern mit und erinnert sich, wie sie einmal am Weihnachtsmorgen zusammen mit Michelle versucht hat, die Buttercreme in ihrer Familienküche nachzukochen und es herrlich süß nach warmer Vanille duftete. Helen wird heute Nacht nicht hier schlafen, sie hat den mutigen Entschluss gefasst, einen Ausflug in die Airbnb-Welt ihrer alten Heimatstadt zu wagen.

Das Haus, das sie ausgesucht hat, befindet sich in einem Teil der Stadt, mit dem sie nicht so vertraut ist wie mit anderen, und die verspielten Blumenvorhänge und rosafarbenen Teppiche erinnern sie an Mrs Stover, die an ihrer alten Highschool Geometrie unterrichtet und ebenfalls eine Vorliebe für verspielte Blumenmuster gehabt hat. Der Besitzer ist ein ehemaliger Pole Ende fünfzig, dessen Kinder mittlerweile auf dem College sind. Bei ihrer Ankunft hat er Helen mit warmen Keksen begrüßt. Er hat sie gefragt, womit sie ihr Geld verdient, und sich die Titel ihrer Bücher notiert, um sie an seine Tochter an der Columbia zu schicken.

Mom öffnet die Tür, nachdem Helen geklingelt hat, und mustert sie von Kopf bis Fuß.

»Ich habe schon einen Kuchen gebacken«, sagt sie, nimmt den Karton mit den Cupcakes aber trotzdem entgegen.

»Ich freue mich auch, dich zu sehen, Mom«, meint Helen, während sie aus ihren Schuhen schlüpft.

Sie widersteht dem Drang, nach oben in Michelles altes

Zimmer zu laufen, und folgt ihrer Mutter stattdessen in die Küche, wo mehrere Pfannen und Töpfe vor sich hin köcheln und es lecker nach Sojasauce, Ingwer und Frühlingszwiebel duftet. Dad sitzt auf der Couch und sieht sich eine Schwarzkopie irgendeiner chinesischen Historienserie auf dem iPad an. Er hebt beiläufig die Hand zum Gruß.

»Wie läuft es bei der Arbeit?«, fragt Helen ihn zuallererst.

Offenbar läuft es nicht sonderlich gut, denn er ist der Meinung, dass er aufgrund seiner Englischkenntnisse in seiner derzeitigen Firma keine Aufstiegsmöglichkeiten mehr hat und langsam zu alt wird, um genauso viel Eindruck zu machen wie die Kids, die direkt aus dem College ins Arbeitsleben einsteigen. Er überlegt, zu Hause in China ins Start-up-Business einzusteigen, weil es dort mehr Möglichkeiten für jemanden wie ihn gebe und seine Englischkenntnisse mehr gewürdigt werden würden.

»Ich finde, dein Englisch ist toll«, erklärt Helen und meint es auch so.

Dad murmelt etwas vor sich hin und fragt, wie es mit der Serie vorangeht.

Helen erzählt von der Nachproduktion und dass das Programm, das sie verwendet, um an den Sitzungen teilzunehmen, schrecklich störanfällig und grauenhaft langsam ist und sie sich manchmal fragt, ob es den Aufwand wirklich wert ist und sie überhaupt dabei sein sollte. Sie erzählt, dass Suraya manchmal, wenn eine Sitzung mal wieder viel zu lange dauert, einfach aufsteht, um das Abendessen für ihre Kinder zu kochen, und dass Helen in solchen Fällen das Kommando übernimmt. Es ist jedes Mal ein tolles Gefühl, wenn sie und der leitende Filmeditor es sich an ihren jeweiligen Küsten bequem machen und sich über irgendwelchen Blödsinn aus ihrem jeweiligen Leben unterhalten, während sie darauf warten, dass eine neue Sequenz geladen wird.

Es ist auf gewisse Weise wie eine Therapie, dort auf der

Couch zu sitzen, die Fehler durchzugehen, die während der Dreharbeiten passiert sind, und die guten Dinge herauszufiltern, um anschließend die unbehaglichen Pausen herauszuschneiden und zu erkennen, dass eine perfekte Szene von den verrücktesten Details wie einer Fliege in den Haaren der Schauspielerin ruiniert wurde, oder einen Wutanfall zu bekommen, weil jemand hinter der Kamera während eines wichtigen Monologs einen Karton Äpfel fallen gelassen hat.

Wenn sie dem Editor dabei zusieht, wie er eine Szene umstellt und verändert, bis sie dem, was sie sich vorstellt, so nahe wie möglich kommt, erlebt sie jedes Mal eine Achterbahn der Gefühle. Da ist Aufregung (*Die unbearbeitete Szene ist echt genial!*), Enttäuschung (*Warum hat die Regisseurin ausgerechnet diese Einstellung ausgesucht?*), Frustration (*Ah, deshalb!*), ein Mir-ist-langsam-alles-egal-Gefühl (*Dann nehmen wir eben die seltsame Einstellung mit der Fliege, vielleicht fällt es niemandem auf.*) und am Ende die angenehme Überraschung, dass sich nach ein paar kreativen Kniffen auf der Tastatur am Ende doch alles zusammenfügt.

»Und dein nächstes Buch?«

Auf diese Frage hat Helen noch keine Antwort. Ihre Agentin meinte, dass sie vermutlich als Drehbuchautorin für andere Serien Fuß fassen könnte, wenn sie das will – »Wir bräuchten nur jemanden, der dich in L.A. vertritt, wenn du daran Interesse hättest.« Und sie hat tatsächlich mit der Idee geliebäugelt, aber in Wahrheit kann sie sich nicht vorstellen, wie ein solches Leben aussehen würde. Sie weiß nicht, ob sie es schaffen würde, in fließenden Übergängen von einer Serie zur anderen zu wechseln und es nicht so tragisch zu nehmen, weil es »nicht ihr Baby« ist und sie nur dort ist, um ihre Arbeit zu machen. Sie geht davon aus, dass sie einiges lernen würde, wenn sie für andere Leute arbeitet – für eine zweite Suraya vielleicht –, aber sie fragt sich auch, ob sie wirklich etwas Neues lernen will oder ob sie lieber einen Weg finden möchte, um das Problem zu lösen, das sie davon abhält, ihren richtigen Job zu machen, den sie einmal so sehr geliebt hat (*Und den du immer noch liebst*, wendet ihr Herz wie aus Reflex ein, und sie denkt: *Sei still, wir reden hier nicht von ihm!*).

»Ich habe immer noch nicht herausgefunden, in welche Richtung es gehen soll«, erklärt sie Dad, und Mom klatscht in der Küche in die Hände, um ihnen mitzuteilen, dass das Abendessen fertig ist.

Am Tisch wiederholt sie im Prinzip das, was sie Dad erzählt hat, noch einmal für ihre Mutter, die nickt und blinzelt und manchmal so aussieht, als würde sie über unzählige andere Dinge nachdenken, während Helen spricht, doch am Ende sagt sie: »Du wirst es schon bald herausfinden. Das tust du doch jedes Mal.«

Helen stellt überrascht fest, dass sich eine plötzliche Wärme in ihrer Brust ausbreitet, und sie erwidert ehrlich berührt: »Danke, Mom.«

Die winkt ab, als müsste sie eine Fliege verscheuchen, und ein vertrautes Gefühl erfasst Helen. *So sieht es also aus, wenn wir uns als Familie wieder versöhnen.*

»Es tut mir leid«, sagt sie, denn sie verspürt plötzlich das dringende Bedürfnis, die Worte laut auszusprechen. »Es tut mir leid, was ich an dem Tag im Krankenhaus gesagt habe. Ich war wütend und verletzt, und ich … ich wünschte, ich hätte mich besser im Griff gehabt und nicht versucht, euch dieselben Verletzungen zuzufügen, die mich quälen.«

Dad schenkt ihr ein knappes, verlegenes Nicken, während Mom aufspringt und die Schüsseln in die Küche bringt.

»Zeit für den Kuchen«, erklärt sie schroff, ohne Helen anzusehen.

Es ist eine *Angel Food Cake* aus einer Backmischung von Betty Crocker, und Helen erinnert sich, wie Mom und sie diesen Kuchen gemeinsam gebacken haben, als sie noch klein war – so klein, dass Michelle noch nicht mithelfen konnte. Sie hat zugesehen, wie ihre Mutter die Eier aufschlug, und war fasziniert, wie »magisch« sie aussahen – die goldenen Dotter gefangen in dieser klaren Aura. Sie hatte das Wort »Aura« aus einem Zeichentrickfilm, und es klang so unglaublich elegant, dass sie es ein ganzes Jahr lang bei jeder Gelegenheit benutzte. Mom zeigte ihr, wie man die Eier und das Kuchenmehl mit den Essstäbchen vermischte, und führte sie an das Konzept von Bindemitteln und chemischen Reaktionen heran, und danach saß Helen im Schneidersitz vor dem Backofen, während ein köstlicher, goldbrauner, süßer Duft die Luft erfüllte. Sie weiß noch, wie sie dachte: *So fühlt es sich an, wenn man wirklich glücklich ist*, und sie fragt sich, ob sie sich im Unterbewusstsein immer noch an dieses Gefühl erinnert, wenn sie im Supermarkt an den Backmischungen vorbeigeht, ohne eine zu kaufen.

Ein seltsamer Ausdruck huscht über Moms Gesicht, als Helen fragt, ob sie ein Stück Kuchen für ihren Airbnb-Gastgeber mitnehmen darf, doch am Ende schnaubt sie nur und meint: »Wenn du willst.«

Mom verschwindet, um das Geschirr zu spülen und es anschließend zum Aufbewahren in die Spülmaschine zu stellen, und Helen sitzt mit ihrem Kuchen und dem Tee Dad gegenüber, der stirnrunzelnd auf sein Handy starrt. Nachdem sie den Tee getrunken hat, geht sie zu Mom in die Küche und trocknet die Tassen und Becher, die ihre Mutter abstellt.

»Das ist nicht nötig«, sagt Mom.

»Als hätte dich das jemals davon abgehalten«, erwidert Helen, und sie glaubt, die Spur eines Lächelns auf Moms Gesicht zu entdecken.

Sie arbeiten schweigend, und schließlich holt Mom einen Tritthocker. Helen versucht, es ihr abzunehmen, aber sie besteht darauf – »Ich weiß, wo die Sachen sind« – und holt eine alte Tupperdose aus einem der oberen Schränke.

»Warum verstaust du diese Dinge so hoch oben, wo du

nicht hinkommst?«, fragt Helen, und Mom gibt ein leises »Ha« von sich.

»Wir brauchen jede Menge Dinge, und es gibt nicht immer genug Platz, um alles dort unterzubringen, wo man es mühelos erreichen kann«, erklärt sie. »Ich hole sie mir, wenn ich sie brauche«, fährt sie fort, und es klingt beinahe wie eine Metapher.

Die Tupperdose wird sorgfältig gewaschen und mit einem Papiertuch getrocknet, bevor Mom ein großes Stück Kuchen abschneidet.

»Für deinen Airbnb-Gastgeber«, sagt Mom und blinzelt hektisch.

Helen beginnt beinahe zu weinen, als sie daran denkt, wie oft sie im Laufe der Jahre Obst, Kuchen und Süßes ausgetauscht haben, anstatt »Es tut mir leid« oder »Ich hab dich lieb« zu sagen, und sie entschuldigt sich und verschwindet auf die Toilette, bevor sie losfährt.

Zurück in ihrem vorübergehenden Schlafzimmer schlüpft sie in ihr gestohlenes Lieblings-T-Shirt (sie hat auch ein Flanellhemd zu Hause, das er bei ihr vergessen hat, aber sie hat es nicht eingepackt) und putzt sich die Zähne.

Als sie schließlich in das knarrende Bett kriecht, denkt sie an die alte Festplatte und an die grauenhaften letzten Worte, die sie nicht löschen kann.

Manchmal wünschte ich, du wärst nicht meine Schwester.
Wäre es nach mir gegangen, hätte ich keine.

Helen überlegt, was sie Michelle sagen würde, wenn sie nur noch ein einziges Gespräch miteinander führen dürften. Sie würden nicht in der Vergangenheit verweilen. Sie würde ihr von Dad erzählen, und dass es ihr Sorgen bereitet, wie schnell er altert. Sie würde ihr von Moms abfälligem Kommentar erzählen, als sie Helens Cupcakes gesehen hat, und Michelle würde »blöde Kuh« zischen und die Augen verdrehen. Helen würde ihr gestehen, dass sie dieses Mal nicht oben in Michelles altem Zimmer war, um ihr Respekt zu erweisen, und sie würden sich fragen, warum sie das seltsame Gefühl hat, sie müsste sich dafür entschuldigen. Sie würde Michelle von Grant erzählen und ihre Schwester fragen, ob sie die Sache mit ihm vermasselt habe, und Michelle würde sagen: *Ja, klar, aber ich vergebe dir, dass du so oft mit ihm im Bett warst und dich in ihn verliebt hast.*

Na ja, den letzten Punkt vielleicht nicht.

Helen nimmt ihr Handy, öffnet Facebook und scrollt sich durch ihre alten Fotos. Sie sieht zu, wie sie immer jünger und jünger wird, bis sie bei den ersten Fotos aus dem Jahr 2007 angekommen ist. Sie hat viel zu knochige Ellbogen und einen breiten, zu beiden Seiten frisierten Pony und neigt den Kopf, um ihn an den Kopf ihrer Schwester zu drücken. Michelle trägt einen unheimlich professionell aufgetragenen Lidstrich, wenn man bedenkt, dass es damals noch keine Schmink-Tutorials auf YouTube gab, hat die Haare zu einem hochangesetzten Pferdeschwanz gebunden und sieht unglaublich cool aus. Helen trägt eine Wollweste und Perlenschmuck, und sie erinnert sich dunkel, dass das Foto entstand, bevor sie zur Begrüßungsveranstaltung der *National Honor Society* an ihrer Highschool aufbrachen.

Es war ein verheißungsvoller Tag, bevor die Stimmung beim Abendessen kippte, weil Michelle mit Mom und Dad in Streit geriet, nachdem sie etwas Unangebrachtes zur Kellnerin gesagt hatte. Helen war unglaublich wütend auf ihre kleine Schwester, die immer einen Weg fand, damit sich am Ende alles um sie drehte. Trotzdem hat sie das Foto als Profilbild ausgewählt, weil ihre Wangenknochen so gut darauf aussahen.

Ich vermisse dich, denkt sie, und es fühlt sich nicht mehr so unerträglich an, es zuzugeben.

Helen holt tief Luft und tut das Einzige, was ihr in diesem Moment logisch erscheint. Sie öffnet die Notizfunktion und schreibt.

Liebe Michelle,

Sie hält inne und überlegt, wie es weitergehen könnte. Wie sie sich ihrer kleinen Schwester nach all der Zeit annähern soll.

Liebe Michelle,

du verdammte Idiotin.

Nein, das klingt eher nach etwas, das Michelle gesagt hätte. Helen lacht auf, und es hört sich seltsam an in diesem kalten, leeren Raum, in dem es nicht einmal die Hoffnung gibt, dass alte, vertraute Geister auftauchen. Dann beginnt sie von Neuem.

Liebe Michelle,

es ist schon eine Weile her …

.

Kapitel 32

Vier Monate später

Als Helen im August für die Promo-Tour und die Premiere nach L.A. zurückkehrt, landet ihr Flugzeug auf dem Bob Hope Airport in Burbank. Der Flughafen ist um einiges kleiner als erwartet. Tatsächlich ist es der kleinste Flughafen, den sie je gesehen hat und der diesen Namen überhaupt verdient hat. An den Wänden kleben sandfarbene Stofftapeten, die aussehen wie aus der Zeit von *Mad Men* und seitdem offenbar auch nicht mehr gereinigt wurden. Es gibt genau einen Kiosk ohne brauchbares Essen, und sie beschließt, nicht im letzten Moment fünf Dollar für eine Flasche Wasser auszugeben. Allerdings braucht sie für den Weg vom Gate zum Gepäckband nicht einmal eine Minute, und das Büro der Autovermietung ist direkt mit dem Shuttle-Bus zu erreichen. Vermutlich hätte sie auch zu Fuß gehen können.

Es ist ein guter Flughafen, und sie ist froh, dass sie eigens einen Flug hierher angefordert hat. Sie bleibt bloß zwei Wochen in L.A. – das Studio übernimmt sämtliche Kosten und hat ihr einen vollgestopften zehntägigen Terminplan gemailt, in dem sämtliche Interviews, Fototermine mit den Schauspielern, Frühstücksverabredungen, Lunchmeetings, Dinnerpartys und Drinks mit verschiedensten Leuten (Produzenten, Presse, Schauspielern) vermerkt sind, sodass kaum Zeit bleibt, an Grant Shepard zu denken – und wenn sie es doch tut, kreisen ihre Gedanken stets um den *Ivy-Papers*-Premierenabend (*kommenden Mittwoch, 24. August, 19 Uhr, Holly-wood Roosevelt Hotel*) und die Frage, ob er dort sein wird oder nicht.

Helen versucht, sich auf Dinge wie ihr Outfit zu konzentrieren (Nicole überzeugt sie davon, mit einer Stylistin zusammenzuarbeiten), und überlegt, was sie den Anwesenden sagen will (sie schreibt eine kurze Rede über Dankbarkeit und Träume, die wahr werden) und was sie mit ihren Haaren anstellen soll (*Was würde Grant besser gefallen?*, denkt sie, um den Gedanken eilig zu verdrängen und zu beschließen, die Haare offen zu tragen. Oder doch hochgesteckt?).

Sie fragt sich, ob er jemanden zur Premiere mitbringen wird, und ruft sich im nächsten Moment mürrisch in Erinnerung, dass es ja genau das ist, was sie sich für ihn gewünscht hat. Sie ist nicht naiv und weiß, dass jemand wie Grant Shepard nicht lange auf dem Markt bleiben wird (*Du bekommst mich weit unter dem Marktwert*, hat er einmal zu ihr gesagt). Wenn er also jemanden mitbringt, wird sie lächeln und nicken und freundlich sein.

Die darauffolgenden eineinhalb Wochen denkt sie sich auf den Fahrten zu den Meetings und während der Spaziergänge ins nächste Restaurant ganze Dialoge aus, die sie mit Grant und seinem fiktiven Date führen könnte.

Es freut mich sehr, dich kennenzulernen, erklärt sie der gesichtslosen, auf mühelose Weise perfekt aussehenden Gestalt. *Grant hat großes Glück, mit dir hier zu sein.*

Ja, Grant und ich kennen uns von der Highschool, bestätigt sie der Frau, die ganz sicher existiert. *Nein, wir haben damals nicht viel miteinander geredet. Während der Arbeit an dem Drehbuch hatten wir natürlich mehr Kontakt. Schon witzig, wenn man plötzlich jemanden aus der Vergangenheit wiedertrifft.*

Nein, ich bin nicht in deinen zukünftigen Ehemann verliebt, erklärt sie dem Paradebeispiel femininer Herrlichkeit, die das Gesicht von Natalie Portman und die Mildtätigkeit von

Mutter Teresa besitzt. *Wenn ihr mich zu eurer Hochzeit einladet, komme ich natürlich sehr gern.* Ich freue mich so für dich, versichert sie Grant in Gedanken immer und immer wieder. *Ich? Ach, mir geht es wirklich sehr gut.* Aber hier bekommt sie den Tonfall einfach nicht hin. Vielleicht sollte sie etwas anderes versuchen. *Ich? Ich bin mir nicht sicher, wie ich jemals wieder etwas empfinden soll.*

Dabei geht es Helen tatsächlich gut, und sie würde es sofort bestätigen, wenn jemand anderes sie nach ihrem Befinden fragen würde. Das Leben in New York ist wieder genau so, wie sie es sich erhofft hat. Die Tatsache, dass sie nach Hollywood gegangen und wieder zurückgekommen ist, hat sie in ihren alten Autorenkreisen zu so etwas wie einer verlorenen Tochter gemacht, und Helen fiel es überraschend leicht, sich wieder in die alte Version ihrer selbst einzufinden.

»Wir haben dich vermisst!«, rief Pallavi, als sie sich zum Brunch trafen, um Neuigkeiten auszutauschen, als hätte es nie diese seltsame Funkstille zwischen ihnen gegeben. Und vielleicht hat diese auch wirklich nur in Helens Kopf existiert.

»Es ist schön, dass die alte Helen wieder da ist«, meinte Elyse, als sie zum Abendessen vorbeikam. »Gott sei Dank hat Hollywood dich nicht verschluckt.«

Jetzt befindet sich Helen im achten Stock des historischen Hotels (das vermutlich von Geistern heimgesucht wird, wie ihr eine Journalistin verschwörerisch verraten hat), in dem die Presse-Interviews stattfinden, und blickt hinunter auf den Hollywood Boulevard. Sie fährt ihn in Gedanken entlang, vorbei an Palmen und Werbetafeln und biegt auf die vertrauten Straßen, die sie früher zu Grants Haus gebracht haben. Nur fünfzehn Minuten, und sie wäre dort.

Doch dann erklingt das *Ping* des Aufzuges, und sie macht sich auf den Weg zu ihrem ersten Interview.

Heute Abend ist Premiere, und Grant trinkt bereits sein zweites – *Oder sein drittes? Ist doch scheißegal!* – Glas Scotch. Seit dem Tag im Zug sind vier Monate vergangen, und er hat jeden einzelnen Tag damit verbracht, sich zu sagen, dass er endlich in die Gänge kommen soll, dass Helen Zhang ganz offensichtlich nichts mit ihm zu tun haben will und dass er vermutlich eines Tages irgendwo lesen wird, dass sie einen netten, normalen Kerl geheiratet hat, den ihre Eltern vermutlich lieben werden, und Grant wird sich freuen, dass sie endlich das bekommen hat, was sie sich wünscht, weil seine Wunden verheilt sind und er weitergezogen ist. Und jeden Tag vor dem Einschlafen nimmt er sich vor, sich am nächsten Tag mehr anzustrengen.

Vielleicht hat er sich bis zuletzt an diese letzte, kaum vorhandene Hoffnung geklammert, die der heutige Abend darstellt. Und jetzt sitzt er zu Hause in seinem Büro und trägt seinen maßgeschneiderten Anzug, in den er vor zwei Stunden mit der Absicht geschlüpft ist, später auch wirklich das Haus zu verlassen. Vielleicht tut er es ja noch.

Er hat die E-Mail mit der Einladung zur *Ivy-Papers*-Premierenparty schon vor Wochen erhalten, nach einem kurzen Moment des Nachdenkens beschlossen: *Scheiß drauf, ich geh hin*, und sein Kommen ohne Begleitung angekündigt. Er hat zugesehen, wie das Event immer näher rückte – dieser drohende grüne Punkt auf seinem digitalen Kalender schreit lauter *Komm in die Gänge!* als jeder Kaffee. Er hat Helens Instagram-Storys wie eine beschissene Fotomontage seines selbst zugefügten Kummers verfolgt, von ihrer Landung am Bob Hope Airport am Sonntag über die unzähligen Pressetermine bis hin zu den nichtssagenden Schnappschüssen von Meetings und Essenseinladungen in den verschiedensten Restaurants und Dachterrassenbars von Beverly Hills, die sich allesamt verdammt noch mal in der falschen Richtung befinden.

Grant ruft sich in Erinnerung, dass es Teil ihrer Vereinbarung war, den Kontakt vollständig abzubrechen, wenn es erst mal aus war zwischen ihnen. Was auch durch die gähnende Leere in seiner Mailbox bestätigt wird, an der sich in den letzten Tagen nichts geändert hat.

Vergangene Nacht konnte er nicht schlafen – er machte Probleme mit dem dritten Akt des neuen Pilotfilms dafür verantwortlich, an dem er gerade arbeitet –, also ging er in sein Büro und starrte lange Zeit auf das *Scrivener*-Dokument, in dem er seine Notizen und Entwürfe organisiert. Bis ihm einfiel, dass er nur dank Helen überhaupt von dem Textverarbeitungsprogramm erfahren hat. Sie waren gemeinsam in einem Coffee-Shop, um zu arbeiten, und er sprang ständig zwischen zwei Programmen hin und her, bis er merkte, dass sie eine Schreibsoftware verwendete, von der er noch nie etwas gehört hatte.

»So ist es einfacher, die Kapitel im Auge zu behalten, während man den Entwurf für einen Roman erstellt«, sagte sie und erklärte ihm die verschiedensten Funktionen. Es war eine derart geniale Möglichkeit, seine Gedanken zu organisieren, ohne die Festplatte zuzumüllen, dass er das Programm sofort herunterlud.

Doch heute verspürt er das seltsame Verlangen, es jetzt sofort von seinem Laptop zu löschen.

Er lockert seine Krawatte und starrt auf seine Schuhe, die achtlos auf dem Boden liegen. *Steh auf und zieh sie an*, befiehlt er sich vergeblich.

Stattdessen beschließt sein Gehirn, sein neues Lieblingsspiel zu spielen. *Welche Szene kommt als Nächstes?*

Grant versucht, sich abzulenken, doch der Film läuft bereits.

INT. ein verdammt schicker Veranstaltungssaal – NACHT

Grant tritt ein. Er sieht Helen sofort. Sie sieht ihn ebenfalls.

GRANT
Helen. Ich weiß, was du im Krankenhaus gesagt hast, und ich weiß, dass du meinen Anruf weggedrückt hast, als ich dich aus dem Zug angerufen habe, und ich weiß, dass ich seitdem kein verdammtes Wort mehr von dir gehört habe, aber … Du darfst mir noch tausendmal das Herz brechen, wenn ich dafür bloß eine weitere Nacht bekomme.

Helen streckt die Hand aus und legt sie auf Grants Herz. Sie lächelt traurig. Er legt seine Hand auf ihre.

Eine kurze Pause. Sie lächelt erneut, er runzelt die Stirn, und sie drückt ihre Hand weiter und weiter, bis ein PLOPP und ein KNIRSCH erklingen und ihre Hand in seiner verdammten Brust steckt.

HELEN
Tut das weh? Tut mir leid.

Helen reißt Grants blutendes, immer noch schlagendes Herz mit einem triumphierenden Lächeln aus seiner Brust. Sie hält es

einen Moment lang in der Hand, dann nagelt
sie es am Boden fest.

Grant schnaubt. Er nippt an seinem Scotch und geht in Gedanken zur nächsten Szene weiter.

INT. / EXT. Grants Haus – NACHT

Es klingelt an der Tür. Grant öffnet die
Tür. Es ist Helen. Sie starren einander
an. Worte sind nicht notwendig.

Sie treten gleichzeitig aufeinander zu –
aufeinandertreffende Lippen, suchende
Hände, zusammenprallende Körper. Er zieht
sie in sein Haus und reißt ihr die Kleider
vom Leib.

Der Rest dieses Films erhält keine Ju-
gendfreigabe, FSK 18.

Grant wirft einen naiven, hoffnungsvollen Blick zur Tür. Nichts.
Er sieht auf die Uhr. Viertel nach neun.
Die Vorführung ist bereits vorüber. Vermutlich sind schon
alle auf der Aftershow-Party.
Sein Handy piept, und sein Herz macht einen Sprung. Es ist
der alte Chat des Writers' Room, den Owen mit ein paar Fo-
tos wiederbelebt hat, auf denen er mit freiem Oberkörper, einer
Sonnenbrille und einem überheblichen Lächeln zu sehen ist.
Viel Spaß bei der Premiere und liebe Grüße von Bali, steht darunter.
Grant spielt mit dem Gedanken, das Handy von einer
Klippe zu werfen. Aber dafür müsste er aufstehen und das
Haus verlassen.
Er versucht eine letzte Szene …

INT. Grants Büro NACHT

Grant sitzt an seinem Schreibtisch,
durchlebt sämtliche Erinnerungen, die er
an Helen hat, und trinkt, um ihren Geschmack zu vergessen.

Er schreibt in den Chat: Coole Party –
schade, dass ich nicht dabei sein kann!!!

Er googelt die Adresse des Hotels, in dem
die After-Show-Party steigt. Er schickt
ihr einen Strauß Rosen und eine Nachricht.

Grant schenkt sich ein weiteres Glas ein.
Er besäuft sich alleine und bis zur Besinnungslosigkeit. Morgen wird er eine Dating-App herunterladen und swipen, bis er
verdammt noch mal wieder etwas empfindet.

Am Ende entscheidet er sich für den dritten Entwurf.

Mittwoch, 24. August, 21:30 Uhr

> Coole Party – schade, dass ich nicht
> dabei sein kann!!!

Helen starrt auf ihr Handy und die Nachricht in der alten
Writers'-Room-Gruppe – sie ist das erste Lebenszeichen von
Grant seit dem verpassten Anruf in der Public Library in New
York –, und sie hat mit einem Mal das Gefühl zu ertrinken, als
all die unerwünschten Erinnerungen und sinnlosen Gefühle aus

dem verschlossenen Raum in ihrem Inneren schießen, als wäre ein Damm gebrochen. Sie sieht sich auf der lauten, schicken Party um, mit der der Höhepunkt vieler Jahre gefeiert wird. Jahre voller harter Arbeit, in denen der Geist den Körper oft besiegt hat, und voll produktiver Wege, den Schmerz zu nutzen. Der Ballsaal, in dem sie sich befinden, dient seit fast einem Jahrhundert als Ort glitzernder, eleganter Partys, und ihr Vintage-Kleid ist ein eng geschnürtes wunderschönes Stück aus mehrlagig-drapiertem schwarzem Tüll, handbestickt mit winzig kleinen Kristallen. Als sie vor ein paar Stunden hineinschlüpfte, schien es perfekt, doch jetzt fühlt es sich vollkommen unnütz an.

Der Saal gleicht einem sündhaft teuren Blumenmeer, und als ihr Blick auf eine der Eisskulpturen fällt, erliegt sie der Vorstellung, dass sie sich alle auf einem sinkenden Schiff befinden und sie die Einzige ist, die davon weiß.

Ein Kellner kommt mit einem Tablett Austern vorbei, die Discokugel über der Tanzfläche wirft winzige, sich kräuselnde blaue Lichter auf die Menge, und Angst steigt in ihr hoch. *Vielleicht ist es zu spät, und wir sind bereits gesunken.*

Was hast du denn erwartet?

Sie sucht verzweifelt einen Weg aus der Gedankenspirale und entdeckt stattdessen eine kleine, geheime Insel der Hoffnung, die sie die letzten vier Monate offenbar absichtlich ignoriert hat – einen winzigen Teil ihres Unterbewusstseins, der ihr offenbar die ganze Zeit über zugeflüstert hat. *Vielleicht musst du ihn nur wiedersehen und alles wird gut.*

Sie hasst sich für ihre eigene Unbeständigkeit. *Alberne, dumme Helen*, schimpft sie sich selbst. *Hattest du nicht schon längst deine Portion an nutzlosem Bedauern?*

Auf der Tanzfläche liefern sich die Hauptdarsteller der Serie ein Dance-Battle mit Suraya, Tom und Nicole, während Eve und der Rest der Truppe am Rand stehen und übertrieben große Punktekarten in die Luft strecken. Die blau-violetten

Lichtblitze tauchen die bizarre Szene in einen unwirklichen Schein, und Helen überlegt, ob sie hinübergehen, lachen, tanzen und das betäubende, stumpfe Gefühl in sich weitere fünfzehn oder zwanzig Minuten ignorieren soll.

Aber was, wenn es dann schon zu spät ist?

Wenn sie dieses Gefühl auch nur einen weiteren Moment lang ignoriert, wird sie vielleicht nie wieder fähig sein, irgendetwas zu empfinden. Helen weiß das vermutlich deshalb so genau, weil es schon einmal passiert ist, und die lange Zeit zwischen Michelles Beerdigung und den ersten, kaum wahrnehmbaren Gefühlen für Grant glich einer weiten, kargen Ebene des Nichts.

Also schlüpft sie aus ihren Designerschuhen und macht sich auf den Weg zum Aufzug, vorbei an übermäßig vertraulichen Produzenten und neugierigen Fremden, denen sie eilig ausweicht. Die Aufzugtür öffnet und schließt sich, und im nächsten Augenblick ist sie in einer verspiegelten Kiste gefangen und versucht keuchend, die Tränen zurückzudrängen, während der Boden sich ruckartig in Bewegung setzt und langsam und krächzend seine Reise nach oben antritt, wie es alte Aufzüge nun mal tun. Die Tür öffnet sich erneut, und eine Wand voller gerahmter Schwarz-Weiß-Fotografien der noch gar nicht so weit entfernten Vergangenheit Hollywoods zieht verschwommen an ihr vorbei, während sie den mit Teppich ausgelegten Flur entlang zu ihrem Zimmer am Ende des Stockwerkes eilt.

Vor der Tür warten ein Strauß Rosen, eine Flasche Champagner und eine Nachricht.

Gratulation, gute Arbeit!

Alles Liebe
Suraya, Grant, Owen, Nicole, Saskia, Tom,
Eve und die gesamte Ivy-Papers-Familie

Helen ist sich nicht sicher, warum diese Nachricht sofort den ersten Platz der trostlosesten Zeilen einnimmt, die sie in ihrem Leben je gelesen hat, und sie reißt eilig die schwere Mahagonitür auf, ehe jemand sieht, wie sie wegen absolut *Nichts* weinend und schluchzend zusammenbricht. Sie öffnet den Champagner und trinkt direkt aus der Flasche, dann nimmt sie den Rosenstrauß, öffnet das Fenster, reißt grob eine Blüte nach der anderen ab und lässt die taumelnden roten Blütenblätter nach unten auf den Boulevard segeln. *Er hasst mich, er hasst mich nicht.*

Als sie fertig ist, öffnet sie ihren Laptop und wählt die Datei aus, an der sie die letzten vier Monate gearbeitet hat – und von der sie ihrer Agentin immer noch nichts erzählt hat, weil nach wie vor die Möglichkeit besteht, dass alles auseinanderfällt. *Briefe, die du niemals lesen wirst.*

Es ist ein Arbeitstitel. Ein Platzhalter für einen markanteren Titel, der ein großes Publikum anspricht, falls sie das Buch zu Ende schreibt. *Wenn* sie das Buch zu Ende schreibt.

Jedes Kapitel ist ein Brief an Michelle, die Ausführung eines alten Vorschlags ihrer Schulpsychologin *(Was würdest du deiner Schwester sagen, wenn du jetzt, in diesem Moment mit ihr reden könntest?)*, den Helen seit mittlerweile vierzehn Jahren ignoriert hat, weil sie stattdessen auf Michelles alter Festplatte nach einem Abschiedsbrief suchte.

Sie hat über alten Tratsch und Klatsch und Zukunftspläne geschrieben, hat Kindheitserinnerungen festgehalten und Lektionen gesammelt, die sie gelernt hat, um alles zu einem ausschweifenden einseitigen Briefwechsel zusammenzufassen, der irgendwann zu etwas werden könnte, das einem Buch ähnelt.

Aber das Ende fehlt.

Helen öffnet die Scrivener-Datei für das letzte Kapitel mit dem Titel *Mach's gut*. Dem Kapitel, das sie schon so lange vor sich herschiebt.

Warum nicht jetzt, warum nicht hier? Sie nimmt einen weiteren Schluck aus der Champagnerflasche.

Der Cursor blinkt.

Und sie beginnt zu schreiben.

Liebe Michelle,

~~ich habe endlich aufgegeben, darauf zu hoffen, dass du dich zuerst meldest.~~

Liebe Michelle,

~~ich hoffe nicht auf ein Leben nach dem Tod – ich hoffe, dass ich eines Tages um eine Ecke biegen und dir gegenüberstehen werde. Und dieses Mal werde ich alles richtig machen.~~

Liebe Michelle,

bevor ich mich verabschiede, will ich, dass du weißt, dass es uns allen auch ohne dich gut ergangen ist. Ich habe keinerlei Schuldgefühle, und ich sage es dir jetzt noch einmal in aller Deutlichkeit: Fick dich!

Ich weigere mich, jemanden zu vermissen, der eigentlich gar nicht hier sein wollte.

Ich will, dass du das alles weißt, aber langsam glaube ich, dass es vor allem mein eigener Scheiß ist, um den ich mich kümmern muss.

Denn es geht mir nicht gut. Es geht mir schon eine ganze Weile lang nicht gut, und ich habe lange Zeit dir die Schuld daran gegeben, weil deine letzte Tat hier auf Erden war, mir zu zeigen, wie sehr es wehtun kann, jemanden zu lieben.

Ich habe dich geliebt, aber du bist trotzdem fort. Ich

habe versucht, mich nicht zu sehr damit zu beschäftigen, mich nicht zu fragen, ob ich irgendetwas hätte besser machen können. Ich habe versucht, nichts zu empfinden. Und dann bin ich zwei Wochen nach deinem Tod aufs College gefahren und habe einem Jungen, den ich erst seit einer Woche kannte, erklärt, dass ich ihn liebe. Es war ihm schrecklich peinlich, also habe ich gelacht und ihm versichert, dass ich es natürlich nicht ernst gemeint hatte, der Moment sei einfach zu perfekt gewesen, um es nicht laut auszusprechen. Ich hatte diesen Satz noch nie zuvor gesagt. Nicht einmal zu dir. Ich habe mein erstes Ich liebe dich verschwendet, und danach wollte ich es nie wieder zu irgendjemandem sagen.

Doch dann habe ich mich zum ersten Mal in meinem Leben wirklich verliebt.

Er weckte in mir den Wunsch, etwas zu reparieren, von dem ich jahrelang behauptet hatte, es wäre nicht gebrochen: mein eigenes, kaum noch schlagendes Herz.

Das Problem ist, dass ich nicht weiß, wo ich anfangen soll.

Wenn ich ein Science-Fiction-Buch schreiben würde, wie die Romane, die Dad uns immer vorgelesen hat, würde ich mit der Erfindung einer Zeitmaschine beginnen und damit in die Vergangenheit und zu unserem letzten Streit in meinem Zimmer zurückkehren. Ich würde dir nachlaufen, an deine Tür klopfen und dir sagen, dass es mir leidtut. Und dass ich dich liebe.

Dann würde ich den Hebel noch einmal weiter zurückdrücken und zu unseren Großeltern reisen, um ihnen beizubringen, wie sie genau das zu unseren Eltern sagen können.

Und am Ende würde ich in die Gegenwart zurückkehren und nachsehen, was sich verändert hat.

Vielleicht gar nichts.

*Aber da das hier kein Science-Fiction-Buch ist, fange
ich stattdessen so an:*

*Ich entschuldige mich für all die Arten, auf die ich
dich verletzt habe, als du noch am Leben warst, und ich
wünschte, du könntest dich für all die Arten entschuldigen,
auf die du mich seit deinem Tod verletzt hast. Würde ich
eine zweite Chance bekommen, würde ich so vieles anders
machen. Aber ich konnte in jener Nacht nicht hinter das
Lenkrad deines Lebens schlüpfen und dich zwingen zu
bleiben, und ich war jetzt so lange Zeit wütend auf dich,
ohne dass es irgendetwas geändert hätte.*

*Bis jetzt war das in Ordnung für mich. Du bist der
Dämon, den ich nicht austreiben will. Ich habe Angst,
dich für immer zu verlieren, wenn meine Verletzungen
verheilt sind und ich weiterziehen kann. Aber ich will
ein gesundes Leben. Und ich will glücklich sein, auch
wenn ich dem Glück nie vertraut habe. Für mich ist Glück
ein vergängliches Gefühl, das oft nur einen Herzschlag
lang dauert, bevor es geht und hoffentlich irgendwann
wiederkommt. Ich befürchte, dass es für Leute wie uns
kein Happy End gibt.*

Also ist hier das Ende, das ich stattdessen schreibe.

*Ein Ende, an dem ich dich nicht zurücklassen muss,
um weiterzuziehen, weil du für immer ein Teil von mir
bleiben wirst – auch wenn sich dieser Teil wie ein Loch in
meinem Herzen anfühlt. (Es kann wehtun, jemanden zu
lieben, aber ich will es trotzdem tun.)*

*Ein Ende, an dem jemand das Beste und das
Schlechteste an mir erkennt und mich ebenfalls liebt. Wir
werden zusammen glücklich sein, wir werden zusammen
traurig sein – wir werden alles zusammen sein. Und
wenn es irgendwann vorbei ist und wir ein weiteres Ende
erreicht haben, will ich, dass meine Asche über dem Baum
verstreut wird, der aus seinem Körper wächst, weil »bis*

dass der Tod uns scheidet« nicht genug wäre und ich mehr als eine kurze Ewigkeit an seiner Seite verbringen möchte. Das Ende fiel mir stets schwerer als der Anfang. »Auf Wiedersehen« schwerer als »Hallo«. Als Kind hatte ich diese Vorstellung – also eigentlich war es eine Hoffnung –, dass das Leben und der Tod zwei Seiten derselben Tür sind, und wenn du stirbst, wanderst du einen langen Korridor entlang, vorbei an den Türen deiner früheren Leben. Meiner Theorie zufolge kann man sich in diesem Korridor an jedes Leben erinnern, das man je gelebt hat, und wenn man sich genug konzentriert, kann man einen einzelnen Vorsatz oder eine einzelne Lehre mit sich nehmen, bevor man die nächste Tür öffnet und das nächste Leben beginnt.

Ich weiß nicht, ob wir einander jemals wiedersehen werden. Ich glaube mittlerweile nicht mehr wirklich an den Himmel oder an ein Leben nach dem Tod. Aber ich habe mich in meinem Leben so oft geirrt, vielleicht irre ich mich auch in dieser Hinsicht. Ich glaube, das weiß niemand, der noch am Leben ist, und ich habe keine Eile, es herauszufinden.

Trotzdem hoffe ich, dass das hier die Art von Geschichte ist, in der es auch einen Epilog gibt. Eines Tages werde ich die letzte Seite umblättern, und du wirst mit einem Mal vor mir stehen. Ich bekomme eine weitere Chance, und dieses Mal werde ich alles richtig machen.

Und ich werde damit beginnen, dass ich dir sage: »Ich liebe dich.«

Ich behalte die Hoffnung für uns beide.

Helen

Helen exportiert das Dokument und fügt es in eine E-Mail an ihre Agentin ein, bevor sie es sich anders überlegen kann.

An: Chelsea Pierce
Betreff: Ich habe was geschrieben

Vielleicht taugt es etwas, vielleicht taugt es nichts – ich wollte es trotzdem schreiben.

Helen hält inne, dann klickt sie auf »Weiterleiten«.

An: Grant Shepard

Ich will dich nicht später damit überraschen, also schicke ich dir das Manuskript, an dem ich gerade arbeite. Wichtig ist vor allem das letzte Kapitel. Wenn es etwas gibt, das ich streichen soll, können wir gern darüber sprechen.

Ich bin noch die ganze restliche Woche in der Stadt, falls diese Information für dich von Belang ist.

Deine Helen

Kapitel 33

Grant starrt auf seinen Bildschirm und fragt sich, ob der Text, den er vor sich sieht, ein krankes Leseverständnis-Quiz ist, das sein Gehirn aus schierer Sehnsucht erschaffen hat. *Deine Helen.*

Kapitel 34

Um ein Uhr morgens klingelt das Telefon. Helen macht das Licht an.

»Hi, Miss Zhang, hier spricht die Rezeption …«

»Es ist ein Uhr morgens«, murmelt sie.

»Ja, aber hier ist ein … ähm … überaus beharrlicher Gentleman, der Sie gern sehen würde. Ich wollte nachfragen …«

Helen richtet sich auf. »Wer?«

Die Aufzugtüren öffnen sich im achten Stock, und Grant hebt mit klopfendem Herzen den Blick.

Zimmer 805. Es ist der längste Flur der Welt, in einem schicken alten Hollywoodhotel, in dem es nach *»Das kannst du dir nicht leisten«* riecht. Der dicke grüne Teppich unter seinen Schuhen scheint jeden seiner Schritte mit einem einzelnen »Gib auf« zu unterstreichen – *Gib auf, gib auf, gib auf* –, doch sein Herz klammert sich an den letzten, schwachen, vom Wind gebeutelten Funken Hoffnung. *Nein.*

Er sieht die Tür mit dem Metallschild und der Zahl *805*. *Hoffentlich ist das kein Fehler.* Dann steht er plötzlich davor, *jetzt oder nie*, und klopft.

Sie öffnet die Tür, und es ist Grant.

Da ist ein ungezähmtes Schimmern in seinen Augen, und er trägt einen zerknitterten, verrutschten schwarzen Anzug, seine Krawatte hängt auf Halbmast. Er beißt die Zähne aufeinander, und umklammert mit beiden Händen den Türrahmen – er sieht aus wie einer der Helden aus den Werken Lord Byrons, der auf dem Weg zu einer Klippe ist und davon ausgeht, dass er nicht zurückkehren wird.

»Helen«, sagt er mit tiefer, raubtierhafter Stimme.

»Grant«, erwidert sie und schluckt den Kloß in ihrem Hals hinunter. »Ich habe dich vermisst.«

Er nickt knapp und mustert sie – ihr wird mehr als deutlich bewusst, wie zerzaust ihre sorgfältige Premierenfrisur mittlerweile aussehen muss, und dass sie bloß einen grauen Waffelstrick-Bademantel trägt.

»Ich habe dein Manuskript gelesen«, sagt er. »Von Anfang bis Ende. Alles, was ich wissen will, ist, was mit dem hier gemeint war.«

Grant hält ihr sein Handy entgegen, und ihre E-Mail leuchtet ihr ins Gesicht. Ihr Blick fliegt über den Text, dann steigt Enttäuschung in ihr hoch. *Oh. Der Teil mit den rechtlichen Bestimmungen.*

»Ich wollte es dir einfach vorab schicken, falls —«

»Nein«, unterbricht er sie, und ihre Hände zucken vor nervösem Verlangen. Es ist lange her, dass sie ihm so nahe war. »Das meinte ich nicht. Weiter unten. Lies das noch einmal.«

Er deutet auf den Teil, den er meint.

»Und zwar laut, wenn es geht.«

Helens Herz macht einen Satz, als sie die zwei kurzen Wörter sieht. Sie riskiert einen Blick zu ihm – sein Gesicht wirkt verschlossen, und mit einem Mal kommt ihr ein demütigender Gedanke: *Vielleicht ist er nur aus Rache hier, um es ihr mit gleicher Münze heimzuzahlen, bevor er ihr sagt, dass sie sich nie wieder bei ihm melden soll.*

»Deine Helen«, liest sie schließlich laut.

»Bist du das?« Seine Stimme klingt hart, die Worte kalt.

»Jetzt oder nie, Helen.«

Jetzt oder nie. Sie hat ihrer Schwester nie gesagt, dass sie sie liebt. Sie hat ihren Eltern stets die unangenehme Wahrheit verschwiegen. Sie hat sich noch nie so geliebt gefühlt wie in dem Moment, als Grant Shepard sie in seine Arme schloss.

Bring Grant Shepard zurück in die Gegenwart, wo er hingehört.

»Ja«, sagt Helen, und etwas blitzt in seinen Augen auf. »Wenn du mich noch willst.«

Grant kommt nicht näher, obwohl er den Türrahmen mittlerweile so fest umklammert, dass seine Knöchel weiß hervortreten. »An dem Tag im Krankenhaus ...«, beginnt er leise und vorsichtig. »Ich glaube, ich habe dich angelogen. Ich habe es immer und immer wieder in Gedanken durchgespielt. Ich habe dir gesagt, dass ich lieber nur ein winziges Stück von dir habe, als eine andere Frau, selbst, wenn sie mir alles geben würde.«

Helen schluckt. »Ja, ich weiß.«

»Das Problem ist, dass ich damals nur ein winziges Stück von dir hatte, und es hätte mich beinahe umgebracht.«

»Oh«, sagt sie und nickt. *Er will damit sagen, dass es zu spät ist.* »Es tut mir leid.«

Er macht einen Schritt auf sie zu, und ihre Welt gerät aus den Fugen.

»Dieses Mal will ich alles«, sagt er mit harter Stimme, ganz nah. »Ich will die Nächte und die Tage und die Wochenenden und die Feiertage, und ich will dich an meiner Seite und in meinem Bett und in meinem Leben. Ich will deine Eltern treffen, und ich will mit dir zu der verdammten Schaffarm in Irland und zu meinem Dad nach Boston. Ich will erleben, wie du mit achtzig bist. Ich will es *richtig*, und ich wünsche mir so sehr, dass du mir gehörst, dass es schon fast lachhaft ist. Aber wenn du es nicht schaffst, dich zu dem ganzen Programm bereit zu erklären, dann solltest du nicht −«

In diesem Moment stürzt sie nach vorn und küsst ihn, und er schmeckt nach Whiskey und Überraschung. Seine Hände ziehen sie augenblicklich *näher und näher und näher*, und sein verzweifelter Herzschlag vermischt sich mit ihrem.

»Ich will das alles auch«, murmelt sie, und er scheint es ihr übel zu nehmen, dass sie sich so lange von ihm löst, um es zu sagen, denn er gibt nur ein knurrendes »*Hmpf*« von sich und zieht sie wieder an sich. »Aber ich habe immer noch große Angst, es zu vermasseln. Ich glaube nicht, dass meine Wunden schon vollständig verheilt sind, und du verdienst jemanden, der —«

»Helen.« Er seufzt und drückt die Stirn an ihre. »Deine Wunden müssen nicht vollständig verheilt sein, du bist auch so alles, was ich will. Du bist auch so genug, um mein zu sein. Ich liebe jeden einzelnen Teil von dir, du alberne, nervtötende Frau. Ich liebe sogar die Teile an dir, die ich noch nicht kennengelernt habe.«

»Ich liebe dich auch«, sagt sie, und ihr kaltes, gebrochenes Herz scheint plötzlich zu glühen, so mächtig ist das Gefühl, diese Worte laut zu jemand anderem zu sagen und sie verdammt noch mal auch ernst zu meinen. »Ich liebe dich so sehr, dass ich es nicht in Worte fassen kann.«

»In diesem Fall«, meint Grant und neigt den Kopf, um sie erneut zu küssen, »sollten wir vielleicht aufhören zu reden.«

Kapitel 35

Um etwa 6:25 Uhr ereignet sich achtzig Kilometer vor der Küste North Carolinas ein Erdbeben der Stärke 8,6, das am Hollywood Boulevard für genau 39,73 Sekunden zu spüren ist, und als Helen in Grants Armen erwacht, die sich fest um ihren Körper schlingen, während das Zimmer wackelt, rumpelt und klirrt, glaubt sie einen flüchtigen, verschlafenen Moment lang, dass sie sich auf einer Achterbahn befinden, die gleich durch die Decke brechen wird. Und vielleicht hat Grant gar nicht mitten in der Nacht vor ihrer Hotelzimmertür gestanden und alles war nur ein schrecklicher, wunderschöner Traum. *Nicht aufwachen!*, befiehlt sie sich selbst.

»Es ist bloß ein Erdbeben«, murmelt Grant ihr ins Ohr, und eine neue Angst macht sich in ihr breit. Er ist hier, und sie wird ihn erneut verlieren. Ein grauenhaftes Klirren ertönt, als die Erde die Grundfesten des Hotels erschüttert und damit auch alles, was sich darin befindet. Von den Holzmöbeln über die Porzellanteller bis zu den Liebenden, deren Verbindung unter keinem guten Stern steht, auch wenn sie sich gerade wiedergefunden haben. »Dir kann nichts passieren.«

»Ich habe noch nie ein Erdbeben erlebt«, sagt sie, und im nächsten Augenblick ist es vorbei. Sie dreht sich um, um ihn anzusehen, und stellt erleichtert fest, dass Grant tatsächlich hier ist und sie aufmerksam und eingehend mustert. Sie legt die Hand auf seine Wange, und er wartet geduldig, während sie sich vergewissert. *Er ist real.* »Ich wette, du kennst das zur Genüge.«

Er nimmt ihre Hand, drückt einen Kuss auf ihre Handfläche und legt schließlich selbst eine Hand an ihre Wange, als müsste er ihre Echtheit ebenfalls noch einmal überprüfen. »Manchmal kommt es zu Nachbeben«, sagt er schließlich, sobald er zufrieden ist. »Falls du wirklich hierbleibst, sollten wir vielleicht irgendwann mal die wichtigsten Sicherheitstipps durchgehen.«

Sie hört den Zweifel in seiner Stimme, und ihr Herz bricht. »Ich bleibe wirklich hier«, erklärt sie ihm.

»Gut«, erwidert Grant, dann schiebt er seine Hand in ihren Nacken und zieht eine langsame, warme Spur bis zu ihrer Schulter. Sie liegt nackt unter der Decke, und er scheint fasziniert von dem Anblick seiner eigenen Hand, die ebenfalls darunter verschwindet.

»Grant«, haucht Helen zitternd, als seine Fingerknöchel über ihre Rippen streichen.

»Helen«, erwidert er ruhig, und seine braunen Augen halten ihren Blick fest, während seine Finger die verborgenen Kurven und Täler unter dem weißen Stoff erkunden.

»Sollten wir …« Sie zieht scharf die Luft ein. »Sollten wir das Gebäude verlassen, oder so?«

Seine Augen blitzen amüsiert.

»Nein«, antwortet er und küsst sich einen Weg hinunter zu ihrem Bauch. Er nimmt ihre Hände und legt sie auf seinen Kopf, und sie schiebt reflexartig die Finger in seine Haare. »Die erste Regel für ein sicheres Verhalten während eines Erdbebens lautet: Wenn Sie sich im Bett befinden, bleiben Sie dort, bis das Beben vorüber ist.«

»Oh«, sagt sie. *Oh.*

»Rollen Sie sich zusammen und schützen Sie Ihren Kopf«, fährt er mit dem Kopf zwischen ihren Beinen fort.

»Das ist, ähm …« Sie vergisst, was sie sagen wollte, als sie seine Zunge genau *da* spürt. »Ah.«

»Legen Sie sich auf den Boden, schützen Sie Ihren Kopf

und suchen Sie Halt an einem stabilen Gegenstand«, erklärt Grant weiter, und sie spürt die Vibration seiner tiefen Stimme bis in ihr heißes Inneres.

»Grant«, keucht sie voller Verlangen. »Bitte.«

Er gibt ihr, was sie braucht, und sie beißt sich auf die Lippe, während die Spannung steigt und sie schließlich davon mitgerissen wird.

Grant taucht unter der Decke auf, und seine Arme umfangen sie auf eine Art, die ihr das Gefühl gibt, sicher und geliebt zu sein, obwohl sie nicht zu sagen vermag, ob ihr Körper bebt oder das Gebäude.

»Glaubst du, dass du dir das alles merken kannst?«, fragt er, während er sich zwischen ihre Beine schiebt.

»Ja«, keucht sie, als er in sie dringt.

»Gut«, meint er mit angespannter Stimme. Sie liebt den Anblick, wenn er von ihrer Hitze umgeben und so nahe ist, dass sie jede Regung in seinem Gesicht genau beobachten kann. Da ist ein Lachen in seinen Augen, auch wenn die Muskeln an seinem Hals beinahe zum Zerreißen gespannt sind.

»Dieses Wort üben wir jetzt mal gemeinsam, okay?«

Helen drückt ihn mit ihren inneren Muskeln, und seine Lippen formen ihren Namen, während er sich in sie schiebt, bis er ganz in ihr versunken ist.

»Du willst mich«, beginnt er, und ihr Atem stockt, als er sich aus ihr zurückzieht.

»Ja«, antwortet sie, und er stößt in sie.

»Lauter«, befiehlt er und zieht sich erneut zurück. »Du liebst mich.«

»Ja«, sagt sie – *lauter* –, und die Belohnung erfolgt unmittelbar.

»Dann bleibst du also bei mir?«, fragt er und vergräbt das Gesicht an ihrem Hals.

»Ja, ja, ja!«, ruft sie, während er einem urtümlichen Rhythmus folgend in sie stößt, bis ihre Welt in tausend Scherben zerbricht und sich unter dem Widerhall seines Orgasmus wieder zusammenfügt.

Danach scheint ein warmes, vertrautes Summen in der Luft zu liegen – etwas Leuchtendes, Unausgesprochenes, das sie umgibt.

Brauche mich, liebe mich, nimm mich, behalte mich, sagt ihr Herz mit jedem Schlag.

»Wir sollten uns überlegen, wie wir die Sache mit unseren Eltern klären«, meint er schließlich, und sie lacht atemlos.

»Meine Eltern sind das Letzte, worüber ich mir jetzt Gedanken machen will«, sagt sie und schließt die Augen. »Wir finden eine Lösung.«

Es ist ein regnerischer Morgen Anfang September in Dunollie, New Jersey, als Helen ihren Eltern zwei Wochen später via FaceTime von Grants Rückkehr in ihr Leben berichtet. Sie sieht, wie die dünnen Äste der Bäume vor dem Fenster im Wind schwanken, und sie denkt, wie anders das Wetter dort ist.

»Ich, ähm … ich bin jetzt mit jemandem zusammen. In L.A. Ich ziehe nach L.A. Es ist etwas Ernstes. Es ist … Es ist Grant. Ich würde ihn euch gern vorstellen. Er würde euch gern besuchen, wenn wir in ein paar Wochen meine Sachen aus New York holen. Aber wenn ihr es nicht schafft, nett zu ihm zu sein, kommen wir nicht.«

Mom blinzelt, lacht und gibt dieses leise Gurren von sich, das sie immer dann verwendet, wenn sie etwas über die Maßen missbilligt, bevor sie abrupt aufsteht und verschwindet.

»Ich dachte, du hättest diese Sache hinter dir gelassen«, sagt Dad. »Aber egal, wer weiß, was noch passiert. In einem Jahr ist vielleicht alles ganz anders. Du solltest solche Dinge erst zur Sprache bringen, wenn du dir sicher bist.«

»Ich bin mir sicher«, sagt Helen.

»Aber du bist doch noch so jung«, meint Dad, und sie

denkt: *Ich bin zweiunddreißig.* »Triff keine vorschnellen Entscheidungen.«

Grant drückt ihre Hand, als sie auflegt und ihn entschuldigend ansieht.

»Gehen wir an den Strand«, schlägt er vor, bevor sie sich für komplizierte Familiengeschichten und eine Vergangenheit rechtfertigt, an der niemand etwas ändern kann.

Es schneit, als sie im Januar durch die Tür der New York Public Library treten, und Helen ist sich ziemlich sicher, dass er ihr einen Antrag machen wird. Genauso sicher wie darüber, dass er weiß, dass sie es weiß, denn er wirft ihr ständig seitliche Blicke zu und schiebt die Hände in die Manteltaschen, um am Ende doch nur sein Handy hervorzuziehen.

»Du nervst unheimlich«, murmelt sie, als sie ihre Taschen dem Wachpersonal vorzeigen und Grant eine große Show daraus macht, den Inhalt vor ihr zu verbergen.

»Aber du liebst mich«, antwortet er und huscht ihr voran in den Lesesaal.

Sie sitzen unter dem makellos blauen, wie gemalten Himmel der mit Gold verzierten Bibliotheksdecke und vor ihren Laptops, die sie auf dem langen Holztisch ganz hinten im Raum abgestellt haben. Helen überarbeitet gerade ihr *Memoir* – ihre Briefesammlung wurde an die Schwester der Verlegerin ihrer Young-Adult-Bücher verkauft und trägt seit Kurzem den Titel *Sending All My Love* – und Grant sitzt an der Pilotfolge einer feurigen Hard-Sci-Fi-Serie aus seiner eigenen Feder. Sein Drehbuchentwurf wurde nach einer hitzigen Auktion an den Höchstbieter verkauft und wird in der Branche als hoffnungsvolles Zeichen und als Beweis dafür gewertet, dass Originaldrehbücher im Wettbewerb mit den allgegenwärtigen Adaptionen immer noch Wert haben.

Seit Monaten haben sie beide davon geredet, hierherzufahren, um gemeinsam zu arbeiten und die Erinnerung an das letzte Mal, als sie sich knapp verpasst haben, noch einmal neu zu schreiben. Helen liebt die Stille und die kirchenähnliche Atmosphäre im Kreise der anderen Bücherliebhaber, die schweigend vor sich hin tippen. Doch nach etwa zehn Minuten stellt sie fest, dass Grant es aus tiefstem Herzen hasst.

»Hey«, flüstert er und erntet ein paar böse Blicke von den strebsamen Stammlesern im Saal. Wobei sie fairerweise zugeben muss, dass er innerhalb einer Minute bereits zum dritten Mal das Wort erhebt, und es waren immer so nebensächliche Dinge wie »Kannst du ein wenig zur Seite rücken?«, oder »Hast du das Wi-Fi-Passwort notiert?«, oder – wie jetzt gerade – »Kann ich mir einen Stift leihen?«.

Helen reicht ihm schweigend ihren besten Füller. Er entwirft seine Handlungsstränge in einem schwarzen Notizbuch und sein Laptop bleibt unbenutzt, doch schon nach wenigen Sekunden beginnt er, müßig mit dem Fuß auf den Boden zu klopfen, um überschüssige Energie abzubauen. Sie legt ihren Fuß über seinen, und er sieht auf.

»Entschuldigung«, flüstert er ihr ins Ohr und stößt dabei mit der Schulter an ihre, sodass sie trotz der Hitze im Raum wohlig erschaudert.

Er hört auf, mit dem Fuß zu klopfen, aber bereits fünf Minuten später trommeln seine Finger ruhelos auf ihren Terminplaner. Die Bibliothekarin räuspert sich, und Helen legt ihre Hand auf seine und wirft ihm einen Blick zu. Grant verdreht die Augen und sieht auf ihre Hand hinunter.

Er dreht seine Hand unter ihrer, und mit einem Mal ist er derjenige, der sie festhält.

Ihre Blicke treffen sich, und Helens Herz schlägt bis zum Hals. Er legt sich einen Finger auf die Lippen, dann schiebt er die freie Hand in die Hemdtasche und zieht einen Ring hervor.

Es ist ein einfacher rund geschliffener Diamant in einer altmodischen Platinfassung.

Er ist perfekt.

Er hält ihn ihr lässig entgegen und hebt schweigend die Schulter. *Was meinst du?*

Als hätten sie eine Stillbeschäftigungsstunde an der Highschool und er würde fragen, ob sie ihn zum Abschlussball begleitet.

Helen blinzelt. Die Zeit scheint plötzlich stillzustehen.

So sieht Grant Shepard aus, wenn er dir einen Antrag macht, denkt sie und kann kaum glauben, dass das wirklich passiert. *Er ist der Homecoming-King!!!,* fügt ihr siebzehnjähriges Ich unnötigerweise hinzu, und sie spürt, wie ihr der Moment entgleitet, obwohl sie gleichzeitig über einen zukünftigen Witz lachen möchte, den sie später Freunden erzählen werden: *Wie viele Worte braucht ein Drehbuchautor, um einer Schriftstellerin einen Heiratsantrag zu machen?*

Dann hebt sie den Blick und erkennt ein nervöses Flackern in seinen Augen, obwohl er immer noch so aussieht, als wäre das alles keine große Sache, und in diesem Moment platzt ihr Herz beinahe vor Liebe.

Ja, nickt sie.

Grant stößt kurz und erleichtert die Luft aus und steckt ihr lachend den Ring an den Finger. Er hebt ihre Hand und küsst ihre Knöchel, anschließend lehnt er sich nach vorn, und ihre Knie berühren sich, als er zuerst ihre geröteten Wangen, dann ihre Nase und schließlich ihre wartenden Lippen küsst.

Sie sind verlobt.

Als sie sich eine Woche später mit Helens Eltern in einem Dim-Sum-Restaurant an der Route 22 treffen, fällt Graupel vom Himmel. Helen hat in diesem Restaurant zwischen ihrem achten und dem achtzehnten Lebensjahr regelmäßig gegessen, und auf dem Weg zu ihrem Tisch kommen sie an einer etwa dreizehnjährigen Chinesin mit mürrischem Gesicht vorbei, die ihre Nase in ein dickes Buch steckt und alle anderen am Tisch ignoriert. Helen stößt Grant aufgeregt in die Seite.

»Das war ich«, flüstert sie.

Doch Grant hat den Blick starr auf den Tisch vor ihnen gerichtet, an dem Helens Eltern warten. Ihr Herz zieht sich zusammen, als sie sein grimmiges Gesicht sieht.

»Es wird alles gut.« Sie drückt seinen Ellbogen. »Eine ganze Herde wilder Pferde würde nicht ausreichen, um mich davon abzuhalten, dich zu heiraten.«

Das Essen läuft so, wie erwartet, also nicht wirklich gut.

Mom weigert sich, das Essen für den gesamten Tisch zu bestellen, und winkt Helen zu, als wollte sie sagen: *Mach, was du willst. Bestell du. Wir werden ja sehen, wie es wird.*

Dad versucht, mit Grant über die Arbeit zu reden, nutzt es aber vor allem als Gelegenheit, hart mit seinen bisherigen Serien ins Gericht zu gehen. »Ich habe mir die Serie vor Helens Serie angesehen. In meinem Freundeskreis hat noch nie jemand davon gehört.«

Als die Rechnung kommt, will Grant übernehmen, und Mom meint steif: »Danke, das ist sehr nett.«

Helen unterdrückt ein verzweifeltes Lachen – sie erinnert sich an kriegsähnliche Zustände, wenn jemand ihren Eltern das Recht absprechen wollte, für das Essen zu bezahlen. Sie warten schweigend darauf, dass die Kellnerin zurückkommt und Grant die Quittung unterzeichnen kann, und Helen fragt sich, ob es ein Fehler war, darauf zu bestehen, dass er ihre Eltern nicht um Erlaubnis bittet, bevor er ihr einen Antrag macht. *Ich schätze, meine Erlaubnis ist die einzige, die zählt, oder?* Vielleicht hat sie sich geirrt.

Ihre Eltern werfen sich einen vielsagenden Blick zu, und Helens Brust zieht sich ahnungsvoll zusammen.

Mom seufzt schwer, dann meint sie: »Wenigstens ist er

groß. Alice, die Tochter meiner Schwester, hat einen schrecklich kleinen Mann geheiratet.«

Sie schüttelt den Kopf, und Grant wirft Helen einen Blick zu, als wollte er sagen: *Das stand aber nicht auf dem Flowchart möglicher Reaktionen.*

Helen schließt die Augen und lacht innerlich, bis sie zu weinen beginnt.

»Wir planen eine Sommerhochzeit«, sagt sie schließlich.

Mom schnaubt herablassend. *Natürlich tust du das, wer bin ich, dich davon abzuhalten?*

»Sie müssen Michelle die letzte Ehre erweisen«, erklärt sie schließlich und blickt Grant in die Augen.

Helen reicht Grant zwei brennende Weihrauchstäbchen, und sie treten vor das Foto der lachenden Michelle, das auf dem Bücherregal in Michelles ehemaligem Zimmer steht. Sie kommt immer noch nicht damit klar, dass Grant hier in ihrem Elternhaus ist. Es erscheint ihr ein so unmögliches Bild, dass ihr Gehirn ihren Augen ständig den Befehl übermittelt, noch einmal genau hinzusehen.

»Ich weiß eigentlich gar nicht, wie man es richtig macht«, sagt Helen. »Ich weiß bloß, was *ich* tue. Ich halte den Weihrauch in der Hand, ich sehe sie an und sage: ›Hi, Michelle‹, und … ähm … was mir sonst noch einfällt. Und ich verbeuge mich. So funktioniert das jedenfalls bei uns zu Hause.«

»Hi, Michelle«, sagt Grant. »Es tut mir leid, dass du nicht hier bist. Ich wünschte, wir hätten Zeit miteinander verbringen können.«

»Das wäre echt schräg gewesen«, murmelt Helen neben ihm. »Und eigentlich sprechen wir nie laut mit ihr.«

»Es macht mir nichts aus, dass du hörst, was ich zu sagen habe«, erwidert Grant leise und senkt erneut den Kopf vor Michelles Porträt. »Du sollst wissen, dass ich auf deine

Schwester aufpassen werde. Und danke, dass ich hier sein darf.«

»Danach steckst du die Weihrauchstäbchen in den Topf neben dem Foto«, meint Helen leise.

Grant folgt ihren Anweisungen. Sie lächelt und zuckt mit den Schultern.

»Das war's im Prinzip. Ich bin mir nie sicher, ob ich es überhaupt richtig mache.«

»So, wie du es machst, ist es gut«, erklärt Mom mit schroffer Stimme aus dem Flur. »So kompliziert ist es nicht. Helen denkt zu viel nach. Wichtig ist die Verbindung zu ihr. Uns Chinesen sind solche Dinge wichtig. Die Lebenden, die Toten – wir sind immer noch verbunden, also erweisen wir dieser Verbindung unsere Ehre.«

Sie heiraten Ende August, im Freien, auf einer Schaffarm in Irland. Es ist eine kleine intime Feier mit nicht einmal sechzig Gästen, die meisten davon enge Freunde und Familie. Das Wetter ist auf verdächtige Weise perfekt.

»Ich komme mir vor wie in einem verdammten Thomas-Hardy-Roman«, meint Nicole, greift nach ihrem Blumenstrauß und wirft einen Blick aus dem Fenster des kleinen Steinhauses aus dem siebzehnten Jahrhundert, in dem sie sich fertig gemacht haben. »Da draußen sind jede Menge Leute und ein paar Schafe.«

»Haha«, sagt Helen und ignoriert das seltsame Gefühl im Magen. Sie trägt ein einfach geschnittenes Kleid aus elfenbeinfarbenem Seidenkrepp mit unzähligen Seidenknöpfen auf dem Rücken, die Nicole fast eine Stunde lang beschäftigt haben, da sie mit einer Haarnadel geschlossen werden müssen (natürlich inklusive zahlreicher Witze darüber, ob Grant sie am Ende des Abends mit Geduld bestrafen oder ihr das Kleid einfach vom Leib reißen würde).

»Ich schätze, die beiden hier könnten mir heute durchaus bei der Verführung eines schneidigen Stallburschen behilflich sein, falls sich die Gelegenheit ergibt«, murmelt Nicole und rückt vor dem vergoldeten Spiegel am Eingang ihre Brüste zurecht. »Nicht wahr?«

»Deine Brüste sehen toll aus«, bestätigt Helen. »Ich glaube, ich sterbe gleich.«

Nicole tupft sich Farbe auf die Lippen. »Ein Wort genügt. Der Fluchtwagen steht bereit.«

Helen schüttelt den Kopf. »Nein, ich glaube, das ist normal. Oder?«

Nicole zuckt mit den Schultern. »Sag du es mir, Schätzchen. Wie fühlt es sich an, wenn man kurz vor dem Happy End steht?«

Helen gibt ein ersticktes Geräusch von sich, das möglicherweise ein Lachen sein soll.

Sie hat schreckliche Angst. Angst davor, dass sie unfähig ist, etwas zu wollen und auch zu bekommen. Angst davor, dass das echte Leben das perfekte Wetter und das Happy End auslöscht, wenn sie nur ein Kapitel – oder vielleicht auch bloß einen Satz – hinzufügt. *Das heißt nur, dass du es wirklich willst*, ruft sie sich in Erinnerung, und ihr Herz klopft zustimmend.

Alles in allem ist es ein ziemlich normaler Tag.

Das Streichquartett hat Schwierigkeiten, einen Platz zu finden, wo es sowohl von den Gästen als auch von den Angehörigen des Brautpaares gehört wird, die Floristin hat die Vergissmeinnicht in Helens Brautstrauß vergessen, und in dem Schleier – einem alten Familienerbstück, das den Großteil des letzten Jahrhunderts in einer Truhe verbracht hat – sind einige lästige Falten, die Nicole einfach nicht herausbekommt.

Trotzdem spürt Helen unwillkürlich den Hauch des Besonderen, als sie sich bei ihrem Vater unterhakt und die Klänge des Kanon in D-Dur in die Luft steigen. Ihr Platz befindet sich gerade noch außer Sichtweite des Altars, und Helen muss sich daran erinnern, regelmäßig zu atmen, als sie einen Schritt nach vorn machen.

»Langsam«, sagt Dad, als sie auf den provisorischen Mittelgang aus üppigen Kamillenblüten zugehen, den Grants Mutter vor Monaten in Vorbereitung auf diesen Tag gepflanzt hat. »Du gehst zu schnell.«

»Ich gehe ganz normal«, erwidert Helen.

Mittlerweile schreiten sie den Mittelgang entlang, und bei jedem Schritt sieht sie vertraute Gesichter, die sie alle in den verschiedenen Stadien ihres Lebens begleitet haben. Eine seltsame Nostalgie packt sie, als jedes Gesicht eine Erinnerung heraufbeschwört. *Champagner in Plastikbechern. Die Hotelbar, in der sie nach dem Vertragsabschluss für ihr erstes Buch gefeiert haben. Ein Krankenhaus, in dem sie über schlüpfrige Magazine gelacht haben. Ein Badezimmer, in dem sie nach einer schlechten Buchkritik weinend zusammengebrochen ist. Die Schaukel im Garten hinter dem Haus, von der sie gefallen ist. Die Küche, in der sie zum ersten Mal Bananenbrot gebacken hat.*

Sie hebt den Blick, und da ist er.

Grant Shepard. *Dieser verdammte Grant Shepard, ein guter Mann für den Writers' Room, hervorragend im Bett und die unwahrscheinliche Liebe meines verdammten Lebens.*

Er grinst, als hätte er ihre Gedanken gelesen. Als sie endlich vor ihm steht, hebt er ihren Schleier und flüstert ihr ins Ohr: »Schön, dich zu sehen.«

Sie erschaudert kaum merklich und sieht zurück auf die Gäste. Ihr Blick fällt zuerst auf Grants Mom, die Herzchen in den Augen hat und die Hand des irischen Schaffarmers hält, den sie vor sechs Monaten geheiratet hat. Sie sieht ihre eigenen Eltern, die händchenhaltend in der ersten Reihe sitzen.

Mom wirkt spröde, ihre Mundwinkel können sich offenbar nicht entscheiden, ob sie nach oben oder unten zeigen sollen, und Dad sieht aus, als würde er jeden Moment weinen.

Helens Blick wandert weiter zur anderen Seite des Mittelgangs und zu Nicole, die Grants Vater offensichtliche und überaus eindeutige Blicke zuwirft. Als Nicole bemerkt, dass Helen zu ihr schaut, zwinkert sie ihr zu.

Grant drückt ihre Hand.

»Komm, lass uns zusammen den Tag genießen«, meint er leise, und sie sieht in seine lachenden Augen. »Ich habe dich den ganzen Morgen über vermisst.«

»Shelley, nein!«, ruft Grants Mom plötzlich, als ein abtrünniges Schaf mit einem Blumenkranz um den Hals in Helens Hochzeitskleid beißt.

Grant lehnt sich näher an sie heran, und sie ist überaus versucht, ihre Finger in seine Haare zu schieben.

»Das Schaf heißt Michelle«, murmelt er. »Kaum zu glauben.«

»Schnitt! Einmal Kostüm bitte!«, ruft der Offiziant, der eigentlich als Serienregisseur arbeitet.

Sie warten, während Nicole die Schleppe aus dem Maul des Schafes zieht, und Helen sieht Grant in die Augen und denkt: *Das ist es.* Der Gedanke, wie viel einfacher alles auf einer anderen Zeitebene gewesen wäre, wo jeder einzelne andere Entscheidungen getroffen hätte, ist bittersüß. Es wäre eine völlig andere Geschichte geworden.

Sie denkt an die unendlich vielen verschiedenen Liebesgeschichten, die sie stattdessen hätten erleben können, und sie beschließt, jede einzelne niederzuschreiben. Sie wird dieses Gefühl in eine Million Glasstücke zerteilen, die alle dieselbe, unglaubliche Liebesgeschichte reflektieren, um sie für die Tage einzufangen, an denen Helen das Bedürfnis hat, sie sich selbst – oder ihm – vorzulesen. Wenn sie traurig sind, oder müde, oder genervt, oder verletzt. *Oder glücklich*, ruft sie sich selbst in Erinnerung. Ihn zu lieben ist Poesie, und sie glaubt, dass sie sich auch daran versuchen wird.

»Das hat mir an dem Tag, an dem ich dich geheiratet habe, am allerbesten gefallen«, erklärt Helen lächelnd.

»Bis jetzt«, stimmt Grant ihr zu, und ihr Herz – *dieses verlässliche Organ* – klopft laut und zustimmend. *Brauche mich, liebe mich, nimm mich, behalte mich. Bis zum Ende unserer Tage.*

Danksagung

Dieses Buch wurde in der Dunkelheit geboren, und es brauchte jede Menge Leute und viele Versuche, um das Licht der Welt zu erblicken.

Zuerst: Zack Wallnau, mein Ehemann und kreativer Seelenverwandter, den ich dazu gezwungen habe, das Buch jeden Tag vor dem Schlafengehen vor meinen Augen zu lesen, während ich an dem Entwurf schrieb. Danke, dass du dich um mich und unsere Katzen gekümmert hast, während ich geschrieben habe, und danke an unsere Katzen, Canary und Eloise, die mir auf meinem Schoß Gesellschaft geleistet haben.

Dann: Ginger Jiang, meine beste Freundin seit Kindertagen und die erste Person, die einen vollständigen Entwurf gelesen hat. Danke, dass du mir gesagt hast, dass ich etwas habe, das gelesen werden sollte. Und danke, dass du Ärztin geworden bist und ich dir schreiben darf, wenn ich medizinische Fragen recherchiere.

Die Leser*innen meines *ersten richtigen Entwurfs:* Meghan Fitzmartin, Julie Ganis, Priyanka Mattoo, Whitney Milam, Anna O'Brian, Rosianna Halse Rojas, Rebecca Rosenberg und Scott Rosenfeld. Eure Unterstützung, eure Ermunterung und eure zarten Forderungen nach mehr Klarheit, haben mir geholfen, den Weg zu etwas Besserem zu finden. Ein Hoch auf Vivi Cheng und Heather Mason für die moralische Unterstützung und die Antworten bezüglich Pressetour und Logistik.

Die Leser*innen des fortgeschrittenen Entwurfs: Alison Falzetta, Tim Hautekiet und Stephanie Kim Johnson. Ihr habt eine frühere, längere Version des Buches gelesen und mir gesagt, was ich streichen kann und was ich behalten soll.

Eine Klasse für sich: Sarah MacLean. Ich habe dir das Manuskript während der *Romancing-the-Vote*-Auktion praktisch aufgezwungen, und du hast die Geschichte und ihre Charaktere so unglaublich unterstützt und dich so sehr für sie eingesetzt, dass ich weinen muss, wenn ich jetzt daran denke. Ich habe so viel aus deinen Büchern und deinem Romance-Podcast gelernt (*Fated Mates!* Ein Podcast für alle, die Kussgeschichten lieben!), und ich bin so froh, dass eine Wendung des Schicksals (ich, die wie verrückt mitgeboten hat, als es eine Manuskript-Kritik von dir zu ersteigern gab – weil ich die Demokratie unterstützen wollte, aber gleichzeitig auch aus rein egoistischen Gründen).

Meine Agentin, Taylor Haggerty. Du vertrittst einen ganzen Himmel voll literarischer Sterne, und ich kann immer noch nicht glauben, dass du mich ebenfalls dazuzählst. Danke für deine Anmerkungen, die dieses Buch so fit für die Einreichung gemacht haben, wie ich es alleine nie zustande gebracht hätte, und danke, dass du mich durch die fremde Verlagswelt führst und begleitest. Danke, dass du genau weißt, wie man Bücher verkauft.

Meine Lektorin, Carrie Feron. Als ich erfuhr, dass du Avon verlassen wirst, sobald wir mit dem Buch fertig sind, habe ich einen Tag lang Tränen der Verzweiflung vergossen, und das war nicht meiner dramatischen Ader geschuldet. Du bleibst für immer die erste Lektorin, mit der ich zusammengearbeitet habe, und du hast mich als Schriftstellerin geprägt. Danke, dass du dieses Buch zusammen mit mir in die Welt hinaustragen wolltest, und danke, dass du mich zu einer Art von Autorin gemacht hast, die ich mir niemals hätte vorstellen können.

Das gesamte Team von Avon: Danke, dass ihr die Welt durch die Bücher, die ihr verlegt, zu einem romantischeren

Ort macht. Es ist mir eine Ehre, von euch publiziert zu werden. Danke vor allem an Asanté Simons, DJ DeSmyter, May Chen und Liate Stehlik, die mir das Gefühl gegeben haben, willkommen zu sein, und die mir im Laufe des Prozesses viele Fragen beantwortet haben. Danke an meine Redakteurin, Stephanie Evans, für deinen scharfen Blick, der selbst vor den Sexszenen nicht Halt machte.

Ein großer Dank an die unglaublich talentierten Leute, die diese docx-Datei in ein wunderschönes Buch verwandelt haben: Coverdesigner Henry Sene Yee, Art Director Jeanne Reina, Interior Designer Diahann Sturge und Managing Director Brittani DiMare. Ihr habt ein wunderbares Gespür für Ästhetik, und ich bin so dankbar für eure Zeit, Energie und Kreativität.

Meine Sensitivity-Leserin, Anna Akana. Zunächst einmal danke, dass du eine so wunderbare Freundin und gütige Seele bist – ich habe großes Glück, dich in meinem Leben zu wissen. Und danke dafür, dass du dieses Buch in seiner ganzen, dornenbesetzten Hässlichkeit gelesen und mir geholfen hast, eine Version zu finden, die sich emotional ehrlicher und näher an der Geschichte befindet, die ich erzählen wollte. Ich bin dir sehr dankbar dafür.

Danke an Kimberley Atkins und Lily Cooper von Hodder & Stoughton, Heather Baror-Shapiro von Baror International, Kristin Dwyer und Jessica Brock von LEO PR, Holly Root und Jasmine Brown von Root Literarty und Kassie King von The Novel Neighbor, die mich auf meiner erste Reise durch die Verlagswelt begleitet haben.

Danke an meine Teams von UTA (Jenny Maryasis, Amanda Hymson, Greg Iserson und Mary Pender) und Kaplan/Perone (Alex Lerner und Ben Neumann) und an meinen Anwalt Phil Klein, die unermüdlich gearbeitet haben, um aus einer leidenschaftlich kreativen Künstlerin eine wirtschaftlich erfolgreiche kreative Künstlerin zu machen. Eure Ratschläge und beständigen Richtungsweisungen waren einer der unfairsten Vorteile, auf die ich all die Jahre zurückgreifen konnte.

Danke an all die klugen Frauen, die mir im letzten Jahrzehnt gute Ratschläge gaben, und an all die klugen Frauen, von denen sie ihre guten Ratschläge bekommen haben. Dieses Buch würde ohne euch nicht existieren.

Danke an alle, die meine alte Fan-Fiction gelesen und rezensiert und mir gesagt haben, dass ich einmal ein Buch schreiben sollte. Es war ein langer Weg, aber ich hoffe, ihr findet mich wieder.

Danke an meine Eltern Ron Kuang und Sumei Ruan, die mich bei meinen großen und kleinen Träumen unterstützen, seit ich eines Tages beim Abendessen verkündet habe, einmal Schriftstellerin werden zu wollen und als Schulprojekt Lisa-Frank-Fan-Fiction verfasst habe. Ich liebe euch, und ich entschuldige mich für all die Arten, auf die ich euch im Laufe der Jahre das Leben schwer gemacht habe. Falls ihr die Danksagung lest, um sicherzustellen, dass ihr darin vorkommt, *bevor* ihr den Roman lest, würde ich vorschlagen, dass ihr die Kapitel 14, 15, 16, 17, 18, 20, 21, 24 und 35 überspringt. Und falls ihr sie doch lest, will ich es auf keinen Fall wissen.

Meine Schwester Olivia Kuang. Vierzehn Jahre jünger und so viel cooler als ich es in deinem Alter war – und jemals sein werde. Ich liebe es, dir beim Erwachsenwerden zuzusehen. Danke, dass du so cool reagiert hast, als ich dir am Telefon von der Handlung des Buches erzählt habe.

Und zuletzt: Danke an die Autorinnen, deren Arbeit ich für die Leinwand adaptieren darf und die mir dadurch großes Vertrauen geschenkt haben, Maureen Goo und Emily Henry. Ich werde für immer dankbar dafür sein, in euren wunderbaren Büchern diese eine Glasscherbe gefunden zu haben, die einen Teil von mir selbst widerspiegelt.